Billy Lynn's Long Halftime Walk

Ben Fountain

ビリー・リンの永遠の一日

ベン・ファウンテン

上岡伸雄 訳

CREST BOOKS
Shinchosha

両親に捧ぐ

BILLY LYNN'S LONG HALFTIME WALK

by

Ben Fountain

Illustration by Toru Ogasawara
Design by Shinchosha Book Design Division

ビリー・リンの永遠の一日

ことの始まり

ブラボー分隊の兵士たちは寒さを感じていない。風が吹きすさんで冷たい感謝祭の日、夕方にはみぞれか氷雨の予報が出ているが、ブラボーたちはジャックダニエルのコーラ割りでぬくぬくと温まっている。これは、アメフットのある日の交通渋滞のおかげだし、リムジンのミニバーのおかげでもある。四十分で五杯というのは度を越しているかもしれないが、ビリーはホテルのロビーで消耗しただけに、リフレッシュが必要なのだ。ホテルのロビーでは、カフェインを摂りすぎた〝感謝する市民たち〟というタッグチームが、二日酔いで苦しんでいるビリーのうえでトランポリンをしているような状態だった。特にビリーにまとわりついたのは、青白い顔のスポンジケーキみたいな男。糊の利いたブルージーンズと洒落たカウボーイブーツに体を無理やり詰め込んでいる。「軍に入ったことはないんだけどさ」と男は巨大なスターバックスのカップを振り、体を揺らしながら言った。「でも、お祖父ちゃんはパールハーバーにいて、いろんな話をしてくれたよ」。それから彼は戦争と神と国に関する取り留めのない話を始め、ビリーはそれをただ聞き流していた。言葉が彼の脳のまわりでぐるぐると回転するがままに任せたのだ。

テロリスト

自由

悪

ナイナレブン

ナイナレブン

ナイナレブン

兵士たち

勇気

支援

犠牲

ブッシュ

価値観

神

クソみたいな運の悪さのおかげで、ビリーはテキサススタジアムで通路側の席に座らなければならない。午後のあいだじゅう、ほとんどずっとこうした連中の矢面に立つということだ。首筋が痛い。昨夜はあまり眠れなかった。五杯のジャックダニエルのコーラ割りは一杯ごとにビリーを深みに導いていったが、ホテルに横付けされたストレッチリムジンを見たときには、おどおどした憧れの気持ちが掻き立てられた。白雪姫のように真っ白な大型ハマー・リムジン（四輪駆動車のハマーを伸ばしてリムジンにしたもの）。片側に六つずつドアがつき、窓はプライバシーを最大限に保つために黒みがかっている。「俺の思ったとおりだ！」とダイム軍曹がバーに向かっていきながら叫んだ。派手な内装を見てみながワーッと喚声を上げるが、ビリーはすぐに立ち直れるという願いがすべて潰え、どんよりした暗い気持ちへと密かに沈んでいく。

「ビリー」とダイムは言う。「おまえ、人の話聞いてないな」

「聞いてます、軍曹」とビリーはすぐに答える。「ただ、ダラス・カウボーイズのチアリーダーのことを考えているんです」

「いいぞ」ダイムはグラスを上げ、特に誰に対してでもなく、くだけた口調で言う。「マック少佐はゲイなんだ」

ホリデイが金切り声を上げる。「おい、ダイム、本人がここにいるぜ!」

そのとおり。マクローリン少佐は後部座席に座ってダイムを見つめている。その視線には、氷のうえに置かれたカレイのような感情が込められている。

「やつには、俺の言ったことなんて聞こえやしねえよ」とダイムは笑う。マック少佐のほうを向き、しゃべるスピードをだんだんと幼児向けに落としていく。「マク・ローリン・しょうさ・どの! ここにいる・ホリデイ・ぐんそうは、あなたが・ゲイだと・いってます」

「おい、なんだよ」とホリデイは唸るが、少佐はちらりと棘のある視線を向けただけだ。それから拳を突き出し、結婚指輪を見せる。みなが吠え声を上げる。

リムジンのフラシ天の乗客席には十人乗っている。ブラボー分隊の生き残り八人と、報道係のマック少佐、そして映画プロデューサーのアルバート・ラトナー。アルバートはこのときうずくまってブラックベリーを操作している。可哀想な故シュルームと重傷を負ったレイクのものも数えれば、彼らが受けた勲章は銀星章二つに青銅星章八つ。この十の勲章について筋の通った説明などできようがない。「あの戦闘のときに何を考えていましたか?」とタルサのテレビ局の可愛いレポーターが訊ね、ビリーはどう答えようかと頑張って考えた。そう、ビリーは頑張った。いつでも頑張るのだが、答えはすり抜け、滑り落ちていく。その大事なところ、言葉にできないものがくるくると回りながら消えていく。

「わかりません」と彼は答えた。「車を運転しているときに挑発されて、カッとなるような感じでしょうか。そこらじゅうが爆発していて、仲間たちが撃たれていたから、こちらもやるしかなかった。本当に、何も考えてませんでした」

銃撃戦が始まるまで、彼はドジを踏むことばかり恐れていた。軍隊の生活はそのように惨めなものである。ドジを踏めば怒鳴られ、さらにドジを踏めばもっと怒鳴られる。しかし、基本的にしでかすに決まっている小さなドジ、些細で愚かしいドジのうえに垂れこめているのが、命に関わるドジをしかねないという気持ちである。すべてに影響を与えるような深刻なドジ、救済の希望をすべて潰してしまうようなドジ。あの戦闘から二日後、ビリーは食堂に向かう砂利道を歩いていて、死刑執行が延期されたような、あるいは釈放されたような感覚を抱いた。重荷が軽くなったような感覚。ビリーとしては、普通に息を吐く以上の努力をせずに得られた感覚なのだ。このアーッていう感覚、自分にも希望があるという気持ちだろうか？　自分が完璧に使い捨ての人間というわけではなさそうだ、というような。その頃には、フォックスニュースの映像がそこらじゅうに広まっていて、ブラボー分隊がアメリカに戻されるという噂が出始めていた。まともな精神を持っていながら、こんなことを信じる兵士はいない。墓穴を掘りそうなほどの希望的観測だったが、それがなんと、彼らは二時間後にバグダッドに送られ、さらに〝勝利の凱旋〟ツアーのために大洋を渡ったのである。

アメリカじゅうを二週間で、八人の国民的ヒーローたちが回る。と言っても、正確にはブラボー分隊というものはない。彼らはブラボー中隊の第二小隊、第一分隊であり、先述の分隊はアルファとブラボーのチームから成っている。しかし、フォックスの従軍記者が彼らをブラボー分隊と名づけ、その名で彼らは世界に知られるようになった。いまツアーの最後になって、ビリーはようやく落ち着きを取り戻し、飽き飽きし、休息不足でぼんやりとしている。過剰にプロデュースされたツアーに引き回された結果、最初の頃が懐かしく、悲しい気持ちになっているのだ。彼らは真夜中に急き立てられ、C130機に乗せられて、バグダッドから離陸した。敵からの攻撃を警戒してぐるぐると旋回しての離陸だった。シュルームも一緒だったが、彼は国旗を巻いた棺桶に入れられ、後部に載せられていた。ドイツのラムシュタイン空軍基地までのあいだじゅう、ブラボーの男たちが二人ずつシュルームのところに座っていたが、いまビリーが思い出しているのはほかの人々のことだ。さまざまな肌の色と訛りを持つ、二十人かそこらの民間人。飛行機で乗り合わせた連中である。幽霊ではない——幽霊にしてはふくよかすぎるし、世界の悲しみについてあまりに無頓着だ。飛行機が離陸した途端、彼らは派手なパーティを始めた。高級ウィスキーと、十台もの大型ラジカセから鳴り響く音楽。キューバの葉巻の森に火が点いた——機内はすぐに魔女の秘薬のような煙に満たされた。やがてわかったのは、彼らがグルメのシェフだということ。誰のための？　彼らは笑ってこう言うだけだった。「連合軍ですよ」。フランス人、ルーマニア人、スウェーデン人、ドイツ人、イラン人、ギリシャ人、スペイン人など——その国籍を聞いても、ビリーには特徴も意味も感じ取れなかったが、彼らは一人残らず友好的で、過剰に気前がよく、酒も葉巻も兵士たちに分け与えようとした。どうもイラクでたっぷり稼いだらしい。スウェーデン人の一人が子牛革のアタッシェケースを開け、バグダッドで入手したという金製品をビリーに見せた。こっそりと隠して持ち出した、けっこうな価値がある鎖やロープやコインである。実に純度が高いので、金色というよりもオレンジ色に輝いていた。葉巻の煙とはしゃいだ笑い声のなかで、ビリーはその鎖の一つを持ち上げ、重さを感じ取ろうとした。まだ十九歳で、自分の戦争にこんなものが関わるとは夢にも思わなかった。それから二週間経つが、自分にしろブラボーのほかの者たちにしろ、誰もこういうものを入手していない。これは何とも癪にさわる話ではないか。

「そうだ」とアルバートは携帯電話に向かって話している。彼の携帯は日本で買った特別な製品だ。日本は携帯電話の部門で他の国を二年分引き離している。「彼女に言ってくれ。この映画に怖気づくファンもいるだろうが、見てよかったと思えるところもある」。彼は少しだけ押し黙る。「カール、だからどうだって言うんだ？　これは戦争映画だぞ——全員が生きて帰れるはずがない」。一方、クラックは『ダラス・モーニング・ニュース』のスポーツ欄を声に出して読み、ホリデイとエイボートの賭けのために、アメリカカズ・ラインのオッズを聞かせている。この試合に関する賭けは二百通り以上あり、そのなかにはコイントスが表に出るか裏に出るか、デスティニーズ・チャイルドはどの歌でハーフタイムショーを始めるか、テレビ中継のアナウンサーはどのクオーターで最初にブッシュ大統領の名前を出すか、なども含まれている。

クラックはレシピを読むような口調でしゃべっている。「ドルー・ヘンソンの最初のパスは成功、マイナス200、不成功、プラス150、インターセプト、プラス1000」

「不成功」とホリデイが言い、自分の手帳に記入する。

「不成功」とエイボートも言い、自分の手帳に記入する。

「ビヨンセが俺とセックスするのはどのクオーターかっていうのはどうだ？」とサイクスが言う。

「あり得ねえよ」とホリデイが即座に言い返す。

「百万年かかってもな」とエイボートが表情を変えずに付け加える。サイクスがこの賭けに乗ると言っているとき、アルバートが携帯電話をパタンと閉じる。

「いいか、みんな。ヒラリー・スワンクが公式に関心を示したようだ」

ええ？　ええ？　誰？　「ヒラリー・スワンクって、女じゃねえか」とロディスがまくし立てる。

「どうして俺たちの話に乗ってくるんだ？」

「なぜ・なら」とアルバートはこの言葉にパンチを効かせつつ答える。こうすればブラボーたちの心が高まるとわかっているのだ。「彼女は彼の役をやりたいんだ」と言って彼はビリーを指さす。ブラボーたちは一斉にホーホーとはやし立てる。

「待って、ちょっと待って」。ビリーはみなと一緒に笑っているが、困惑もしている。世界規模の恥辱を味わうことになりかねないと予感しているのだ。「その人が女だったら、いったいどうやって――」

「実のところ」とアルバートは言う。「彼女はビリーとダイムの両方をやるって案を持ち出してる。両方の役柄を一つにして、それを彼女が主役としてやるんだ」

さらにホーホーというはやし声。今回はダイムに向けられているが、彼のほうは満足しているかのように頷くだけだ。「それでも僕にはわからない……」とビリーは呟く。

「彼女が女だからって、この役をできないってことにはならないさ」とアルバートは彼らに語りかける。「メグ・ライアンはあの戦争映画で主役をやった。デンゼル・ワシントンと共演した数年前のやつだ、あるいは、ヒラリーが男の役をやったっていい。彼女は男を演じてオスカーを取ったんだ。まあ、男になる女の役をやったんだけどな。とにかく重要なのは、彼女が可愛いだけの女優じゃないってことさ」

ほかにアルバートが話を持ちかけているのは、オリヴァー・ストーン、ブライアン・グレイザー、マーク・ウォールバーグ、ジョージ・クルーニーなどだ。ヒロイックな話で、悲劇的要素にも事欠かない。悲劇によって気高さが加えられたヒロイズムの物語。イラクに関する映画はこれまで興行成績ではふるわなかったし、それはアルバートによれば問題だが、ブラボーたちの問題ではない。この戦争は道徳的曖昧さの泥沼にはまっているかもしれないが、ブラボーの勝利はこうしたことすべてを吹き飛ばしている。ブラボーの物語は救出の物語であり、救出モノならではの心理学的な強みを完璧に備えている。こういう物語に人々は心の奥深くから反応するのだ。そうアルバートは彼らに話していた。誰にでも不安はある。基本的にいつでも破滅の一歩手前にいるような感覚を少しは抱いている。大金持ちでも、成功した人物でも、最も安全に生きている人でも、かろうじてぶら下がっているような永続的不安状態にいるのだ。自暴自棄な状態というものが人間であることの一部だからこそ、どんな形であれ救済がもたらされると――輝かしい甲冑をつけた騎士であれ、モルドール（J・R・R・トールキンの『指輪物語』に登場する国名）の燃え盛る斜面に舞い降りるデジタル画像の鷲であれ、遠くから突進してくる合衆国の騎兵隊であれ――人間の心理は強く揺さぶられるものなのだ。自分は正しいと証明すること、救済、死をかろうじて逃れることなど、どれも強力な素材である。実に強力だ。「君たちがあそこでやったことは、人間として最も幸福な結果に終わったと言えるのだ」とアルバートは請け合った。「それは我々に希望を与えてくれる。あれを見ると、我々は自分の人生について希望を抱くことを許される。そんな映画を見るのにお金を払わない人は、地球上に一人としていない」

アルバートは五十代の後半で、骨格ががっちりとした肉付きのいい男だ。髪はほとんどが白髪で、雲のように無秩序に伸び広がり、ごわごわの濃い揉み上げを中くらいの長さに伸ばしている。丸いレンズの黒縁眼鏡をかけ、ガムを嚙んでいる。手は大きくて、指は節くれだっており、耳からは黒いもじゃもじゃの毛が飛び出している。今日の彼は一番上のボタンを外した白いドレスシャツ、真っ赤なライニングのついた紺のブレザー、黒いカシミアのオーバーコートにカシミアのスカーフという出で立ち。しなやかな板チョコからできているかに見える、つやつやした上品なローファーを履いている。このだらしなさと上品さとの十字砲火にビリーは尽きせぬ魅力を感じてしまうのだが、同時にブラボーを朝飯代わりに食べて骨まで呑み込む世俗性をそこに感じ取るのだった。アル・ゴアやトミー・リー・ジョーンズといった人たちに直接電話をかける男、アルバート。ベン・アフレック、キャメロン・ディアス、ビル・マーレイ、オーウェン・ウィルソン、ボールドウィン四兄弟のうちの二人など、ギャラの高いスターを使って映画を作ってきた男だ。残念ながら、こうしたスターたちは今回みな先約があるか、出演者がみな助演級扱いになるような映画には興味を持たないのである。

「俺たちはこいつを『プラトーン』みたいにするんだ」とアルバートは次の電話で言っている。「助演級に加えてスターを使う。こいつはうまくいくぞ。ヒラリーはやる気満々だ」

ブラボーたちはしばらく耳を傾けている。ハリウッド・トーク。その種族特有の方言であり、声のトーンがつっけんどんな物言い、罵り言葉、脅し文句、酷評などの調子に次々に変わる。

「あり得ねえ。あいつと映画を作るくらいだったら、俺はマザー・テレサと寝るよ」

ブラボーたちはにやにやと笑う。

「ああ、そうだ。浣腸されているときに、ペニスにカテーテルを突っ込まれるみたいなもんだな」

ブラボーたちの目が飛び出し、笑った弾みで鼻水が飛び散る。

「戦闘が一度しかない？　ラリー、何言ってんだ。『ブラックホーク・ダウン』だって一度の戦闘だけだ。いいか、戦争映画だってのはわかってるが、その物語に人間としての共感を持ち込める監督が必要なんだよ」

沈黙。

「浣腸は我慢できる。我慢できねえのはカテーテルだ」

さらに鼻水交じりの馬鹿笑い。シートベルトをしていなかったら、ロディスはシートから転げ落ちただろう。

「いいか、ラリー、俺たちは二日の話をしてるんだ。坊やたちは二日後にはイラクに戻るから、無茶苦茶アクセスしづらくなる。おまえの弁護士が戦闘地帯にパラシュート降下するつもりなら別だけどな」

「オーケー」とクラックが紙をカサカサいわせながら再開する。「ドルー・ヘンソンの投げたボールがインターセプトされる――イエス、マイナス120、ノー、プラス105」

「イエス」とホリデイが言う。

「ノー」とエイボートが言う。

「ビヨンセは俺とセックスをしながらオッパイを見せるかどうか」とサイクスは言い、甲高い黒人女性のファルセットで歌い始める。〝兵隊さん、兵隊さん、兵隊さんが欲しい……〟。

「静かにしろ」とダイムが唸り声を出す。「アルバートが電話してるんだ」。これを合図にブラボーたちが一斉にサイクスに向かって叫び始める。〝黙れ、このアホ、アルバートが電話してるんだ！　静かにしろ、クソ野郎、アルバートが話そうとしてるだろ！〟　そのとき隣の車線のSUVが横並びになり、窓から女たちが――本物の女たちが――顔を出して、ハマー・リムジンに向かって叫び出す。おそらく大学生たちで、彼らより一、二歳年上だろう。リアリティTVで大騒ぎしているグラマーな純アメリカ女性たちのよい見本である。

「ねえ」と彼女らはノロノロ運転の車から声をかける。「窓を開けて！　ねえ、誰だかわからないけど、グレイ・プーポンのマスタード持ってる？（マスタードのグレイ・プーポン社のCMをパロディにしたジョークである）ウ――フ――、行け、カウボーイズ！　ねえ、窓を開けてよ！」

すごい、みんな美人で、みんなクソみたくラリッている。誇らしげな戦旗のように髪をなびかせ、喚き散らしている。ブラボーたちの最高の夢から飛び出してきたような女たち。サイクスとエイボートはそちら側の窓を開けようとしてうまく行かず、周囲から罵声を浴びる。それから子供がいたずらしないように設定されていると気づき、みなが運転手に向かって叫び始める。ついに運転手がスイッチを押し、窓が下がるが、女たちがしょげていくのもわかる。なんだ、兵士たちか。〝海兵隊員《ジャーヘッド》〟よ、とおそらく考えているのだろう。兵士ならみんな同じに見えるのだ。ロックスターじゃないし、高給取りのプロ選手でもない。映画界の人間でも、タブロイド紙が追いかけるような世界の人間でもない。どっかの億万長者がはした金で手配した車に乗っている一兵卒たち。つまらない軍支援のチャリティなのだろう。ブラボーたちはそれでも頑張るが、女たちは礼儀正しく相手をするだけだ。〝俺たち有名なんだぞ！〟とエイボートは叫ぶ。〝俺たちの映画ができるんだ！〟女たちは微笑み、頷き、もっと有望な相手を捜すかのように高速道路のあちこちを見回している。サイクスは窓から上半身を乗り出して叫ぶ。「俺、酔っ払ってるし、結婚もしてる！　でも、あんたたちのことを思いっきり愛しちゃうよ！」これに女たちは笑い出し、一瞬だけ希望が感じられるが、ビリーには彼女らの変化が見て取れる。その目からはすでに光が消えかけているのだ。

彼はシートにもたれ、携帯電話を取り出す。どっちにしても、彼女らはふざけているだけだ。〝気をつけ！〟というテキスト・メッセージが姉のキャスリンから届いている。

　　あれはズボンのなかにしまっておきなさいよ

それからもう一人の姉の夫である荒くれ男のピートからのメッセージ。

　　チアリーダーに一発かませ

続いて、彼のことを放っておいてくれないリック牧師から。

私は、私を尊ぶ者を尊ぶ（旧約聖書サムエル記Ｉ二章三十節より）

これだけだ。ほかにテキストメッセージはないし、電話も何もない。なんだこれ、俺には知り合いはいないのか？　俺はちょっとした有名人なんだぞ。少なくとも、みんながそう言うんだから、そうなんだろう。車が流れ始め、ワイルドな女たちを見失ってしまうが、前方の地平線にスタジアムが見え始める。郊外の大草原から立ち上がる姿は、四分の一ほど欠けた月が充血し、そこに疣《いぼ》が散らばっているかのようだ。ブラボーたちは今日、全国ネットのテレビに映ることになっている。詳細は未定で、誰も実際の段取りを知らない。何か台詞があるのかもしれない。インタビューされるのかもしれない。ハーフタイムショーに出るという話もあり、そうなるとデスティニーズ・チャイルドに会えるという希望が湧くのだが、それ以上ではなくても同等にありそうなのは、おだてられ、甘言で騙されるか、しつこく付きまとわれたり無理やり押し切られたりして、信じられないほど恥ずかしくてつまらない役をやらされることだ。ローカルＴＶ局のやってきたことはこれまでもひどかった。オマハでは、ブラボーの一人が動物園の新しい猿とぎこちなく〝交流する〟映像が流された。フェニックスではスケートボードの公園に連れていかれ、尻もちをつくマンゴーの姿が夜のニュースで流された。普通の人間がテレビに出ようとすると、こういう屈辱が常についてまわる。そのためビリーは絶対にこういうことはしないと決心していた。今日は絶対にしない、全国ネットの放送なんてとんでもない。自分はご免です！　ありがとうございます！　自分は阿呆のようなふるまいをするのは拒否させていただきます！

　こうした可能性を考えると、針でつついた傷から空気が漏れ出るように、ビリーのはらわたから不平が漏れ出てくる。彼はテレビに出たいし、出たくない。惨めな姿を晒すことなく、しかも女をモノにするチャンスにつながるのであれば出たい。しかし、スタジアムがデス・スター的な大きさで窓の外に迫ってくると、自分が本当に今日という日に立ち向かえるのかどうかわからなくなる。ここ二週間、自信を保とうともがき続け、自分の身長よりも深い水のなかを歩くような感じでやってきた。まだ若すぎるのだ。知識も足りない。父親が司会をしていた三流どころの改造自動車レースを除けば、プロスポーツのイベントに行ったこともない。実のところ、彼はここから百三十キロ西のストーヴァル出身なのに、伝説のテキサススタジアムに行ったことがなかった。テレビという、きれいごとだけを見せるメディアを通してしか見たことがなかったので、初めて生でスタジアムを見るのは歴史的なイベントのように、少なくとも歴史的なイベントに迫っているように感じられる。ビリーはその細部をじっくりと真剣に眺める。規模の大きさとユーモアのなさ、容赦ない剝き出しの醜さを吟味する。飾り立てた姿をテレビで何年も放映され続けたので、この場所には神秘やロマンス、州や国のプライド、大規模な公共建造物に備わるファラオの墓のような来世の雰囲気がついて回る。こうした雰囲気のために、ビリーの心のなかのスタジアムは手っ取り早く集団的超越へと導くもの、あるいはそこへの直接の入り口のように感じられてきた。そのため実際のみすぼらしさを見せられると、むかつくほどがっかりしてしまうのだ。大きいということは認めてやろう。しかし、この場所は中途半端な素人仕事に見える。屋根はタイルをでたらめにつぎはぎしたかのような醜い代物だ。中年の体のようにだぶついたところ、しまりのないところがあり、腹はぷよぷよで前立腺が肥大した感じがする。岸に打ち上げられた鯨のような、重力に負けた雰囲気。ビリーはできたばかりのスタジアムがどんなだったかを想像しようとする。何年前だろう？　三十年前？　四十年前？　そのころの新鮮な輝きと秘めた可能性を思い描く。ビリーにとって、過去は常にあやふやなものだが、彼がいまスタジアムを見て感じていることと、家族に関して考えていることには密かなつながりがある。同じような心の重さ、同じような無気力と憂鬱、感傷的なエモ・ロック（一九八〇年代のハードコア・パンクから派生したロック音楽の一形態）的な機嫌悪《ファンク》さとでもいうもの。それは何かリアルなものを仄めかしているという点で、ほとんど心地よく感じられるほどのものだ。まるで悲しみが真の現実であるかのように？　それについて真剣に考えたことはないが、彼は喪失に至るのが標準的な道筋だと信じるようになっている。世界に新しいものが現われたとする――たとえば赤ん坊、あるいは車か家、あるいは個人が特別な才能を示したとする。運がよくて、しかも精神的、肉体的な努力を惜しまなければ、しばらく順調に進むかもしれない。しかし最終的かつ究極的に、それも下降線をたどるのだ。これは残酷なほど自明な真理であって、どうしてもっと広く認識されていないのか彼にはわからない。だから、ある状況がひどいことになったとして、それに対して一般大衆がショックを受けたり憤ったりすると、そのことに軽蔑を感じてしまう。戦争が泥沼化した？　ああ、当たり前だろ？　9・11？　起こるのは時間の問題だったよ。彼らは我々の自由を憎んでいる？　おいおい、やつらは俺たちの本質を憎んでるんだ！　アメリカ人はもっと物がわかっているのではないかとビリーは密かに考えているが、この国にはティーンエージャーのドラマにとどまっている部分もある。無垢が失われたことを大げさに嘆き、自分を正当化して哀れむという、いわば慰めの泥のなかをのたくっている部分。

「クソ」と誰かが呟く。沈黙を破る障害物のようなもの――最初にスタジアムを見たときの興奮が醒めてきて、言葉が出なくなっていたのだ。彼らから元気を奪ったのは天気なのかもしれない。この初冬の陰鬱さ。あるいは、これからのイベントへの不安感、またはただの疲れ、今日これからたくさんのことを求められるという重荷。どちらにせよ、ブラボーたちは沈黙には向いていない。馬鹿話やナンセンスこそが彼らの得意なスタイルだ。しかし、恐れを抱きつつ考え込む時間は大きな看板の出現によって終わる。丁寧に作られた手書きの看板が道端の電柱に括りつけられているのだ。〝イラクを尻からレイプするのはやめろ！〟その下に誰かがこう書き加えている。〝あら、お下品〟。ブラボーたちは一斉に爆笑する。

ブラボーたちはキックオフの二時間前に到着する。彼らをどう扱ったらよいのか誰もわかっていない様子で、しばらく用意された席に腰を落ち着けることになる。ホーム側の四十ヤードライン付近、前から七列目。サイクスとロディスは、こんなやばい席の値段がいくらするかとか、ネットオークションに出したらどこまで値を吊り上げられるかなどと話し始める。四百ドル、六百ドルと、どんどん値は上がっていくが、彼らの分析は雰囲気と希望的観測以上の何にも基づいていない。くだらない会話なので、ビリーは聞かないように努める。彼は通路側の席で、左隣りがマンゴー。彼らはしばらく昨夜のことや、ここにいられるのは素晴らしいといった話をする。そうじゃなかったら、今ごろヴァイパー前線基地で耳から砂を掻き出していたりするのだ。エイボートと呼ばれているエベールがマンゴーの左に座り、それからデイと呼ばれているホリデイ、続いてロディスが座っている。ロディスはカムロード、パンツロード、あるいはただのロードと呼ばれている（loadには「一回の射精」の意味がある）。さらにサイクスがいて、彼はサックス（嫌悪感を表わす言葉）という以外に呼ばれたことがない。その隣りがコッチだが、これはコークとも読めるので、そこからコカインを表わすクラックと呼ばれるようになり、尻の一部が見えていたりすると〝クラック見えた！（crackには「尻の裂け目」の意味もある）〟と言われたりもする。それからダイム軍曹、アルバートの空席、さらにマック少佐という永遠に謎の人物がいる。誰もが寒いと言うが、ビリーは寒さを感じない。夕方にはみぞれか氷雨という予報で、スタジアムのドームの開いているところから天気がひどくなっていくのが見える。雲がスチール製のたわしのようにもくもくと毛を逆立てている。半分しか埋まっていないスタンドには――まだ時間が早いからだが――床磨き機か送風機の低い唸り声が響いている。

「ロード！」とダイム軍曹が吠えるように言う。「フットボールフィールドの長さはどれくらいだ？」

ロディスは〝簡単すぎる〟とばかりに鼻を鳴らす。一日に少なくとも十回、彼は絶対の自信を見せることが本当の阿呆の証明だと示さずにいられないのだ。

「百ヤードです、軍曹」

「違う、馬鹿野郎め。ビリー、フットボールのグラウンドの長さは？」

「百二十ヤードです」とビリーは答える。低い声を保とうとするが、ダイムがヒューヒューとはやし立て、ブラボーたちもあとに続く。

すごいぞ、ビリー、よくやった。ビリーはダイムがこういう調子になると周囲を意識せずにいられない。ダイムはわざわざ彼を選んで贔屓したり褒めたりし、そのやり方があまりにあからさまで、まるでほかのブラボーたちに反論してみろと挑んでいるかのようなのだ。罰を与えているような感じだが、誰に対する罰なのかビリーにはわからない。ただ、攻撃的な調子で教え諭すのがダイムの得意なやり方である。駄目だ、とダイムはいまサイクスに向かって叫んでいる。サイクスはちょっとした賭けをする許しを請うているのだ。クレジットカードの限度額を超えてポルノに注ぎ込んだため、ダイムは彼の金の使い方を厳しく監視しているのである。

「軍曹、たったの五十ドルですよ」

「駄目だ」

「ずっと貯めてたんで――」

「サックス、おまえは今朝の〝黙り薬〟を飲んでないのか？」そう言ってダイムは下の席をまたいで下り、ブラボーの前の空席を横向きに歩いてくる。「みんな、調子はどうだ？」と彼は列の最後まで来たところで言う。

「お願いです、軍曹――」

「ああ、そうしろよ。でも、賭けは駄目だ」

「一銭残らずカミさんに送ります――」

「駄目だ」

「くつろいでますよ」とマンゴーが言う。

「おまえがこれ以上くつろいだら、串に刺して、マンゴーキャンディにして売ってやるわ。ロディス、まだフットボールフィールドは百ヤードだと言い張るのか」

「そうです！」とロディスは列の端から叫ぶ。「いつからエンドゾーンまで長さに入れるようになったんですか？」

「軍曹」とサイクスが哀れな声で訴える。「今回だけですから――」

「うるさい！」とダイムは長い首をひねって叫ぶ。まるで自ら首をくるくる回し、体から頭を外そうとしているかのようだ。それから彼の視線はビリーにとどまる。これだ、いつもの視線。ダイムの炎のような凝視がビリーに固定され、ビリーは縮こまってしまう。最近こうしたことがよく起こり、ビリーを動揺させるのだ。一点を見つめるダイムの冷静な灰色の瞳。しかし、その周囲には荒れ狂うエネルギーが渦巻いていて、ハリケーンの中心にいるように感じられる。

「ビリー」

「軍曹殿」

「ヒラリー・スワンクの件についてはどう思う」

「わかりません、軍曹。ちょっと変な感じがしますね、女が男を演じるっていうのは」

「だが、ビリー、聞いただろ、変なのが新しいスタンダードなんだ」。ダイムは試合当日のエネルギーで沸き立っている。腕を振り回し、腰を振ってフェイントやスラントの動作をする。「だが、たぶんヒラリーは女の役をやるんだ。アルバートが言ってたろ。おまえを女に変えるんだよ。それはどうだ？　だからこれからの人生、おまえは常にこう言われ続ける。〝見ろ、あれがビリー・リンだ。あの映画はビリーを女にして作られたんだが、やつはそれを承知したんだぞ〟ってな」

「彼女はあなたの役もやりたがってるんですよ、軍曹。どうお考えですか？」

ダイムは唇を突き出して笑う。「そうだな、ヒラリーが俺を二週間だけ恋人にする気があれば許してやろうって感じかな」

今度は本当に笑う。そのキャッキャッという笑い声には、賢くて冷めやすいタイプの人間のひねくれた無邪気さがある。デイヴィッド・ダイム二等軍曹は二十四歳で、ノースカロライナ大学を中退した男。『ウォール・ストリート・ジャーナル』、『ニューヨーク・タイムズ』、『マキシム』、『ワイアード』、『ハーパーズ』、『フォーチュン』、そして『ダイス・マガジン』を購読していて、それに加えて週に三冊か四冊本を読む。だいたいは歴史か政治に関する中古の教科書で、彼のクレージーなほど熱心な妹がチャペルヒル（ノースカロライナ大学の所在地）から送って来るのだ。ゴルフ選手としての奨学金で大学に行ったという噂があるが、彼はこれを否定している。高校時代にアメフットのクオーターバックのスター選手だったという話については、覚えていないと言う。しかし、ある日ヴァイパー前線基地でフットボールをすることになり、ダイムはその機会に夢中になった。しばらく眠っていた筋肉の記憶がノスタルジアによって呼び覚まされたのだろう、彼の六十ヤードのスパイラル・パスはデイの頭上を大きく越え、基地の待機自動車だまりに飛び込んだ。アフガニスタンへの派遣で名誉戦傷章と青銅星章を受け、中隊の軍曹たちのあいだでは〝クソ・リベラル〟で通っている。しかしブラボーがほかと大きく違う点、そしてビリーが気づくまでに時間がかかった奇跡は、分隊に一人ならず二人も、明らかに素晴らしい戦士でありながら、一般的に信じられていることに洟もひっかけない人物がいるということだった。チェイニー副大統領が兵士たちの士気を高めるためにヴァイパー前線基地を訪れたとき、ダイムとシュルームは異常なほどはやし立て、トリップ大尉がそこに野卑な嘲りを感じ取ったほどだった。ウーウー、ヤー、ディック！　地獄に落とせ！　一発かませ！　ウーウー、ターバン頭を蹴っ飛ばせ！　小隊全体がクスクス笑いに包まれ、みなが小便をちびりそうになった。見かねた大尉が「声のトーンを下げろ」というメモをダイムに回したが、チェイニーは自分が熱狂的に迎えられたと思って嬉しそうだった。LLビーンのカーキ色のズボンをはいて両手をポケットに突っ込み、首までジッパーを上げてNASAのウィンドブレーカーを着込んでいる。この恰好でステージに立ったチェイニーは、ヴァイパーのファイティング・スピリットに敬意を表し、彼らを勇気づける戦争関係のニュースを発表した。〝疑いの余地はない〟と彼は言った。〝最近得た秘密情報によれば〟、〝戦場の司令官たちは〟などなど。電話の自動音声のようなチェイニー独特の調子でしゃべられると、すべてがクソみたいにもっともらしく聞こえた。じゃあ、彼はなんて言ったんだ？　あ、そうだ。反乱はじきに収まると言ったんだ。

「アルバート！」とダイムが大声で言う。「ビリーはヒラリー・スワンクが変だってさ」

「待ってください、違いますよ」と言ってビリーは振り向き、アルバートが階段を下りてくるのに気づく。心ここにあらずといった感じの、西海岸的なクールな笑みをたたえている。「ただ、彼女が男の役をやりたがるのが変だって言ったんです」

「ヒラリーなら大丈夫だ」とアルバートが穏やかな声で言う。「実のところ、彼女はハリウッドでも有数の素晴らしい女性だよ。しかし、ちょっと考えてくれ、ビリー」。アルバートにファーストネームで呼ばれるたびに、若き兵士ビリーは衝撃を受ける。そんな必要ねえよ、と言いたくなる。俺の名前なんて覚えてくれなくていいさ、と。「どんな俳優だって、自分と違う性の役をやるのはものすごい挑戦だ。彼女が興味を抱くのも理解できる」

「やつは女が自分を演じるのが気に入らないんです」とダイムは言う。「おカマだって思われるのが嫌なんですよ」

「アルバート、軍曹の言うことは一言も信じないでください」

アルバートはハッハッハと笑い、それを聞いてビリーはサンタクロースを連想する。胴回りが太くて賑やかな男。「リラックスしてくれ、みんな。そういう心配をするまでには、まだまだ時間がかかる」

アルバートの目標は、ブラボー一人ひとりに十万ドルの手付金を払い、映画化の権利を得ることだった。彼らの人生の物語を使う権利と、いろいろなわかりにくい料金、歩合、パーセント、その他さまざまな理解できないもの——アルバートを信用するしかないすべてのものに関する権利である。ここ二週間、彼は〝勝利の凱旋〟に唐突に飛び込んできては、姿を消すというのを繰り返していた。ワシントンDCでブラボーと会い、ジェット機で飛び立つ。次にデンヴァーで会い、ジェット機で飛び立つ。フェニックスで会ってジェット機で飛び立つ。そしていまがツアーの最後、ダラスである。二週間前、彼は感謝祭までに契約を結ぶと言った。以来、すべてが予定通りいっているかに見えるのだが、ビリーは熱が冷め始めたように感じている。この話を盛り上げていくのに、アルバートの側がかすかに無理しているように感じてしまうのだ。ブラボーのほかの者たちはこういうことを言わないので、ビリーの思いすごしかもしれない。たぶんビリーの誤解なのだ。神様、僕の誤解であってください。すべてが終わって少しだけお金持ちになっていたら、稼いだお金はすべて最も価値のあることのために使いますから。ビリーがフォートフッド（テキサス州中部の陸軍基地）で入隊したとき、ダイムとシュルームは彼のことをチンピラ、暴漢、不良などと言って四六時中からかった。それも、親しみを込めたからかい方ではない。何らかの理由で、彼らはビリーを嫌っていたのだ。陸軍との契約が三年半もあることは言うに及ばず、派遣の日も迫り、この重荷を何とか肩から降ろさなければ参ってしまう。そう思っていたある日、彼がジムで筋トレをしていると、また二人がやって来て彼をからかい始めた。例によって見下げた野郎、暴漢、チンピラといった言葉の羅列だ。ビリーは彼らをロビーまで追いかけていき、できるだけ礼儀正しい言い方で語りかけた。ダイム軍曹、ブリーム軍曹、私は不良でも暴漢でも、チンピラでもありません。そういうふうに私を呼ばないでください。私は小隊と中隊の役に立とうと必死に頑張っているだけです。

いや、とシュルームは言った。おまえはクソみたいな不良でチンピラだよ。チンピラじゃなきゃ、人の車をボコボコになんかしない。

クソ、とビリーは思った。どうして知ってるんだ？「それは誰の車かによります」と彼は言った。

で、誰のだったんだ？

私の姉のフィアンセです。元フィアンセです。

これに彼らは興味を示した。どんな車だ？　とダイムは訊ねた。

サーブです、とビリーは説明した。五速のコンバーチブルで、グラファイト合金のリムがついていて、新車で買って三カ月しか経っていませんでした。このときには二人ともビリーの話をじっくり聞こうという構えになっており、そこでビリーはキャスリンの話を始めた。彼の二番目の姉で、家族のスター。ものすごく美人で、優しくて賢く、奨学金も受けてテキサス基督教大学に入学した。そこまではよかった。ビジネスを専攻し、女子学生社交クラブに入り、毎学期ごとに優等生名簿に名が載った。すべてよかった。三つ年上の男と婚約した。MBAを取ろうとしている堅物の軟弱男で、自分を買いかぶりすぎている印象があった。それでもよかった。まあ、ビリーは内心この男を嫌っていたが、だいたいのところはよかった。それから五月のある雨の朝、大学二年生の最後の時期に、キャスリンは仕事に向かうために車を運転していた。ブリン保険会社で受付係として、そしてブローカー訓練生として働いていたのだ。そこまではすべてよかったのだが、そのときキャンプ・ボウイ大通りで、彼女の車はメルセデスにT字衝突された。この巨大な黒い物体がハイドロプレーニングを起こし、彼女の車に向かってくるくると旋回してきたのだ。このときのことで彼女が何よりも覚えているのは音だった。死の天使が翼を羽ばたかせているかのような、ウーフウーフウーフという回転する渦の音。次に気づいたとき彼女は大の字になり、三人の白髪交じりのメキシコ人に見下ろされていた。三人は段ボールで彼女に雨が当たらないようにしていたのである。キャスリンは話がこの部分に達するといつでも泣き出す。泣き崩れずにこの部分を話すことができないのだ。三人の男が目を丸くし、恐れおののきつつ、そこに立っていたこと。彼らの服がびしょぬれだったこと。スペイン語を囁き合っていたこと。そして、何らかの捧げ物をするかのように、段ボールを大事そうに持ち上げていたこと。

お礼もしなかったわ、とキャスリンはいつも言う。ただ彼らを見上げて寝そべっていただけ。話せなかったから。実のところ、すべての医者が彼女は死んでもおかしくなかったと言った。骨盤と脚が折れ、脾臓が破裂し、肺がつぶれ、大量に内出血した。さらに顔と背中に複雑な針仕事が施された――首から下が百七十針、上が六十三針。すぐによくなるよ、と形成外科医が次の日に言った。一、二年かかるかもしれないけど、必ず元に戻す。私がいつもやっていることだから、と。しかし、軟弱男はこれに耐えられない。事故から三週間後、彼はストーヴァルに車で来て、婚約を破棄する。それを聞いて、おとなしいキャスリンが婚約指輪を彼の顔に向かって放り投げる――蜘蛛かナメクジが手を這っているのを見つけて放り投げるように。しかし、ビリーはもっと積極的な行動を求められているように感じた。姉が、家族の名誉が、基本的な人間としての品位が、そのほか多くのもののすべてが、決定的な危機に陥っているように思われた。彼はフォートワースに車で行き、軟弱男のコンドミニアムの外に彼のサーブを見つける。そして、途中で買ったトゥルーヴァリュー金物店のバールを使い、その車をスクラップとスペア部品に解体することにする。車の屋根に昇り、フロントガラスに向けて最初の一撃を振り下ろそうとするとき、心が清められるような静謐さを全身に感じる。彼にはやるべき仕事がある――それがその瞬間の感覚だ。権威との衝突と、自ら招いた数々のドジとで彩られたボロボロの思春期を経て、彼はこれだけはしっかりやろうと決意していた。落ち着いてバールを振り上げ、慎重に考えて打ち下ろす場所を選ぶ。解体作業は楽しかった。車のアラームがけたたましい音を上げても、彼の集中力は乱れない。何か強烈なことが起きなければならないという思いがしばらく前から湧き起こっていたのだが、今こそがそれなのだ。

彼は高校卒業を二週間後に控えていた。何度か面談を受け、公的な場にさんざん引きずり回された挙句、教育委員会は次のような決定を下した。ビリーは卒業証書を受け取るが、それは郵送によってである。〝行進〟は許さない――つまり、卒業生がステージに上がって証書を受け取る伝統的な儀式には出席させない。「行進はできないからな」と教育委員長は言い渡したが、その声は教会の牧師が思い切り暗く厳粛な声で何かを非難したかのようだった。ビリーは込み上げてくる笑いを抑えられずに喉が爆発するのではないかと思った。まるで行進したがってるみたいじゃないか！　ウー、行進できないぞだって？　ウー、僕の人生は終わりだって！　教育委員会と交渉した弁護士は、ビリーが刑務所入りを免れるために引き続き頑張らなければならなかった。サーブの解体作業よりも、軟弱男を駐車場じゅう追い回したことのほうが問題だったのだ。それもバールを抱えて。「あいつをぶちのめすつもりはなかったです」とビリーは弁護士に打ち明けた。「ただ、逃げ回るのを見たかったんですよ」。実を言えば、ビリーは立っていられないほど笑い転げていたので、〝追い回す〟と言えるようなことはほとんどできなかったのだ。

地方検事は重罪の告発を器物損壊に留めることに同意した。ただし、ビリーが陸軍に入隊するのなら、である。追放される場所として、これは悪くないように思えた。刑務所に入って、牧師《プリーチャー》とか豚《ホーグ》とか呼ばれる連中に毎晩レイプされるよりはよっぽどいい。それで彼は十八歳にして兵士になったのだ。歩兵隊の二等兵。最下層のまた最下位である。

それで、お姉さんはどうした？　ビリーの話が終わったとき、シュルームが訊ねた。

前よりはよくなりました、とビリーは言った。大丈夫だろうって話です。

それでもおまえは不良だよ、とダイムは言った。しかし、あのようにいじめられることはなくなった。

だいたいは頭のなかのことだけど、それを癒す手段はある

ジョシュが頭痛薬のアドヴィルを早く持ってきてくれないかとビリーは願っている。ジャックダニエルのコーラ割りを五杯飲み、二日酔いがさらにひどくなった。しかも飲むのをやめると、頭痛がもっとひどくなったのだ。ダイムとアルバートが通路に並んで立ち、ダイムが昨日のシュルームの葬式について話している。最も厳粛なセレモニーになるはずだったもの——老子やアレン・ギンズバーグの「ウィチタ渦巻経」からの朗読、地元のクロウ・インディアンの老人の祈りなどにより、シュルームの精神性を称えるはずだったものが、キリスト教徒の気味悪い集団による奇怪なショーになってしまった。教会の外で小さな集団が〝神はあなたを憎む（テサロニケ後書一章八節）〟とか〝アメリカの兵士たちは地獄に落ちる〟といった看板を掲げ、声を張り上げた。妊娠中絶、死んだ赤ん坊、アメリカに対する神の呪いといったことについて、シュプレヒコールを繰り返した。

クレージーだ、とアルバートは言う。むかつくよ。けしからん。

「なあ、アルバート」とクラックが声をかける。「これも映画に入れてくれよな」

アルバートは首を振る。「誰も信じないよ」

グッドイヤー・タイヤの飛行船が頭上をゆっくりと通り過ぎる。ときどきガクンと動くさまは嵐のなかの快速帆船だ。大型スクリーンは偉大なる故〝ブレット〟・ボブ・ヘイズを称える映像を映し、ボックス席のうえにはカウボーイズの名選手たちの名前と背番号が映し出されている。ストーバック、

メレディス、ドーセット、リリー。これは間違いなくすごい機会だ。今日、これ以上のスポーツイベントは世界のどこでも行われていない。そして、ブラボーたちはまさにその真っ只中にいる。二日すると彼らはイラクに戻され、延長されてあと十一カ月となった駐留期間を過ごす。しかし、いまはすべてアメリカ的なものから成る安全な子宮の奥深くに守られている——フットボール、感謝祭、テレビ、約八種類の警察や警備保障会社のスタッフたち、そして幸運を祈ってくれている三億人の同胞たち。あるいは、クリーヴランドの老人が震える声で言ったように、「あんたたちこそがアメリカなんだ」

ビリーはこういう気持ちを示されるといつでも礼を言うのだが、彼らが何を言いたいのかはわからない。たったいま彼が考えているのは、吐けば気分がよくなるだろうかということ。マンゴーに小便をしに行くと言うと、マンゴーはダイムが見ていないかどうか見回し、「ビールが欲しくないか?」と囁く。

いいね。

彼らは一段飛ばしで階段を昇る。スタンドにいる数人から激励の声をかけられ、ビリーは手を振って応えるが顔は上げない。ビリーは頑張っている。自分の命を守るために階段を昇っている。実のところ、空っぽで巨大なスタジアムの引力、引き波のように彼を引き戻そうとする力に抗して戦っているのだ。ここ二週間、巨大なものに圧倒される思いだった。給水塔、高層ビル、吊り橋などの巨大さに気力を奪われてきた。ワシントン記念塔を通りかかるだけで、膝に力が入らなくなった。周囲の生気ない空から甲高い泣き声を引き出しているみたいな巨大建造物。だからいまビリーは顔をうつむけ、前に進むことだけに集中している。そしてコンコースに着くと気分がよくなる。トイレを見つけ、吐くのはやめて小便をする。それからパパ・ジョンズでビールを買う。厳密に言えば、軍服姿で酒を飲んではいけないのだが、見つかったら軍に何をされるっていうんだ？〝イラクに送り返される？〟とはいえ、二人のブラボーはビールをコカコーラのカップに注いでくれと頼む。しかし、飲む前にビリーはマンゴーに自分のカップを手渡し、コンコースで腕立て伏せを五十回する。筋肉がたるんでしまったのが我慢できない。ここ二週間、飛行機と車とホテルの部屋ばかりで運動する時間はなく、心や体を引き締める機会などなかったのだ。ブラボーたちの軟弱化こそ、ここ二週間で進行してきたことであり、このままではたるんだ状態で戦争に戻ることになる。それに比例して効率性もぐっと下がっているはずだ。

立ち上がると、ビリーの頭はガンガンと痛むが、ほかの部分は調子がよくなっている。「腕立て伏せのチェイサーはビールだな」とマンゴーが言う。

「そいつはいいね」

「ビールを水で薄めていると思うか？」

「まあ、飲んでみろよ」

「薄めてないって言うんだが、飲んでみるとわかるんだ。普通のビールと違う」

ビリーは頷く。「それでも俺たちは飲んでるけどな」

「ああ、それでも飲んでる」

二人は壁を背にしてビールをすすりつつ、通り過ぎていく群衆の姿に満足感を覚える。ありとあらゆる種類の人間が通り過ぎるので、まるで自然を扱うドキュメンタリー番組で鳥の渡りを見ているかのようだ。あらゆる体型、年齢、体の大きさ、肌の色、収入のレベルを示す人々がいる。とはいえ、人口統計上の主要グループは太ったアングロサクソン系だ。彼らに代わって前線の兵士として戦ってきただけに、ビリーは自分が彼らについてしょっちゅう考えていることに気づく。彼らは何を考えているのか？　何を欲しているのか？　自分たちが生きているってことを知っているのか？　まるで長いあいだ死と隣り合わせでいなければ、いまの人生をフルに生きられないかのようではないか。

「あいつらは何を考えてるんだと思う？」

マンゴーは口ごもるが、それからコヨーテのように唇を広げて笑う。「重大なことだろうな。神についてとか、哲学とか。人生の意味とか」。二人はハハハと笑う。「あり得ねえ。やつらを見てみろよ。今日の試合のこと、賭けをした予想点差が当たるかどうかって、そんなことしか考えちゃいねえ。自分の席は雨に降られるかどうかとか、何を食おうかとか、次の給料日までどれくらいだろうとか。そんなクソみたいなことばかりさ」

ビリーは頷く。自分の想像とだいたい同じだ。こんなありきたりなことしか考えないからといって、彼らを責めるつもりはない。しかし、しかし……戦争に行ってきたいま、少しくらいこれ以上のことを望みたい気持ちにもなっている。飽食した反芻動物のように顎をだらりと下げ、どんよりとした目でこちらを見つめているだけではなく。ああ、同胞よ、アメリカ人よ！　預言者の目で世界を見よ！

観客のほぼ全員が何らかのカウボーイズ・グッズを身につけている。パーカー、青い星のロゴが入った帽子、特大サイズのジャージ、フード付きスウェットシャツ、銀と青のスカーフ、大きなイヤリング、その他もろもろのカウボーイズのアクセサリー。小さなカウボーイズのヘルメットを頬に描いている者たちもいる。贔屓チームへの愛情をこんなに真剣に示していることに対して、ビリーは感動を覚える。男たちのほうが試合観戦のファッションの才能が女たちよりも乏しく、コートの下からカウボーイズのジャージの裾がはみ出した恰好で歩いている。ズボンがブーツの踵のあたりでたるんでいるため、縦のラインはみっともないくらい寸胴に見える。まるで十二歳の巨大な子供たちが歩いているかのようだ。

ああ、同胞よ。ビリーたちはうまく仕事をやってのけたという態度でビールを飲み終える。席に戻る途中、ビリーは視線を通路の階段にしっかりと固定し、顔めがけて襲ってくる〝無〟を見ないようにする。そこに漂う巨大な空虚を感じると落ち着かなくなるのだ。中心部分の何もない空間はある種の真空となり、すべての重力が逆流して、頂上で口を開けている通風孔に吸い込まれていくように思えてくる。ビリーは本当に汗だくになって席に戻る。ブラボーの兵士たちにはテキスト・メッセージを送っている者、フィールドを見つめている者、ガムを嚙んだり嚙み煙草をカップに吐き出している者などがいる。それからマンゴーがうっかりと大きな音を立ててゲップをする。**ビール!** と叫んだも同然で、血の匂いを嗅ぎ取った鮫のようにダイムがこちらを振り返る。

「マック少佐はどこです?」とビリーは機転を利かして訊ねる。注意を逸らそうという下手な作戦だが、これはうまくいく。ダイムは顔をしかめ、左右を見回す。

「マック少佐はどこだ?」と彼は分隊に向かって唸るように言う。ブラボーは一斉に首をカクカクと動かし、それから笑い出す。ブラアアアア! マック少佐が消えたぞ!

「ビリー! マンゴー! マック少佐を捜せ」

また階段を昇りながらビリーは背中を丸め、あの恐ろしい空間に対して身構える。スタジアムは大きい。しかも歪んでいる。これは人間の精神の歪みだ。二人はパパ・ジョンズにまっすぐ向かい、ビールをもう二杯頼む。ビリーが腕立て伏せをしていると、今度はちょっとした群衆が集まってくる。彼らは回数を一緒に数え、終わったときには歓声を上げる。「もう一回やって!」と誰かが叫ぶが、ビリーは頭を下げてビールを持ち上げ、ごくごくと飲む。それからマンゴーとともに歩き始める。

「簡単に見つかるはずだな」

「ああ。たったの——何人だ?——八万人ほどか?」

「おまえがマック少佐だったらどこに行く？　それから、いつそこに行く？」

「おい、やつはマザーシップに戻ったのかもしれないぜ」

二人は笑う。マック少佐はめったにしゃべらないし、食べたり飲んだりもほとんどしない。用便しているところを見られたこともない。そのためブラボーたちのあいだに、この報道係が新種の人間ではないかという憶測を呼んでいる。栄養の摂取と排泄は皮膚の毛穴を通してしているのではないか、と。しかし、謎の裏ルートによってダイム軍曹が少佐の過去を突き止めた。少佐は初めて戦場に出た日、一度ならず二度までも爆弾で吹き飛ばされ、その結果重度の――しかしまだ何とも診断できない――聴覚障害を負うことになった。いまのところ広報の仕事をあてがわれてはいるが、陸軍は彼をどうするか検討中だというのである。少佐は彫像のような顔だちをし、顎の中央に切れ込みがあり、鉄のような背骨を持つ兵士の見本のような男だ。どこを取っても兵士の理想像に見える。彼がこんなに長く軍にいるのはそれが理由なのかもしれない。というのも、実を言うと彼はまったく耳が聞こえず、しかも極端な自失状態に陥る傾向にあるからだ。自分からチェックアウトしてしまったかのよう。その場から抹消され、ぼんやりとしている。焚火に小便をかけて犬を呼び、帰り支度をして、一人もいなくなったという感じ（テキサス特有の表現で「牧場から引き上げる」→「やめる、帰る」といった意味）。ダイムはこれを〝千ヤード先を見つめる少佐の抗鬱薬《プロザック》目線〟と呼んでいる。

マック少佐を捜す任務は、陸軍を陸軍たらしめている百万もの無意味なタスクの一つだが、ビリーはただ座っているよりもこれをしているほうが幸せである。しかも、マンゴーが隣りにいると安心だ。ラテン系の親友を持つのが街で流行だというだけではない。彼が穏やかで親しみやすいオーラを発しているからでもある。マンゴーは戦時でも平時でも岩のように揺るぎない。ものすごくタフで、決して不平を言わず、がっしりとした百七十センチほどの体で重い物を運ぶことができる。しかも、統計や時系列に沿った事実に関しては、写真に撮ったかのような記憶力の持ち主である。たとえば、アメリカの大統領の名前だけでなく、副大統領の名前まで列挙することができる。彼がこれをすると、不法移民に関する話題はすぐさま終わりになる。ビリーは彼が泣き崩れたのを一度だけ見たことがあるが、それは銃撃戦のときでもなければ、迫撃砲やロケット弾にやられたときでも、狙撃されたときや路傍の爆弾が爆発したときでもない。軍用ジープのタレットから吹き飛ばされ、「俺の頭から何か出てるか？」と訊ねたときでさえない。岩のように揺るぎないのだが、一度だけ違ったのは、車に仕掛けられた爆弾が第三小隊の検問所を吹き飛ばし、ブラボーがその後の安全確保を受け持ったときのことである。どう考えてもひどい日だったが、彼らが爆発地点にちらばった遺体の回収を始め、手足の数を確認しながら捜していたとき、初めてマンゴーは膝からくずおれておいおいと泣き出した。

しかしいま彼らは歩いている。意志の力だけで戦争を歩き負かすことができたらなんて素晴らしいのだろう。ビリーは携帯をチェックし、キャスリンからメッセージが来ているのに気づく。彼女の頬は事故のために一部が陥没している。〝どこにいるの？〟と彼女が知りたがっているので、彼は〝スタジアム〟と返す。すると〝お母さんが寒いんじゃないかって心配してる〟と返事が来るので、〝熱気むんむん〟と返し、彼女はスマイルのマークを送り返してくる。彼とマンゴーは美しい女性が通り過ぎるたびに唸り声を上げる。といっても、みんな服をたくさん着込んでいるので、露出している部分はわずかである。

「昨日の夜の女たち、信じられるか？」

「すげえよな」とビリーは同意する。「ダラスのストリップクラブは最高だって、みんな言うよ」

「ざけんじゃねえよ。刺激が強すぎだぜ。みんなどこの出身だ？　俺たちの行った場所、最後のじゃなくてその前のところだけど、檻のなかで踊った連中と――」

「ヴェガス・スターズ」

「ヴェガス・スターズだ。俺はもう、ネエちゃん、なんでここで働いてんだって感じだったよ。あの子たち、誰だってモデルになれるぜ。本当のモデルだよ、ストリッパーやって客を取るんじゃなく」

マンゴーは本当に気が滅入っている様子だ。目の前で悲劇が起きていて、それを何とかしようと思っているかのようである。

「わかんねえ」とビリーが言う。「たぶんタレントの価値が低いんだろうな。ホットな女たちがたくさんいすぎるんだ」

「こんなの正しくないよな」

ビリーは笑うが、より広い物の見方にはたと気づいている。若くて活発な肉体と、人間の肉体の市場、そして容赦ないとされている需要と供給の法則について。厳密に言えば、社会はおまえを必要としていないかもしれないが、何らかの用途は見つかるものなのだ。

「たぶん、あいつらはあそこにいたいからいたんだよ」とビリーは言うが、意味なく話し続けているだけである。「素敵な若い男に会いたいからさ。俺たちみたいな」

マンゴーは笑う。「ちげえねえ。金目当てじゃねえんだよ。あいつらは俺たちに首ったけだったんだ」

これはサイクスがダンサーと奥にしけ込み、戻って来てから言ったことだ。〝あいつは俺に首ったけだったんだ。金目当てじゃねえんだよ〟。その午後にあったシュルームの葬式でひどいショックを受けながらも、ブラボーたちはホテルで平服に着替え、派手に酔っ払おうと街に繰り出した。そして、夜のあいだのどこかの時点で、みんなどうしようもないほど酔っ払った。〝あいつは俺に首ったけだったんだ〟はその夜の最高のジョークとなった。しかし夜が明けると、ビリーはその記憶に気が滅入った。それ自体の後味の悪さが残り、浴槽に丸く残るゴミみたいに感じられたのだ。彼はフェラチオなんてクソだと決めつけた。それだけでは駄目だ。まあ、それだけでもいいときはある。オーケー、やってもらっているときはいいもんだ。しかし、最近になって、彼は人生にそれ以上のものを求めるようになったのだ。十九歳で、まだ厳密に言えば童貞だからというより、胸のなかにある飢えた感覚のためであり、自分の最良の部分があるべきブラックホールのような場所のせいだった。彼には女が必要だ。いや、ガールフレンドが必要だ。体も心も一つに合わせられるような人。この二週間、そういう人が現われるのを待っていた。ガールフレンド、体と心を合わせること。二週間、彼はこの大きな国を旅してきた。だから、これだけの距離を旅し、たくさんの都市を訪れ、好意的な新聞記事にもなったのだから――あれだけの愛と善意に囲まれ、笑いながら歓声を上げる群衆に会ったのだから――そろそろ誰かを見つけてもいい頃なのだ。

ということで、アメリカがドジなのか、彼がドジなのか、どっちかだ。ビリーは時間がなくなりつつあることを意識し、やるせない思いでコンコースを歩く。今夜、22時にフォートフッドに集合しなければならず、明日は〝ずらかるぞ〟の日となる。その次の日には二十七時間に及ぶフライトが始まり、戦地勤務が再開されるのだ。自分たちのなかに生存者がいること自体、ビリーには奇跡と感じられる。失ったのはシュルームとレイクで、数字にこだわる者なら〝たったの二人〟と言うかもしれないが、ブラボーは誰もがほんの数インチという際どいところで死を免れてきている。それを考えれば、死傷率は百パーセントだっておかしくない。いらつくのは忌々しい〝偶然〟ってやつだ。生と死と重傷とを分けるものは、ほんのちょっとした違いだったりする。食堂に行く途中でブーツの紐を結ぶために屈んだとか、四番目の便器ではなく三番目のを選んだとか、右に顔を向けずに左に向けたとか。偶然だ。こういうクソが神経に障る。その最悪の可能性を感じ取ったのは、基地から最初に出たとき、シュルームが彼にこうアドバイスをしたからだった。両足を揃えるのではなく、片足の前にもう片方の足を置け。そうすれば、爆弾が軍用ジープの下で爆発したとき、片足は失わずにすむかもしれない。二週間そのように両足を置き、両手を防弾チョッキのなかに入れ、常にアイプロテクターをつけるなどしてから、ビリーはシュルームのところに行ってこう訊ねた。どうやって正気を保っていられるんですか？　シュルームはこれが実にもっともな質問であるかのように頷き、どこかで読んだというイヌイットのシャーマンの話をした。その男は相手の顔を見るだけで、その人がいつ死ぬかがわかる。しかし、それを相手に告げることはしない。それは無礼だと考えているからだ。自分が関わるべきではないことへの介入である、と。でも、すごく恐ろしいだろ？　シュルームはクスクスと笑った。その老人の目を見ると、俺の死ぬ日を彼が知ってるってわかるんだ。

「そんな人には絶対に会いたくないですよ」とビリーは言ったが、シュルームの言いたいことは伝わった。もし弾丸に当たって死ぬことになっているのなら、その弾丸はすでに発射されているのだ。

ビリーはマンゴーがこの五分ほど口を開いていないことに気づく。彼もまた戦争のことを考えているのだろう。その話題を振ってみたい気がするが、そうしたら、とことん話す以外になくなるではないか？　一度口を開いてしまったら止めることなどできなくなる。そして、最後にはすべてが同じ一つの問いに帰着するのだ。どうやってこれからの十一カ月を切り抜けるか。

「これまではラッキーだったのね？」

そう言ったのはキャスリン。裏庭でビリーとビールを飲んでいるときだった。

そうだろうね、とビリーは答えた。

「じゃあ、ラッキーなままでいてね」

ときにはそれくらい簡単なことに感じられる。ラッキーでいることを忘れなければいいみたいに。

そんなことを考えているとき、ビリーはファストフードの出店がスタジアムのコンコースに並んでいるのを目にする。タコベル、サブウェイ、ピザハット、そしてパパ・ジョンズ。こうした店からは焼けた肉の匂いのする煙が漂ってきて、アメリカ料理の偉大な精髄を物語っている――すべてがほぼ同じ匂いなのだ。ふとこんな考えが浮かぶ。テキサススタジアムは基本的に屋外便所だ。寒くて、砂だらけで、隙間風が入り、そして汚い。全体的に、人々が隅っこで小便をするような工業用倉庫の魅力をすべて備えている。かすかな尿の匂いがスタジアムじゅうに漂っているのだ。

「すげえな」とマンゴーが驚きを押し殺すような口調で言う。

「何がだ?」

「これだけグリンゴ(中南米人から見た外国人)がたくさんいてさ、マック少佐はどこにも見当たらない」

ビリーは噴き出す。「あのクソ野郎は見つからねえよ。どっちにしろ、やつは大人なんだ。どうして俺たちが捜さなきゃいけない?」

「自分の居場所はわかってるよな」

「そのとおり」

二人は顔を見合わせて笑う。

「戻ろうぜ」とビリーは言う。

「戻ろう」とマンゴーが同意する。

その前に二人はスバーロに行って、ピザを二切れ買う。紙の皿からもぐもぐと食べつつ、誰の注意も引かないことに満足する。ブラボーの一員だというのは半セレブ生活を生きているようなものであり、称賛やお世辞を浴びせられて恥ずかしくなることもある。たとえば大がかりな集会やショッピングモールでのイベント、テレビやラジオに登場するときなど、ある段階で普通のアメリカ人たちに必ず襲われる。彼らは愛情と感謝の気持ちを示したくてたまらず、彼らに殺到するのだ。そうかと思えば、自分が透明人間になったように思うこともある。人々がこちらの体を透視しているかのようで、存在が認識されていない。ビリーとマンゴーは火傷するほど熱いピザを立ったまま食べながら、自分たちの名声が自分自身のものではないと感じている。名声なんて、笑ってしまうようなものだ。この関係性と暗示とが巨大なホログラムのように漂っている空間は、ブラボーたちも含め、すべての人を意のままに操っている。しかしブラボーはそれを笑い、少しだけ優越感を抱くことができる。というのも、彼らは自分たちが利用されているのを知っているからだ。もちろん知っている。操られることは彼らの本質だ。兵士の仕事とは、上官の駒になることでなくて何だろう？

　これを着ろ、あれを言え、やつらを撃て。そして、もちろん最後に究極の〝殺されろ〟がある。ブラボーの一人ひとりが〝強制の技術と科学〟という学問の博士号取得者だ。ビリーとマンゴーはピザを食べ終わって歩き始める。腹に少し食べ物が入ったので、二人ともご機嫌になり、気まぐれでカウボーイズ・セレクトショップに入る。ここはカウボーイズの衣料品やブランド品を売っている、スタジアムでも最高の小売店だ。入るや否や、目眩を起こしそうな高級革製品の匂いが鼻を襲い、テキサス宝くじ《ロッタリー》の機械がきらびやかな光を発している。壁に埋め込まれたフラットスクリーンのテレビがトロイ・エイクマンの時代のハイライト映像を流している。店内でビリーとマンゴーは少しだけ苛々してくる。皮肉な態度で買い物客の振りをするつもりだったが、数秒後には笑い転げている。棚という棚に高級衣料品や高級宝飾品、保証書付きでフレームに入ったコレクター向けの記念品が並んでいるというだけではない。この決意、この厚かましさを称賛しないわけにはいかないのだ。チェスのセット、トースター、高性能製氷機、個人向け酸素バー、レーザーライト付きの玉突き棒などにカウボーイズのブランドを押して売ろうという商魂のたくましさ。おい、見ろよ！　カウボーイズの台所用品セットだ。ブラボーの二人は手に負えないほどはしゃいでしまい、ほかの客たちが彼らから距離を取り始める。ビリーとマンゴーにとって、この店は博物館だ。ここに並んでいるのはすべて見物する物であって、ブラボーが買える物ではない。この屈辱に二人は荒れてくる。コットン製タオル地のペア用バスローブが、なに、四百ドルか。本物の試合用ジャージは百九十五ドル九十五セント。カシミアのセーター、クリスタルのクリスマス装飾品、トニーラマの限定品ブーツ。恥ずかしさと侮辱された感覚が高まるにつれ、ブラボーの二人は相手に対して乱暴になる。おい、見ろよ、すげえボマージャケットだ。たったの六百七十九ドルだぜ。

革製か？

あったりめえだろ、こいつは革だ！

そうは思わねえな。模造革だよ。

模造のわけねえだろ！

低能野郎。おまえみたいな貧乏人には模造革と――

突如として二人は互いに摑みかかる。腕を組み合わせるようにして相手の肩をがっちりと摑み、酒場の酔っ払いのようにのしのしと歩く。唸り声を上げ、相手を罵り、頭突きし合い、笑いすぎて立っていられないほどだ。互いの耳に摑みかかろうとしたとき、二人のベレー帽は飛んでしまう。痛いのだが、笑いも高まるばかり。息を切らせながら〝馬鹿、クソ野郎、インポ、おカマ〟などと言い合っている。マンゴーがビリーに鋭いアッパーカットを放ち、ビリーは拳をマンゴーの腋の下にめり込ませて、二人は左に傾いたまま回り出す。ろくろから飛び出した壺のように床を動き回る。〝お捜し物は何でしょうか？〟と誰かがピョンピョンと跳んで彼らを避けながら叫んでいる。〝お客様！　お捜し物は何ですか？　止まってください！〟

ビリーとマンゴーは体を離し、顔を真っ赤にして笑い転げている。髪が薄くなった中年男の白人店員も——店長だろうか？——笑ってはいるが、二人のいかれた客に対処しなければならず、彼にとっても明らかにまずい状況である。それ以外の誰もが——店員も、逃げなかった数人の客も——かなり離れたところに立って見つめている。

「こいつは革ですか？」とビリーはラックに掛かったボマージャケットの袖を持ち上げて訊ねる。

「この馬鹿は模造だって言い張るんですよ」

「とんでもありません」と店長が言う。「本革です」。彼はからかわれているのがわかっていて、含み笑いをしているが、子羊革のジャケットについて詳しく説明を始める。それは、病的で喜劇的な世界に秩序をもたらすことを仕事とする真面目人間が、時の始まりからしてきたやり方だ。天然皮革をアニリンに浸し、特別ななめし方と染色を施し、などなど。ジャケットの形が優れていることは言うまでもない。アハン、アハン、アハン。ブラボーたちはうっとりとした表情を浮かべて、彼の言うことを最後まで聞く。ポップコーンが跳ねるのを見ている穴居人のようだ。

「いいか、クソ野郎」——ビリーはマンゴーの肩を平手で打つ——「革だって言っただろ」

「ファッションに詳しいような振りをしやがって。おまえは下着をつけたこともねえだろう」

二人はまた叩き合いや摑み合いを始めるが、店長にひと言〝やめてください〟と言われ、おとなしくなる。

「それで、こういうのってたくさん売れるの？」とビリーはジャケットの一つをいじりながら言う。

「一試合で五着か六着ですね。試合に勝つと、もっと売れるときもあります」

「すげえ。あんたの客たちはたくさん稼いでるんだね」

店長は微笑む。「まあ、そういう言い方もできるかと思います」

ブラボーの二人は店長に礼を言い、店を出る。「まったく、六百七十九ドルだもんな」とマンゴーは外に出た途端に言う。「ビリー」とまたマンゴーが言う。「クソだぜ」。彼らに言えるのはこれだけだ。

人間的な反応

ビリーとマンゴーが席に戻ると、ちょうどアルバートが「千五百万だ」と話している。「千五百万のギャラを取り、さらに売り上げの十五パーセントも取る。ホットなスターならそういうことができるんだ。そしてヒラリーはこのところ実にホットでね。彼女のエージェントは、ギャラなしで彼女に読ませることはないんだよ」

「読むって何を？」とサイクスが訊ねる。アルバートは声の方向にゆっくりと目を向け、顔がそれに続く。

「脚本だよ、ケネス」

「でも、脚本はないって言ったじゃないか」

「ああ。でも、だいたいの構成は決まっているし、作家もいる。そしてヒラリーが興味を示しているから、彼女が本当に気に入るように変えていけばいい」

「こういう話ってかっこいいよな」とダイムが言う。

「いいか、脚本は問題じゃないんだ。君たちの物語を語るだけで説得力のある脚本ができる。難しいのは、それを彼女の手に渡すことなんだ」

「彼女を知ってるって言ったじゃないか」とクラックが指摘する。

「もちろん知ってるさ！　俺たちは数カ月前、ジェーン・フォンダの家で酔っ払ったんだからな！

でも、これはビジネスの話だし、彼女が読むものはすべてエージェントを通さないといけない。そしてエージェントは、スタジオからのしっかりとしたオファーがなければ彼女に脚本を触らせもしない。そういうことで、彼女は自分がイエスと言えばスタジオもついてくるってわかっている。スタジオに断わられる心配はない」

「じゃあ、俺たちはスタジオを確保してるのか？」とクラックは訊ねる。それを知っておく必要があることはわかるのだが、契約に関するすべてがあまりに抽象的だ。

「ロバート、してないんだよ。関心を示しているのはたくさんいるんだけど、スターが関わらない限り誰も関わりたがらない」

「でも、やつらが関わらない限りスワンクも関わらない」

アルバートは微笑む。「そのとおり」。ブラボーたちは〝よくわかった〟と言いたげなハーッという溜め息を漏らす。パラドックスがあまりに完璧で、いかにも現代的なサイクルを成しているので、誰でもそのパラドックスに気づけるのだ。

「じゃあ、めちゃくちゃだな」とクラックが言う。

「そうなんだ」とアルバートは頷く。「完全にめちゃくちゃなんだよ」

「で、どうやってこれを実現させるんだ？」とエイボートが訊ねる。

「これを必然的なものにするんだよ。自然の力のようなものにするんだ。誰かがこれを買っちゃうぞって、やつらを脅す。そうすればやつらは関わらざるを得なくなるし、そうしなきゃ頭が吹っ飛んじまう」

「みんな」とダイムがもったいぶって言う。「アルバートのやっていることがようやくわかってきたような気がするよ」

ビリーとマンゴーは列の端に座っている。その隣りにいるのがクラックで、次にアルバート、ダイム、デイ、エイボート、サイクス、ロディスと続く。その隣りにマック少佐の空席がある。ビリーはアルバートがダイムから絶対に離れないことに気づいている。自分たちの軍曹が特別である証拠を示してもらう必要があるわけではないが、ともかくその証拠がアルバートという形を取って現われた――アルバートはすぐにダイムに魅了されたのだ。性的な意味は抜きにして、アルバートはダイムに対してゲイのような感情を抱いている。ビリーはそう考えた。人としてのダイム、兵士としてのダイムにアルバートは興味を抱いたのだ。この整然としすぎてつまらない世界に解き放たれたダイム的なものという現象全体への興味。アルバートの関心の神殿においてダイムは最高位に位置し、ホリデイがずっと遅れて二位につけている。その関心でさえ、条件付きで補足的なものであり、関心らしきものという程度。ダイムの白人的な〝陽〟に対してデイは黒人的な〝陰〟の存在なのだ。デイは自分の第二位の地位に気づかない振りをしている。たとえばいま、アルバートとダイムが熱心な議論をしているとき、デイはアフリカの王よろしくフィールドを見下ろしている。高い玉座に座り、配下の女たちすべてを見下ろしている様子なのだ。ほかのブラボーたちについて言えば、アルバートの持っている会社の株がたまたましゃべったり歩いたり、ビールをたくさん飲んだりしている程度のものだろう。「ダイムは財産だな」とデイは昨晩ビリーに呟いた。酔っ払って、怒り交じりの率直さが露わになった稀な瞬間だった。「それ以外の連中は商品なんだよ」

では、シュルームはどうなるのだろう？ シュルームとレイク。彼らも商品なのか？ このところブラボーたちが話すのは金のことばかり、金金金と、脳味噌のバグのように繰り返す。あるいは、キーキー鳴る車輪を回しているハムスターのように、会話は高速度で進みながらどこにもたどり着かない。ビリーはすぐに別の話題に移りたいのだが、仲間のブラボーたちを責めるようなこともしたくない。彼らがくよくよと心配しているさまときたら、大金を受け取ると購買力以上のものが得られると思っているかのようだ。まるである程度のドルが銀行に置いてあると、戦争から無事に帰れると思っているかのように。そこに精神的な論理を感じ取るものの、ビリーにとってはこの方程式が逆に働く。金が届く日、実際に小切手が支払われる日は、まさに彼がやられる日になるだろう。

そこでビリーは心にはっきりとした葛藤を抱えつつ、映画の話に調子を合わせている。ブラボーたちはアルバートに質問を浴びせる。クルーニーはどうなんだ？ オリヴァー・ストーンの話はどうなってる？ ロバート・ダウニー・ジュニアを連れて来られると言っていた男はどうなんだ？ このとき、アルバートの後ろに座っていた名士らしく見える男が身を乗り出し、アルバートに映画の関係者なのかと訊ねる。

アルバートは動きを止め、素晴らしい珍鳥の鳴き声を聞いたかのように、首を片側にくいっと動かす。「ええ、そうなんです」と彼は愛想よく言う。「映画産業で働いています」

「監督ですか？ 脚本家？」

「プロデューサーです」とアルバートは認める。

「LA？」

「LAです」とアルバートはさらに認める。

「いいかな」と男は言う。「私は弁護士なんだ。ホワイトカラーの犯罪の弁護を引き受けている。それで、スリラーっぽい脚本のすごいアイデアがあるんだ。聞きたいかな？」

アルバートは喜んでと言うが、それを二十秒以内で説明できるのなら、と付け加える。その間、十数人のカウボーイズのメンバーがグラウンドに出て、ウォーミングアップを始める。これは本当のウォーミングアップじゃないんだ、とクラックが説明する。彼はサウスイースト・アラバマ州立大学でフットボールを一年ほどプレーしたのだ。彼によれば、これは余計に体をほぐす必要のある連中がウォーミングアップ前にする運動なのだという。ビリーの関心はすぐにカウボーイズのパントキッカーに引きつけられる。撫で肩で太鼓腹、丸い頭にはほとんど毛がなく、普通はスーパーマーケットの精肉売り場を担当していそうな男だが、この男はフットボールをはるか遠くまで蹴ることができる。彼が蹴るごとに、ブーンという鈍い音がビリーのはらわたに反響し、ボールは急な弾道を描いて飛んでいく。上へ上へ、前へ前へと進み、見ている者の目はボールが水平になると思われる地点にとどまるが、それでもまだボールは高く上がる。まるで見えないエンジンがついているかのように、空という無限のドームに向かってまっすぐ進み続ける。ビリーは本当の最高点を見極めようとする。ボールが浮かぶというか、ぶら下がるというか、ちょうど揚力と重力が釣り合った瞬間。落下のタイミングを計るかのように一瞬だけ本当に止まり、それから先端が下を向いて、優雅にゆっくりと降下し始める。ボールが重力の運命に屈するときには降伏するような、感謝とともに譲り渡すような雰囲気がある。七回か八回のキックを見て、ビリーは内面が蒸発していくような感覚を抱く。自意識が薄まっていくような、あるいは落ち着いてくるような感じなのだ。心が和んでくる。あのキッカーを見ることは心の安らぎになる。最高点の瞬間は強烈な喜びがもたらされ、小さな雷のように脳のなかで何かが沸き立つ。弧の頂点にとどまっているとき、ボールは無限の広がりの下側をかすり、知性を超えた至福の柔らかい下腹部を撫でる。ビリーはそここそがいまシュルームのいる場所だと考える。彼は揚力と重力が釣り合った場所の住人なのだ。これは子供っぽくてセンチメンタルな考えだが、いいじゃないか。シュルームがどこかにいなければならないなら、あそこだっていいはずだ。ブラボーはずっと前に〝ベストセラー商品〟にされてしまったが、市場の長い腕だって今のシュルームには触れられない。

これは禅のようなものだ、パントキックを見ているのは。観賞用の池で泳いでいる金魚を見るのと同じくらい心が惹きつけられる。ビリーはその午後じゅうパントキックを見ていてもよかったが、背後にいるファンたちが彼の背中を叩き、見て！　見て！　と言い始める。大型スクリーンを見て！　スクリーンに映っているのはブラボー分隊の八人の兵士とアルバート。実物より文字通りずっと大きい。アルバートは、父親になったばかりの男のように誇らしげに微笑んでいる。そこここの小さな集団から拍手が湧き起こる。ブラボーたちは男らしい無頓着な雰囲気を装っている。基本的にスクリーンの自分たちを見つめないようにしているのだが、サイクスはものすごく興奮して、ギャングスタ・ラップの仕草を始める。ブラボーたちは一斉に彼にやめろと言うが、じきにスクリーンは星のきらめく宇宙の映像を背景にして、国旗を振る人々や爆弾が爆発するアニメーションを映し出す。その背景の奥深い闇のなかから真っ白い巨大な文字が突如として浮かび上がってくる。

アメリカのチームはアメリカのヒーローたちを誇り高く称えます

これが消えると、続いて文字が次々と現われる。

ダラス・カウボーイズは
アル・アンサカール運河のヒーローたちを歓迎します!!!
デイヴィッド・ダイム二等軍曹
ケラム・ホリデイ二等軍曹
ロディス・ベックウィズ特技兵
ブライアン・エベール特技兵

ロバート・アール・コッチ特技兵
ウィリアム・リン特技兵
マルチェリーノ・モントーヤ特技兵
ケネス・サイクス特技兵

スタジアムの通風孔からエネルギーを取り込んでいるかのように、拍手がゆっくりと音量と重みを増していく。通路を歩いている人々も立ち止まり、彼らのほうを向く。ブラボーの後ろにいるファンたちは立ち上がり、それが合図となって、スタンディングオベーションが彼らのセクションじゅうにゆっくりと広がっていく。重力に逆らう後ろ向きの波。すぐに大型スクリーンはシボレーのトラックの賑やかなコマーシャルに変わるが、もう遅い。人々はすでにブラボーたちのほうに向かっていて、これは止めようもないし、逃げようもない。ビリーは立ち上がり、こうした場合に備えた身構えをする。背筋を伸ばし、重心は中央でバランスを保ち、青年らしい顔に控え目だが丁重な表情を浮かべる。彼はこのスタイルを多かれ少なかれ本能によって身につけた。さまざまな世代の映画やテレビスターによって築かれてきた、ストイックで張り詰めたアメリカ人男子の血脈。それが、あまり物を考えすぎずに対処する方法を彼に都合よく与えてくれたのだ。言葉はあまりしゃべらず、ときどき微笑む。少し疲れたような目をする。常に控え目にして、女性には優しくする。男たちとの握手とアイコンタクトはしっかりとする。ビリーは自分がこういったことをうまくやれているとわかっている。やらなければならないのだ。集まってくる人々は完全に夢中になっているし、少し頭がおかしいのだから。そうなんだ！　彼らは殺到してきて押し合いへし合いし、こちらの腕を摑み、大声でしゃべる。ときには放屁する者もいて、その勢いは凄まじい。公的行事を二週間たっぷり続けてきたが、ビリーはいまだに大衆の反応に驚きを禁じ得ない。粗野な震える声、熱狂的な言葉遣い、うわべはきちんとした市民がまくし立てる戯言《たわごと》。〝心から感謝します〟と彼らは恋をしているかのように弾む声で言う。ときにはまともに向き合って〝愛してます〟と言う者もいる。我々は感謝しています。あなた方を慈しみ、賛美します。我々は祈り、願い、称え、尊敬し、愛し、崇めていると言い、そして本当にそうなのだ。しゃべる行為において、彼らはこうした力強い言葉を実体験している。ビリーの耳で火花を散らし、バチバチと音を立てている言葉のアラベスク。まるで電気虫取り装置に虫がバチバチとぶつかっていくかのようだ。

テロ

アイラック

イーアラック

邪悪な都市《ソドム》

自由

ナイナレブン

ナイナレブン

ナイナレブン

ヒーロー

犠牲

すーこーな犠牲

ブッシュ

価値観

オサマ　みんしゅしゅぎ

彼に唾を吐きかけたり、〝赤ん坊殺し〟と罵ったりする者は一人もいない。それどころか、人々はこのうえなく親切で寛大である。それでもビリーはこうした人々との出会いを気味が悪くて恐ろしいと感じてしまう。同胞のアメリカ人たちにはどこか不快な部分があるのだ。貪欲で、うっとりとしていて、心の奥深くで何かが燃えたぎっている。これが彼の感覚だ。みんなが彼から何かを欲しがっている――そこそこリッチな弁護士たち、歯医者たち、子供のサッカーに夢中なママたち、会社の副社長たち。彼らはビリーから何かを得ようと歯ぎしりしている。まだ大人とは言えない、年収一万四千八百ドルの一兵卒から。こうした大人たち、裕福な人々の個人口座において彼は小銭程度のものなのだが、それでも彼の近くに来ると彼らは自制を失ってしまう。体が震え、呼吸は発作的になり、臭い息をハーハーとまき散らす。この機会が持つ力を感じて目は血走り、揺れる。戦争について何カ月も何年も本を読んだり、テレビで戦争を見たり、ラジオのトーク番組で戦争が酷評されたり宣伝されたりするのを聞いてきた末に、ようやくここにおいて、実体を持った〝戦争〟に個人として近づき、本当に触れられるところまできたのだ。アメリカでは厳しい時代が続いてきた。どうして我々はこうなってしまったのか？　不安と恐怖が続く長くて暗い夜、噂や疑惑の日々、緩い変化と徐々に硬化する苦悩の年月を経て、年がら年じゅう怯え、怯えていることに恥ずかしさを覚えている。聞いたり読んだり見たりして、それは〝あまりにも明らか〟になった――何をすべきだったか。戦争が長引くにつれ、この精神の痙攣のような呪文が第二の天性となった。〝どうして……をしないんだ？〟どうしてもっと兵士を送らないんだ？　兵士たちにもっと激しく戦わせないんだ？　防御を厚くし、どんどん爆撃しろ。全面的な攻撃を仕掛け、捕虜など取らない。ところで、イラク人たちは我々に感謝すべきじゃないか？　誰かがそれをやつらに言わなきゃいけない。君から言ってくれないか？　それとも、彼らは独裁者に帰って来てもらいたいのか？　それが駄目ならもっと爆弾を落とせ。もっとでかい爆弾をもっとたくさん。こいつらに神の怒りを見せてやり、無理やり服従させろ。それでも駄目だったら核兵器を出してきて、そこらじゅうに落とし、国を一掃しろ。それから新しい心と頭を植えつけるんだ。核によって国の魂というスラム街を撤去しろ。

アメリカ人はその精力的な内面の生活において戦争を毎日戦っている。ビリーにそのことがわかるのは、こうしたアメリカ人と触れる場において、彼らの情熱を毎日感じているからだ。文字通り触れることによって感じることもよくある。彼らの興奮が、抑えてきた戦士としての熱情が、握手したときに伝わってくる。多くのアメリカ人にとって、今こそがその瞬間だ。ビリーの試練が彼らのものとなり、その逆もまた真となる。ある種の神秘的な転移が起こり、彼らのほとんどにとっては——握手のときに声を詰まらせていることから判断すると——もうどうしようもなくなるのだ。口ごもり、息を呑み、頭が真っ白になり、声を出しても言葉にならず、言いたいことすべてが台無しになる。あるいは、そもそも言いたいことを言うための言葉がない。だから彼らは古い習慣に戻る。サインを求め、携帯で写真を撮る。ありがとうを何度も何度も言い、どんどん熱をたぎらせていく。こうしたことで、自分たちが善良であると確かめる。兵士たちに感謝し、彼らの目は愛で揺らめく——自分自身への愛と、自分たちが善良であるという明白な証拠への愛。一人の女は彼への感謝の気持ちが凄まじすぎて、泣き崩れてしまう。ほかの者は我々が勝っているのかどうかと訊ね、ビリーは頑張っていますと答える。「あなたや仲間の兵士たちは道を築いているんだ」と一人の男が囁き、ビリーは〝何への道ですか？〃と訊ねるような愚かな真似はしない。次の男はビリーの銀星章をほとんど触れんがばかりに指さす。「君の勲章は大変な代物だな」と彼はしゃがれ声で言い、世慣れた男らしい頑固そうな愛情を発する。「ありがとうございます」とビリーは言うが、それが正しい反応だとはどうしても思えない。「『タイム』の記事を読んだよ」と男は続け、本当に勲章に触れる。その触れ方は、彼がビリーの下半身に手を伸ばし、ビリーの睾丸を撫でるのと同じくらい淫らに感じられる。「誇りを持ちなさい」と男はビリーに言う。「君の力で勝ち取ったのだから」。ビリーは悪意なしにこう思う。〃どうしてあなたにわかる？〃数日前、地方テレビ局の番組に出演していたとき、知識人を気取る間抜けなニュースキャスターにいきなりこう訊ねられた。それってどんな感じでした？　撃たれて撃ち返すこと。人を殺し、殺されそうになること。友達や同僚が殺されるのを目の当たりにすること。ビリーはぼそぼそと脈絡のない言葉を吐き出すが、話しているときに頭のなかの第二の回線で言葉が鳴り始めた。聞き覚えのない声が、ビリーが話すわけにはいかない真実の言葉を囁いている。〃生々しかったよ。クソみたいにめちゃめちゃだった。世界で最悪のしくじり《アボーション》（abortionには「妊娠中絶」の意味もある）が噴出させる血と臭気。赤ん坊のキリストがぐちょぐちょのウンコにまみれて排泄されたって感じさ〃。

　ビリーは英雄的行為をしようとしたわけではなかった。とんでもない。行為のほうが彼のところにやって来たのだ。そして彼が脳の癌のように恐れているのは、その行為がまた彼を見つけ出すのではないかということだ。もうこれ以上礼儀正しくしていられないと思った瞬間、最後の支援者が立ち去り、ブラボーたちは腰を下ろす。そのときジョシュが現われ、いきなり〃マクローリン少佐はどこだい？〃と訊ねる。

　ダイムはどうでもよさそうに言う。「ああ、薬を飲まなきゃいけないって言ってたよ」

「くす――」とジョシュは言いかけるが、そこで自分を抑える。「みんなあああ」。若い企業国家アメリカという典型的イメージがジョシュだ。背が高く、体が引き締まり、Jクルーのモデルのようにハンサム。鼻はコンパスの針のようにまっすぐで鋭く、艶のある豊かな黒髪をなびかせている。この髪を見ると、丸刈りのブラボーたちは意識下に苛立ちを覚えずにいられない。ジョシュがゲイかどうかという議論がしばらく盛んだったが、みなの意見は概ねノーだった。ただの軟弱な会社員タイプだろう。「あいつはいわゆるメトロセクシャル（都会の異性愛の男で、従来は女性やゲイの男性が好んでいた買い物やファッションに興味がある人のこと）ってやつだよ」とサイクスは言った。その結果、そのような言葉を知っているサイクスこそがゲイだということでみんなの意見が一致した。

「じゃあ」とジョシュは言う。「彼はじきに現われる、と。みんな、そろそろランチにありつきたいかい？」

「チアリーダーに会いたいんだ」とクラックが言う。

「ああ」とエイボートが言う。「でも、腹も減った」

「オーケー、待ってくれ」。ジョシュはトランシーバーで話し出す。兵士たちは〝なんだこれは？〟といった目線を交し合う。その名を轟かすカウボーイズの組織運営がブラボーたち相手だとやっつけ仕事をしている感じだ。その計画性は阿呆とクソのあいだくらいである。トランシーバーの話が小休止に入ると、ビリーはジョシュに手招きして呼び寄せる。常に注意深いジョシュはビリーの脇にしなやかに座る。「アドヴィル」とビリーは言う。「ゲットしてもらえるかな――」

「ええい、クソ」とジョシュは熱のこもった声で囁き、それから「すまん」と普通の声で言う。「すまん、すまん、すまん。必ずゲットするよ」

「ありがとう」

「まだ二日酔いか？」とマンゴーが訊ね、ビリーはただ首を振る。昨日の夜、八人で四つのストリップクラブを回ったが、最後に業務上のフェラチオをしてもらっただけだった。それを考えると自分の頭を撃ち抜きたくなる。歯医者での治療のようなもの、あるいはお決まりの鉛管工事みたいなものだった。膝のところで上下する女の頭の記憶。悪い業《カルマ》に違いない。ビリーは業《カルマ》の口座から引き出しすぎている。これは、シュルームがビリーに説明してくれた善と悪の出納帳のこと。大宇宙は究極の正義に向けて少しずつ動いている。その善悪の応報をこのような形で表現し、精神的に具体化しているのだ。ビリーはフィールドを見渡すが、パントキッカーはもはやいない。視線をスタジアムの上部に走らせ、キックされたボールが頂点に達したところを捜す。しかし、そこには空気しかない。彼岸で漂っているシュルームの震動を感じるためには、ボールの弾道をはっきりと示してもらわないといけない。

　シュルーム、シュルーム、宿命《ドゥーム》の人、偉大なシュルーム。彼は自分の戦死を予言していた。戦地派遣が終わり、除隊したら、アヤファアスカ（ブラジル産キントラノオの一種で、その蔓の表皮から作る飲み物には幻覚作用がある）の道を歩いてペルーまで行くのだと言っていた。「オオトカゲを見に行くんだ」と彼は言った。「その前に回教徒《ハジ》にやられなければね」。〝その前に〟。なんてこった。そしてあの日、シュルームにはわかっていた。あの最後の握手はそういう意味ではないのか？　シュルームが椅子に座ったまま振り返ろうとしたとき、クソ爆弾が爆破した。マンゴーがすでに50口径で応戦しており、シュルームは後ろに手を伸ばしてビリーの手を取った。「俺は落ちていくよ」と彼は騒音に向かって叫び、そのときビリーには〝それ〟と言ったように聞こえた。「それは落ちていくよ」。彼の耳はそこから不気味な部分を削ぎ落としたので、この言葉は意味を成して聞こえた。あとになってこの瞬間に戻り、その本当の意味が分かった。その言葉とシュルームの目、その目が仄めかしていた大きな隔たり。まるで井戸の底からビリーを見上げているようだった。

このことを一、二秒以上考えると、オルガンの音楽がどんどん高まっていくかのように、ビリーの頭のなかでブーンという合成音が鳴り出す。シュルームの葬式で演奏された、子牛がムーと鳴くような感傷的な音ではなく、力強い和音の雷鳴のような轟き。大海の奥深くを流れる見えない津波が轟音を響かせているかのようだ。クソみたいに気味悪いのだが、彼はそれに抗うわけではない。大きな音は神が頭のところで何かをがなり立てているのかもしれないし、ある本質的な真実が巧妙に暗号化されたものかもしれない。いや、その両方かもしれないし、その両方は結局同じものかもしれない。このこともできたら映画に入れてくれないかな？　〝あなた方はいい友達でしたか？〟と『アードモア・デイリースター』のレポーターが訊ねた。「そうですね」とビリーは言った。「親友でした」。〝彼のことをよく考えますか？〟「ええ」とビリー。「彼のことをよく考えます」。毎日って感じで。毎時間。いや、二、三分ごとに。実のところ、十秒に一回くらい。というより、網膜に焼きついて、常にそこに見えると言ったほうがいい。生きていて警戒しているシュルームが、次の瞬間に死んでいる。生きていて、死んで、生きていて、死んで。彼の顔は永遠に出てきたり引っ込んだりを繰り返す。彼は兵士たちがシュルームを草地の高いところに引きずっていくのを見て、ああクソッと思った。あるいはただ、クソッだけかもしれない。ビリーは腹這いのまま心のなかでそこまで考え、それから起き上がって走った。いちばん気味が悪いのは、立ち上がったときの感覚をずっと保ち続けているということだ。これからどうなるかが正確にわかっているという感覚。頭のなかの映像が実にリアルで、ある種の二層の意識を解き放ち、それが今に至るまで続いている。戦闘の記憶はだいたいが熱くて赤くてぼんやりとしたものなのに、予示的な記憶が鋭くて鮮明なのだ。こうした極端なことを経験した兵士たちは明確な未来を垣間見るものなのだろうか、と彼は考える。望遠鏡のように時間と空間を穿つ視点を得ることで、ある行動をする動機を彼らに吹き込むのだろうか。生き残った者はおそらくそうなのだろう。たぶん彼らはみな何かを見たと思うのだが、生き延びなかった者は間違ったものを見たのだ。その結果、生き残った者だけが自分は洞察力と慎重さに富んでいると感じる資格を得る。ただし、彼はこんなことも思いつく。シュルームも同じように明確に見たのだが、結果が正反対に出ただけなのだ。

まいったな、シュルーム。まとめて考えなければいけないことがありすぎる。映画の契約、インタビュー、勲章を身につけるとはどういうことか、さらにこうしたことすべての下にある断固たる真実。アル・アンサカール運河の岸辺の戦闘に関する究極的に計り知れない根本の事実。心が落ち着かない。病気というわけではないが、健康というわけでもない。未完成だという宙ぶらりんで危険な感覚がある。人生が実際よりも先走ってしまい、時間をかけてそれを元に戻さなければいけないかのように。このように時間の問題を把握することは正しいと感じられる。ここに理論を築き上げるための出発点があるのだろうが、このときジョシュが、ランチ！　と叫び、みな立ち上がる。スタンドではささやかな拍手が雪崩のように滑り落ちてきて、阿呆のサイクスがすべて自分のための拍手であるかのように群衆に向かって手を振る。ジョシュは彼らを階段まで勇敢に導き、てっぺんへのゆっくりとした行軍が始まる。縦列を成し、重い足取りで、ゆっくりと昇っていく。まるで『タイタニック』の結末近く、助からない連中が海と空の恐ろしい空虚な空間を背景に歩いていくシーンのように。ほんの一瞬でも気を緩めたらやられてしまう。だから取るべき戦術は明らかだ。気を緩めるな。コンコースまでたどり着くと、ビリーは少し気分がよくなる。ジョシュは彼らに螺旋状の斜面を昇らせる。風がそこに吹きつけると激しく渦を巻き、ゴミや埃が癇癪を起したかのように舞い上がる。ブラボーたちには人の動作を止める力があるかのようで、彼らの進行方向にいる人々は政治的立場や個人的なタイプに従って、立ち止まったり、叫んだり、目を丸くしたり、あるいはニヤリと笑ったりする。そのなかをブラボーたちはV字形の隊形を組んで、礼儀正しくはあるが止まることなく前に進んでいく。しかし、ついにスペイン語のラジオ局のクルーがマンゴーを捕まえてインタビューを申し込み、整然とした行進はすべて台無しになる。人々が集まってくる。空気は欲望で湿気を帯びる。人々は言葉を求める。接触を求める。写真とサインを求める。アメリカ人は、得たいものを得られている限りは信じられないほど礼儀正しい。気がつくとビリーは手すりに背中をつけ、アビリーンから来たという裕福そうなカップルと話している。彼らは大人になった息子とその妻を後ろに従えている。若いカップルは親たちの情熱に困惑している様子だが、親たちはそんなこと気にもしない。「テレビを消せなかったわ!」と女がビリーに向かって叫ぶ。「まさにナイナレブンのときのようだった。飛行機がツインタワーに突っ込む映像を見続けずにいられなかったから。とにかくやめられなかったの。ボブは私をテレビから無理やり引き離さなければならなかったわ」。夫のボブが頷く。背が高いが猫背で、穏やかそうな青い目の紳士。彼の頷き方には、精力的な妻に対してどれだけの自由を与えたらよいかわかっている男の落ち着きが感じられる。「あなた方のも同じだったの。フォックスニュースがあの映像を流し始めたとき、私は座り込んで、何時間も動けなかった。ものすごく誇らしくて、ただもう」——自己表現の沼でのたうっている様子——「誇らしかったの」と彼女は繰り返す。「これって……神様、ありがとう、ついに正義がなされたって感じ」

「映画のようでしたわ」と彼女の義理の娘が調子を合わせる。

「本当にそう。自分に〝これは本物なんだ〟って言い聞かせなければならなかったの。本当のアメリカの兵士たちが私たちの自由のために戦っているんだ、映画じゃないんだって。ああ、神様、あの日は本当に幸せだった。何よりもホッとしたわ。これでようやくナイナレブンの仕返しができたって。ところで」——一気にまくし立てただけに、ようやくここで一息つく——「あなたはどの兵士さん？」
ビリーは礼儀正しく自己紹介し、それ以上のことは言わない。女のほうも質問のデリケートさに気づいたようで、これ以上深追いはしない。その代わり、彼女と義理の娘は愛国精神満載の言葉のパレードを繰り広げる。二人ともブッシュ・戦争・軍隊を百パーセント支持している。なぜなら、諸国間であれこれあれこれを防衛するのはあれこれあれこれアルカイダあれこれあれこれあれこれあれこれ……女のほうはビリーのほうに身を傾け、彼の腕を叩き続ける。それは軽度の肉体的恍惚を導き出し、彼は心地よくボーッとした状態に入る。頭蓋の蓋が開き、冷たい外気のなかに脳味噌が漂い出る。

テロ
たいテロせん
ダブリュ・エム・ディー
誇らしい、とても誇らしい
そして
いのおおおる
われわれ
いのり
のぞみ
あがめ
たたえる
神からあらゆるものが

いいぞ、ブラボー

ずらかるぞ！

彼らの年齢がいくつであれ、人生での地位がどうであれ、同胞のアメリカ人たちのことをビリーは子供であると考えずにいられない。彼らは大胆で、誇り高く、自信たっぷりだ。自尊心に恵まれすぎた賢い子供のようであり、どれだけ教え諭しても、戦争が向かう先の純然たる罪の状態に彼らの目を開かせることはできない。ビリーは彼らを憐れみ、軽蔑し、愛し、憎む。こうした子供たちを。こうした男の子たち、女の子たちを。赤ん坊たち、幼児たちを。アメリカ人は大人になるために――そしてときには死ぬために――よそに行かなければならない子供なのだ。

「おい、あそこのご婦人だけどさ」。彼らがまた動き始めたときにクラックが言う。「子供を連れた金髪女、わかるか？　あの旦那が俺たちの写真を撮ってるとき、あの女は俺のペニスに尻をぎゅっと押しつけたんだ」

「バカ言え」

「ほんとだって！　薪に火が点いたみたいになったぜ。あの女が尻をあそこに押しつけるんだからさ。もう五秒続いたら、俺はいってたよ。嘘じゃねえ」

「嘘に決まってら」とマンゴーは言う。

「神に誓うって！　それから俺は、ヘイ、メルアド教えてくれよって感じで。イラクに戻ってからも連絡取り合おうぜって。そうしたらあの女、〝何言ってるの、この人〟って顔をしやがるんだ。雌犬め」

マンゴーは信じようとしないが、ビリーはおそらく本当だろうと思う——女たちは軍服姿の男を前にするとクレージーになるのだ。彼は数歩下がって携帯電話をチェックする。リック牧師からまた聖書の引用が届いている。


知れ、主こそ神。

主が私たちを造り、私たちは主のものである。（旧約聖書詩篇百章三節より）

しつこい男だ。羊の姿をした中古車セールスマン。ビリーはこのメッセージを削除するが、牧師を無視するのは——こんな価値のないものでも——縁起が悪いだろうかと考える。「寒くないですか？」と一人の女が通りがかりに声をかける。ビリーは微笑み、大丈夫ですと首を振る。本当に寒くないが、ファンたちが高価な毛皮のコートを着ていることも別に気にならない。彼らのふっくらとしたパーカー、熊の手のような手袋、忍者のようなフェイスマスク。男たちの多くが毛皮を着ているのは、これこそがここのファッションだからだ。マック少佐が突如として彼の横に現われる。

「マック少佐殿！」

少佐は無表情な顔を彼に向ける。ビリーは大声を出さなければいけないことを思い出す。

「少佐殿のことを心配しておりました！　どちらにいらしたのかわからなかったもので！」

少佐の顔はしかめ面に変わる。「しっかりしろ、俺はずっとここにいた。目にかかっている蜘蛛の巣を払え」

承知いたしました。少佐の頭のなかでは自分はずっとここにいたのだから、一兵卒としてはそれでいい。了解です、少佐殿！　ビリーは緊張してぎこちなくなる。セッターの子犬のように興奮している。一方、少佐は自分の靴をじっと見つめながら歩いている。馬鹿野郎、トライしてみろ。そうビリーは自分に言い聞かせる。これ以上の機会がいつあるっていうんだ？　彼はマック少佐がもっているかもしれない知識を必要としている。死、悲しみ、魂の運命といったことに関わる知識と手引き。少なくとも、こうしたことを――その本当の力を茶化すことなく――言葉で表わす手段を求めている。お祈りをするのか、信仰はあるのか、特にキリスト教徒なのかなどと訊かれると、ビリーはいつでもそうですと答える。そう答えると相手が喜ぶからでもあるし、だいたいのところそれが真実だと感じているからでもある。といっても、おそらく彼らが思っている信仰とは違うものだろう。彼が言いたいのは、自分が信仰を生きてきたということ。キリスト教の信仰の広さや深さを本当には理解できていなくても、その中心的な力を感じてきたということだ。その神秘、畏怖の念、大きな悲しみと苦悩。ああ、わが民よ。彼はシュルームが死ぬ瞬間、その魂が肉体を離れるのを感じた。目が眩むようなドスン！　という感覚。高圧電線が切れ、すべての回路が焼けてしまったかのようだった。周囲には靄が漂い、彼は殴り方を心得たヘビー級の男に殴られたかのように感じていた。脳震盪のようなものだ。いまでもときどき耳鳴りがするように思う。

魂とは実際に存在し、触知できるものだ。ビリーはいまそう考えている。ここ二週間、この大きな国を旅しながら、彼は切実な信念を抱くようになっていた。遅かれ早かれ、彼の経験を説明してくれる人と出会えるだろう。あるいは、少なくともそれを分類し、問題を的確に組み立ててくれる人と。リック牧師には弱気になったときに打ち明け話をしたが、自己中心的な鬱陶しいやつだとわかった。ダイムは彼に近すぎるし、どちらにしてもビリーはもっと安定した大人を必要としている。しばらくはアルバートがそれかもしれないと考えた。広い経験と素晴らしい教育を受けてきた男。たくさんのことについてたくさん知っている様子で、陽が昇ってから沈むまでしゃべり続けられる。しかし、最近、ビリーは望みを失いつつある。アルバートが共感に欠けているというわけではなく――とはいえ、次にがぶりとやるハンバーガーを見るかのように、相手を非情な目で見つめているときもときどきあるのだが――それよりも、アルバートが自分自身も含め、すべての面を皮肉な目で見ているためだ。アルバートは自分のことがよくわかっている。世知に長けた人ならばそうでなければならないのだが、この内向きの世知が、まさに彼の限界でもある。ビリーが彼を最も必要としている点において欠けているものがあるのだ。

そうなると、身近にいる最善の候補者としてはマック少佐しか残らない。スフィンクスでありゾンビ、めったにしゃべらず、小便もしない亡霊のような男。四十パーセントほどの時間しか生きておらず、そのうち六十パーセントしか意識がないように見える男。あのマック少佐だ。というわけで、ビリーは極端な欲求不満状態で上官とともにコンコースを歩く。ラマッラーであの日何が起きたのか知りたい。少佐は部下を失ったのだろうか？　友人は？　彼らが死ぬのを見たのか？　ビリーは接触したいという激しい欲求を感じる。心と心、男と男、戦士と戦士の接触。あの荒っぽい必須の英知を授けてもらいたいのだが、将校たちとはちょっとしたおしゃべりもままならない。まして少佐の無表情という暗号にひびを入れ、個人的でリアルなものにアクセスするなど到底無理だ。どうやって氷を砕いたらいいのだろう？　よお、少佐、見なよ、ハイネケンがあるぜ！　ジョシュが彼らに方向転換させ、脇の廊下から関係者以外立ち入り禁止のエスカレーターに導いていくとき、ビリーはチャンスがこぼれ落ちていくように感じる。上着とネクタイを着用した二人の太ったガードマンが自信なさげにブラボーたちの観戦許可証をチェックし、なかに入れる。「おお、天国への階段だぜ！」とサイクスは昇りのエスカレーターに乗って叫び、自分が機智の精髄であるかのように大笑いする。恭しく少佐の一段下に乗ったビリーは望みなしだと考える。自分には度胸がないし、出まかせを言う才もない。

さらに、少佐の耳が遠いということがあり、ナイトクラブでしゃべるような音量である種の話題を論じてはまずいという感覚もある。死、悲しみ、魂の運命。こうした話題には真面目で思慮深い口調での話し合いが求められる。これについて大声で語り合い、結論を導き出すというのは期待できない。

だからビリーは何も言わないし、少佐がそれに気づくわけでもない。彼らは「ブルースター・レベル」と呼ばれる階でエスカレーターを降り、ジョシュが彼らを「スタジアム・クラブ会員以外立ち入り禁止」というエレベーターに導く。彼がカードを小さな機械に通し、みんなが昇りのエレベーターに乗る。身なりのいい二組のカップルも乗ってくる。ブラボーたちの親でもおかしくない年齢だが、金の力で十歳は若く見える。誰もほかの人を知っている様子はない。ドアが閉まり、女性たちの香水の匂いが室内に満ちる。真夏のレモンの木のような、きつい柑橘系の香り。エレベーターがガタンといって動き始めると、ビリーの腹がゴロゴロいい、尻から大きな一発が出そうになる。ビリーはありったけの力で拳を握り締め、持ちこたえる。ブラボーたちのあいだにごくかすかな震えが走る。身を強張らせ、足をもじもじさせたり、拳を握ったり開いたりしている者たちが数人いる。ああ、神様、お願いです。ここでは駄目、いまは駄目。彼らは歯を食いしばり、まっすぐに前を見る。どうして密室に閉じ込められると、戦う男の消化管の下部が刺激されてしまうのだろう？

ダイムが生まれながらの指揮官らしい強靭さを発揮する。「みんな」と彼は言い、少し間を置く。「考えちゃいけない。考えるな」

そのおかげで多数が一つになる

豪華なビュッフェ形式の食事を前にして、サイクスはこれを「ブランチ」と呼び続ける。まるでそうすることで、彼自身が大物メトロセクシャルの色男に見えるかのように。そして、最後にはダイムに黙れと言われる。これはランチだ。じゃなきゃ、こういうことに正確さを期するなら、感謝祭のディナーだ、と。確かに彼らが目の当たりにしているのは、絵葉書のように完璧で、日曜版の広告のように輝かしい食事。伝統的なのと新しめの感謝祭料理が二十メートルくらい一直線に並んでいる。ビリーはきれいな皿を一枚取るが、気持ち悪くなりそうだと思う。二日酔いにこれは重すぎる。料理が山のように、厚板のように、鉄板のように、丘のように、塚のように並んでいるさまは、防御用の土塁の複雑なシステムにも似ている。そして陳列されているものの物質性、分子の濃密さに、彼の頭はくらくらとする。しばらくよろめきながら立っていて——自分は正気を失うだろうか？——それから腹が基本的な欲求を主張して唸り出す。

「みんな、たっぷり食べてくれ」とダイムが彼らに言う。「リッチな気分に浸ったら、下々の者たちがいかに暮らしているか話し合おう」。グレイビーと家具のワックスという支配者層的な匂いを漂わせたこの場所は、明らかにカントリークラブに行く人種が試合の日に集まるところだ。このドアをくぐるだけで十ドルかかり、食事にはさらに四十ドルと税金とサービス料がかかる。ヒーローは無料だ、とジョシュが言い、ブラボーたちは鬨《とき》の声を上げる。といっても、この「クラブ」には見るべきものがあまりない。雑然と広がった、天井が低い空間。片側にはバーカウンターがあり、もう片側は壁全体が窓になっていて、フィールドを見下ろしている。ライトは強い光とソフトな光とが入り混じり、神経を逆撫でする。鼻をつくバターのような光が頭上から降り注ぎ、それが巨大な窓からの不快な銀色の光に遮られて、視覚的な色調と深みを常に捻じ曲げ、客の目がそれに慣れることを妨げる。カーペットは石炭の懸濁液《けんだくえき》のような灰色で、家具は赤茶褐色のビニールと濃赤色のベニヤの寄せ集め。一見豪華そうだが、すでに擦り切れていて、一九七〇年代のホリデーインを思い出させる。捕まえたパトロンたちが逃げていかないように最低限のメンテナンスをしている以外、出費を抑えてきたのが明らかに見て取れる。

この場所がいかに自分をクソみたいな気分にさせるか、ビリーにはわかってくる。憂鬱な思いが腹に染みわたっていく感じだが、これは金持ちに対するアレルギーにすぎないとも思う。ここに入ったとき、金の気配を感じて歯を食いしばった。すぐに逃げたくなった。誰かを殴りたかった。金持ちを見ると緊張してしまう。特に理由はないのだが、いつもそうなのだ。葛のような緑の軍服を着て、受付台の近くに立っていると、ビリーは小便を漏らしたアル中患者と同じくらいこの場に相応しくない気がした。しかし――びっくり！　ブラボーたちが着席を勧められるのを待っていると、スタジアム・クラブのパトロンたちが一斉に立ち上がり、厳かに拍手し始めたのだ。近くにいる大金持ちたちが歩み寄って、握手を求めてきた。部屋のずっと後方にいる愛国者たちの集団は、その声から酔っているとがわかったが、酔いに任せてフットボールの応援を浴びせてきた。マネージャーが直々にブラボーたちをテーブルに案内した。痩せた舌先三寸の男で、酒場で口説き文句を囁く葬儀屋よろしく、気取った口調でしゃべり続けた。このようにちやほやされるのは、ある意味でさらに辛かった。こうした権力者たちに見つめられるなんて。ビリーは自分の足取りがぐらつき、腕を振り回しそうになるのを感じた。しかし、ダイムの様子をちらりと見て、心が落ち着いた。肩をいからせ、目はまっすぐ前に向けて、頭を六度ほど上に傾けている。まるで威厳というショットグラスを顎に載せているかのように——ビリーもダイムのように頭を傾けると、すべてのものがすぐにあるべき場にカチンとはまった。

ハッタリかまして切り抜けろ、とビリーは自分に言い聞かせる。こうしてここまで軍隊生活を乗り切ってきたのだ。

ジョシュは全員が席に案内され、着席するのを見届けると、少しのあいだ失礼すると言う。

「おい、あんたも食ったほうがいいぞ」とエイボートは言う。「立ってるだけじゃ、どんどん痩せちまうじゃないか」

ジョシュは笑う。「大丈夫だよ」

「いつチアリーダーに会えるんだ？」とホリデイが知りたがる。

「すぐに会えるから」とジョシュはクラックの頭越しに応える。クラックはそんなのクソくらえだ、俺はデスティニーズ・チャイルドに会いたい、ビヨンセとたっぷりいいことしたいと言い続けている。

「チアリーダーはラップダンス（ヌードダンサーが客の膝に座り込んで踊るエロチックなダンス）をしてくれるかな？」とホリデイはしつこく続ける。ジョシュはためらってから「訊いてみるよ」と完璧な無表情で言い、みなはホーッと声を上げる。ジョシュ。ジョシュ。ジャアアアアシュ——。ジャシュは軟弱にしてはいいやつだ。ブラボーたちは窓のそばの大きな円卓に座る。窓からはフィールドがよく見えるが、フィールドで大したことが行われているわけではない。ダイムはランチでハイネケンを飲むことを兵士たちに許可し、一本だけだぞと言ってマック少佐のほうを見ると、少佐も頷く。ビリーは心がけていたとおりにダイムとアルバートの隣りに座っている。彼らがしゃべることとすべてを聞こうと考えているのだ。自分があまり物を知らないということは心得ている。基本的には何も知らない。少なくとも、知る価値のあるものは何も。その価値の尺度とは、彼の人生の現段階では、精神を鎮め、魂を穏やかにしてくれる知識である。そこで彼はダイムの隣りに座るように心がけ、ダイムが座るところというのは、テーブルの上座である。アルバートはダイムの右に座り、それからエイボート、デイ、ロディス、クラック、サイクス、マック少佐、マンゴー、そして最後、一回りしてビリーが座っている。では、シュルームとレイクのための二席も用意しよう。これは、グループでの食事が始まるとき、彼がお祈りの代わりに心のなかで行う儀式だ。別の儀式は、敷居をまたぐときに左足から入らないこと。ほかには、防弾チョッキは下から締めていく、Wで始まる言葉で文章を始めない、ミッションの六時間前になったらマスはかかない、などがある。といっても、あの運河での戦闘の日も、彼はこうした習慣やまじないを守ったのだから、ダラスで昨晩泊まったのがWホテルだったとか、そのホテルの高級クラブが——実に気味悪いのだが——ゴースト・バーだというのも、大して意味がないのだろう。読み取るべき前触れ、しるし、兆候がありすぎる。頭がこうなってしまうのもその偶然性のせいだ。分刻みにロシアンルーレットの生活スタイルを生きていること。迫撃砲が空から落ちてくる。偶然だ。ロケット弾、ロブ爆弾、仕掛け爆弾など、すべて偶然だ。一度、監視哨で夜警をしていて、鼻梁のすぐ近くでパンッという衝撃を感じたことがあった。後ろにのけぞって気づいたのだが、それは弾丸が音速以上の速さで通り過ぎたときの音だった。数インチの差。いや、一インチもない。ほんの数ミリ、原子数個分の距離。すべて偶然だった。小便管のところにいま座るか一分後に座るか、食堂を数秒早く出るか、寝台で左側を向いて寝るか右側を向いて寝るか、縦列でどこに並ぶか、これは大きな問題だ。最初、やつらは先頭の軍用ジープを攻撃していたが、それから二番目のを攻撃するようになり、次に二番目、三番目、四番目を行き当たりばったりに攻撃するようになった。それから先頭のに戻り、車両内のどの席に座ると当たる確率がどれだけといった、果てしない堂々巡りの議論はもう終わり。どのような日であれ、どこにいようとも、当たる可能性はある。「対戦車擲弾《てきだん》は避けられるんですよ」と彼は二日前にレポーターに言った。意味のいっぱい詰まった奥深い事実を吐露するつもりはなかったので、まるで家族の恥ずかしい秘密を明かしてしまったかのように安っぽく感じた。しかし、そうなのだ、〝対戦車擲弾は避けられる〟。あのクレージーな弾がぎこちなくこちらに飛んでくる、安っぽいメキシコの花火のように火花と煙をパチパチと吹き出しつつ――シュウウウウウウ・フーム！　彼が言いたかったのは、言おうとしてきたのは、これが嘘ではないということ。ときどき本当にスローモーションで事は起こる。そして、彼の言いたいことの究極的な要点は、人生がいかに奇妙でシュールになり得るかということだった。最近、彼は擲弾が飛んで来たら風船を弾くようにポンと叩いて、コースを逸らすことができると思っている。ただ避けるだけで、擲弾が飛んで行く先で大変な惨事を引き起こすのではなく、誰もいないところに弾き飛ばすのだ。いまここで起きていることはそれと比べるとまったくリアルでないように思える。この食事を食べ、このフォークを握り、このグラスを持ち上げていることと。いま最もリアルなのは、彼の頭のなかで起きていることだ。たとえばレイクのこと。「レイク」と思うだけで荒涼とした夜の映像が始まってしまう。弱い月の光に照らされた土手道、虫のリリリリという鳴き声、遠くからかすかに聞こえる犬たちの吠え声、近くの運河の吸い込むような、うがいをするような水音。静かな夜の土手道を映しているカメラはゆっくりと移動しながら道を離れ、草地にある何かにだんだんと焦点を絞っていく。脚だ。二本の脚。レイクのだ。静かである。虫の鳴き声、かすかな月の光、ゴボゴボと鳴る運河。まるで長い眠りから目覚めたかのように、脚が動き始める。最初は恐る恐る、からかわれた無邪気な子供のように動くが、ついに立ち上がる。そして我に返り、レイクの体の残りの部分を捜しに行く。ディズニー映画のようでもある。間違って取り残された二匹のペットの物語。あの脚たちはそれくらい勇敢で、主人を信じており、忠実なのだ。レイクは一万キロ離れた大海の向こうにいるのだから、最初から望みがないのだが、そんなことどうしてわかるだろう？　こうした考えが食事時に相応しいわけではないが、映像が頭のなかで始まってしまうと——。

「ビリー！」とダイムが唸るように言う。「おまえ、人を無視してるな」

「いいえ、軍曹殿。デザートのことを考えていたのです」

「先のことを考えるってやつだな。よしよし。俺の訓練は間違ってなかったようだ」

「すごい食べっぷりだ」とアルバートが感心して言う。「おい、君たち。もっとゆっくり食べろ。料理は逃げやしない」

「大丈夫だよ」とダイムが答える。「ただ、やつらの口に手足を近づけないほうがいい。嚙まれるからね」

　アルバートは笑う。彼が取ったのはグリーンサラダと炭酸水だけ。その横にはほとんど手をつけていない新発売のカクテル〝カウボーイリタ〟が置かれている。「君たちがイラクに戻ったら寂しいよ」と彼は話しかける。「君たちのような若者と知り合えたのは素晴らしい経験だった」

「俺たちと一緒に来なよ」とクラックは言う。

「ああ、イラクに来いよ」とエイボートも勧める。「楽しくやれるぜ」

「駄目だよ」とホリデイが反対する。「アルバートはここに残って、俺たちをリッチにしてくれなきゃいけない。そうだよな、アルバート？」

「そういうことだ」とアルバートは慎重に抑えた声で反応する。これだ、とビリーは思う。最後に少しだけ言い方が穏やかになる。誰にも気づかれないくらいわずかにエゴと熱意を緩めるのだが、それによって相手に期待を持たせすぎないようにする――熟達したプロならではの優先順位のつけ方だ。「私は邪魔になるだけだよ」とアルバートは話し続けている。「それに、私は昔ながらの臆病な平和主義者なんだ。いいかい、私がロースクールに行った唯一の理由はベトナムを逃れるためさ。そして実を言うと、もしその徴兵猶予がうまくいかなかったら、その夜のうちにカナダ行きのバスに乗っていただろう」

「六〇年代だね」とクラックが神妙に言う。

「まさに六〇年代だった。私たちが望んでいたのは麻薬をいっぱい吸って、たくさんの女と楽しむことだけ。ベトナム？　勘弁してくれ。どうして俺があんな臭い水田で尻を撃たれなきゃならないんだ？　ニクソンがもう四年大統領でいられるように？　クソ食らえって。そう感じたのは私だけじゃない。ベトナムをパスしたくせにいまは戦争屋の連中がいるけど、やつらを非難する気は毛頭ないよ。ブッシュ、チェイニー、カール・ローヴって連中。やつらは当時みんながやってたことをしただけだからさ。私も彼らと一緒だった、ものすごい弱虫さ。私の課題は、いまはタフで熱狂的で、一歩たりとも退くななんて戯言を言っている連中に、おいおい、もっと謙虚になれって言うことだな。自分たちの命に対して昔慎重だったように、若い人たちの命に対して慎重になれって」

「アルバート」とマンゴーが言う。「あんた、立候補するといいよ。大統領選に出たらどうだ？」

アルバートは笑う。「死んだほうがましだよ。でも、そう思ってくれてありがとう」。プロデューサーは見るからに楽しんでいる様子。叔父のような優しい笑顔をたたえた姿は、椅子にぐったりもたれているというより、椅子をフルに利用し、重力の下への力に心地よく身を委ねている感じである。玉座につくジャバ・ザ・ハットといったところだ。「どうしてやつは俺たちに電話してくるんだ？」とクラックが訊ねたことがある。アルバートが最初に電話してきたときだ。インターネットで検索し、彼が自分で言うとおりの人間だということはわかった。ハリウッドのベテラン・プロデューサー。七〇年代から八〇年代にかけてアカデミー賞の最優秀作品賞を三度受賞し、しかも『フォディーズ・プレス&フォールド』を製作したことでも知られている。これはワーナー・ブラザーズ史上最大の損失を出した映画。「あれはあの年の『イシュタール』(興行的に大失敗した一九八七年のアメリカ映画)と言われたよ」と彼は嬉しそうに言って笑い、この失敗を勲章のように誇示している。というのも、こういう大失敗ができるのは最高のプレーヤーだけだし、その数年後に第三のオスカーを取って名誉挽回したのである。そのあとで彼が選んだのはキャリア中盤の一休みだった。パラダイムは変わりつつあり、スタジオはプロデューサーと長期間契約をしなくなった。しかも彼は三度目の結婚をし、新しい家族との生活を始めたところだった。必要な金は持っている。しばらく一線から退こう。そう決心したのだが、三年経って、またゲームに戻りたくてたまらなくなった。古い友人のおかげでMGMの敷地に独立した事務所を持ち、スタジオから秘書兼助手も与えられた。「いまの立場が好きなんだよ」と彼はブラボーたちとの最初の顔合わせで言った。「うえには誰もいないし、プレッシャーもない。子供に戻ったみたいだ。何でも好きなことができる」

夫が感謝祭に家を空けてムッとしているにしても、彼のホットな若い妻は(ブラボーたちは彼女のこともググったのだが)よくできた嫁だ。彼の仕事の大変さがよくわかっている。スタジアム・クラブのパトロンたちが敬意を払いに来る様子をアルバートは面白そうに眺めている。男たちは白髪頭ながら元気がよく、成功した銀行の頭取か中規模の市の市長といったハンサムな容貌の持ち主である。日焼けし、体の引き締まった六十代の男たち。テニスをするときはまだ力いっぱいサーブを打てる。その妻たちはかなり若いが、腹立たしさを感じさせるほどではない。みんな金髪で、医学による自己改良の成果をその張り詰めた体で見せつけている。〝実に誇らしい〟と男たちは握手をして回りながらら言う。〝とても感謝している、名誉だ、守護神、自由、狂信者たち、テロ〟。妻たちはブラボー分隊を称える夫から少し下がって、夫の好きなようにやらせておく。なんとなく切なそうな微笑を浮かべ、欲望はまったく示していない。

〝食事を楽しんでください〟と言って男たちは離れていく。白い手袋をしたウェイターのように厳粛で、おもねるような雰囲気。「あいつらは君たちが大好きなんだな」とアルバートはグループが立ち去っていく様子を見ながら言う。クラックが鼻を鳴らす。

「そんなに俺たちのことが好きだったら、あいつらの嫁が――」

「黙れ」とダイムが唸り、クラックは黙る。

「私が言いたいのは、本当にみんなが君たちを好きだってことだよ。黒人も白人も、金持ちも貧乏人も、ゲイもストレートも、みんな。君たちは二十一世紀の機会均等を象徴するヒーローなんだ。いいかい、私も人並みにシニカルだけど、君たちの話はアメリカの琴線に触れたんだ。君たちがイラクでやったのは、悪いやつらに接近戦を挑み、こてんぱんにやっつけたってこと。私のような平和主義の臆病者だって、それには感謝する」

「俺は七人やっつけたぜ」とサイクスが言う。これは必ず彼が言うことだ。「確かに七人だ。でも、もっといたようにも思う」

「いいかい」とアルバートは言う。「あの日ブラボーがしたこと、それは別種の現実を経験したってことなんだ。ありがたいことに、私のような男は戦闘を経験していない。君たちがどのようなことを切り抜けてきたのか、わかりようがない。だからスタジオの抵抗を受けてるんだと思う。あの連中、泡のように実体のない世界に暮らしているだろう？　やつらの人生の最大の悲劇はアジア人のマニキュア師が休みを取ったってこと。そういう連中が君たちの経験の妥当性を決めるなんて間違ってるよ。

倫理的なポルノみたいなものだ。君たちがやったことの価値を測る資格はやつらにはない」

「そう言ってやってくれよ」とクラックが言う。

「そうだ、言ってやれ」とエイボートも言い、ブラボーたちのなかからシュプレヒコールが自然に湧き起こる。〝言ってやれ、言ってやれ、言ってやれ〟。カエルのコーラスか僧侶の祈禱のようだ。そばにいたスタジアム・クラブのパトロンたちが微笑み、元気が余った大学生の悪戯を見るようにクスクスと笑う。すると、始まったときと同じくらい唐突にシュプレヒコールは終わる。

「ヒラリーに言ってやれって言ってくれ」とダイムが言う。

「努力しているよ、デイヴ。この契約には流動的なところがいろいろとあってね」。アルバートの携帯電話が鳴り、彼は電話を取るなり「ヒラリーは公式に関心を示してるんだ」と言う。それから、「もちろんそうだ。すごく体を使う役だし、彼女は体を使う女優だからな。それに愛国精神も旺盛だ。この映画を本当にやりたいんだよ」。間《ま》があく。「千五百万って聞いてるぞ」。また間。「政治が絡むかって？」アルバートはブラボーたちに向けて目を丸くして見せる。「ラリー、フォン・クラウゼヴィッツが何て言ったか知ってるか？　戦争は手段の異なる政治にすぎないって言ったんだ」。間。「違う、この馬鹿、『孫子』じゃない。ドイツ人だ。プロイセン人」。沈黙。「おまえが『孫子』を読んだかどうかなんてどうでもいい。どうせ虎の巻《アンチョコ》を読んだんだろう？　おまえでも推薦文くらいは読めるだろうからな」。耳を傾けているうちにアルバートの目つきは険しくなっていく。長いこと聞いている。口がピクピクし、毛深い指がテーブルクロスをいじっている。

「じゃあ、教えてくれ、ラリー。政治的じゃない戦争映画なんてどうやって作れるんだ？　ビデオゲームを作りたいのか？　そういう話なのか？」

ブラボーたちは視線を交わし合う。まだそれほどひどくない、というのがみなの考えていることだ。

「オーケー、政治ってことならこれでどうだ。この兵士たちはヒーローだよな？　アメリカ人だよな？　彼らは紛れもなく正義の側にいるし、紛れもなく敵をやっつけた。それで、こういうことが前回この国であったのはいつの話だ？　そこに政治があるんだよ、ラリー。アメリカに関してまた好感を抱くということ。『ロッキー』が『プラトーン』と出会ったと思えば間違いない」。間があき、目を丸くする。アハ、アハ、アハ。「聞いてくれ、いまカウボーイズの試合に来てるんだが、こんなの見たことがない。兵士たちが一歩動いただけで人が群がるんだ。ビートルズの再来だよ。彼らに対して観客ははらわたの底から反応してるんだ」

ブラボーたちは互いに目くばせし合う。驚くべきは、アルバートの言葉がかなり真実だということだ。

「いいか、ボブと話してくれ。いまならヒット作を手にできるし、俺が銀の皿に載せてお届けするよ」。沈黙。「なんだと」。再び沈黙。「勘弁してくれよ、感謝祭だぜ。ヒラリーが興味を持ってるって俺が言ってんだから、信用しろ。あとでよかったと思うから」

「問題が？」アルバートが電話を切ってからダイムが訊ねる。

「いや。これが普通だよ」。アルバートはカウボーイリタを一口すすり、顔をしかめる。「これも、最近は会計士がスタジオを経営しているからなんだ。マセラティに乗った小人たち。デカい背広の小物たち。やつらは毎朝自分の名をググって、自分が何者だったか思い出さなきゃいけない」

「オリヴァー・ストーンはベトナムに行ったって言わなかったっけ？」とサイクスが訊ねる。

「ああ、言ったよ、ケネス。やつの頭がおかしいってのは言い忘れたかな？　どっちにしても、やつに金の準備はできない。いいかな、この映画を作るために路上に出なければならないんだったら、私はそうするよ。それくらい君たちを信じているんだ」

これがどういう意味なのか正確にわかる者はいなかったが、彼らは料理の手招きに応えることにする。おかわりのために戻ると――ダイム、アルバート、マック少佐だけが席に座ったままだ――長い列がすでにできている。しかし、ブラボーたちが立っているのに気づくと、人々は脇によけ、兵士たちに前に行くようにと促す。最初ブラボーたちは断るが、それが陽気な喚声を呼び起こす。〝遠慮しないで！〟と人々は叱るような口調で言う。〝遠慮しないで、さあ！〟ブラボーたちが前に出ると、彼らは頷き、クスクスと笑う。この大柄なアメリカの好青年たちの姿に元気づけられているのだ。肩幅が広くてがっしりとし、マナーはよく、目に入るものは何でも食べられる食欲の持ち主たち。みんな幸せで、自分たちが主役という感じなのだ。ここまで主張が通り、想定どおりにきて、これから一日たっぷり楽しめる。ビリーの二日酔いはカロリーの総攻撃を受けたショックで回復に向かい、この第二段階でもう一度彼はゴージャスな食事に目を丸くしている。七面鳥の締まった肉とその金色に輝く皮、みずみずしい格子縞を描いている野菜のキャセロール料理、こんもりと贅沢に盛られたスタッフィング、そしてマッシュポテトやベイクトポテトなど六種類のポテト料理――膨らんだ白カビを思わせる奇妙に魅力的な舌触りのエキゾチックな紫色のポテトもある。神に祝福された主流アメリカ人の領域では、人は文明化された食事を摂り、文明化された糞をする。室内で平和に、水で流してくれる便器で、神が意図された当たり前のプライバシーを確保して。未開の砂漠地帯の大きく開けた景色のなか、自然が闘犬の子犬のように尻を襲ってくるところで糞をするのとは正反対だ。ふとビリーは、これこそが文明の意味なのではないかと思う。美しい食事を食べ、上品に糞をすること。だとしたら、自分は文明側を支持する。もう片方の生活様式はもうさんざん経験したのだから。

席に戻りながら兵士たちはクスクスと笑い出す。理由はない。ただ食べ物で血糖値が上がり、頭がぼんやりしている。しかし席に戻ると、さっさと座って黙りやがれとダイムに言われる。遊んでるわけじゃねえ、と彼は言う。何かが起きたのだ。何だろう？　すぐに彼らは知ることになる。グレイザー&ハワードという有力な製作者・演出家チームがブラボーの映画を作りたいという希望を伝えてきた。ユニバーサル・スタジオも関わる意思をはっきり表明したのだが、ただし条件がある。第二次世界大戦の物語にするというのだ。しかし、この時点でブラボーたちにわかっているのはダイムがOTR——つまりカッカして《オン・ザ・ラグ》いるということ。一方、アルバートはすべて好調という雰囲気で、落ち着いてブラックベリーにメッセージを打ち込んでいる。「心理戦の達人だよ」とシュルームはダイムについて言ったことがある。ダイムが午前中の大半を使ってビリーをいじめたあとのことだった。ビリーが軍用ジープに暗視ゴーグルを一晩置き忘れたためである。腕立て伏せ、腹筋、サンドバッグを担いでのスクワット。それから三十八度の暑さのなか、前線基地の内部を六周するという死にそうなランニング。これはほぼ六キロだ。「やつのことはわからないから、わかろうとするな」とシュルームが忠告した。

「クソ野郎ですよ」とビリーは言った。

「ああ、そうだな。だからおまえはやつのことをもっと好きになる」

「やめてください。大嫌いですよ、あんなやつ」

シュルームは笑ったが、彼にはダイムを笑う資格があった。彼とダイムはアフガニスタンで一緒に軍務につき、ブラボーのなかでダイムがいじめない兵士はシュルームだけだった。シュルームとビリーがこの会話を交わしたのは、シュルームが自分のコンテナの外に張った日よけネットのなかでだった。シュルームは空き時間になるとここに引っ込み、煙草を吸ったり読書をしたりするのが好きだった。クウェートで買った迷彩模様のキャンプチェアに座り、物事の本質について考えるのだ。こうしてくつろいでいるシュルームを思い浮かべると、ビリーの心も落ち着いた。裸足でシャツも脱ぎ、煙草を手に持って、膝には『ガンジス川をゆっくり下る』（イギリスの旅行記作家、エリック・ニュービーの代表作）という本をのせている。民族と植物の関係に目を向ける神秘的な旅に深くはまっていて、彼自身の姿も巨大なシュルーム《メスカルサボテン》（幻覚作用のあるメスカリンを含むサボテン）のようだった。肉付きがよく撫で肩で、メラニン欠乏症の白人。体の基本的な形はマナティーのようだが、肉体労働者のような筋力も備えていた。SAW機関銃をピストルのように片手で扱うことができるし、50口径も簡単に持ち上げることができる。人道支援の米袋は彼に摑まれるとお手玉のようだ。彼は一日おきに頭を剃り、その驚くほど優美な丸い頭は体のサイズよりも二回りほど小さく感じられた。気温が高いと彼の顔は回るラバランプ（輝く粘性の物質が常に形を変えながら中で動いている装飾的なランプ）のように輝いた。汗をかくというよりは分泌するという感じで、油性の液体が体を覆い、ピクルスの汁で体が光っているかのように見えた。

「月で暮らしている人がいるとしたら、シュルームみたいなやつらだろうな」とダイムは好んで言った。

　ダイムの父親がノースカロライナの大物判事だとビリーに教えてくれたのもシュルームだった。

「ダイムは金持ちなんだ」と彼は言った。「でも、やつはそれをみんなに知られたくない。どうしてだかわかるか？」

　いいえ、とビリーは言った。どうしてですか？

「古くからの名門の出っていうのが嫌なんだよ」

　これ以上ない〝おかしな二人〟だった。ハンサムなダイムとつるんでいる夢想家のシュルーム。彼らは互いについて、普通の環境では不健全と考えられるほどよく知っているようだった。ときどきダイムはシュルームのひどい幼年期のことを語った。キリスト教系の孤児収容施設にいた期間も含む、あからさまに壮大な苦難の物語。この施設のことをダイムはオクラホマ州アナルファックにある〝捨てられた子供たちのための尻拭いバプティスト・ホーム〟と呼んだが、シュルームがやめろと目くばせすることはなかった。シュルームが聖書からの言葉を大量に仕入れたのは、この施設にいたときなのだろうとビリーは考えた。さらには「イエスはUホール（引っ越し用トラック・トレーラーのレンタル会社）みたいに都合よく使えない」とか「俺たちは好むと好まざるとにかかわらず、神のポップタルト（朝食でよく食べられる、ケロッグ社の子供向け菓子）だ」といった金言めいたことも言う。シュルームの世界では、煉瓦は「土のビスケット」で木々は「空の灌木」、前線の歩兵たちはみな「食肉用ウサギ」で、戦争の〝進展〟に関するメディアの発表は「自分の墓石のうえで嘘をつかれるようなもの」である。最初の頃、まだ本当の戦闘を見る前に、ビリーは彼に銃撃戦とはどのようなものかと訊いたことがあった。シュルームは少し考えてから言った。「どんなものにも似ていないな。敢えて言うなら、天使に強姦されるようなものか」。シュルームは出撃の前、分隊のみなに「おまえを愛してる」と言った。冗談めかすのでも、生意気な抑揚をつけるのでもなく、キリスト教的な甘ったるさもなく、真面目な顔をして言うのだ。みなの魂にシートベルトを締めさせるような、威勢のいい宣言。それからほかのブラボーたちも同じことを言い始めたが、最初のうちは言葉を濁し、「愛してるぜ、マン」というふうに早口でまくし立てる。バドワイザーのCMに出てくる阿呆のような、自棄《やけ》のヤンパチといった声で。しかし、襲撃が繰り返され、フェンスの外に出ることが不安だらけの行為となってくると、誰も遊びでは言わなくなった。

〝俺は落ちていくよ〟。スライドショーのように、生きていて、死んで、生きていて、死んで、生きていて、死んで。ビリーは同時に十種類のことをやっていた。医療品セットを開け、ライフルに新しい弾倉を込め、シュルームに話しかけ、彼の顔を叩き、眠るんじゃないと叫び、こちらに飛んで来る砲弾の方向を追い、身を守るものが何もなくてただ低くうずくまっていた。フォックスの映像は彼が片手で発砲し、もう片方の手でシュルームの介抱をしている姿を映しているが、彼はそれを覚えていない。おそらくシュルームの弾薬入れを切り裂き、防弾チョッキを緩めて、彼の傷を見つけようとしていたのだろう。彼らが言う勇気とはこれのことだろうか？　すべてをいちどきに、ものすごい速さでやっていたとはいえ、訓練されたことをしていただけなのだ。彼は自分の体の前面が血だらけで、ここに自分の血も混じっているのだろうかとぼんやり考えていたのを覚えている。血まみれの手が滑るので、最後は歯で圧迫包帯を引きちぎらなければならなかった。そしてシュルームを振り返ると、あの馬鹿は起き上がろうとしているじゃないか！　それからまたくずおれ、ビリーは横向きに動いて彼を膝で受け止めた。シュルームは額に皺をよせて彼を見上げ、その目は何か重要なことを言おうとしているかのように輝いていた。

「やつはおまえの軍曹だからさ」とシュルームはあの日、コンテナの外で言った。「おまえの人生をできるだけ惨めにするのがやつの仕事なんだ」。それからシュルームはダイムの心理戦についてビリーに説明を続けた。そのコツは断続的に肯定的な言葉で励ますことにある。断続的なのは、同じことを一貫してやるよりも行動修正の道具として効果的だからだ。どうでもいい。やたら本を読んでいたので、シュルームは役に立たない知識をたくさん持っていたが、いまここスタジアム・クラブでビリーが考えているのは、俺たちのことをクソみたいに感じさせてくれてありがとうございます、軍曹様！　だ。このおいしい食事を台無しにしてくれてありがとうございます！　このあとしばらく、軍支給の食事か軍契約の業者の食事にしかありつけないだろう。でも、そんなことはどうでもいい。彼らは惨めな前線のクソ兵士たちなのであり、彼らの目下の仕事は黙って食うことなのだ。

ダイムが噛みつくように言う。「エイボート、おまえ何やってんだ？」

「レイクにテキストメッセージを送ってます、軍曹。ここの様子を知らせてるだけです」

これにはダイムも反対できない。ほかの標的はないかとテーブルを見回すが、みな自分の皿にうずくまり、食べ物を掻き込んでいる。そのときアルバートが笑い始める。

「ちょっと、これを見てくれ」。彼はブラックベリーをダイムに回す。

「こいつ、マジか？　まさかだよな」

「残念ながらマジだよ」

ダイムはビリーのほうを向く。「こいつな、俺たちの映画は『ワイルド・タウン／英雄伝説』のイラク版だって言うんだ」

「はあ」。ビリーは『ワイルド・タウン』を見たことがない。「それって、ヒラリー・スワンクが出てるんですか？」

「いや、ビリー、ヒラリー・スワンクは出てない。まあ、いいや。アルバート、こいつらは誰なんだい？」

「くだらんやつらさ」とアルバートは言う。「オタクで弱虫で嘘つきだよ。偽物のウサギを追いかける犬くらいの脳味噌しかない。中身のある映画には怖気づく、いや、本当に恐れおののくんだ。〝これっていい映画かな？　ウウウウー、よくないかな？　ウウウウー、わからない！〟悲惨なもんだ。金があるのに眼識がないんだから。『チャイナタウン』並みの映画でやつらの頭をガツンとやってみろ。可愛い犬をちょっと入れましょうよ、なんて言うだろうな」

ダイムは気楽なものだ。「じゃあ、俺たちは行き詰まったってこと？」

「おいおい、私がそんなこと言ったかい？　言った？　とんでもない。言ってないよ。私はこの世界で三十五年生きてきたんだ。その私が行き詰まるタイプに見えるかな？」ブラボーたちは笑う。まあ、そうだ。アルバートを見て、行き詰まるタイプという言葉は思いつかない。「ハリウッドっていうのは病んで歪んだ場所だよ。その点は確かに認める。腐敗し堕落し、社会に適応できない人格異常者ばっかりだ。大雑把に言えば、そうだな、太陽王ルイ十四世の宮廷ってところか。十七世紀のフランスのね。笑わないでくれ、みんな。私は真面目だ。ときにはこうしたことを具体的な言葉で思い描いたほうがわかりやすいんだよ。たくさんの富が転がっている。あらゆる点で完璧に度が過ぎた、いかがわしい富。そして町の変なやつらがこぞってイカサマをして、富の一部を摑もうとする。しかし、そのためには王様にたどり着かないといけない。だって、すべては王様を通して行われるだろう？　でも、そこが問題だ。大問題だ。アクセスが問題なんだ。だって、ちょっと会いに行って、王様相手に売り込みできないからね。でも、どんなときでも二十人か三十人、宮廷に出入りしている連中がいて、そいつらは王様に拝謁できる。アクセスがあり、影響力があるんだ、入り込んでいるから。その一人を契約に巻き込むのが鍵なんだな。ハリウッドでも同じだよ。どんなときでも二十人か三十人、プロジェクトを動かせるやつがいる。名前は年々変わるかもしれないが、仕組みは同じだし、その数もだいたいは同じだ。そういうやつを一人見つけて契約に巻き込めば、君たちもスターだよ」

「スワンクは」とクラックが提案する。

「スワンクはスターだ」とアルバートが請け合う。

「ウォールバーグは？」とマンゴーが訊ねる。

「マーキーもプロジェクトを動かすことができるだろうな」

「ウェズリー・スナイプスはどうかな」とロディスが言う。「だって、たとえば彼に俺の役をやらせることができる」

「面白い」と言って、アルバートは少し考える。「映画は無理かな。でも、こうしよう、ロディス。彼の次の映画で、君に彼とからむ役をやってもらう。これでどうかな？」

アアアアアアアアアアア、みながロディスに毒づき、ロディスはただニヤニヤして、食べ物がいっぱいくっついた歯を見せている。この騒ぎは、スタジアム・クラブのパトロンの一人が挨拶をしに来たために遮られる。立ち止まって話をしに来るのは若者でも中年でもなく、決まって老人。もはや戦争に行く年齢を過ぎているという事実に安心しきっている連中である。彼らは兵士たちによる国への奉仕に感謝し、ランチはおいしいですかと訊ねる。そして粘り強さ、勇猛さ、愛国心など、兵士たちに想定されている性質を挙げて称賛する。いま話しかけてきたパトロンは黒髪がまだいくらか残っており、健康そうな血色のよい男だ。母音を長く引き伸ばす話し方で自己紹介するので、「ハウ・ウェイン」というふうに聞こえる。すぐに彼は家族経営の石油会社が使っている新しいテクノロジーについて説明を始める。バーネット・シェールから原油を生産するための破砕のための化学薬品と塩水が関係するらしい。

「私の友人の何人かも子供が軍に入っていて、君たちとともに海外に駐留しているんだ」とハウ・ウェインは彼らに話しかける。「だから、国内の生産量を増やし、海外の石油への依存度を減らすことは、私にとって個人的に大事なんだよ。私がいい仕事をすればするほど、君たちのような若い人たちが国に戻れるだろうから」

「ありがとうございます！」とダイムは反応する。「それは実に素晴らしいです。私たちは心から感謝します」

「私は自分の役割を果たそうとしているだけさ」。こいつは渋かったな、とビリーはあとで思い出すことになる。この男がほかの連中と同じように〝食事を楽しんでください〟と言い、利潤たっぷりの愛国者生活に戻っただけなら気にもならないのだが、彼の場合は違う。貪欲だった。さらにブラボーから引き出そうとしたのだ。それで、と彼は言う。君たちの視点から見て、我々の海外での戦況はどうだと思う？

「我々の戦況？」とダイムは元気よくおうむ返しする。「我々の視点から見て？」ブラボーたちは両手を組み、自分たちの皿に視線を落とす。といっても、ニヤリと笑わずにいられない者たちもいる。アルバートは突然興味を持った様子で、首を傾げ、ブラックベリーをポケットにしまう。「まあ、こいつは戦争ですから」とダイムは同じ元気のよい声で続ける。「定義から言えば、極端な状況にいるわけです。互いに相手を殺そうと必死なわけですから。でも、私には全体像を話す資格なんて到底ありません。私が自信を持って言えるのはこれだけです。相手を殺そうという意図を持って力と力の戦いをするのは、本当に精神に変化をもたらす経験だってこと」

「そうだろう、そうだろう」とハウ・ウェインは深刻そうにうなずく。「想像できるよ。それが君たち若者にとっていかに辛いか。あのレベルの暴力に晒されることが――」

「違います！」とダイムは遮る。「そうじゃないんですよ！　俺たちは暴力が好きなんです。殺し合いが好きなんだ！　だって、あなた方がお金を払ってるのはそのためでしょう？　アメリカの敵と戦って、やつらをまっすぐ地獄に送ること。俺たちが殺しを好きじゃなかったら、意味がないじゃないですか？　平和部隊でも戦争に送ったほうがいいですよ」

「アハ」とハウ・ウェインは笑うが、その微笑みは輝きをいくらか失っている。「これは一本取られたね」

「いいですか、この男たちが見えます？」ダイムは身振りでテーブル全体を指し示す。「俺はこいつら一人ひとりを兄弟のように愛してます。やつらの母ちゃんよりも強い愛ですよ。でも、正直に言いましょう。やつらも俺の気持ちを知ってますから、やつらの目の前で言って構いません。はっきりと言っておくと、こいつらは最高にクレージーな殺し屋たちなんです。軍隊に入る前のやつらがどんなだったかは知りませんけど、やつらに兵器を持たせ、リップト・フューエル（サプリメント）を与えれば、動くものは何だって吹き飛ばします。そうだよな、ブラボーたち？」

彼らは大喜びで一斉に答える。**はい、軍曹！** レストランじゅうの髪をきれいに整えた頭がさっとこちらを向く。

「俺の言いたいこと、わかります？」と言ってダイムは得意げに笑う。「やつらは殺し屋で、人生の最高の時を過ごしてるんです。だからあんたの家族の石油会社がバーネット・シェールで儲けようってのはいいし、それはあんたの権利だけど、俺たちのためにそれをしないでください。あんたにはあんたの仕事があるし、俺たちには俺たちの仕事がある。だからあんたは石油を掘り続け、俺たちは殺し続ける」

ハウ・ウェインは口を開け、顎を一度か二度動かすが、声は出てこない。彼の目は奥深くに沈んでしまったように見える。見よ、とビリーは考える。世界で最も阿呆を晒した百万長者だ。

「そろそろ行かないと」とハウ・ウェインはブツブツ言いながら、逃走ルートをチェックするかのようにあたりを見回す。おまえの知らねえことについて話すんじゃねえよ、とビリーは思う。そしてそこにこそ、こうした邂逅の力学が潜んでいるのだ。ブラボーたちは経験者だという高い地位から話す。彼らは本物で、リアルだ。たくさんの死に対峙し、たくさんの死を受け入れ、その匂いを嗅ぎ、懐に抱えた。死という泥沼をブーツでバシャバシャと渡り、死を全身の服に浴び、口で味わった。それが彼らの有利な点だ。アメリカが自らに課した男らしさの基準からすれば、その資格を持っているのがごくわずかだというのは何とも面白い。〝なぜ我々は戦うのか〟って言うが、〝我々〟って誰だ？ ここはほら吹きとハッタリ屋ばかりの臆病なタカ派の国。そのなかでブラボーたちは常に血という切り札を手に持っているのだ。

ハウ・ウェインが立ち去るときには、ブラボーたちはあからさまに笑っている。「いいかな、デイヴィッド」とアルバートは言い、ダイムを思案ありげに見つめている。「軍を除隊したら、演技の道に入ることを考えてみてくれ」

ブラボーたちはホーホーとはやし立てるが、アルバートは真剣な様子だ。それはダイムも同じで、重々しい口調でこう訊ねる。「やつに厳しすぎたかな？」これを聞いてみんな笑い出すが、ダイムは完璧な真顔でじっと座っている。ブラボーたちの何人かはハ・リ・ウッドとはやし立て、デイはアルバートに「ダイムは演技してねえよ、人をいじってるだけさ」と言う。アルバートは「演技って、ほかに何がある？」と答え、これが新たなホーホーという声の呼び水となる。まわりの騒ぎをよそに、ダイムはビリーのほうに身を乗り出して囁く。

「クソくらえだ、ビリー。俺はどうしてあいつをあんなに痛めつけたのかな？」

「わかりません、軍曹。軍曹なりの理由があったんだと思います」

「そりゃそうだ。じゃあ、それは何だ？」

ビリーの心臓の鼓動が激しくなる。教室で当てられたときのようだ。「難しいです、軍曹。嘘が嫌いだからですか？」

「ああ、たぶんな。それに、俺が嫌なやつだからか？」

ビリーはそれに答えることはしない。ダイムは笑い、背もたれにもたれて、ウェイターに合図する。またビリーのほうを振り向くと、その顔にはあれがある。あの表情。その視線がとても率直で明けっぴろげなので、ビリーはいつも〝どうして僕？〟と思わずにいられない。最初、彼はこれが恐ろしいゲイの道への入り口なのかと思った。男から長いアイコンタクトをされたとき、彼には〝ゲイかどうか〟という判断基準しかなかったのだ。しかし最近、そうではないと思うようになっている。この結論に達するまでには、人間性に関して見解を大きく広げる必要があった。ダイムは何か別のものを求めている。何らかの認知、あるいは〝まだ確定されていない〟洞察。もっとも、ビリーがこれを平均的な第三者に話したら、やはりゲイの話のように聞こえてしまうだろう。それもわかっている。きっかけとなった出来事を、厳密に視覚的な表現にとどめて話そうとしたら、そうなってしまうのだ。あの日のことを理解し、人間としての純粋な悲惨さを理解するためには、そのなかに入らなければならなかった。たとえば、テーブルに寝かされたレイクの哀れな姿を見たこと。医師たちを寄せつけまいとして叫び、手足をジタバタさせ、血をそこらじゅうに飛ばしていた。それは救助されたというより、生きたまま皮を剝ぎ取られているかのようだった。ビリーはあの瞬間が限界点だったと考えるようになる。あの日、彼個人の弧の湾曲部に差しかかった。それ以前があり、それ以後があるが、彼がまだクソみたいな努力を続けていたにしても、あの瞬間は持ちこたえられなかったのだ。彼は膝をつき、救護所の床で泣き崩れた。ダイムがあのとき食糧貯蔵室に彼を押し込み、壁に彼を叩きつけなかったら、彼の心はショックと悲しみで砕け散っていただろう。そのときにはダイムも咽《むせ》び泣いていて、まるでビリーの体を痛めつけるかのように、その場に押しつけていた。二人とも泥と血と汗にまみれ、鼻水で喉を詰まらせて咳き込んでいた。その瞬間に原始時代のぬかるみの穴から息を切らしつつ這い出て、胃のなかのものを吐いているかのようだった。〝おまえがやってくれるってわかってたよ〟とダイムは声にならない声で言い続けた。彼の口はビリーの耳元でブタンガスのライターのように熱く感じられた。〝おまえがやってくれるってわかってた、わかってた、わかってた、わかってたし、おまえのことがものすごく誇らしい〟。それから彼はビリーの顔を両手で摑み、まともに口にキスした。押さえつけるかのように、ゴムの槌で叩きつけるかのように。

ビリーの唇は数日間ヒリヒリした。ダイムがそれについて何か言うのを待っていたが、そのようなことは起こらなかった。そこでビリーは手で口を押さえ、唇の傷を感じようとした。映画にこのエピソードを入れ、観客に理解させるのは無理だろう。ビリーがこれまでに見たどんな映画に基づいて考えても、無理だ。映画にこれを入れるというなら、ビリーはどうぞご自由にって言うだろう。ゲイだと思われたって気にしない。でも、本当に上手にテクニックを駆使してやらなきゃいけない。ただそのシーンを挿入して、観客にわかってもらおうってわけにはいかないんだ。しかし、彼の考えはスワンクのせいで完全に混乱してしまった。彼女がビリーとダイムを一緒くたにして演じるのなら、あのシーンはどうなる？　自分にキスするってわけにはいかない。自分で自分を救うのも無理だ。おそらくその映画では、みんなが正気を失わないといけなくなるだろう。

クソ食らえ。どっちにしろ、誰もあのことは知らない。ダイムはハイネケンをテーブルのブラボーたちのために注文し、その前に空き瓶を片づけるように頼む。ウェイターが去ってから、別のウェイターが現われ、コーヒーはいかがですかと訊ねる。コーヒー？　〝いいじゃないか、コーヒーだ！〟カフェインは必須のドラッグの一つだ。すると、レッドブルの注文があたりじゅうから湧き起こる。みなはデザートを取りにますと答える。クラックはレッドブルがあるかと訊ね、ウェイターは確認しに立ち上がるが、ビリーはトイレを探さないといけなくなる。それがどこにあるかを訊くのが恥ずかしくて、彼はクラブの外の神聖なエリアをしばらくぶらつく。四十年に及ぶプロ・フットボールの記念品が展示されているところ。どちらにしても一息つきたかったので、ビリーにはちょうどいい。頭を空っぽにしたかったら、こうした記念品を見物するのが何よりもいいのだ。エンドゾーンへのパスをキャッチした瞬間のポスター大の写真、一九七二年のスーパーボウルでストーバックが履いていたスパイク、コットン・ボウル・スタジアムでの最後の試合でメル・レンフロが着ていた芝生の汚れがあるジャージ。すべてのアイテムが神聖ローマ帝国の遺跡を扱うかのような畏敬の念とともに、大げさに展示されている。ビリーはトイレを見つけ、ゆっくりと用を足す。あらゆるものが実に清潔だ。イラクはゴミと埃と瓦礫と腐敗と泡立つ下水溝ばかり。しかも、顕微鏡じゃなきゃ見えないくらいの砂粒が人体のありとあらゆる穴から入ってきて、気が狂いそうになる。彼は最近、自分の肺にもこうした砂がたまっていることに気づいた。深く息を吸うとヒューヒューと音を立てる。谷の奥深くでバグパイプを吹いているかのような、かすかな甲高い音。これは死ぬまで続くものなのだろうか、と彼は考える。それとも、濾過系統に一時的な詰まりが生じているだけなのだろうか。

彼は時間をかけて手を洗い、鏡に映っている自分を見つめる。ストーヴァルで暮らしていたとき、ダニー・ワーブナーという少年と知り合いだった。クレイという友達の兄である。ダニーはいつもぼんやりとしていて、めったに話さなかった。交通事故に遭ったことがあり、かろうじて助かったが、親友を二人失った。そのためダニーがおかしなことをしても、みんなしょうがないといった態度で肩をすくめるだけだった。たとえば彼は、クレイとシェアしている部屋で真っ裸になり、鏡で自分を長いことずっと見つめているのだという。ドアが開こうが、どんなに寒かろうが、子供たちの集団がドカドカと入ってこようが気にしないのだ。これは、ダニー・ワーブナーがする奇妙なことの一つにすぎない。精神を病んだ者の行動だが、そこには議論の余地のない論理がある。ダニーは自分が存在していることを確認するために鏡を見つめているのだ。

ビリーは最近、鏡を見るとよくこのことを考える。トイレから出ると、こちらに向かってくるマンゴーに出くわす。ずんぐりした若いラテン系のウェイターと一緒だ。ウェイターは金の輪のイヤリングをつけ、頭のてっぺんだけ髪を伸ばしてあとは刈り上げるという、スラム街の猫のような髪型をしている。二人はニタニタ笑っている。何かがある。マンゴーはビリーを脇に引き寄せ、トム・ランドリーがロナルド・レーガンと握手している写真の下で囁く。「ハイになりたいか?」

〝ああ、もちろん〟。ウェイターに案内されて二人はキッチンを通り抜け、ちらかった従業員用の通路を歩く。汚くて暖房のない貯蔵室に入り、そこから屋外に出ると、そこは台形の空間だ。スタジアムの外枠にちょっとした空洞ができていて、梁《ビーム》に囲まれた檻のように見える。これはミスでできた空間だ。見えないようにうまく隠されているデザインの欠陥。大人三人には狭苦しい。ヘクターという名のウェイターは、邪魔になっているI字形ビームを避けようとして頭を下げる。

「これは何のための場所？」とビリーは何か質問しなければいけないと感じて質問する。

ヘクターは笑う。「役に立たない場所じゃないぜ」。彼はドアの下の丸太を蹴る。「ここはどこでもないんだ。存在しない場所の一つだよ。俺と何人かの連中が喫煙タイムに使ってんだ」

彼らは笑う。冷たい空気が心地よい。鋼鉄の雷文模様を通って濾過され、篩《ふるい》にかけられた弱い日光が彼らのところまで届く。しばらくビリーはスタジアムを自分の体の延長として想像する。人類史上最高の甲冑をつけている自分。絶対に安全だという素晴らしい感覚だ。やがて鋼鉄の重みを胸に感じて息苦しくなってくるが、マリファナが回ってきて気が楽になる。

「いいね」とマンゴーは満足げに言う。

ヘクターは頷く。「緊張をほぐしてくれるよ。一日がこれで切り抜けられる」

「そうだな」とビリーは偉そうに同意する。頭のなかでいくつかのライトが点灯し、いくつかが消える。「いいマリファナじゃないか」

「ああ、だって、兵士を支援しなきゃいけねえだろ」。ヘクターはそう言って笑い、一服する。「あんたら、尿検査の心配はないのかい？」

マンゴーが説明する。いや、心配してない。俺たちはこう予想してるんだ。軍はブラボーに抜き打ちのドラッグテストをして、この絶好のPRを台無しにしたくはない。だから〝勝利の凱旋〟のあいだ、俺たちは安全なんだ。「それに、やつらが俺たちを捕まえたとして、どうするんだ？　俺たちをイラクに戻すのか?」

　ヘクターはラリッた状態ながら真剣な表情で首を振る。「まさか、マリファナくらいで。いくら軍隊だって、そこまでむごいことはしないだろう」

　ビリーとマンゴーは答えをためらう。司令部はこの点について、つまりブラボーのイラク帰還が迫っているということについて、できるだけ触れないようにしている。その話題を振られたとき、ブラボーたちは否定しなくてもよいのだが、上官たちは〝勝利の凱旋〟関係の談話からこの詳細を省こうとしているのだ。

　マンゴーはニヤリと笑い、ビリーをちらりと見る。「実はな」と彼はヘクターに言う。「俺たちはイラクに戻るところなんだ」

　ヘクターは疑わし気に目を細める。「嘘だろ?」

「嘘じゃねえよ。土曜に発つ」

「ひでえよ、戻るなんて」

「軍務を果たさないといけないからな」

「ひでえ!　戻るなんてひでえ。あれだけのことをしたのに?　あんたらヒーローだぜ。これのどこに正義があるんだ?　もう充分に戦ったじゃないか。どうして軍はあんたらを休ませてやらないんだ?」

　マンゴーは笑う。「軍隊っていうのはそういうふうに考えないんだ。人数が必要だからな」

「クソだぜ」。ヘクターは憤慨している。「どれくらいいなきゃいけないんだ?」

「十一カ月だな」

「ひでえ!」純粋な怒りだ。「あんたら、戻りたいのか?」

ブラボーの二人は鼻を鳴らす。

「おい、これはむごいよ。正しくない」。ヘクターは思案をめぐらしている。「あんたらの映画を作ってるんじゃなかったっけ?」

ああ。

「それでも戻るのか? ひでえ。じゃあ、どうなるんだ、もしもあんたらが、その、あんたらが――」

「殺されたら?」とビリーは代わりに言ってやる。

ヘクターは悲し気に視線を逸らす。

「心配すんな、兄ちゃん」とマンゴーは言う。「映画は全然別物だからさ」。ブラボーたちは笑い、ヘクターも恥ずかし気に微笑む。彼らが死ぬイメージを喚起してしまったのに、それを許してもらえたことで感謝しているのだ。マリファナ煙草がもう一回りする。彼らの小さな空間の灯りは真珠のような神秘的な光を帯びてくる。戦争はどこかで続いているのだが、ビリーにはそれが感じられない。一度だけモルヒネを打たれ、痛みを感じなくなったことがあるのだが、そのときのようだ。ある時点で、彼は痛みを感じないかどうか試してみたことさえあった。傷だらけの腕や脚を見つめて〝痛い〟と考えるのだ。しかし、この考えは空中に消えていっただけだった。いま戦争もそういうふうに感じられる。頭のなかだけの存在、あるいは圧力にすぎず、認識に中身が伴っていないように思えるのだ。ドーナツの穴を経験から認識しているようなもの。ビリーが会話に意識を戻そうとすると、ヘクターは彼らがデスティニーズ・チャイルドと会うのかどうかと訊ねている。今日のハーフタイムショーの目玉であり、全米オナペット・チャートのナンバーワンでもある。

「それについちゃ、何も聞いとらんで」。マンゴーの言葉はどんどんいい加減になっていく。街の言葉に近づいているのだ。不明瞭にしゃべるというのではない。ただ、文法の自由度がどんどん増している。「大して言おうとせんのや。ハーフタイムショーに出るってくらい？　チアリーダーには会うって話だがな」

「クソだぜ、そりゃ。誰だってチアリーダーには会えるさ。クソ・ボーイスカウトだってチアリーダーに会う。あんたらはロックスターなんだからさ、ビヨンセやほかの姉ちゃんたちと会わせるべきだぜ。クソ、ヒーローなんだから。ほんとのスターとやるんじゃなきゃ」

ほんとのすたーとやる、とビリーは自分に言う。それはないな。チャンスが与えられたら必ずするっていうわけじゃない。まあ、おそらくする。たぶん。オーケー、絶対にする。いや、状況によって。自分はそれ以上もそれ以下も、両方したいのだと考える。ビヨンセといい感じで付き合ってみたい。ボードゲームをするとか、アイスクリームを食べに行くとか、一緒に何か楽しいことをして、彼女のことをよく知るようになる。じゃなきゃ、こんなのはどうだ？　熱帯のパラダイスで三週間の予行演習。いい感じでお付き合いをして、おそらく恋に落ちる。それから脳味噌が飛び出るほどのセックスを空き時間にする。ビリーとしてはどちらも欲しい。心も体もすべてつながること。それ以下は屈辱的だ。こういうふうに考えるようになったのは戦争のせいだろうか、と彼は考える。戦争がこうした深い感受性や憧れを育てたのか？　それとも、人生の二十一年目に差しかかっているからにすぎないのだろうか？

時間がなくなってくる。そろそろ部隊に戻らなければならないが、そう思っても体からエンジンが抜け落ちてしまったようだ。マリファナ煙草が燃え尽きそうになったあたりで、ヘクターが軍に入ろうかと思っていると打ち明ける。

ブラボーたちは唸り声を出す。やめとけ。

「ああ、それがクソだってのはわかってる。でも、俺には子供がいて、嫁は働いてないから、全部俺にかかってるんだ。俺はそれでいいと思ってる。やつらを養いたい。でも、いまの状態じゃ、それができない。ここの仕事があって、週五日は自動車修理工場で働いてるけど、どちらの職場でも保険がないんだ。娘のためには保険に入らないといけない。それに借金もある。だって、借金のないやつなんていないだろ？」ビリーはヘクターが一人前の男だと気づく。不安に男として向き合っており、馬鹿なガキみたいに頭をカッカさせたり、ジタバタしたりしない。冷静に自分のトラブルを分析し、毎日を男らしく生きようとしているのだ。彼は軍隊に入隊すれば六千ドルのボーナスがもらえるし、一度入れば保険の心配もいらなくなると言う。

「じゃあ、入るのかい？」ビリーは六千ドルの話に苦い思いを抱きつつ訊ねる。陸軍は俺の死体を完全にタダで手に入れたわけだ。

「わかんねえ。あんたらはどう思う？」

ビリーとマンゴーは顔を見合わせる。数秒後、三人ともどっと笑いだす。

「ひでえ生活だぜ」とビリーは言う。「俺、なんで笑ってんだかわかんねえよ」

「ああ、そうだ」とマンゴーは言う。「戦地にいるときは、こんなクソみたいな生活はもうたくさんだって思ってる。でも、それからこう考える。オーケー、じゃあここを出たらどうなる？　ましな生活が待ってるのか？　バーガーキングで働く？　で、自分がどうしてそもそも入隊したのかを思い出すんだ」

ヘクターは頷いている。「ああ、そこが俺の言いたいところなんだ。俺のここでの生活がクソなんだから、入隊したほうがいいんじゃないかって」

「ほかにないもんな」とマンゴーは言う。

「ほかにないもんな」とヘクターも同意する。
「ほかにないもんな」とビリーも繰り返すが、故郷の家のことを考えている。

心の暴君

彼らには二晩と一日だけ休日があった。そこでサイクスはテキサス州のフォートフッド基地に行った。銃砲の投下訓練ゾーンの端っこにある、駐屯地内の小さな家に彼の娘と妊娠中の妻が住んでいるのだ。ロディスはサウスカロライナ州フローレンスに行った。そこは、彼が主張するところでは、彼のまた従兄弟だかまたまた従兄弟だかのラップシンガー、スヌープ・ドッグの故郷でもあるという。エイボートはルイジアナ州ラファイエットに行き、クラックはバーミングハムへ、マンゴーはツーソンへ、デイはインディアナポリスへ、ダイムはカロライナへ行った。レイクはサンアントニオのブルック陸軍医療センターでの長期入院を続けており、シュルームは心ならずもオクラホマ州アードモアのメリアム・ゲイロード遺体安置所に留め置かれていた。そしてビリーだ。ビリーはストーヴァルの家に帰った。シスコ・ストリートにある煉瓦造りのランチハウス。寝室が三つに浴室が二つあり、表玄関と裏口には父の車椅子のために頑丈な斜路が設けられている。車椅子はモーターがついている濃い紫色の代物で、タイヤの側面に白い帯状の線が入り、アメリカ国旗のステッカーが後ろに貼ってある。「野獣」とビリーの姉のキャスリンはこれを呼んでいた。背中を丸めてフランジつきの車椅子に乗る姿は、コールタール製造車か巨大なフンコロガシ程度の優美さしかない。「あれを見るとゾッとするのよ」と彼女はビリーに打ち明けた。実際、二人の父であるレイの攻撃的な乗り方ときたら、気持ち悪さを最大限引き出そうとしているとしか思えない。フワワワワワ――――ルと音を立ててキッチンに入り、朝のコーヒーを飲む。それから、フワワワワワ────ルと音を立てて自分の私室に行き、その日最初のニコチンとフォックスニュースを味わう。次にフワワワワワ────ルとキッチンに戻って朝食。フワワワワワ────ルとトイレ、フワワワワワ────ルと私室、そしてテレビのくだらないトークショー。フワワワワワ────ル、フワワワワワ────ル、フワワワワワ────ル。彼は操縦桿をゴムのソケットから外れそうになるくらい強く動かし、そのたびにモーターが軍楽隊の小太鼓のような悲鳴を上げる。この突き刺すようなイイイイイイ────ンという音が、ベースラインのフワワワワワ────ルと対位法を成し、その音で──まさに立体音響のコーラスで──この男の個性の真髄を表わしている。

「嫌なやつよ」とキャスリンは言った。

それに対するビリーの答えは「いまさらわかったのかい?」

「黙んなさい。私が言いたいのは、お父さんは嫌なやつでいるのが好きだってこと。楽しんでるの。嫌なやつであることをやめたくてもやめられないって感じの人もいるでしょう? でも、お父さんは嫌なやつであろうとしてる。いわゆる〝先を見越した嫌なやつ〟って感じね」

「何をするわけ?」

「何もしないのよ! そこが問題なの。クソみたいに何もしない! 治療もしないし、外にも出ない。ただあのクソ椅子に一日じゅう座って、フォックスを見て、ラッシュ・リンボーなんていうタカ派のクソ野郎の話を聞いてるわけ。何かが欲しいとき以外は話もしないわ。それも、ただ唸るだけよ。私たちが手足となって面倒見ると思ってるの」

「じゃあ、見るなよ」

「見ないわよ! でも、そうするとすべてお母さんの負担になるの。それで身をすり減らしてるわ。

だから私は、オーケー、どうでもいい、やるわよって感じ。ここに住んでいる以上は、問題の一部ではあるわけだから」

　家のどこかに保管されたレイのお宝入りトランクには、七〇年代から八〇年代、そして九〇年代に至るロックバンドやヘビメタバンドのてかてかした宣伝用写真がたくさん詰まっている。その原始的な時代をキャスリンは「マレット・ヘア（一九七〇年代のロック歌手などが好んだ、前髪は短くて後ろを伸ばした髪型）の時代」と名づけていた。こうしたバンドのほとんどはずっと昔に忘れられ、それも消えてくれて御の字という感じなのだが、レイのコレクションには本物のスターもいくつか含まれていた。ミート・ローフ、38スペシャル、カンザス、オールマン・ブラザーズ。タレントたちと親しかったことと、強烈なエゴによって勢力を広げることで、レイは地方のラジオのちょっとしたスターDJとなった。その後、愛と欲望と無限の青春時代を歌うポップミュージックの影響力は増すばかりで、ロッキン・レイ・リンというDJの後押しなしでも続いているが、9・11後の経済不況の雰囲気のなか、彼は気づけば小物の醜い老人になっていた。愛してるよ、おっさん、でもあんたは過去の人だ。全盛期はずっとダラスとフォートワースにアパートを持っていたのだが、その時代もバタバタとみっともない終末を迎えた。とはいえ、彼はカムバックをもくろみつつ、手近にある半端な仕事で糊口をしのいでいた。美人コンテストやロータリークラブのパーティの司会などである。彼はこういう仕事を——いつも家で使う意地の悪い声、苦々しい口調で——「猿芝居《モンキーギグ》」と呼んだ。彼の初期設定である軽蔑、皮肉、全般的な憎悪を表わすのにぴったりの声だ。彼がこの声から職業上の声に変わるさまは見ものである。腹話術師の芸のようなのだが、人形はいらない。たとえば、タイヤを磨くのにアーマーオールの艶出しスプレーを充分に使わず、ショールームで見るような輝きが出なかったとする。レイはそれをなじるのに、ファック、クソ、役立たずなど、ありとあらゆる悪口を垂れ流すのだが、その最中に携帯電話が鳴る。すると、スイッチが入ったかのように、陽気で洒落た声に変わるのだ。一万回ものドライブのたびに聞いていた声、聴取率トップを守っていた男の声である。

ビリーはこれが大嫌いだった。それが嘘だからというだけでなく、自然に対する侮辱だからだ。人の顔が目の前で変わってしまうようなものではないか。しかし、カムバックの件となると、これはレイのミッションだった。レイはリサーチの結果、市場はもう一人くらい不機嫌な白人男を養うことができると結論した。アメリカの心臓地帯《ハートランド》出身で、信仰と国旗を守る男がもう一人いてもいい。彼は達人たちの研究をし、ニュースをフォローし、インターネットで真剣に何時間も調べ物をした。デモテープを作って送り始めた。家族を仮の視聴者として、保守的な信条をけばけばしく飾り立てるスピーチをした。「アメリカのペニス」とビリーの姉のパティは父のことを呼んだ。国の福祉政策に関して彼が特に興奮してまくし立てたあとのことだった。ロックンロールのDJから筋金入りの右翼の論客へ、通過地点なしに変身したのだ。自己実現の見事な偉業であったが、どれだけの代償を払い、どれだけ心身をすり減らしたことか。火星に宇宙旅行をした場合に匹敵するような、人間の限界を超えた精神的歪み。レイは一日二十四時間、週七日、疑心暗鬼に苛まれた。自分の知性を確認するためにテレビとラジオを使い、精神衛生のためには一日に二箱ずつ煙草を吸って、新鮮な空気を吸うとか運動するとかいった気晴らしは何もしない。このように最大の効率で稼働し続け、ついに頭が機能障害を起こすことになった。ある日、ソファから立ち上がると目眩がしてよろめき、ろれつが回らなくなり、蜂の群れを払いのけるかのように頭を手で叩いたのである。

脳卒中だった。救急救命士が来る前にもう一度発作があり、あわや死ぬところだった。いまの彼は油を差す前のブリキのきこりのようにブツブツ呟いたり、ミューミューと鳴くような声しか出せない。そしてビリーは父を理解してやろうとはまったくしない。キャスリンは父の言うことがわかるし、母のデニースもわかる。パティもだいたいのところはわかる。彼女は二晩と一日をビリーと過ごそうと、アマリロからよちよち歩きの息子ブライアンを連れて車でやって来た。といっても、レイが自分の個人的欲求に関すること以外に話をしようとするわけではない。そこに〝口にし得ぬ〟家族の秘密がある。アパートを借りていた頃、たくさんの女と遊んでいたということではない。それはやむを得なかった——アパートを借りることは。大都市圏のいくつかのラジオ局で朝のＤＪを担当していたので、ストーヴァルから毎朝通勤するというのは到底無理だった。そして、彼らが子供を育てる場所として決めたのはストーヴァルだった。郊外の美徳、テキサスの田舎の根幹を成す価値観に溢れたところ。しかも、デニースはストーヴァルでいい職に就いていたのだから、こういう生活を選ぶのが当然だった。週日はレイが都会のアパートで生活し、身を粉にして働く。週末は堂々と家に帰ってくる。結婚外でのセックスはそれほど重大な家族の秘密ではなかった。セックス自体も、その明らかな証拠も——脳卒中のあと、娘と称する十代の女の存在が明らかになり、父であることを認めて養育費を払うようにという訴訟が起きたことも。情けない話ではあるが、秘密ではない。家族の名誉のためにそっと迂回するような汚点ではなかった。しかし——スリリングではあっても——彼らが決して話そうとしないもう一つの恥辱があった。それは、いい気味だと彼ら家族が感じてしまうことへの後ろめたさに尽きる。レイはしゃべろうとしない、あるいはしゃべれない！　あの名高い銀の舌はついに封じられたのだ。みなにとって何とホッとすることか。そして、秘密の喜びをもたらすことか。

「ときどき私は出来の悪いカントリーソングのなかで生きているような気がするのよ」とキャスリンは言い、ビリーにある日のことを話した。レイの私室に行ったところ、レイがコーヒーテーブルとソファのあいだで倒れて動けなくなり、べそをかいていたのだという。明らかに長いことそこにはまっていた様子で、それはズボンの前のところが濡れて染みになっていることから判断できた。そして、三メートルも離れていないところではデニースが机に向かって請求書の支払いをしたり、保険の書式をふるい分けたりしていた。お母さん！　とキャスリンは叫んだ。お父さんがそこに転がっているのが見えないの？　デニースは無造作に夫を見て言った。「あら」。それからまた机に向かった。「大丈夫よ、起き上がりたくなったら起き上がるから」

キャスリンはこの話を終えてから笑った。「私がいなかったら、お母さんはお父さんを死なせたと思うわ」

レイを喜ばせることはできない。息子が国のヒーローとして家に帰って来たとしても無理だろう。ビリーが家のなかに入ったとき、騒々しく幸せな光景が展開された。母は泣いている、姉たちは笑いながら泣いている、小さなブライアンは彼女らの膝のあたりで腕を振り、やっぱり泣いている。みなは顔をぐしょぐしょにして抱き合い、小さな塊になる。そのときレイは私室でテレビを見ていた。ビリーが入るとちらりと見上げ、どうでもよさそうな唸り声を上げて、またテレビに視線を戻した。ビリーは休めの姿勢で待ち、この状況を値踏みした。まだ髪を染めてるんだね、と彼は言った。実際、四角くオールバックに固めた老人の髪は、海に流出した原油のように真っ黒でテカテカ光っていた。新しいいブーツだね、とビリーは続け、ピンと張った茶色いダチョウの羽根飾りに向かって頷いた。新しいの？　レイは彼をちらりと見たが、その目には危険なほどの知性の高さを示す輝きがあった。ビリーはクスリと笑った。笑わずにいられなかった。このオヤジの髪はまだ聖書の表紙のように黒く、身づくろいと服装に過敏なほど注意を払っている。爪はマニキュア師に来てもらって、ピンクのキャンディのように美しく輝いている。背は高くない。やつれたジガバチのような体格で、目鼻立ちのはっきりした顔はハンサムの一歩手前である。それでもある種の女たちはいつでも彼に惚れた。ウェイトレス、ヘアスタイリスト、受付係。彼が口を開いた途端、ホルモンが溢れ出るのだ。特に彼は秘書を落とすのが得意だった。自分のも、他人のも。こうしたことの多くは訴訟の過程で明らかになったのだ。

「父さんの椅子はピカピカしてんね。ワックスがけしてもらってるの？」

レイは息子を無視した。

「スケートリンクをならす製氷機みたいだ。そう言った人、いない？」

それでもレイは反応しない。

「で、バックさせるときは、ビーって音を出すのかな？」

夕食に、デニースは見事なチキンのテトラッツィーニ（クリームソースとキノコのパスタ料理）を出した。髪をセットし、化粧もしてあった。すべてを完璧にしたかったのだが、それをレイが巧妙に台無しにした。ビル・オライリーの話を聞くためにテレビのボリュームを大きくし、夕食のあいだじゅう煙草を吸い続けた。

「父親の煙を吸い込んで死ぬのは娘の夢見る死に方ね」とキャスリンはうっとりと囁き、ビリーのほうを向いて笑った。「聞いて。もし煙草一箱をすべて口に入れて一度に吸い込めたら、お父さんはやるでしょうね。これ以上幸せになれることはないもの」。レイはただキャスリンを無視していた。家族全員をほぼ無視していた。その夜、ビリーは互いがいかに緊密に結ばれ合っているか、これまでにないほど切実に感じた。父のことを拒否はできる、とビリーは父をテーブル越しに見つめつつ思った。憎むことも、愛することも、憐れむことも、話しかけないようにすることも、目を合わせないようにすることもできる。あの不機嫌なオーラに近づかないようにすることだってできる。しかし、それでもあのクソ野郎から離れることはできない。彼は何らかの形でいつでも自分の父親であり、全能の死をもってしてもそれは変わらないのだ。

デニースは夫のあらゆる要求に応えていたが、素早く対応するわけではなかった。ビリーが見たところ、父のわざとらしい咳払いが二度、三度続いても平気なのだ。ようやく何かを取ってやったり、注いでやったり、切ってやったりするときでも、ほかのことに気を取られている様子で、電話で話しながら植木鉢に水をやるかのようだった。母はこっそりと抵抗していたのだ。受動的な方法で攻撃する技を身につけていた。母の髪はぼんやりと色の褪せた薬品の色で、顔からは感情を伝えるものがほとんど抜け落ちていた。しかし、それでも悲しげな歪んだ笑みをときどき浮かべることはできた。町の貧困地区にあるクリスマスのイルミネーションのように、無理に陽気な気持ちを掻き立てようとした。しかし、楽しい会話が続くように全力で努めていても、家族の問題は隙間から漏れ出ていた。金銭の問題、保険の問題、医療関係の事務手続きの問題、レイが頑固で困ったやつだという問題。食事の途中でちびのブライアンがむずかり始め、キャスリンが「ヘイッ!」と叫んで気を惹こうとした。「ヘイ、ブライニー、これを見て!」彼女はレイのマールボロを二本自分の鼻に突っ込み、それで五分ほどの平和がもたらされた。

「彼女が電話してきたんだよ」とデニースが自分で三杯目のワインを注ぎながら言った。

「誰のこと?」と気の回らないビリーが訊ね、姉たちはモーッと声を上げた。「あのあばずれよ!」キャスリンがとち狂った若い娘のような叫び声で答えた。そして鼻から煙草を出し、レイの箱に戻した。「お母さんは彼女と話しちゃいけないってわかってるの。すべては弁護士を通すことになってるんだから」

「でもね」とデニースが言った。「彼女が電話してくるんだ。あの女が家にしつこく電話をかけてくるんだから、どうしようもないじゃない」

「お母さんが話さなきゃいけないってことにはならないわ」とパティが指摘した。

「でも、切るわけにもいかないよ。それは無礼だろう」

娘たちはキャーッと声を上げた。「あの女」とキャスリンは話し始めたが、込み上げてくる笑いを抑えるため、少し間を置かなければならなかった。「お母さん、あの女はあなたの夫と不倫してたのよ。それに対して無礼もないでしょう？　あいつは十八年間も父さんとやってて、子供までいるの。無礼だなんて、何言ってるの。礼儀を保たなきゃいけない相手みたいに」

ビリーはレイがすぐそこに座っていることを指摘したかった——この状況にもある程度の配慮は必要なんじゃないか？　しかし、彼女らは明らかにいつもこうしているのだ。レイのまわりで、漂白剤の値段を話すかのように、レイの話をする。レイはレイで、注意は目いっぱい向けていながら、聞こえないも同然なのだ。彼は視線をオライリーに固定し、孫のブライアンと同じように拳骨でフォークを握って食べていた。

「お母さん」とパティが言った。「次にあの女が電話してきたら、弁護士に言われてるって言いなさい。直接あなたと話しちゃいけないんですって」

「言ってるよ。いつも言ってる。でも、あの女は電話し続けるんだ」

「じゃあ、あの雌犬からかかってきたら切っちゃいなさい！」とキャスリンが笑いながら叫び、ビリーに向けて目を見開いて見せた。〝どう？　私たち、こういうおかしな人間の集まりなのよ〟。

「それで何が変わるのかわからないよ」とデニースが答えた。「話をしたっていいじゃないか。だって、害はないよ。私もあの女も、相手にあげる金なんてないんだから。〝請求書がたまってるんです〟って言うわけよ。〝どうやって子供を育てたらいいんです？　この子を大学に送るにはどうしたらいいんです？〟言われなくてもわかってるって私は答える。私もあなたと同じ境遇なんだから。あなたがお金の出所を見つけてくれたら、私たちとしても大歓迎。ただ、彼の医療費も払ってねって」

キャスリンは笑っていた。「ねえ、お母さん、言っちゃいなさいよ。言っちゃいな！　彼も引き取れって！」

ビリーは予期さえしていなかったのだが、家に戻ってホッと心が落ち着いたのは、自分の古くからの部屋でオナニーできるためだった。部屋に入り、その場から連想されるものがどっと押し寄せてきた。質素な青いカバーが掛けてあるツインベッド、箪笥のうえに並べられたプラスチックのスポーツの記念品、前年の落ち葉の匂いのように空中に残っている青春時代のかすかな香り。彼は雑嚢をベッドに放り投げ、着替えようとドアを閉めると、なんと、パブロフの条件反射のように下のほうであれがいきり立った。九十秒で済んだので、誰かを待たせるとかもまったくなかったが、次に嬉しくなったのは着替えているときだった。筋肉がしっかりついたので古いシャツはきつく、サイズ30のジーンズは腰のあたりが緩くなっていた。その夜ベッドに入ってから、彼はもう一度オナニーをし、さらに朝起きて最初にした。そのたびに以前の生活と容易につながっているという安心感を抱けた。大好きな昔のガールフレンドが両手を広げて歓迎してくれているようだった。何という贅沢だろう。持ち運び便器という恐ろしく臭いもので肉体的欲求に対処しなくていいなんて。もっとひどいのは戦場の固い土地に塹壕を掘って潜み、敵からの迫撃砲をそこらじゅうに受けているようなときだ。こういうときは必ず、必ず、**必ず**自然による拷問が待ち受けており、それをどうにかしなければならない。虫、雨、風、埃、極端に高かったり低かったりする気温。人間のようなちっぽけな存在にとって、たやすく凌げる窮状など一つもない。だからアメリカ万歳！　神は汝に恩恵を与えたもう。少年が自分の部屋を与えられて育つ国。ドアに鍵がついていて、インターネットで無限にポルノが見られる国。

「家っていいね」とビリーは朝食のときに言った。朝食はオート麦シリアル、ベーコン・エッグ、レーズンシナモン・トースト、オレンジジュース、コーヒー、そしてクリスピー・クリーム・ドーナツ。

昼食には手作りのスプリットピー・スープ、ウォルドーフ・サラダ、ボローニャソーセージのサンドイッチ、温めたブラウニー。夕食は時間をかけて調理したポットローストにニンジンとポテトとネギの付け合わせ、蒸し煮にした芽キャベツ、柑橘系のコンジールドサラダ、ダブルファッジのチョコレートトケーキにブルーベルのアイスクリーム。デニースは仕事を休んで料理していた。「特別な日だから」と彼女は朝食のときに言い続け、それをキャスリンがグリーティングカードの文句をうっとりと読むような口調で繰り返した。そのときレイがコーヒーポットをひっくり返し、素知らぬ顔で車椅子を発進させて私室へ引っ込んだので、こぼしたものはみなで片づけなければならなくなった。彼らが布巾やペーパータオルを持ってキッチンを右往左往していると、レイの私室からフォックスニュースのテーマ曲が響き渡った。

「あれを一日じゅう見てるわけ?」とビリーが訊ねた。母と姉たちはじっと耐える者の目をして彼を見つめ返した。〝ようこそ、私たちの世界へ〟。

朝食後、ビリーは甥っ子を外遊びに連れ出した。穏やかな秋の朝、青空のドームは高く澄み切って広がっていた。大気には甘いリンゴの香りが漂い、野菜の発酵する匂い、落ち葉を不法に燃やす匂いなど、甘くてかすかに物憂い匂いもした。ビリーはせいぜい十分、長くても十五分したら自分が飽きてしまうだろうと考えていたが、三十分経っても二人はまだ遊んでいた。小さい子供の相手をする経験はものすごく限られていたので、ビリーは幼稚園前の子供を〝あまり面白くないペット〟くらいの存在としか考えていなかった。そのため、甥っ子がこんなに多様な遊び方をするとは思ってもみなかったのである。目についたもの何に対しても、子供は何らかの遊び方を考案する。花があれば撫でて匂いを嗅ぐ。土は掘る。金網のフェンスがあればガタガタと揺らしてのぼり、金網を歯で嚙む。リスがいれば小枝をよいしょと拾って投げつける。「どうちて?」と甥っ子は鈴のような可愛い声で訊ね続けた。クリスタルガラスのボウルにビー玉を入れて転がしているような、澄んだ声。どうちてきにのぼるの？　どうちてあそこにすをつくるの？　どうちてどんぐりあつめるの？　どうちて？　どうちて？　どうちて？　ビリーはすべての質問に自分の力を最大限発揮して答えようとした——まるで、最大限努力しなければ失礼であるかのように。甥っ子を広い知識の世界へと駆り立てている深遠な、おそらくは神聖でさえある力に対して失礼である、と。

　これを何と呼んだらいいのか——神性の現われ？　生存本能？　自然淘汰という研究開発で永劫の時をかけて進化した人間の脳味噌という高性能コンピュータ？　この子供の頭のなかで発火するニューロンが目に見えるようだ。この子の体は弾力と回転力に満ち、速筋の束が熟れた梨のような甘い香りを漂わせている。こんなにコンパクトな体に完璧なものがたくさん詰まっているのだ。ビリーはときどき甥っ子を捕まえ、キャーッと叫ぶ子供を地面に組み伏せずにいられなかった。このいたずらっ子をただ手中に収めるためだけに——この可愛い三十カ月の子供、塩素のプールのように澄んだ青い目をし、ウエストゴムのジーンズから紙おむつがはみ出している子供。では、これが〝人生の神聖さ〟というものなのか？　これについて考えると、ビリーの喉から静かな唸り声が漏れ出てきた。戦争が新たな薄気味悪い光に照らされて浮かび上がる。ああ、まったく。神性の現われ、神の似姿、〝幼な子らをそのままにしておきなさい〟（新約聖書マタイ伝十九章十四節）——言葉は実際の事物と結びつくと本当の力を持つ。ここに座り込んで泣きたくなるくらい力強い。わかった、ああ、本当にわかった。家に帰ってずっととどまれるようになったら、これについて考えてみなければならない。しかし、いまはみんなが言うように別のところにしまっておくのが一番だ。いや、まったく考えないほうがいいのかもしれない。

　パティが家から出て来た。陽の光が目に入らないように手をかざしている。それからテラスの端にあるローンチェアに腰を下ろした。

「楽しんでる？」

「もちろん」。ビリーはこのとき魚の切り身をパン粉にまぶすようにブライアンを転がしていた。ブライアンのセーターはパリパリ音を立てる茶色い葉に覆われた。「この子、天才だよ」

パティは笑い、火を点けようとしている煙草に鼻息がかかった。かつての不良娘。高校は退学し、十代で結婚した。二十代半ばでようやく落ち着きが見え、こうしたことすべてについて考え始めたようである。

「エネルギーが切れることがないんだ」とビリーは声をかけた。

「ブライニーのギアは二速なの。高速と停止」。パティの唇が煙突のように濃い煙を吐き出した。

「ピートはどうしてる？」

「元気よ」と彼女は言ったが、少しうんざりしているように聞こえた。夫のピートはアマリロのあたりの油田で働いている。「相変わらずいかれてるわ」

「順調なの？」

パティは微笑むだけで、そっぽを向いた。ビリーの覚えているパティはいつでもしなやかで大胆だった。いまの彼女は腰と太腿にだいぶ肉をため込み、上腕には余計に管を埋め込んだように見える。体重が増えるとともに、言い訳しているような雰囲気がほとんど目に見えて現われてきた。

「いつ軍に戻るの？」

「土曜日」

「準備オーケー？」

「どうかな」。ビリーはブライアンを最後に一度転がしてから立ち上がった。「まあ、どちらかと言えばここにとどまりたいな」

パティは笑った。「正直な答えって感じね」。ビリーはパティのほうに歩いて行って、低いテラスの塀のうえに座った。ブライアンはビリーに置いていかれた場所にとどまり、仰向けになって空を見つめている。パティは恥ずかしそうな眼差しを弟に向けた。「有名人になるのってどんな感じ?」

ビリーは肩をすくめた。「僕にわかるはずがないじゃない」

「そうね、じゃあ、有名人もどきかな。私たちの誰よりもずっと有名なんだから」。彼女は煙草を一口吸い込み、灰を落とした。「わかってるでしょうけど、あなたはこのあたりのたくさんの人を驚かしたのよ。あの判事の前にあなたを連れて行ったとき、誰もこんなことを期待していなかったと思うわ」

「わかってるよ、評判のいい男じゃなかったってことはね。でも、成績がビリってわけでもなかった」

パティは笑った。

「まあ、それってたぶん……」

「何?」

「学校がすごく嫌いで、学校に関わるすべてが嫌だったんだ。ドジったのは僕自身よりも教育のほうじゃないかって思い始めてる。僕たちをあんなふうに一日じゅう閉じ込めて、子供扱いして、どうでもいいクソみたいなことばかり学ばせて。それで僕はおかしくなったんだ」

パティはくすっと笑い、鼻から煙を噴き出した。「まあ、見せつけてやったじゃない。あなたがあそこでやったことは——」

ビリーはベルト通しに親指をかけ、反対方向を向いた。

「——あれはすごいことよ。私たちはみんなあなたを誇りに思っているわ、家族はね。あなたもわかっているとと思うけど」

　ビリーは家のほうに向けて首を傾げた。テレビの騒音が水面下の唸り声のように聞こえてくる。

「彼は違うよ」

「ううん、お父さんもよ。ただ、それをどう示したらいいのかわからないの」

「あいつはクソ野郎さ」。ブライアンに聞こえないように声を低くして言う。

「それはそう」とパティは嬉しそうに認めた。「私が家に寄りつこうとしなかったの、気づいてるでしょう？　いまはお父さんを気の毒に思うだけだけど、だからってお父さんと一緒に住む必要はないわよね？」パティは肩をすくめ、煙草をじっと見つめた。「最近の話、聞いた？　家のことだけど」

「いや、聞いてないと思う」

「それがめちゃめちゃなのよ」。彼女はまた鼻から煙を噴き出した。神経質になっているときの癖である。ビリーはそれをやめてもらいたいと思った。庭ではブライアンが寝そべって、手と脚を上下にバタバタさせている。枯葉で天使のような形ができている。

「お母さんはね、家を抵当にしてお金を借りたいって言うの。この家の資産価値は十万か十一万ドルはあるから、それを使って医療費を払っちゃいたいって。キャスリンはそれを調べて、無理よって言うの。破産の申請をして、医療費のほとんどを片づけちゃえばいいじゃないって。そうすれば家も手放さなくて済むし。でも、お母さんが住宅抵当ローンを組んで、支払いができなかったら、家を失うことになる。抵当ローンのお金があるっていったって、未払いの医療費がごまんとあるわけだから」

　ごまん。ごまんとはいくらか。ビリーは訊ねるのが怖かった。近所の雑多な騒音が聞こえてくる。犬の吠える声、車のドアがどこかでバタンと閉まる音、ツーバイフォーの木材が地面にガラガラと落ちる音。

「じゃあ、母さんはどうすべきだと思うの？」

「簡単よ。破産申請して、家は手放さない」

「じゃあ、どうしてそうしないの？」

「それは、人様からどう思われるか心配だからよ。でも、私とキャットは人様がどう思おうと関係ないでしょって感じ。家でギャンブルするわけにいかないんだから」。パティは煙草をテラスの塀にこすりつけて消した。「イディス・マッカーサーがお母さんに何て言ったか知ってる？　ある日の教会のあとでだけど」

「いや」

「うちの家族がこんなに問題を抱えているのは、熱心にお祈りしなかったからだって」

「すごいね」

「病んだ町なのよ」とパティは認めた。

「ねえ」――キャスリンがドアから顔を出した――「ビール飲みたい人、いない？」

飲みたかった――といっても、そのときまで気づいていなかったのだが。残りの午前中、母と姉たちは彼に何をしたいかと訊き続けた。映画を見る？　ドライブする？　外に食事に出る？　しかし、これで充分だった。小春日和の暖かい日に外でのんびりしているだけ。金色の日差しの下でのんびりと一休みし、ローンチェアに座るか毛布のうえで体を伸ばす以外にすることもない。ただ午前中が怠惰に流れていくに任せる。二年前だったら、ビリーはこんなことはできなかっただろう。家族と時間を過ごすと考えただけで、服を引きちぎって通りを駆けて行きたい気分になったはずだ。僕は変わったんだ、とビリーは厳粛な口調で自分に言い聞かせた。目の前に見ている男はかつての僕ではない。おそらく年齢のせいだろう、と考える――毛布に身を預け、太陽の厳かな回転を木々の枝越しに見ながら。あるいは、暦上の年月のためというより、イラクで急速に老けたのだろう。あのような時間を経験したあとで、ここで家族と一緒に過ごしていられること。母や姉たち、そして超小さな甥の相手をし、落ち着いているのではなくても、静かにしていられること。慌てずに物事を受け止め、なるがままに任せること。それがおそらく兵士としてイラクに行った結果であり、戦争が物事に対する広い視野をもたらしたためなのだろう。

ビリーはときどきビールをすすった。大したことではない。レイは屋内にとどまってテレビを見ており、それはみなにとって好都合だった。とはいえ、何か欲しいものがあると——それもしょっちゅうなのだが——父は防風ドアのところまで車椅子で行き、ガラスをコンコンと叩く。そしてデニースかパティかキャスリンが立ち上がって、彼の要求に応えるまで、それを続けるのだ。子供よりたちが悪いわね、とキャスリンは言った。オムツがないだけましよ、とパティが言うと、キャスリンはお父さんに変な知恵をつけないでねと答えた。ビリーの帰還を聞いて近所の人々がケーキやキャセロール料理を持って訪ねてきた。まるで家族に死者が出たかのようだ。教会のウィギンズ夫妻、向かいの家のオーパル・ジョージや、クルーガー家の人々。誇らしいわ。わかっていたわ。とても勇敢で、とても喜ばしく、とても光栄。〝エドウィン！〟って叫んだのよ。〝早く来て！　ビリー・リンがテレビに出てるわ。アルカイダをまとめてやっつけたのよ！〟いい人たちだが、こういうことを言い続け、しかも戦争に関して熱狂的なのだ！　こういうときは変身するのである。戦争について語るとき——彼らの目は飛び出し、首は膨れ上がり、血に飢えて声は掠れる。ビリーはそのとき彼らについて考えた。よきキリスト教徒たちが持つ海賊のような欲求について。あるいは、どれだけ感謝しているかを示そうとする、彼らなりの礼儀正しさなのかもしれない。だから彼は謙虚なヒーローの笑みを浮かべ、彼らが立ち去ってくれるのを待った。そうすれば、彼と姉たちはまたビールを飲める。キャスリンは三本目のビールを飲んだあと——ビリーとペースを合わせていたのだが——彼の名誉戦傷章を左の胸のうえにつけ、銀星章を右胸のうえにつけて家を飛び出した。勲章がストリッパーの飾り房のようにはためいている。ビリーとパティは大笑いしたが、母親は面白がらなかった。デニースに何をしているつもりかと問われ、キャスリンは「何？　ああ、これ？」と甘ったるい声で答えた。「これはね、お母さん、家族の宝物を見せているだけよ」。デニースは実に下品だと言い、すぐに勲章をビリーの部屋に戻すように命令した。しかし、キャスリンがまだ勲章を見せびらかしているときにミスター・ホエイリーが家に立ち寄った。この地元の名士がキャスリンを見て目玉が飛び出しそうなほど驚いているさまは、どれだけお金を払ってもいいくらいの見ものだった。彼女のピンと張った乳房のうえに載っている勲章だけでなく、彼女の日焼けして締まった体、長い脚までもすべて見えてしまったのである。

エヘン、アハ、ハッハッ。ミスター・ホエイリーはデニースの上司なので、午前中に酒を飲んでいる姿を見られるのは気まずいところがあったが、気のいい人なので見て見ぬ振りをしてくれた。頭が禿げかかり、顔には染みがあって、二十キロ近く太りすぎている男。洋服簞笥にチェックのブレザーと皺にならないスラックスを揃えている彼は、ストーヴァルでは金持ちとして通っていた。そこそこ儲かっている油田サービス会社の創立者で、その会社でデニースは部長として十五年働いてきたのである。「ミズ・リンがここの本当のボスだよ」と彼は客に嬉しそうに語り、彼女に愛情を込めて笑いかけるのだった。「私は邪魔にならないようにして、彼女がうまく経営を進められるようにしているだけさ」。デニースたちは彼にダイエット・コーラを出し、椅子をテラスのすぐ外の日陰に移した。そしてデニースとパティは客人の両側に座り、ビリーはテラスの塀のうえに腰かけた。キャスリンは近くに敷いたビーチタオルのうえで雌ライオンのようにくつろいでいる。ブライアンは家のなかに入っていて、煙草を吸い続けている祖父に見守られているはずだった。

「お母さんから君が今日だけ家に戻っていると聞いたもので」とミスター・ホエイリーは言った。

「そうなんです」。この人とアイコンタクトを続けつつ、ビールの匂う呼気を横に吐こうとするのは至難の業だった。

「疲れていても休みなしってやつか」と言ってミスター・ホエイリーは笑った。「これまでどこに行かされたのかな？」

ビリーは早口で都市名を挙げていった。ワシントン、リッチモンド、フィラデルフィア、クリーヴランド、ミネアポリス&セントポール、コロンバス、デンヴァー、カンザスシティ、ローリー&ダラム、フェニックス、ピッツバーグ、タンパベイ、マイアミ。ダイム軍曹が指摘したように、このほとんどすべてが選挙で浮動票の多い州にある。とはいえ、ビリーはそんなことは言わない。

ミスター・ホエイリーはコーラを上品に一口すすった。「各地のお出迎えはどんな感じだった？」

「どこも本当に好意的でした」

「そうだろう。いいかな、アメリカ人の大多数はこの戦争を強く支援している」。ホエイリーは視線がたまたまキャスリンに行ってしまうと、目を逸らすのに気が遠くなるほど苦労している様子だった。

「もちろん、誰も戦争には行きたくない。しかし、必要なときもあるってことはみんなわかっている。このテロってやつ。こうした問題に取り組む唯一の方法は、その根っこの部分を攻撃し、根絶やしにすることだ。ああいうやつらは自分から退場したりはしないからね。そうだろう？」

「やつらはすごい信念を持ってます、やつらの多くは」とビリーは答えた。「やつらは引き下がりません」

「そういうことだ。やつらとここで戦うのか、あっちで戦うのかってこと。アメリカ人のほとんどがそう考えているよ」

デニースとパティは牛のようにのっそりと頷いた。一方キャスリンは起き上がり、膝を胸につけて座っていた。この会話を注意深く追い、ビリーとミスター・ホエイリーを交互に見ている。まるで彼らの話のなかに解読すべき暗号が含まれているかのように。〝ヒーローたち〟とホエイリーは言った。〝イラク、自由、我々の自由を確実なものとするために自由をもたらす〟。それから彼は映画の契約について訊ね、ビリーがここまでの進み具合を説明しているあいだ、訳知り顔で頷いていた。

「どんなものであれ、署名する前に弁護士に見てもらったほうがいい」

「はい」

「君さえよければ、フォートワースのうちの会社で君を雇うこともできるよ」

「それは素晴らしいです。ありがとうございます」

「私にはこれくらいしかできないからね。君は私たちに誇りを与えてくれた。君の家族や友人だけではない。ここのすべての人たち、コミュニティ全体を誇り高い気持ちにさせてくれたんだ。君は町全体の振興にものすごく貢献したんだよ」

ビリーはできる限り謙虚な笑い声を上げようとした。「そこまではわかりません」

「いいかな、誰もが君のことをクソみたく誇りにしているよ。汚い言葉を言って申し訳ない。君が家に戻っているという噂が広まったら、ここから空港まで車の列が続くだろうな。そうだとも！」と彼はおどけつつも熱心な口調で言った。「今回は急すぎて準備ができなかったが、次に君が帰って来たときは君の栄誉を称えてパレードをしよう。ボンド市長とはすでに話していて、市長は乗り気だ。そこから市議会に話が行って、市議会も乗り気だ。ストーヴァル市として、君に相応しい形で名誉を称えたいんだ」

「ありがとうございます。本当に感謝します」

「いや、感謝するのは私たちのほうだ。君がしたことはまさに私たちの存在の――」

「弟は戻らなきゃいけないの」とキャスリンが口をはさんだ。

みなが彼女のほうを向いた。

「イラクにね」と付け加える。それが明白ではなかったかのように。

「そうだな」とミスター・ホエイリーは悲しげな声で言った。「お母さんが話してくれたよ」

「だから、また撃たれるかもしれない」

「キャスリン！」とデニースが叱りつけた。

「でも、本当なのよ！　これが偉大な〝勝利の凱旋〟だっていうんなら、どうして家にずっととどまれないの？」

ミスター・ホエイリーは穏やかな声で言った。「私たちを勝利に導くのは君の弟さんのような素晴らしい若者なんだよ」

「死んだら導けないわ」

「キャスリン！」デニースがまた叫んだ。ビリーは自分が無垢な傍観者のように感じた。どちらかの立場に立って口を出すべきところではないのだ。

「ビリーが無事に戻るように毎日お祈りしよう」とミスター・ホエイリーは言った。ベッド脇で患者に話しかけるマナーのいい医師のような、相手の心を落ち着かせる声。「すべての兵士のために祈るのと同じようにね。みなが無事に戻りますように」

「すごいわね、お祈りするんだって」とキャスリンは歯を剝き出して言い、それから叫んだ。喉を鳴らすグルルルルウウウウウウウウという音。生ゴミ処理機が逆流しているかのようだった。「頭がおかしくなりそうだわ」と彼女は叫び、鞘から一息で引き抜かれた刀のように素早く立ち上がると、そのまま家に向かって走った。ほかの者たちはしばらく黙って座ったまま、あたりの騒ぎが収まるのを待っていた。

「あのお嬢さんも大変な経験をしてきたからね」とミスター・ホエイリーは進んで沈黙を破った。デニースは謝ろうとしたが、彼が手を振ってそれを遮った。「いやいや、あんなに若いのにたくさんのことに立ち向かわなければならなかったんだ。次の手術はいつ？」

「二月です」とデニースが言った。「それからもう一度あります。それが最後だってお医者さんは言ってます」

「ずいぶんよくなった、それは確かだ。リン家にとっては大変な一年だったよね。ビリーは海外であいうことをしてきたわけだし、それが特別な犠牲的行為だったことは私にもわかってる。それでね、ビリー、いくらかでも君の気持ちを楽にしたいから言っておくけど、軍務を終えたらいつでもうちの会社で働けるよ。君を雇う話はこれからもずっと有効だ。やるって言ってくれるだけでいい」

そう言われて気が重くなるような考えが浮かんだ――五体満足で家に戻るという最高の展開になっても、それくらいの未来しかないのかもしれない。ホエイリーの会社に入り、風が吹きすさぶテキサス中央部の荒れ地に行って、油田のパイプや噴出防止装置を運ぶ。最低賃金をわずかに超える程度の金と、クソみたいな手当のために身をすり減らすのだ。

「ありがとうございます。お願いするかもしれません」

「うん、うちの会社という選択肢もあるってことを覚えておいてもらいたい。我々のチームに入ってくれたら光栄だよ」

ビリーはある一つのことを考えまいとしてきた。最近の経験から気づいたこと。リムジンや贅沢なホテル、こびへつらうＶＩＰたちの渦に巻き込まれた結果、生まれた一つの悟りである。こんなことを考えたら落ち込むだろうと直観的にわかったし、事実落ち込んだ。そうならないようにと精いっぱい努力したが、考えは膨らんで一つの悟りになった。こういうことだ。ミスター・ホエイリーは小物である。彼は金持ちではない。特別成功したわけでも賢いわけでもない。必死なところがかえって惨めったらしく、哀れささえ感じさせる。感謝祭の日、カウボーイズのゲームでテキサスの最上流の人々と親しく話しているとき、ビリーの頭にミスター・ホエイリーのことがたびたび浮かぶことになる。世界じゅうのミスター・ホエイリーのような人々は、最上流の人々の日雇い労働者にすぎない。ビリーがミスター・ホエイリーの世界で日雇い労働者なのと同じように。それはつまり、世界全体の大きな構造からすると、ビリーは単細胞の原生動物程度だということである。未知の深さを持つ海に流れ込む巨大な川が世界だとしたら、そこに浮かぶ原生動物。彼はこういう実存的な心の発作を最近しょっちゅう経験していた。何もかもが無益で無意味だという思いが唐突に襲ってきて、自分が人生をどう生きるかなんてどうでもいいではないかと考えてしまう。だったら荒れ狂って、強姦と強奪に耽ったらどうだ？　道徳の規範を守って生きるよりいいのではないか？　ここまで彼は規範を守ってきたが、それはそのほうが楽であり、エネルギーも度胸も必要ないからではないだろうか。そんなふうに考えてしまうのだ。自分がこれまでにした最も勇敢なことは――勇敢であり、自分自身に忠実な行為は――軟弱男のサーブを夢中になって壊したことであるかのように。まるでアル・アンサカール運河の岸辺でしたことは彼の人生の本題から外れていたかのように。

ミスター・ホエイリーは帰り、キャスリンは昼食のときも出て来なかった。食事のあと、レイとブライアンは昼寝をし、デニースとパティは買い物に出たので、ビリーは閉ざされた心地よい自室でくつろぎつつオナニーをした。それから裏庭に出て、毛布のうえに横たわって日光浴をしているうちに微睡《まどろ》んだ。夢が眠りのなかに入ってきたり出ていったりを繰り返し、まるで古い沈没船の操舵室に出たり入ったりする魚のようだった。彼はもぞもぞと動き、太陽が胸のニキビを焼いてくれるようにシャツを脱いだ。それからまた微睡むと、今度はペイズリー模様に囲まれている夢を見た。カラフルな色の原生動物を思わせる模様が核爆発したかのように渦を巻き、やがてパレードへと変わっていった。彼のパレードだ。彼はそこにいながら、少し高いところから見てもいた。幸せで安全だった。無事に故郷に戻ったのだ。心配無用！　よく晴れた冬の日で、みんなたくさん着込んでいたが、山車に乗っているストリッパーたちは別だった。バタフライと長い夜会用手袋しか身につけずに輝かしい裸体を晒している。高校のバンドが足を踏み鳴らして通り過ぎ、トロンボーンやトランペットが太陽に輝く。ふと見ると群衆の一番後ろのほうにシュルームがいる。色の薄い玉ねぎのような頭が人の群れから一つだけ飛び出している。彼はビリーと目を合わせて笑い、会釈するようにバドライトのカップを上げる。よお、シュルーム！　シュルーム！　こっちに上がって来いよ！　ビリーは山車にのぼってこいとシュルームに叫び続けるが、シュルームはいまいるところで満足な様子。群衆の一人でいたいようだ。シュルームめ。まったく。こっちに来いよ。夢のなかでビリーはシュルームが死んでいるとわかっており、したがって機会を逸したという痛恨の思いがある。パレードが続き、ビリーは運ばれていく。この馬鹿げた紙製の山車が人生という川を滑っていく。その川辺に何千人もの歓声を上げる人々が並んでいるのだが——ちくしょう！　なんて恐ろしい考えなんだ！——彼らもシュルーム同様死んでいるのではないか？

突然恐怖感が眠りを襲い、彼は必死に目を覚まそうとした。誰かが彼の真上に屈み込み、息を吹きかけている。少しだけ片目を開けると、キャスリンだった。アンジェリーナ・ジョリーのようなサングラスをして彼を見下ろしている。

「向こうに戻ったら気をつけてね」と彼女は暗い声で囁いた。「あなたに何かあったら、私は自殺するから」

フム。彼は両目を開け、頭を持ち上げた。姉は彼の脇のビーチタオルに横たわり、肩肘で上体を支えて彼に向き合っている。しかも——気づかずにいられなかったのだが——ビキニを着ている。姉とはいっても、これを見ると肺が苦しくなりそうだ。頬が陥没しているとはいえ、姉がホットな女なのは否定しようがない。日焼けした長い脚、手のひらに余りそうな乳房、完璧なパンケーキのように黄褐色に輝く平らな腹。

「どうして自殺するの?」

「だって、あなたがあっちにいるのは私のせいだから」

「ああ、そうか」。彼は目を閉じ、頭を毛布のうえに戻した。「姉さんのせいね。姉さんがメルセデスにぶつけられ、なんとかいうやつに捨てられたからか。ああ、ありがとう。僕をこんなクソな目にあわせてくれてありがとう、キャット」

キャスリンはクスクス笑った。マイクに息がかかったときのようなシュッという音。「まあ、とにかく、申し訳なかったわ」

「まったく問題ないよ」と彼は呟いたが、実際よりも眠そうな声になった。といっても、また目をつぶれば眠れるだろう。キャスリンはカサカサという衣擦れの音を立てていた。女性らしい身づくろいをしているのだろう。

「お母さんは私に怒ってるわ」と彼女は言った。

「大丈夫だよ」

「ホエイリーって、やめてほしいわ。何がパレードよ。あなたは死ぬかもしれないのにパレードの話だなんて」

ビリーは笑わずにいられなかった。こういうふうに言ってくれる人がいるのは新鮮だ。彼女はここ十六カ月のあいだ家で暮らし、さまざまなことに耐えてきた。健康のこと、家族の問題、軟弱男に捨てられたこと。こうしてキャスリンは激烈かつ興味深い変化を遂げたのだ。一つには、試練によって体の脂肪が燃え尽きた。もともとは太る体質で、健康なキリスト教徒の贅沢な生活によって丸くなめらかな体形になると思われていた。それがいまは痩せて手足もひょろ長くなり、けばけばしいナイトクラブの女性バーテンダーといった体型を誇っている——まあ、そういう場所がまだ存在しているのならだが。テカテカとしたケロイドのあとは彼女の肩から背中までぐるりと走っていて、まるで巻いたロープの端が垂れ下がっているかのようだった。顔は87パーセント回復したのだと彼女は言う。この「87パーセント」というのを彼女は頭の鈍いスポーツキャスターが数字を並べるときのように、無表情で強調した。整形外科医の名がドクター・スティフェンバックだというのが彼女のお気に入りで、彼のしゃちこばったドイツ語訛りを大げさに真似してみせた。「わたしはドクテル・シュテッフェンバッハです、ヤー！　あなたはごうしたウンドーをケンコーのためにしてぐださい、ヤー！」彼女はビリーの最高司令官を大馬鹿と呼び、「あの大馬鹿と会うのはどんな感じだった？」などと言った。さすがに母親がこれを諌めるようにシーッと言うと、「だって大馬鹿だもん！」とキャスリンは言い返した。「セミくらいの頭しかないわよ！」ビリーの可愛くて美しくて勉強熱心だった姉。権威に対していつも敬意を示していた従順な姉。そして清潔な純アメリカ的考え方しかせず、人を罵ったり非難したりもしなかった姉が、不機嫌な毒舌家になってしまったのだ。

キャスリンは自分の脇にあるクーラーボックスに手を伸ばし、テカテビールを二缶取り出した。「あっちではお酒が飲めなくて寂しかったでしょう？」と彼女は一缶をビリーに手渡しながら言った。

「最初はね。でも、しばらくするとそうでもなくなるんだ」。彼はプルタブを上げ、そのシュッという幸せな音を楽しんだ。「でも、何が何でも飲みたくなるときもある」

「そんなもん？　聞いて、私はこう思うの。我々の社会では、飲酒のセラピーとしての価値が過小評価されてるって。ときどき発散させてくれるでしょう？　自分自身であることをちょっと休めるって感じ。自分の頭のなかで一日二十四時間生き続けるのは大変だもの」

「頭がおかしくなるよね」

「牧師が女を買って捕まるのとかって、わかるわよね。私としてはアル中にはなりたくない。そうなったらやめるけど」

二人はビールを飲んだ。健康な幸福感が二人を包む。

「それで、〝勝利の凱旋〟の話をしてくれない？」

「凱旋ね。ふー、なんかよくわからないな」

「じゃあ、グルーピーの話をしてよ」

彼は笑ったが、肩からうえが真っ赤になるのを感じた。ピューリタン的な気分が湧き上がってくる。

「グルーピーなんていないって」と彼はぼそぼそと言った。

「嘘よ」

「嘘じゃない」

「嘘ばっかり。いい、ビリー、頑張って捕まえなさいよ！　頑張って、私の分も捕まえてね」

「キャスリン、やめてよ」

「ほんと言うと、私、この町にいると頭がおかしくなりそうだわ」

「すぐにここを出るじゃないか」

「そう、たぶんすぐにね。でも、それほどすぐってわけじゃない。このクソみたいな町にはまともな男が一人もいないのよ。ほんと、捜したんだから。こんなことを考える夜もあるわ。ソニックに車で行って、高校生を引っかけようかって。ヘイ、坊や、車に乗らない？　なんて感じでね。顔に傷のある女に捕まったら、もう帰れないわよ」

「キャスリン」ビリーはやめてもらいたい気持ちを込めて言った。

「いまごろは卒業していたはずなの。どこかで年収六万ドル稼いでいたかもしれない」

「いつかそうなるよ」

「そうね、なるわ」と彼女は断固として言った。

「そうなりつつあるって」とビリーは訂正した。

「その前に頭がおかしくならなければね」

彼女の最後二回の手術は春に予定されていた。一月からはコミュニティ・カレッジで二クラス教えることになっている。これをしないと、カレッジ・ファンドの情け深い銀行家さんたちが彼女の学生ローンに罰としての利子をかけ始めるのだ。「何が可笑しいかわかる？」と彼女は言った。「このあたりの人たちはみんなすごい保守派なのに、それが病気になって保険会社にひどい目にあわされたり、自分の仕事が中国に行っちゃったりすると、〝ウ――――、何が起きたんだ？〟ってなるわけ。〝アメリカは偉大な国だと思っていたし、自分はこんなにいい人なのに、どうしてこんなひどいことが自分に起こるんだ？〟って。私もその一人だったと思うの。ほかの人たちと同じくらい愚かだったわ。ひどいことが自分に起きるとは思ってもみなかった。もし起きても、それを是正してくれるシステムがあると思ってたのよ」

「たぶん熱心にお祈りしなかったからだよ」

キャスリンはプッと吹き出した。「うん、それかもね。祈りの力ってやつよ」

二人は飲み続けた。キャスリンは冷たいビール缶を頬に、首に、臍に当て、そのたびにビリーの頭で星がキラキラと瞬いた。彼は母が住宅抵当ローンのことをどうするつもりなのか訊ねた。

キャスリンは顔をしかめた。「あの人がどうするかなんて誰にもわからないわ。理性で判断できないんだもの。事実に対処していないの。いい、うちのクソ・ローンのことなんて心配しないで。あなたの人生じゃないし、あなたの問題でもない。私の問題でもないわ。お父さんとお母さんがやりたいようにするんだし、私たちには止められない」

「我々はどれくらい医療費を滞納してるのかな?」

「〝我々〟? 〝彼ら〟でしょ? まあ、厳密に言いたければ、私もかもしれないけど」。彼女は手のビールをじっと見つめた。「四十万ドルってとこかしら。請求書はどんどん来る。一年前のが今になって来たりね」

よん・じゅう・まん。これは輝かしい核エネルギーという形で現われた神のようだ。全能で、すべてを焼き尽くし、理解不能。

「あり得ない」

キャスリンは肩をすくめた。数字の話には退屈するのだ。

「あなたの問題じゃないわ、ビリー。ほっときなさい。それに、映画の契約でいくらかでもお金が入ったら、とっておきなさいね。お父さんたちの救済のために使っちゃ駄目」。ビリーが何も言わないでいると、彼女は笑い、転がって腹這いになった。腰のくびれから尻がかっこよく盛り上がっている。熱帯の海に浮かぶ島のようだ。

「お父さんがあの子に何を買ってやったか知ってる? 彼女が十六歳になったときに」

「どの子？」

「ちょっと、ビリー。〝妹〟よ。私たちの〝腹違い〟の妹」

「いや。お父さんがあの子に何を買ってやったか知らないよ」

「車よ」

ビリーはビールをすすり、そっぽを向いた。これについては冷静でいられそうだ。

「マスタングGTO。ぴかぴかのやつ。お父さんが首になる前の話だけど、それでもね」

ビリーは胸のなかの空気が硬化していくように感じた。「新車？」自分の声が掠れたのが嫌だった。

「まっさらよ」と言ってキャスリンは笑った。「だから騙されちゃ駄目。お父さんかお母さんに何かしてやっても、結局無駄にされちゃうから。あなたは自分のためにお金を使い、お父さんたちには好きなようにさせればいいのよ」

ビリーは車の色を訊きたい気持ちをかろうじて抑えた。「そうだね」。彼は毛布の向こうに手を伸ばし、乾いた草を一摑み引き抜いた。「どちらにしても、僕から父さんたちにあげるお金はなさそうだから」

キャスリンはビールをもう二缶取り出した。ビリーの哲学は、陽が高いうちに酔っ払えたらそれはボーナスだというもの。人がこの世で酔っ払う時間は割り当てられているのだが、昼間の酔っ払い時間はそれに入らない。だからこそ、昼に酔うのは気持ちがいい。そして今日は、ものすごくホットなビキニの金髪女性と陽に当たりながらビールを飲んでいるのだから、これ以上完璧なものはないじゃないか？　唯一の問題はもちろん、その女性が姉だってことだが、数時間だけそうじゃない振りをしたって何も害はない。午後はビールでほろ酔いというキラキラとした輝きを帯びてきた。キャスリンは「前線での暮らし」と呼ぶものについて探りを入れてきたが、ビリーは気にならなかった。食事はどうだった？　宿泊所は？　イラク人はどんな感じ？　みんなまだ私たちのことを嫌ってるの？　彼女は彼に触れ続けた。肩を叩いたり、腕を押したり、剥き出しの足を彼のブルージーンズの脚に押しつけたり。こういう接触があると彼の感覚機能は研ぎ澄まされ、リラックスしてすべてを受け入れるような気持ちになった。とびきり上等な麻薬が効いてきたかのように。

「イラクに戻ったらどうなるの？」

彼は肩をすくめた。「同じだと思うよ。パトロールして、食べて、寝る。それから起きて、また同じことをする」

「怖い？」

彼は考える振りをした。「僕がどう感じるかは問題じゃないんだよ。僕は行かなきゃいけない。だから行くんだ」

彼女は肘をついて頭を手で支え、横向きに寝転がっていた。小さな金の十字架が片方の乳房のうえに載っている。小さな登山者が頂上を目指しているように見える。

「ほかの人たちはどう感じてるの？」

「同じだよ。つまり、いいかい、誰だってイラクに戻りたくはない。でも、そのために入隊したんだから行くんだ」

「じゃあ、この質問をさせて。あなた方は戦争を信じているの？　いい戦争だとか、正当だとか考える？　私たちは正しいことをしているの？　それとも、これはすべて石油のため？」

「キャスリン、まいったな。わかってるだろ、僕にはそういうことがわからないって」

「あなたが何を信じているのか訊いてるだけよ。あなた個人がどう考えているか。クイズじゃないわ。客観的な答えを求めてるんじゃない。ただ、あなたの頭のなかで何が起きているのか知りたいのよ」

わかった。いいだろう。姉が訊いてくるのだから。ビリーは自分が奇妙にありがたく思っていることに気づいた。誰かが訊いてくれたことが嬉しかったのだ。

「自分たちがあそこで何をしているのか、わかっているやつは一人もいないと思う。つまり、気味が悪いんだよ。だって、イラク人は本当に僕たちを憎んでる感じなんだ。僕たちは作戦地域にいくつか学校を建てたり、下水の設備を整えたり、飲料水のタンク車を毎日送り込んだり、子供たちのための食糧援助をしたりしてるんだけど、彼らは僕たちを殺そうとしか考えてない。僕たちのミッションは援助して、生活水準を高めることだよね？ そしてあの人たちはクソみたいな――文字通りクソみたいな――環境で暮らしていて、彼らの政府はずっと何もしてくれなかったのに、僕たちは敵なんだ。違う？ だから結局のところ生き残ることしか考えなくなる。ただ戦場に行って、何かを成し遂げようなんて考えず、死者ゼロで一日を切り抜けることしか考えないんだ。それから、そもそもどうしてここにいるんだろうって考え始める」

キャスリンは彼の話を最後まで聞いた。それから腹を決めたようだった。

「いいわ。じゃあこれはどう？ あなたがイラクに戻らなかったらどうなるの？」

彼はたじろいだ。それから笑った。いや、あり得ないよ。

「私は真剣よ、ビリー。戻りませんって言ったらどうなるの？ もういいです、一度イラクに行って仕事をしましたからって。あなたを追いかけてくる根性が彼らにあるかしら？ だってヒーローなのよ。どんな記事が出るか考えてみて。〝イラクに戻ることを拒否したヒーロー、戦争は不快だと語る〟。あなたはもう専門の単位を取ったようなものよ。怖いから行きませんって言う人とは違うわ」

「でも、僕は怖いんだよ。誰だって怖いんだ」

「私の言いたいことはわかってるでしょ。何もせずに怖いっていう人、臆病だから怖いっていう人のことよ。そもそも絶対に戦争に行かない人のこと。でも、あなたはあれだけのことをしたんだから、誰もあなたの勇気を疑わないわ」。それから彼女はあるウェブサイトについて熱のこもった演説を始めた。そこにはベトナムに行くのを逃れたある種の人々が列挙されているという。チェイニーは教育を理由にした徴兵猶予を四度も取り、それから資格3Aという家庭の事情による免除を受けた。リンボーは膀胱に問題があるおかげで資格4Fの免除。パット・ブキャナンも4F。ニュート・ギングリッチは大学院進学のため免除。カール・ローヴ、ビル・オライリー、ジョン・アシュクロフトは軍務に就かず。ブッシュは州空軍から無断離隊し、海外の軍務に就くかどうかの問いには「志願しない」と答えていた。

「私がこれで言いたいこと、わかる?」

「ああ、まあね」

「私が言いたいのは、こういう戦争をやりたくてたまらない連中が自分でやればいいってことよ。ビリー・リンはもうやるべきことをやったんだわ」

「キャット、それは問題じゃないんだよ。あの連中はああいったことをやった。僕は僕のやることをやってる。意味がないんだ、僕たちがそれについて何やかやと……」。二つの大きな涙の粒が彼女のサングラスの下からこぼれてきて、彼は目を背けずにいられなくなった。

「私たちはどうなるの、ビリー? 考えてみて。うちの家族はこんな大変な状況で、そのうえあなたに何かが起きたらどうなってしまうと思う?」

「僕に何も起きないって」

キャスリンがしばらく沈黙していたので、ビリーは自分の言ったことを撤回したくなった。

「ビリー、戻らなくて済む方法があるの。オースティンに兵士を助けている団体があるのよ。そこには弁護士がいて、資金があって、こういうことをどう扱ったらいいかわかってるの。少し調べてみたんだけど、すごくいい人たちのようなのよ。だからあなたさえ決断すれば……いい、このことで何か助けが得られるのよ」

「キャスリン」

「何？」

「僕は戻る」

「何ですって！」

「大丈夫だって」

「そんなことわかんないじゃない！」

彼女の表情は実に険しく、そのことに彼は感動した。それから恐ろしくなった。

「まあ、わかんないけどね。でも、敵が僕たちをやっつける以上に、僕たちは敵をやっつけてる。それに、僕たち全員をやっつけることはできないさ」

キャスリンは泣き始めた。ビリーは彼女の肩を抱き、自分にぴったりと引き寄せた。兄弟がやるような、セックスを絶対に感じさせない形で。彼女はさらに激しく泣き、頭を彼の肩にもたせかけた。彼女の髪は木のような清潔な香りがした。ウイキョウのようなスパイスか、雨が降ったばかりのシダを思わせる香り。泣いている彼女にはどこか平和を感じさせるものがあった。声に含まれたある種の音楽、あるいは精神的な養分。生まれたばかりの亀たちのように、彼女の涙が次々に彼の胸を滴り落ちた。眠りに落ちる前に覚えている最後のことは、彼女がすぐに戻るからと言ってクリネックスを取りに家に入ったことだった。眠ってしまったことにも気づいていなかったが、突然、最も不快な形で起こされた。裏口のドアが、何かが突進する勢いでバタンと開いたのだ。まるで焼夷弾を浴びたかのようだった。それから最新型アシスト付き車椅子のフワワワワワ――――ルという音。クソ野郎！ ボクサーがパンチバッグを打つように心臓の鼓動が高まり、目はギガバイトなみのショックで火花を散らした。ビリーは腹這いになり、背中の小さな筋肉をあちこち動かして起きようとすると、レイがブーンという震動音を立ててテラスを走ってきた。なんだこりゃ!! 戦争から戻って来た兵士の眠りをこんなふうに破るっていうのか？ 兵士たちはこのように驚かされたときに反射的に行動し、高度に磨かれた一連の即反応技術を駆使する。ようするに、ビリーの手元にM4カービン銃があったら、レイはいまごろ血の滴るハンバーグになっていただろう。

あの野郎、たぶんわざとやったんだ。父は息子に気づいた様子はなく、息子のほうを見ることもなかった。しかし、ビリーは父の口に薄笑いが浮かんでいるのを察知した。唇の両端にかすかな皺が寄っている。レイは斜路を車椅子で下り、庭に入ってきた。ビリーはアドレナリンの出すぎで体が動かせず、気持ちが悪くなったが、それでも肘を支えにして首をもたげ、あたりを見回した。キャスリンはいない。自分の口は昼寝前のビールで悪臭を放っている。午後の空は雲に覆われ、太陽はぼんやりと霞んでいる。汚れた浴槽の湯に浮かんだ丸い石鹸のようだ。庭に出るとレイは車椅子を止めて煙草に火を点けた。本当に下品なやつだ、とビリーは考えた。ものすごく知的で舌がよく回り、父を議論で負かすことはできない。大学には行かなかったのだが、昔はクソほど金を稼いだ。レイはライターをパチンと閉め、さらに庭のなかへと車椅子を進めた。小さな隆起やへこみにぐらぐら揺れながら進んでいく。後ろから見ると悲しいほど威厳というものがなく、河馬の尻のように動きの優雅さに欠ける。そして真ん中に貼られたアメリカ国旗のステッカーは残酷で趣味の悪いジョークのように思われる。誰かが哀れな風刺を試みたかのように。

ビリーは両肘をついて体をのけぞらせ、父親を見た。普通は家族こそ確かなものだと思うだろう。

ただでもらえるもの？　生まれただけでついてくるボーナスポイント？　とても濃くて肉厚な絆が家族のあいだにはある。歴史、遺伝、共通の大義や戦いなど、多くの螺旋が絡み合っており、家族はあらゆる動因のなかでも最も基本的なものでなければならない。家族同士は頑張って守り合い、愛し合うものだ。それなのに、頭を使う必要もないはずのこの絆が実は最大の難物である。証拠が欲しければ、ブラボーたちに簡単なアンケートを取ってみるだけでいい。ホリデイが派遣前、最後に実家を訪ねたところ、弟が彼に〝イラクで死んでくれよ〟と言った。マンゴーが十五歳のとき、父は彼の頭をモンキーレンチで叩き、マンゴーの母はこう言った。〝これでお父さんを怒らせるのはやめてくれるかしらね〟。ダイムの祖父と叔父の一人は自殺した。レイクの母親はオキシコドンの中毒者で刑務所に入ったこともあり、父親は売人でやはり刑務所にいた。クラックが十一歳のとき、彼の母親は教会の牧師の助手と駆け落ちした。シュルームは家族と言えるものをほとんど持ったことがない。エイボートの父親はルイジアナ州の典型的なダメ親父で失踪中だし、サイクスの父と兄弟はヒロポンを作っていて家を吹き飛ばした。

そう、家族が鍵だ、とビリーは結論づけた。家族とうまくやる道を見つけられれば、ようやく心の平安を見出したことになる。しかし、その道を見出すため、考え出すためには戦略が必要だ。それをどこに求めるのか？　明らかに、年を取ったからといってできるわけではない。本に書いてあるかもしれないが、読むのに時間がかかるし、読んでいるうちにも問題はどんどん持ち上がる。野獣のような暴力的な力が働いているときに、本などを読んでいる時間があるか？　9・11が起きたあとの朝、レイは放送で中東の大都市を次々に「核兵器で一掃する」ことを主張し、ヴィンス・ヴァンス&ヴァリアンツの「イランを爆撃しよう」をかけたり、「グリーン・ベレーのバラード」をかけたりした。ビリーは〝こういうふうに事は運ぶのか？〟と考えたのを覚えている。何かひどいことが起きたら、もっとひどいテロがまた起きることを意味する。そうなるのは自動的なだけでなく絶対的なのだ。テロ後の数日間、数週間は、彼の人生において予言のようなオーラを帯びることになった。その当時でさえ運命を感じたように思ったのだ——戦争がすぐに起こり、自分はそれに行くことになる、と。そしてある種の神秘的なもの、父と子の抗しがたい力学が作用し、この運命を確かなものとする。父が戦争を愛しているとしたら、どうして息子が戦争から逃れられるだろう？　戦争への愛が必然的に息子への愛につながるわけではないが。

フワワワワワ——ル、止まる。フワワワワワ——ル、止まる。あいつは何をやってるんだ？　レイは塀に沿って植えられている花のところで止まった。細くて背の高い茎に淡青色の羽毛のような花がついている。なんとかブルーミストと呼ばれる花だ——ビリーはその朝、それについて母に訊ねていた。オオカバマダラ蝶が庭の花の蜜を吸っていて、彼とブライアンとで蝶の数を十七まで数えたあとのこと。一日じゅうオオカバマダラ蝶は庭をふわふわと飛んで蜜を吸っていた。南へと渡る途中、ここでなんとかブルーミストのおやつを摂り、それからまたメキシコへと向かうのだ。レイはまた煙草に火を点け、吸いながらオオカバマダラ蝶が飛ぶのを見ていた。ビリーはこんなことをする父を見たことがなかった。自然を観察して時間を過ごすなんて。この男と自然界とのおもな関わりは、肉食動物が獲物に対するのと変わりない。しかし、彼が静かに座って蝶を観察しているのを見て、ビリーは突破口ではないにしてもある種の潜在的なきっかけ、または可能性を感じ取り、話しかけるとすれば自分からだという事実に引き戻された。この感情を抱くことで、彼は少しだけ必死な思いにもなった。もしその機会が来たら、何をしたらいいのかわかるだろうか？　父とのあいだで何か良きものを生み出すささやかな可能性がありながら、それを実現させる技術がどちらにもないとすれば、それは何とも残念なことだ。これが父と一緒に過ごす最後の日かもしれないと考えれば、悲劇的でさえる。そのときドアがバンと開き――今回はそれほど大きな音ではなかったが――ブライアンが現われた。よちよちとテラスを歩いてくる。

「へイ、ビリー」とブライアンは鳥が囀るような声で言った。ドライな言い方が可愛らしく、ビリーは微笑まずにいられない。ブライアンは庭を走ってレイのところに行き、祖父の車椅子の後ろにのぼった。レイは微笑み、車椅子を運転して二人でガタガタと庭をめぐった。「飛んで!」とブライアンが叫んだ。レイは操縦桿を後ろに引っ張り、それから思い切り前に押した。椅子は前に突っ込んでから跳ね上がり、車輪が一インチほど地面から持ち上がった。車椅子の速度は最大で時速五キロ程度だが、レイは何らかの改造を加えたのか、その最大速度をオーバーして走っている。ブライアンはキーキーと叫び、もっともっとと言っている。二人は大きな円を描いて走り、ときどき飛んだり跳ねたりする。レイは椅子の機能を充分に発揮させ、ブライアンは後ろに摑まって気がふれたように笑っている。二人の円は次第にビリーに近づいてきて、このときのことをビリーはあとになってこう思い出す。自分が微笑んでいたのは一般的な意味での喜びからだけでなく、特に父に対して感情を込めて微笑んでいた。そして、あとになってから思い出して、そのときこう考えていたことにも気づく。自分とレイが決定的瞬間を迎えるかもしれない、と。ところが、結果はいつもと同じだった。父に何も話せず、すべて無駄に終わってしまったのだ。レイがどうしてそうなったのか、ビリーにはついにわからないが、そのほとんどはレイの目つきによるものだった。その横目の視線に冷たくて撥ねつけるような雰囲気があったのだ。車椅子が通り過ぎるときの瞬間的な一瞥に。その瞬間に決定的な拒絶の気持ちが伝わってきたのだが、ビリーはそれをうまく表現できなかった。表現できるとすれば、父の言葉でこんなふうに言うしかない。これはおまえのもんじゃない、おまえはこの一部じゃない、おまえはこの人間じゃない。レイは決定的瞬間を自分で独占していた。ブライアンに愛してもらいたいと思えば好きなときにそれができ、家族のほかの者たちは努力しても報われないのだ。

こうしたことすべてが証明しているのは、戦略がなければ自分は恰好の標的にすぎないということだ。家族がせめぎ合う鮫の水槽のようなところにぶら下げられた餌のようなもの。その夜の夕食のとき、ビル・オライリーはテレビで雄叫びを上げ、デニースと娘たちは住宅抵当ローンについて口論し、ブライアンはくたびれて駄々をこね、肉は火が通り過ぎてしまい、レイは煙草を吸い続け、デニースは泣き崩れた。何でも完璧でないと気が済まないからだが、もちろんそんなことは無理だ。母さん、とビリーは笑いながら言い、母の体に腕を回した。自分に安らぎの蓄えがあるかもわからないのに、それを注入しようとした。母さん、心配しないで。僕は幸せだよ。家に戻ったんだ。すべてが素敵だよ。驚くべきは、こうした言葉が本当に役に立ったらしいということだ。母は落ち着いてきた。ブライアンは高い椅子のうえで眠ってしまい、パティとキャスリンは忍び笑いをしてワインをもう一本開け、ビリーは自分が十九歳よりもずっと年を取ってしまったと感じていた。まるで年齢以上の英知に恵まれたかのように。これは戦争のせいなのだろうか？　これまで話にのぼってきたのは、戦争がいかに人をおかしくしてしまうかばかりだった。それも真実だが、真実のすべてではない。彼はその夜、チョコレートケーキとワインでいい気分になってベッドに倒れ込んだ。惨事が回避されたこと、何らかの重大事が守られたことに満足を感じて目を閉じた。この世には完璧などというものはない。極端に透明になる瞬間があるだけだ。自分を忘れる瞬間。それが神の慈悲なのだ——そのようなものがあるとすればだが。

リムジンの迎えが07時に来ることになっていた。ある裕福な愛国者の厚意によるのだが、その人は匿名を望んだかビリーが名前を忘れたかのどちらかだった。リムジン。自分のために。どうでもいい。彼はあまり眠れず、二日酔いの状態で目を覚ました。口臭は消費したワインの量に見合わないほどひどく、錆びた銅のような不快な匂いがした。彼にはこの味がわかった。その意味がわかっていた――恐怖、嫌悪、安全圏外の悪い業《カルマ》――しかし、それでも閉ざされた心地よい自室で最後のオナニーをする図々しさは残っていた。物々しくこの行為をするところが喜劇的だ。まるでこの最後の一発が、トロイ・エイクマンのテキサススタジアムにおける最後の試合であるかのように。〝あと四十ヤードだ！　三十ヤード！　このまま行くのか！　二十ヤード！　十ヤード！　五ヤード！　そして……タッチダウン！〟こうしてすっきりしてからシャワーを浴び、髭を剃り、荷造りをした。それからベッドを整え、雑嚢を表玄関のところに置いた。そうすると、家族と向き合う以外にすることがなくなった。

「別れを惜しんでくれるかな？」ビリーは元気よく言いながらキッチンに入った。しかし、彼を見つめ返す女たちの表情は悲痛なものだった。彼女らは悲しみに打ちひしがれていた。彼もそうだったが、それを彼が示したら、みんなもっと悲しくなってしまうだろう。キッチンの窓は夜のあいだにラミネート加工されたかのようで、滑らかな純然たる灰色以外に何も見えなかった。突風がふいごに空気を送り込むような音とともに家を揺らし、小粒の強い雨が屋根でポンポンガタガタと音を立てた。冬の最初の嵐が大平原を渡ってこちらに迫っており、同じ前線が感謝祭までに雪と氷雨をもたらすことになった。

「次はどこに行くの？」とパティが訊ねた。ビリーの姉たちはコーヒーを飲みながら、彼が食べるのを見ている。デニースは背筋を伸ばしてせかせかと動いている。こまごまとしたキッチンの仕事を一人でこなしている。

「フォート・ライリーだね。あそこで集会があるんだ。それからアードモア。これは例の件で」。彼は母をちらりと見た。「それからダラス、だと思う」

「ビッグゲームね！」とキャスリンが大声を出した。「ビヨンセに会うのかしら？」

「あり得ないってのはわかってるだろ」

「会うわよ、きっと。だからこの機会を逃さないでね。たぶん彼女に惚れさせる唯一のチャンスだから」

「そりゃ、そうだね」

「だから、いい？　まず彼女に〝なんてきれいなんだ〟って言うことから始めて」

「キャスリン、相手はビヨンセだよ。自分がホットだってこと、僕に言われなくてもわかってるよ」

「馬鹿ねえ、女はそういうことをいくらでも言ってもらいたいの！　だから彼女に面と向かってこう言うのよ。〝ビヨちゃん、あんたには痺れちゃうよ。最高にかっこいいぜ。ヘアスタイルはいかしてるし。ゲームのあとで付き合わないかい？〟パティ、ビヨンセが義理の妹だったら最高よね？」

「最高だわ」

「姉さんたち、待ってよ。僕は一兵卒だよ。ビヨンセが僕のために時間を割くはずがないよ」

「ナンセンス！　あなたみたいにハンサムな色男が、しかもヒーローなのよ。あなたに夢中になるわよ！」

「ビヨンセって、あのジェイ・Zってのと付き合ってるんじゃなかった？」とパティが訊ねた。

デニースが泣き始めた。カウンターを拭きながら咽び泣いている。頭に浮かんだ古い歌をハミングするのと同じ調子だった。キャスリンは舌打ちした――怒っているかのように、あるいは苛々しているかのように。パティも目を赤くしたが持ちこたえた。とにかくここを切り抜けよう、とビリーは自分に言い聞かせた。車に乗ってしまえば大丈夫だ。しかし、喉に練炭ほどの大きさの塊が詰まっている感じがした。最初に出発したときよりも悪い。これは驚きだ。二度目のほうが楽になるはずではないか。ところが、今度のほうが失うものが多いように感じられる——何なのか彼にもわからないのだが。何であれ、その失われるものが存在し、しかも今回は自分がどういうところに戻って行くのかわかっているのだ。

「ところで、レイはどこ？」とデニースがぼんやりと言った。独り言を言えば気が楽になるかのように。「誰かが行って……」

キャスリンとパティは目くばせし合い、それからビリーを見た。彼は肩をすくめた。レイがここに立ち会うことは、今朝の彼らの安寧に不可欠だとは思えない。まるでこの問いに答えるかのように、サッカーのパジャマを着たブライアンがキッチンによちよちと歩いてきた。たっぷり眠った様子で、頬が赤くふっくらとしている。ブライアンは母親の膝によじ登り、森にいるコアラの赤ちゃんのようにしっかりしがみついて、頬をすり寄せた。

ジュースほしい？

ううん。

シリアルは？

ううん。

ママのお膝にしばらく座っていたいのね。

うん。

ブライアンの存在はみなを落ち着かせる効果があった。ブライアンはビリーをじっと見つめている。好奇心からというより、証人として見ているように思われた。まるで重い意味を古代から伝えるかのように。ビリーの軍帽はことさら彼の関心を引くようだった。ブライアンが〝どうちて？〟を始めない限りはみんな大丈夫だ。そうビリーは考えた。デニースは彼のためにコーヒーを注ぎ足し、キャスリンは彼の皿を片づけた。電子レンジに載っている時計はガスレンジのところの時計よりも二分進んでいて、ガスレンジの時計は掛け時計よりも一分進んでいる。そのため一つの時計を見ると、正しい時間を知るためにほかの時計も見なければならず、きりがない。時計を次々に見るだけで気が滅入っていくのだ。それぞれが七時に近づいていき、七時を過ぎる。そのときキャスリンが声を潜めて「チェッ」と舌打ちした。キッチンからダイニングを通して見える正面の窓に黒いリンカーンのリムジンが現われ、車回しをこちらに向かってくる。

ちょっとした騒ぎになった。キャスリンは廊下を走って玄関に向かった。デニースは流しに向かって大泣きし始めた。どういうわけかブライアンはビリーが抱っこすることになり、泣いている母をビリーが抱きしめたときも真ん中にいた。母に身をもたせかけるとき、ビリーはわざと感覚を鈍くしようとした。あまりに重すぎたからだ——泣き声も、陰気さも、この悲劇的な雰囲気も。しかし、少なくともブライアンが衝撃を和らげてくれた。「じゃあね、母さん」とビリーは囁き、ブライアンを抱いたまま廊下を歩いていった。パティがすぐ後ろをついてきて、しょっちゅうビリーの踵を踏んでいた。車回しでは、キャスリンが運転手に手を貸して、ビリーの荷物をトランクに積んでいた。

「気をつけてね」とパティがポーチから声をかけた。しゃっくりとすすり泣きで痰がからみ、顔は涙でぐしゃぐしゃになっている。「馬鹿なことはしないでね。無事に帰るのよ」

甥をパティに返そうとしたとき、彼の頭の匂いが漂ってきた。春の草と温かい手作りのパンを連想させる香り。三人は不恰好な塊となって抱き合った。

「ブライアンに伝えて」とビリーは抱き合ったままパティに囁いた。「僕が帰って来なかったら、ブライアンに伝えて。軍には入るなって」

キャスリンは車のところで待っていた。泣いていると同時に、自分が泣いていることを笑っている。

すべてが紛れもなく不愉快で、どうしようもなくなっているのだ。あとになってビリーは、キャスリンの抱擁にもがくような動作があったことを思い出す。まるで崖を滑り落ちていて、何か摑むものを捜しているかのように。キャスリンはビリーが車に座ってからドアを閉めると、風車のように腕を大げさに回して敬礼した。フルマラソンを走ってもこんなに疲れないのではないかとビリーは思った。臓器不全が起き、自分の顔が溶けていくように感じられた。しかし、車が車寄せをバックし始めると、最悪の部分は終わった。リムジンが家から離れていくとき、キャスリンは庭から手を振っていた。パティはブライアンを腰に紐でくくりつけ、ポーチから手を振っている。そして彼女らの背後にレイがいた。防風ドアが光っているためにぼやけているが、車椅子からこちらを見ているのがわかる。ビリーは自分を罵り、シートに背中をもたせかけた。リムジンがスピードを上げていく。父は姿を見せたのだ。それについて自分は何をすべきだったのだろう?

「音楽をかけましょうか?」と運転手が訊いてきた。がっしりとした六十歳近い黒人である。背広の襟からは分厚い肉がはみ出している。

ビリーは大丈夫ですと答えた。数ブロック走ってから運転手がまた声をかけた。「家族にとっては辛いですよね」。説教師のような軽快な声だった。「でも、そうじゃなかったらどこかおかしいんでしょう」。彼はバックミラーでビリーをちらりと見た。「本当に音楽をかけなくていいですか?」

ビリーはいいと答えた。

ここにいるのはみなアメリカ人

ビリーはこんなことを考えている。自分がこれまでの人生で知った人の富をすべて足してみたとする。おそらく凄まじい金額になるだろうが、それでもノーマン・オグルズビーの途方もない純資産と比べたら影が薄いだろう。メディア、友人、同僚、大勢のカウボーイズ・ファン、それをさらに上回るアンチ・カウボーイズたちからは「ノーム」のあだ名で知られている男。どんな理由であれ——ふざけるなと言わんばかりに撥ねつける横暴さや自惚れ、決まって〝フットボール界の盟主〟といった台詞を振り回すところ、カウボーイズのブランドをトースターからチューリップの球根まで、どんなものにでも付けて売ってしまう商魂など——彼の本質的な部分を軽蔑している人たちでさえ、大量な儲けを生み出す彼の才能を認めないわけにはいかない。ノーム、ノームスター、〝ナーム〟。アメリカじゅうのファンの空想世界では大きな存在であり、頭のなかで際限なく繰り返される議論においては敵役であり、あらゆる密かな願望充足を仲介する者である。サイクスは数日前からノームをコケにするリハーサルをしていた。あんなことしやがって、こんなことしやがって、ノームにクソを食わせてやる。トレスブノスキーにあんなことをするなんてひどすぎる。ヘイ、クソ・ノーム！ 世界一のラインバッカーをステロイド漬けの男とトレードするってのか？ しかし、このカウボーイズのオーナーに紹介される順番が回って来たとき、サイクスは犬が仰向けになって腹を見せるように媚び始める。「お目にかかれて光栄です」とサイクスは抑えめの恭しい声で言う。「ぜひとも知っていただきたいかったのですが、私は生まれてこのかたカウボーイズの大ファンなんです」

「それはそれは、私こそお目にかかれて光栄だよ、サイクス特技兵」とノームは即答する。「私は合衆国陸軍の大ファンなんだ、生まれてこのかた！」

群衆は大きな拍手喝采を浴びせる。いいぞ、ノーム！　スタジアムの奥深くにある広い殺風景な部屋。コンクリートの壁と全天候型の安っぽいカーペットがある寒々とした空間だ。冷気が床からの隙間風という形でカーペットからのぼってくるのがはっきりとわかる。ブラボーはカウボーイズ関係のお偉方や選ばれたゲストたちと打ち解けた話ができるようにということで、ここに連れて来られたのだ。おそらく二百人は集まっていて、多くは家族も引き連れている。まさに感謝祭らしい光景。みな上流階級の人々で、男たちはジャケットにネクタイ、女たちはあつらえのスーツを身にまとい、それに合わせた靴とハンドバッグでめかし込んでいる。もっとも、最先端の流行を追っている者たちもいて、彼女らは体にぴったり密着した革のジャケットと長い毛皮のコートとで冬の最新ファッションを主張している。彼女らは町で最も裕福な教会の会衆であってもおかしくない。派手に着飾った拒食症気味の上流階級白人女性たち。ここで唯一の有色人種は接客係の人たちと、こういう集まりが好きなかつての選手たち。金を賢く投資し、警察の厄介になっていない往年のスターたちである。こういう上流階級とのイベントでは最大限お行儀よくしなければいけないとビリーもマンゴーもわかってはいたが、ヘクターがくれた最高のヤクのおかげで自制心をなくしそうだ。大笑いをこらえるのが大変で、一度笑い出したらいつ止まるかわからない。初老の牧師が舌足らずな発音でしゃべったときはほとんど吹き出しそうになったし、爆発したプードル犬のような髪型の女性を見たときもそうだった。麻薬でハイになり、そのため疑心暗鬼に陥るという危険な状態。自分たちがヤクをやっていることは誰にでも見て取れると思い込み、それは恐ろしいのではあるが、同時に可笑しくてたまらないのである。

「落ち着けよ」と二人は小声で言い合い、錯乱した喘息患者のように息を切らして笑う。何か恐ろしいことを考えろ。尻からの出血、開放性胸部創、鼻からぶら下がるサナダムシ。

「オーケー、俺の見た目どうだ?」

「いかれた兄ちゃんだな」

二人は口をほとんど開けずに声を出している。

「今度はどうだ?」

「まだいかれてるよ」

ビリーはマンゴーの尻に横から蹴りを入れ、マンゴーは素早くビリーの肋骨にジャブを放つ。二人はこっそりと叩き合うが、ダイムに睨まれてやめる。高速で回転しながら横滑りしていくような感覚がある。フイイイイー! という大きな慣性力。加えて、最後にはまずいことになるだろうという意識。しかし、ノームと仲間たちが自己紹介のために近づいてくると、ふざけてはいられない。背筋をしゃんと伸ばし、現実のことに対処すべき時間となる。

ノーム。生身の彼自身がいる。人生の大部分はぼんやりと流れるように過ぎていき、ある特別な日の一瞬の風味や酸味は次の日に吸収されてぼやけてしまいがちだ。こうして人生は味気のない塊となり、この日だけは違ったと言えるような日はほとんどなくなる。そうだ、これが歴史的な日だった、偉大なことがあの日に起きた、と言えるような日はめったにない。しかし、今日はまさにそういう日だ。カメラやビデオカメラがノームの一挙手一投足を追っている。彼は輝いている。ハンサムだというより、高ワット数の名声でちらちらと光っている。そして、そこに問題がある。脳味噌はメディアによって作られたバージョンを本物の人間に合わせようと格闘する。本物は頭のなかで出来上がったイメージよりかなり背が高く見える。あるいはもっとずんぐりしていたり、年を取っていたり、赤ら顔だったり、若かったりする。こうして二つのバージョンは重大な意味で一致せず、そのためすべてが少し非現実的に感じられるのだ。それに、とにかくビリーはひどく興奮している。大統領にも会ったことはあるが、緊張度で言えばこちらのほうが重大事だ。流動的な自己のアイデンティティに対する大きな試練である。有名人と会うときは余計な神経を使わなければならない。そういう対面によって自分が成長するだろうか？　自信が得られるだろうか？　萎縮するだろうか？　前日、彼はダイムに訊ねた。彼に何て言ったらいいのでしょう？　ダイムは鼻を鳴らした。何も言わなくていい、ビリー。ノームがすべて話すさ。ただイエッサー、ノーサーとだけ言って、彼が冗談を言ったら笑え。それだけでいい。

ノームは並んでいる出迎えの人々に一人ずつ挨拶していく。彼が自分のところにたどり着く頃には、ビリーは目眩で倒れそうな気分である。「リン特技兵」と彼は言って立ち止まり、称賛するように彼をじろじろと見る。「君に会うのを楽しみにしていたよ」。ビリーは自分が浮遊していくように感じる。白くて熱いビデオカメラのライトと刺すようなカメラのフラッシュが泡立ち、写真撮影時間特有の爆発性メレンゲとなって、彼を運んでいくかのようだ。しかもハイになっているため、すべてが急降下のスローモーションのように感じられる。ノームは彼の手を摑む。ボス犬のような強い力——だったら、脚を上げて部屋じゅうに小便をかけたらどうだ！　誇り、とノームは言う。しかし、極度にゆっくりと回転しているテープのように、ビリーに聞こえてくる言葉は歪み、太くなっている。〝ほこおおおりいい〟。それから勇気。〝ゆううううきいいい〟。奉仕。〝ほおおおうううしいい〟。〝ぎいいいせえええいい〟。〝めえええいいいよおお〟。〝けえええつうううい〟。

「君はテキサスっ子だね」とノームは言う。彼の言葉には嚙み切れないような粘り気が感じられる。歯の後ろに矯正具が入っていて口蓋が分厚くなったような感じだ。「ストーヴァル出身、だったかな？　油田地帯だね？」ノームはビリーの胸の勲章に気づき、ビリーのことを「同じテキサス人として」特に誇りに思うと言う。でも、これは意外なことじゃない、まったく意外なことじゃない。テキサス生まれの人間が軍務で目覚ましい活躍をするのは自然なことだ。

「テキサス人が最高の兵士だっていうのは、みんな知っていることだからね」とノームは続け、微笑む。これは正確に言えばジョークではなく、テキサスの宣伝文句を自分でパロディにしているような感じだ。「オーディ・マーフィ。アラモ砦のヒーローたち。君もそういう名高き人々の末裔なんだ。知ってたかな？」

「そういうふうに考えたことはありませんでした」。ビリーはどうやら適切なことを言ったらしい。というのも、群衆から温かい笑い声が湧き起こったからだ。そう、人々はこちらに注目している。泡のように沸き立つメディアのライトのまわりを人々の顔が取り囲んでいる。魚眼のようにアーチ型になり、卵のように膨らんでいる人の顔の列。アドレナリンが脳のなかで電動のこぎりのような音を立てている。ノームがしゃべっている。ノームがちょっとしたスピーチをしている。ビリーよりも二、三センチほど背が高く、体は引き締まり、首ががっしりした六十五歳くらいの男。髪はピンクがかり、頭は下が広がった台形である。こめかみから頭にかけて細くなり、髪のある頭のてっぺんは台地のように平らだ。目は冷えた核分裂のような青色だが、人々を魅惑し、畏怖の念を起こさせているのは数々の実験が行われてきた顔である。ここ数年にわたってその顔は一部が切り取られ、押し込まれ、引っ張られ、持ち上げられ、剝ぎ取られてきており、州や地方のニュースの話題にもなっているからだ。美容整形による自己改善という、ノームの広く知られた物語。その結果はこれまでのところ実にけばけばしく、人目を引かずにはいられない。修繕されたお祭りの乗り物を売っている会場といったところ。彼の口はねじを二、三回多く締めすぎたように見える。目の隅のどことなくアジア的な皺は相手を誘惑するような、女性的とさえ言える感性を暗示している。まるでポカホンタス神話のセクシーなイラストをモデルにしたかのようだ。顔色は赤みがかり、古いケチャップの染みをこすったようなピンク色である。これだけ手をかけながら、全体としての効果はよくも悪くもなく、ただ金がかかったというだけ。顔に千ドル札をぺたぺた貼っても、だいたい同じような結果が得られるのではないか。ビリーはあとになって、そんなことを考える。

「君はアメリカに誇りを取り戻してくれたんだ」とノームは言っている。この情報はビリーの頭のなかで小さな泡となり、ボコボコと沸き立つ。アメリカ？　本当に？　アメリカ全土なのか？　しかし人々は手を叩いており、それに反論する度胸はビリーにはない。それから彼はノーム夫人に紹介される。ある程度の年齢ながら、メンテナンスの行き届いた女性。黒髪は雲のようにもくもくと膨らんでいる。美しい女性だ。濃い青紫の目は焦点が合っていない。彼女は微笑むが、それは純粋に社交的なもので、感情を何も表わしていない。そこでビリーは彼女が薬を服用しているか、徹底的にエネルギーを節約しているかの、どちらかだと断定する。これが上流階級の驕りだとすれば、それでよい。気取った女たちの王国に君臨する者として、ダラス・カウボーイズのファースト・レディほど相応しい女はいないではないか？　実際、この彼女の気取った姿を目の当たりにして、彼の体の一部は少し硬くなる――おい、落ち着け、この人は母さんくらいの年齢だぞ、と彼は考える。そのときには一家のほかの者たちも集まってくる。ノームの子供たち、子供たちの夫や妻、それから騒々しい孫たちの一団。その誰もがオグルズビー家特有の四辺形の頭に恵まれている。彼らの挨拶が済むと、出迎えの行列は崩れて穏やかな混沌状態になる。人々は気負い立つ。ブラボーに近づいただけで彼らは興奮し、活気に溢れんばかりになる。裕福な人たちや著名人たちでさえ、ブラボーと並ぶと少し正気を失う。血の匂いがするからだろうか？　見知らぬ人たちがビリーの若い体を勝手に触る。彼の腕や肩を揉むようにし、手首を摑み、背中を平手で男らしくバンと叩く。彼らはしゃべり続ける。忠誠と永遠の感謝を誓う。立派な老女が彼に何歳かと訊ね、「あなたって、とても若く見えるわ！」と叫ぶ。彼の答えを聞くと、頭をのけぞらせて信じられないというふうに顔をそむける。上着とネクタイ姿の小さな子供たちが彼にサインをねだる。誰かがプラスチックのコップに入れたコーラを渡してくれる。〝勝利の凱旋〟以前、彼は大きなパーティが嫌いだった。気を遣っておしゃべりをしないといけないし、歩き回るのもストレスがたまるからだ。しかし、人々のほうが彼と実際に話したいと思っている場合は、それほど気が滅入るものでもない。

「ホワイトハウスに行ったんですね」と一人の男が訊ねる。

「そうです」

「じゃあ、ジョージとローラに会ったのね？」と男の妻が期待を込めて言う。

「いえ、大統領とチェイニーに会いました」

「それは素晴らしい体験でしたね！」

「そうでした」とビリーは愛想よく言う。

「どんな話をしたの？」

ビリーは笑う。「覚えてないんです！」これは本当だった。何も覚えていない。ホワイトハウスでは、いろいろなジョークが飛び交った。気さくな男同士の会話。たくさん笑い、言われたとおりに写真撮影のポーズを取った。ある時点でビリーはこんな期待を抱いている自分に気づいた。大統領が気まずそうな振る舞いをするのではないか？　恥じ入っているのではないか？　というのも、いまの状態は明らかにひどいものなのだから。しかし、最高司令官は現在の状況にとても満足している様子だった。

「実はね」と女は特別な情報を明かすかのように体を近づけてきて言う。「ジョージとローラは仲間だって私たちは考えているの。彼らはワシントンでの任期が終わったら、ダラスに戻ってくるのよ」

「はあ」

「我々もホワイトハウスに二週間ほど前に行ったんだよ」と男が言う。「チャールズ皇太子とカミラのための公式晩餐会があってね。いいかい、ああいう王室の人たちは最高に素晴らしい。もったいぶるところがまったくないんだ。チャールズ皇太子とはどんな話でもできるよ」

ビリーは頷く。会話が少し途切れるが、ハッと気づいてビリーは訊ねる。「どんな話をしたんですか？」

「猟の話だな」と男が答える。「彼は鳥の猟をするんだ、私と同じで。だいたいはライチョウかキジらしい」

何組かの日焼けした魅力的なカップルがマック少佐と熱心に会話している。少佐は頷き、顔をしかめ、唇をすぼめる——誰に対しても同等に注意を向けているということを見事に示している。ダイムとアルバートはノームの取り巻き連に完全に溶け込んでいる。これを見てビリーは力強く感じる。ダイムほど大きな器量の持ち主なら、上流階級相手でもうまくやっていけるという証明だ。〝アメリカ人〟と彼は部屋を見回してひとりごちる。〝ここにいるのはみなアメリカ人だ〟——これは口のなかの舌を突然意識するようなものだ。論点のまったくなかったところに論点を見つける。しかし、彼らは違う、ここにいるアメリカ人は。彼らは成功者だ。いい服を着ているし、最高に進歩した健康法を実践している。複雑な投資の世界に明るく、いい暮らしをする喜びに満ち溢れている——グルメ料理、高級ワイン、ゲームやスポーツの技術、ヨーロッパの主要都市に関する実用的な知識。モデルや映画スターたちほど完璧なハンサムではないにしても、ある種のバイタリティとスタイルがある。たとえば、バイアグラのコマーシャルに出てくる人のような雰囲気だ。ブラボーたちと特別に時間を過ごすというのは、彼らが楽しめる数々の娯楽の一つにすぎない。そう考えると、ビリーは苦々しい気持ちになる。嫉妬するというより、心底恐ろしい。イラクへの帰還に関する恐れは、最も悲惨な貧困と同じようなものだ。まさにそれをいま彼は感じている。貧困。哀れなホームレスの子供が百万長者のなかに突然投げ込まれたかのようだ。死の恐怖は人間の魂の最も陰惨な部分であり、それから解放されることは、精神的には一億ドルを相続するのに相当する。彼が本当にこうした人々を羨ましく思うのはこの点なのだ。テロを話のネタとして扱える贅沢。この瞬間、ビリーは自分が本当に可哀想だと思い、この場でくずおれて泣きたい気分になる。

僕はいい兵士だ、と彼は自分に言い聞かせる。僕はいい兵士じゃないか？　じゃあ、いい兵士がこういうふうに感じるのだとすれば、それは何を意味するのだろう？

怖がるな、とシュルームは言った。なぜなら、怖くなるからだ。だから怖くなり始めたら、怖がるな。ビリーはこのことをよく考えてきた。この禅問答のような論理のみならず、気がふれるほど怖くなるとは正確にどういうものかということを。これもシュルームの言葉――恐怖はあらゆる感情の母である。愛、憎しみ、恨み、悲しみ、怒り、その他あらゆる感情の前に恐怖があった。恐怖がほかのすべての感情を生んだのだ。そして戦場に出た兵士なら誰でも知っているように、恐怖にはたくさんの種類があり、その具現化したものがある。イヌイットの言語に雪を表わす単語がたくさんあるのと同じだ。耐え難いほど恐ろしい場で少しでも時間を過ごせば、恐怖をさまざまな形で目撃することになる。意味をふんだんに孕んだ、悲惨な恐怖。ビリーは男たちがその重荷に耐えかねて叫ぶのを見てきた。罵るのをやめられない者たちもいたし、言語能力を完全に失ってしまう者もいた。括約筋や膀胱が制御できなくなるのは典型的。笑ったり泣いたり、震えたり無感覚になったりするのも典型的。

ビリーはこんな将校を見たことがある。ある日、ロケット弾の攻撃を受けているとき、その将校は軍用ジープの下に逃げ込んだのだが、攻撃が終わったあともどうしても出てこなかったのである。あるいはトリップ大尉。難局で頼りになる男なのだが、本当に激しい攻撃を受けているとき、彼の眉毛は風にはためく防水シートのように上へ下へとせわしなく動いた。彼の部下たちはそれできまり悪く思ったかもしれないが、彼の評価を下げる者はいなかった。これは反射的な反応であり、肉体の反抗にすぎないからだ。戦闘のストレスに対するある種の反応は、逆毛や扁平足と同様、遺伝子に組み込まれている。そして選ばれた少数のエリートたちにとって、恐怖とは認識されない感情だ。たとえばダイム軍曹のこんな姿をビリーは見たことがある。迫撃砲が数メートル先で雨のように降り注いでいるとき、この強者《つわもの》はフルーツキャンディを食べながら悠然と歩いていた。一方で、恐れ知らずの男が次の日には怯えてしまうこともある。それほど気まぐれで気味が悪く、意味がなくて馬鹿げているのだ。こうしたことすべてが精神に作用する。その偶然性。ビリーはこうした日常の拷問を受けながら生きていくのに疲れた。動物として普通に苦痛と死を恐れるだけでなく、恐怖自体を恐れる人間独特の感情。CDの音が飛んで繰り返すのと同じように、自己言及の円環がどんどん狭まっていくような感覚。それは狂気に向かうものかもしれない。では、ほかのあらゆる感情は、対処のメカニズムとして進化したのか？　おそらくは我々の正気を保つという目的で？　そうなると、憎しみの感情にも人間性を感じるようになる。恐怖に疲れて肉体が死んだように感じるときもあれば、自分で折り合いをつけられる偏頭痛のように感じるときもある。自分の精神を苦痛に合わせて曲げ、それを分析し、イオンや原子にまで分解する。その理論の奥深くまで入り込み、論理の風に吹かれて苦痛が霧散するまで追究する。しかし、それでも頭はまだ痛むのだ。

ビリーが戦争についてちょっとした話をしているときに考えているのはこういうことだ。控え目な表現で語ろうとするのだが、人々は会話を劇的な展開や情熱といった方向に持っていこうとする。ブラボーの一員がここに来たのは、当然戦争の話をするためだと考えているのだ。だって、バリー・ボンズがここに来たなら、野球の話をするじゃないか？　こうは思わない？……同意しない？……認めないといけないでしょう？……アメリカ国内では、戦争は正しい思考と適切な資金の配分で解決すべき問題だ。一方、劇的な展開や情熱は、テロリストたちが世界の乗っ取りを目指していることから生じる。〝我らの生活様式。我らの価値観。我らのキリスト教的価値観〟。ビリーは頭が空っぽになっていくのを感じる。

「失礼」とカウボーイズの重役の一人が割って入る。「私たちの軍人さんは喉が渇いているようにお見受けします。お代わりはいかがですか？」

ビリーはカップの氷をカラカラと鳴らす。「ありがとうございます。コーラをもう一杯お願いします」

「では、こちらへ。失礼します」。重役はビリーの肘を摑んでバーのほうへ連れていく。管理能力のある男だ。重役がすべてフォード代理店の販売部長に似なければならないのは、明らかにカウボーイズの企業文化だろう。そしてこの男も――ビル・ジョーンズと自己紹介したが――その型にぴったりはまる。外見は目立たず、禿げかかり、顔はふっくらとして、腹には妊娠五、六カ月くらいの膨らみがある。しかし、ある雰囲気を発散しており、ビリーはそれにすぐに気づく。攻撃性を制御してうまく道具として使っているという雰囲気だ。粘り強いせっかちさが彼のあらゆる動きに流れているように思われる。

「楽しんでますか？」

「イエッサー」

ミスター・ジョーンズは笑う。「向こうで話をされていたとき、そろそろ相手を変えたいと思ってらっしゃるようだったので」

ビリーは微笑んで肩をすくめる。「いい方たちですよ」

ミスター・ジョーンズはまた笑う。今回はより刺々しい笑いだ。「そうですね、みなさんいい方たちです。そして、あなた方に会えるのを心待ちにしていました。あなた方くらい強い感銘を与える人たちはいませんから」

「ありがとうございます」。ビリーはミスター・ジョーンズの腋の下のあたりが膨らんでいることに気づく。ピストルを持っているのだ。ビリーはミスター・ジョーンズの喉仏を叩きつぶしたいという強い衝動を一瞬だけ抱く。食道が首の裏側に移動するくらい強く叩き、彼のピストルを取り上げたい。安全のためだけでも。

「この集団には、反戦論者はあまり見つからないでしょう。彼らは戦争を強く支持し、アメリカを強く支持している。そして、まったく気後れせずに自分の考えを話します」

「イエッサー」

「いいですか、私は人並みに政治には関心がありますが、いつでも政治よりはフットボールの話がしたいと思います。あなたはいかがですか?」

「自分は政治以外の話であれば何でもいいです」

ミスター・ジョーンズはひと声だけ鋭い笑い声を出す。ビリーはいつでも適切なことを言っているようだが、どうしてもリラックスできない。

「あなたがテキサス出身の軍人さんですか?」

「イエッサー」

「カウボーイズのファン？」

「生まれてこのかたずっとです」。ビリーは相手を喜ばせようとして熱意を込める。

「この言葉を待ってたんですよ。私たちはあなたに勝利をプレゼントできるよう頑張ります。ハロルド」と彼は黒人のバーテンダーに声をかける。「この若い友人に氷入りの冷たいコーラを頼む。何か入れますか？」と彼はビリーに意味ありげな目を向ける。

「少しだけジャックダニエルを垂らしていただけるとありがたいです。厳密に言えば、飲んではいけないのですけど」

「ご心配なく。この話は伏せておきますよ。ほかに私にできることはありますか？」

ビリーは、ミスター・ジョーンズがどうしてこんなに面倒を見てくれるのだろうと不思議になる。

「そうですね、正直に言いますと、ちょっと頭が痛いんです。アドヴィルか何かがあるといいのですが」

「ちょっとお待ちを」。ミスター・ジョーンズは携帯電話を取り出し、ボタンを素早く押していく。こんなに太い指でこんなに素早く打てるとは信じられないくらいだ。その指には、スーパーボウルの指輪が一つならず二つはまっていて、それに見とれてしまわないようにするには努力を要する。宝石職人の技が作り出した、丸っこい甲殻類のような指輪。彼は飲み物を受け取り、振り返って部屋を見回す。群衆の奥からマンゴーが〝びっくりして上機嫌〟という視線を送ってくるが、その視線はすぐに遮られ、それがギャグの一部のように思える。群衆はノームのまわりに最も集まっている。ブンブン飛んでいる蜂の群れのようだ。ビリーはこれが学習の機会であると決めつける。おしゃべりの達人を間近に見る絶好の機会。パーティを盛り上げるノームの技術は伝説的だ。カリスマ、魅力、堂々とした風采。彼はこうしたものを微笑みと言葉に注ぎ込み、客の一人ひとりについて個人的な言葉を用意している。文句なく部屋の軸であり中心なのだ。彼が物事を進めていく技術をビリーは見て取ることができるが、それでも、それでも……ノームは頑張りすぎだ。あまりに一生懸命やっている。あらゆる場面で適切な動きをするが、そこにセールスマンのストレスを滲ませてしまう。あるいは、平凡な俳優のようだ。適切な演技をしたものの、襟がきつすぎるとか、下着がよじれているとかで、苦しそうに見える俳優。ノームには自信がある、絶対的な自信だ。自負心の王様である。しかし、それは自己啓発のテープ、意欲を高めるための呪文などで表現される自信なのだ。外国語を学ぶように学んだ自信。だから彼のボディ・ランゲージには訛りが残っている。すべての微笑みと身振りには関節のかすかな軋みがある。

見ていて痛々しく、本質的な威厳に欠けている——彼がいつもけなされるのはそのためなのか？ノームがいろいろな人たちと揉めたエピソードはたくさんある——マイアミのサウスビーチで群衆から愚弄された、ケンタッキーダービーの競馬場でもトラック内から愚弄された、ニューヨーク市の〝21〟クラブのトイレでも陽気な若いヘッジファンド・マネージャーたちの集団に小突かれた。しかし、それでも彼はオーナーであるし、あるレベルですべてがうまく機能しているに違いない。ビリーはオグルズビー家のほかの人々に目を走らせる。彼らもノームと同様に頑張っている。みなが電流の通った一本のワイヤにつながれている鍵なのだ——閃光と火花、そして騒々しい売り込み口上を発している。ビリーはこのテンションで生きていくことを想像してみようとする。いつでもスイッチが入っていて、いつでも観客相手に演じている。最高のエネルギーを公共の領域に注ぎ込んでいる。

まったく、こいつはクソみたいな仕事量じゃないか。ビリーは同情以上に尊敬を感じる。毎朝目覚めて、カウボーイズ王国全体を背負っていくには、かなりの鍛錬を要したはずだ。その鍛錬に対する尊敬である。

ミスター・ジョーンズは携帯を切り、ビリーのほうを向く。「アリーヴ（頭痛薬）を持ってきてくれるそうです」

「ありがとうございます」。ビリーはホルスターの膨らみを見ないように努める。「それから、このことすべてにも感謝します」。彼はカップを群衆に向かって振る。「これは本当に素晴らしい」

「いえ、我々こそ感謝しております。あなた方のような素晴らしい若者が来てくださって。あなた方をお迎えできて実に光栄です」

「僕が知りたいと思ってること、わかりますか」とビリーは衝動的に口に出す。バーボンが新たに注入されたことで、大胆に、あるいは不注意になったようだ。「それはあなた方がどうやってこれをやるのかってことです。ビジネスのこと。このすべて。どうやってこういうことを実現させるんですか？」彼は口ごもり、必死に頭を働かせて知的に響くビジネス用語をひねり出そうとする。「つまりですね、たとえばどうやって始めるかなんです。そのためのお金はどこから来るのか。スタジアムを建てるお金とか。土地とか建設費とか、すべて。それから選手やコーチたちの給料。だって、かなりの経費がかかるわけでしょう？」

ミスター・ジョーンズは笑うが、馬鹿にしたような笑い方ではない。「プロ・フットボールは、確かに資本集約型のビジネスですね」と彼は言う。知恵の足りない人に語りかけるような、辛抱強いしゃべり方である。「鍵になるのはキャッシュフローに対するレバレッジなんです。つまり債務の利息を払い、さらに現在の債務を履行するだけの収益の流れを生み出せるかどうか。これが適切な問いですね。ある意味で、これしか問いはないと言ってもいい。あなたはまさにそこを指摘したわけです」

ビリーはずっと前からわかっていたかのように頷く。「あ、はい。でも、戦略的な見地からすると」――おっ、いいぞ――「たとえばミスター・オグルズビーはカウボーイズを買おうと決心したとき、何をしたのですか？　つまり、おもむろにクレジットカードを取り出して〝今日、カウボーイズを買おうと思う〟って言ったわけじゃないですよね？」

「そうですね」――ミスター・ジョーンズは微笑む――「そういう感じではありませんでした。ただ、これは言わせてください。レバレッジは美しいものです。正しい人の手に渡れば、それは文字通り山を動かすこともできる。そしてノーマン・オグルズビーは――まあ、こうとだけ言っておきましょう。取り引きをまとめることに関しては、私のボスは天才なんです。彼ほど数字の感覚が鋭い人はほかに知りません。そして、私が見てきたなかで最高の交渉人です。部屋を埋め尽くしたニューヨークの投資銀行家たちを相手に、彼が望み通りの取り引きをまとめたのを見たことがありますよ。言わしていただければ、相手は大物ばかりでした。いつも自分たちの望み通りにしてきた人たちですが、その日は違ったんです」

　なんてこった、とビリーは思う。僕たちはビジネスの話をしている。カウボーイズの重役相手に大人のビジネストークをしているのだ。自分の人生でも特別な瞬間と言える。もちろん、話にちゃんとついていけているとは言えないし、ミスター・ジョーンズがこちらに調子を合わせているだけだというのもわかっている。それでもすごい。自分はここにいる。重役と話している。「負債比率は」とミスター・ジョーンズは話し続けている。

自己資本／自己資本利益率
収入の流れ〃リボルビングクレジット
固定資産＞抵当にして金を借りる

マーケティング

ブランディング
のれん代
バランスシート
減価償却
超過勤務率
貸主のグループ
あるいは
株で給料を払う
それについて
選手組合!!!
年俸の上限
下降気味
ファンド
社債

ミスター・ジョーンズの携帯電話がリンリンと鳴る。彼は画面を見て、ビリーに微笑んでから立ち去る。ビリーはコーラに酒を注ぎ足してもらい、バーの脇に立って考える。軍隊生活は世界規模の特訓コースだった。そのため彼はいつでも物事がいかに成り立っているのかと不思議に思ってばかりだ。たとえば、スタジアム。空港。州連絡高速道路システム。戦争。こういうものがどうやって支払われているのか知りたい。何十億ドルものお金はどこから来るのだろう？　彼は数学に基づいたパラレルワールドを想像してみる。我々の物質的世界に並存するだけでなく、我々の世界のなかにもある影のような世界。いわば映画『マトリックス』のような世界が何階層にもなっていて、生身の人間たちはそのなかを動き回っている——海藻のなかを泳ぐ魚たちのように。金が生きているのはそこだ。整数を基本とするコードとロジック、原因と結果の幾何学的モジュールの領域。市場と契約、取り引きなどの領域。優雅なベクトルを描く光ファイバーによる仲介。その光線に乗って、度肝を抜くような額の神秘的な富が世界を駆けめぐる。最も非現実的に見えるが、実は最もリアルだ。しかし、その世界にどう入ったらいいのか彼にはわからない。考えられるのは、大学というまた別の外国を経由する行き方だが、それはあり得ない。教室に戻るなんてまっぴらだ。それをちょっと考えただけで頭にカッカと血がのぼり、幼稚園時代にまでさかのぼる恨みつらみが掻き立てられる。しかも学校の勉強の退屈さときたら、魂が吸い取られるような気がしたくらいだ。テキサスの公立学校で学べる本物の知識があるのだとしても、彼にはそれが見出せなかったし、その損失を感じ始めたのはごく最近だった。より広い世界を理解しようと格闘するなかで、州公認の無知を犯罪的な行為だと感じるようになったのだ。世界がどのように動き、誰が得をして誰が損をし、誰が決断しているか。この知識は取るに足らないものではない。ある意味でこれこそがすべてかもしれない。若者は世界での自分の立ち位置を知らなければならないし、それは基本的な人間の尊厳の問題としてだけでなく、生き延びる方法と手段の決定要因として重要なのだ。そして、誠実な努力によって何を得ようと望むか——。

オウウウウウウ!!

「捕まえたぞ。また俺のことを無視してるな」

「ウワッ、軍曹!」

「ここがイラクだったらおまえは死んでる」

「ここがイラクだったらレザーパンツの女はいません。参ったな」。ビリーはシャツの皺を伸ばし、そっと自分の胸に触る。彼が物思いに耽っているとき、ダイム軍曹が後ろから忍び寄り、彼の喉を締め上げながら乳首を派手にひねったのだ。

「軍曹は私のおっぱいを引きちぎったようです」

ダイムは笑い、バーでスプライトを所望する。彼はスプライト人間なのだ。いつでもスプライトを選び、ダイエット・スプライトがあればそちらにする。

「ダイム軍曹、レバレッジとは何ですか？」

ダイムはスプライトを少し吹き出す。「なんだ、リン。俺に隠れて『フォーブズ』でも読んでるのか？　どこでレバレッジなんて聞いたんだ？」

「あそこの人が言ってました」――ビリーは顎をミスター・ジョーンズのほうに向ける――「レバレッジがノームの成功の鍵だそうです」

「あいつがそう言ったのか、ふむ」。ダイムはミスター・ジョーンズをじっと見つめる。「レバレッジってのは、ビリー、他人の金のことを気取って言ってるだけさ。ようするに金を借りることだよ。借金、負債、質入れ。他人の金を使って自分の金を儲けることだ」

「借金は好きではありません」とビリーは言う。「借金があると心配になってしまいます」

「歴史的には、それがまともな考え方だよ」。ダイムは氷の塊をバリバリ嚙む。「だが、まともかどうかはあまり大事ではなくなっているようだ」

「ノームはどうですか？」

「彼がどうかって？」

「彼はまともではないということですか？」

「俺はやつが存在しているのかどうかさえわからないよ」

ビリーは笑うが、ダイムは微笑もうともしない。

「ただ、ひとつわかっていることがある」

「何ですか、軍曹？」

「やつはアルバートに発情してるな」

ビリーは何も言わないことにする。

「NFLを征服したら、あとはハリウッドくらいしか進出するところはないんだろう。やつは映画業界のことを聞こうとアルバートをつけまわしているよ」

「アルバートは何をしてるんです？」

「あいつはクールだ。頑張ってるよ」

「我々の映画のためにですか？」

「そうじゃないとな。俺たちのせいでやつはここにいるんだから」

会話が途切れる。ミスター・ジョーンズは身なりのいい客たちの集団と一緒にいる。笑っているときでも彼の目は鋭く、体からは警戒心が感じ取れる。若くて強靭な肉体を持ち、軍の訓練を受けてきたビリーだが、ミスター・ジョーンズと戦うのは大変だろうと考える。

「あそこの男、見えますか？　私が話していた男です。あいつは銃を持ってますよ」

ダイムはまったく関心を示さない。「テキサスではみんなが武装してると思ってたよ」

「ええ、でも、ここでですか？　それは変ですよ」。ビリーは自分が激しい嫌悪感を抱いていることに驚いている。「試合中に武装するのは警官だけです。だって、ここにはやたらたくさんの警官がいるんですから。なのに彼は一人でテロリストをやっつけるつもりなんですよ」

ダイムはビリーのほうを向いて笑う。それから体を強張らせ、くるりとビリーの正面に回り、鼻と鼻が触れるほどに顔を近づける。ビリーは息を止めるが、もう遅い。

「馬鹿野郎、まだ飲んでるな」

「少しだけです、軍曹」

「さらにアルコールを摂取してよいという許可を俺は与えたか？」

「いいえ、軍曹」

ダイムはビリーが握っているカップをちらりと見る。「おまえは何か問題を抱えているのか？」

「いいえ、軍曹」

「俺たちは二日後にクソなところに戻るんだ。それを忘れたのか？」

「いいえ、軍曹」

「ならばおまえのクソ魂を引き締めておいたほうがいい。それもすぐに、だ」

「引き締めてます、ダイム軍曹。すぐに引き締めます」

「俺たちがここでくだ巻いてるからって、敵が俺たちを見逃してくれると思ってるのか？」

「思っていません、ダイム軍曹」

「そんなことはあり得ん。やつらは俺たちを狙ってくる。そしておまえを頼りにできなかったら……」。ダイムは一歩下がる。そして突如として悲しそうな表情になって言う。「ビリー、おまえが必要なんだ。おまえが俺を助けて、ほかの道化どもを生きて返すようにしないと。だから俺の言うことはしっかり聞け」

こんなに素早くダイムはビリーの心を摑むのだ。彼を失望させるくらいなら死にたい――そう思わせるタイプの男なのである。

「私は大丈夫です、軍曹。頑張ります。本当です」

「本当か？」

「本当です、軍曹。私の心配はしないでください」

「よし。水を少し飲め。酔っ払って俺を困らせるな」

そこでビリーが水を飲んでいると、エイボートとクラックが近づいてくる。チーターのように歯を見せて笑っているが、その歯には肉や骨がはさまっている。

「どうした？」

「ノームの母ちゃんだ」

「それが？」

「あの女とやりたいんだ。二人がかりで」

「やめろって。彼女はいくつだ。五十五くらいか」

「何歳だって気にしねえよ」とエイボートは言う。「よく見てみろ。締まった体してるぜ」

「ずっと前から金持ちの女をムチャクチャ犯したかったんだ」とクラックが言う。

「それは失礼だよ」とビリーは感情を込めて言う。ピューリタン的な嫌悪を感じていることに自分でも戸惑う。「おまえらにはうんざりだ。俺たちは彼女のゲストだぞ。なのにこんな無礼なことを言うなんて」

マンゴーも会話に加わる。「やらなきゃ無礼じゃないよ。ただの言葉だ。こいつら、あの女を襲ったりしないさ」

「見てろよ」とクラックは言う。「五対一で俺がやるほうに百ドル」

「くだらない」とビリーは言う。まだ少年聖歌隊のような気分である。

「賭けに乗るぜ」とマンゴーが言う。

「俺もだ」とエイボート。

「何だと」とクラックが言う。「それって、俺が彼女とやることにか？　それともおまえと二人でやることにか？」

この件が片づく前にカウボーイズの重役が近づいてくる。それはまるでつぎはぎのビデオのようだ。ある瞬間ブラボーたちは街角の変質者のなかでも最も不潔な存在となり、次の瞬間には国を支える根幹となる。そう、世界の十字軍たろうとするアメリカの夢の高潔な戦士であり、神聖に近い存在となるのだ。重役は『タイム』誌の山をカウンターのうえに置き、これにサインしてくださいと言う。表紙と、それから30ページめ。そこから「アル・アンサカール運河の決戦」という記事が始まる。「アル・アンサカール運河のほとりにあるアドワリズは、イラク人の基準から見ても遅れた村だ。泥壁の小屋と貧しい農地が散在するだけの土地。しかし、この辺鄙な小さな村が十月二十三日の朝、アメリカの対テロ戦の中心地となり、二時間の激しい戦闘が行われた」

それに続いて六ページの記事と写真がある。さらに矢印とラベルのついた3Dの図表があるが、それはビリーが思い出せるどの戦闘ともまったく関係がない。表紙に写っているのはブラボーでさえなく、第三小隊のダイカー軍曹である。歯を食いしばる彼の恐ろし気な顔のクローズアップはかっこよくぼかされている。「この一団の反乱兵たちは死にたがっているようでしたね」とトラヴァーズ大佐は『タイム』に語っている。「我々の兵士たちは、ならば望みどおりにしてやろうって感じでした」。どちらについてもそのとおりだが、反乱兵たちが姿を現わすのは最後の最後だ。八人から十人の神風特攻隊のような一団が、葦の茂みから猛スピードで飛び出す。叫び、自動小銃を撃ちながら、殉教者が全力で目指す楽園の門へとまっしぐら。兵士になってからずっとこういう瞬間を夢見ていたし、武器を持つ兵士なら待ってましたとばかりに撃つだろう。一斉射撃の完璧な嵐、そして敵たちが吹っ飛ぶ。髪も歯も目も手も。頭は柔らかいメロンのようにつぶれ、胸はズタズタにされてシチューのようになる。信じられないが忘れられない光景。心はそれを再現せずにいられない。おお、同胞よ。慈悲という選択はあり得ない。それだけ。慈悲という概念がビリーの心に浮かんだのはずっとあとだった。それは、あの場での慈悲のなさ——その選択肢の除外——という文脈においてのみ、思いついたことだった。この選択肢の除外は歴史をずっとさかのぼる。これまで戦場に出たすべての人々が生まれる以前から、おそらく慈悲は選択肢ではなかったのだ。

ブラボーたちはサインする。この二週間、何十冊もの『タイム』にサインしてきて、その何冊かはネットオークションに出ている。でも、どうでもいい。重役たちは雑誌を慎重な手つきで集めていく。簡単な訴訟を手っ取り早く片づけた弁護士のようだ。

「デスティニーズ・チャイルドはまだ来てないの？」とクラックが彼に訊ねる。

「それについての情報はまだ届いてません」

「話ができるんじゃないかと期待してたんだ」

重役は笑う。「彼女たちの友達ですか？」

これは少し馬鹿にしたような調子だ。彼はブラボーたちのことを笑っているのかもしれない。

「俺らはファンだよ」とマンゴーは落ち着いて返事をする。

「ええ、そうでなかったら逆に心配になりますよ。では、どういうことになっているのか聞いてきましょう」

よろしく。ブラボーたちはジャックダニエル入りのコーラを急いで飲もうとバーに並び、ハロルドは気前のいいやつなので、ボトルを隠して注いでくれる。彼らが飲み物をぐいと飲み干したときにちょうど集合となり、寒い廊下へと案内される。そこでジョシュから記者会見についての指導を受ける。ジョシュはクリップボードを持ち、首の後ろの髪を完璧な三角形に整えている。全身がドライクリーニングされたばかりのようだ。

チアリーダーたちは来るのか？

「うん、チアリーダーたちは来るよ」

ヤアアアアフウウウウーフ！　ラップダンスはどうだ？

「ラップダンスはなし。新聞記者たちの前ではね」

俺らはハーフタイムに何をすることになってるんだ？

「まだ細かいところはわからない。わかっているのは、トリーシャがあなた方にある役を割り当てたということだね」

トリーシャって誰だ？

「おいおい、みなさん。ミスター・オグルズビーのお嬢さんだよ。さっき会ったじゃないか。彼女がここ六カ月、ハーフタイムショーを計画してたんだ」

俺らは歌もうまいって伝えてくれ！

「あなた方が素晴らしい歌手だってことは僕もわかってるけど、歌のためにデスティニーズ・チャイルドを呼んだんだから」

ああ、俺らは会いたいんだよ——。

「わかってる、わかってる。でも、みんな。相手はデスティニーズ・チャイルドだよ。あなた方を彼女らに引き合わせるのは、ちょっと僕の給与等級を超えてるんでね」

おめえしかいねえよ、ジャシュ。

「訊いてみるよ。でも、何も約束はできない」

さらに笑い声。狼の遠吠えのような声が少し。ブラボーたちは奮い立っている。ふと自分たちが長いこと待たされていることに気づき、自分たちはノームを待っていたのだとわかる。ついに彼が到着。カメラマン、ビデオの撮影者、家族の人々、そしてカウボーイズの重役たちといった、影のような取り巻きに囲まれている。

「準備はいいかな？」とノームは輝くような笑顔をブラボーたちに向けて訊ねる。「これに関しても、君たちはもうプロだと期待しているよ」。彼は孫の男の子の一人を腕に抱き上げ、そのままスタジアムの迷路を歩いていく。この迷路は軍艦の内部のように複雑だ。ビリーの頭はズキズキ痛んでいるが、ほかのことにはあんなに抜け目なく忠実なジョシュがアドヴィルのことはまた忘れている。痛みは香気か封筒のようにビリーの頭を包み、さらに穴を穿つような局所的な痛みがある。まるで釘打ちガンで釘を頭に打ち込まれているかのようだ。

メディア室の外でノームは孫をほかの者に手渡し、ブラボーたちが並ぶのをドアのところで待つ。「素晴らしい」と彼は呟いている。「最高だ」、「夢のようだ」、「抜群だ」——こうした誇張した空虚な賛辞が、特に誰に対してということなく発せられる。こういう状態の彼を見るのは少し居心地が悪い。誕生日のパーティでケーキのそばにいる超肥満児といったところ。明らかにケーキを独占しようとして、そのまわりをぐるぐる回っている子供を見ているような感じなのだ。いずれにせよ、ノームが先頭を切ってドアから入り、彼の入場は凄まじい叫び声の引き金となる。ビリーも敷居をまたぎ、その叫び声がチアリーダーたちのものだとわかる。ポンポンを振り、ブーツを踏み鳴らし、雷鳴のような叫び声を上げている。声は唐突に四分の四拍子のアップテンポのコールとなり、応援の文句となる。うん、いいじゃないか。これが彼女らの仕事なのだから。

アメリカ兵は強くて忠実、
何をやっても世界で一番、
悪いやつから守ってくれる、
我らの兵士よ、ありがとう！

ビリーは戦争が馬鹿騒ぎを新たなレベルに引き上げたと感じつつ、ステージ上の席に座る。ノームはメディアの人々に立ち上がるように言う。立って！　記者たちはほとんどが男で、四十人から五十人いる。このように仕切られることに嬉しくなさそうな表情だが、ともかく立ち上がり、手を叩く。仕方なさそうに微笑んでいるうち、心ならずも高揚してきた様子。ノームはブラボーたちのほうを向いて手を上げる。まるで、〝私から君たちへのプレゼントだ！〟と言っているかのようだ。

ノームはマーケティングの天才だと言われる。そしてメディアのライトが火の玉のように燃えているなかに座っていると、ビリーは何とも奇妙な感覚に囚われていく。このすべてがノーマン・オグルズビーの頭のなか以外では存在していないように思えるのだ。ノームは満面の笑みをたたえ、拍手をし、手振りでブラボーたちを指し示している。彼の青い目が宿しているのは特別な——いや、神聖な——光だ。カウボーイズのブランドに対して完璧な信念を抱いているので、神をも味方につけてしまう。これ以上に高貴な職業があるだろうか？　人生でこれ以上の善があるか？　チームの利益はすべて神の御業である。そして生き物はすべて神の意志に従わなければならない。

部屋は合成樹脂とエポキシの匂いが充満する温室で、大型電子機器の焼けた埃のような匂いも漂っている。「ユー・エス・エー！」と一人のチアリーダーが叫び、残りの者たちがコールに応える。「ユー・エス・エー！　ユー・エス・エー！　ユー・エス・エー！」ノームも拍手しながらコールし、ビートに合わせて体を揺らす。部屋の三つの壁を埋め尽くすほどたくさんのチアリーダーたち――剝き出しになった女体の量の多さにブラボーたちは圧倒され、穏やかなショック状態に陥る。カメラマンたちは蟹歩きをして彼らに接近し、ブラボーたちの顔の目の前でフラッシュを焚く。この閃光にブラボーたちの目は焼かれ、おそらく脳味噌の一部も麻痺しているのだろう。撮影班はステージの両側に陣取っている。ステージとは六十センチほどの高さの台で、そのベニヤ板の床は緩やかにたわんでいる。ステージの背景はある種の湾曲した隔壁で、布製の幕にはカウボーイズの星とナイキのスウッシュ形のロゴが押してある。実のところは安っぽい部屋だ。組合の集会所か予算不足の娯楽施設を思わせる。電灯は蛍光灯で、趣味の悪い全天候型のカーペットが敷き詰められ、骨組みがスチール管で座部と背もたれがプラスチック製の椅子が置かれている。ノームはテーブルの端の座席に座り、マイクににじり寄る。

「私は」と彼は始めるが、チアリーダーたちの数人がまだコールをやめないので、続けられない。彼は微笑み、視線を下げて手を見つめ、チアリーダーたちの熱心さに感心するかのようにクスクスと笑う。メディア関係者のなかにもこれに応えて笑う人たちがいる。

「私は」と彼はまた始めるが、まだチアリーダーの数人は叫んでいる。彼女らが自制し、最後の叫び声が静まるのを彼は待つ。「私は」――もう一度間《ま》を空けるが、今度は効果を狙ってだ――「そしてカウボーイズの組織全体は」――〝カイボイズって聞こえるな〟とビリーは呟き、耳のなかの痒いところを掻く――「とても喜び、感謝し、そして大変名誉に思っております。今日、このブラボー分隊の素晴らしい若者たちをゲストとして迎えることができたのですから。私の左に並んでいる彼らは真のアメリカのヒーローです。いかに困難に備えて立ち向かうかを知っている集団と言えば、それは彼らです。彼らはアメリカが持つ最高の兵士たちであり、アメリカの最高は世界最高です。そのことは、彼らがイラクの戦場で証明しました」

チアリーダーたちがキャーッという声を上げる。このオルガスムを思わせる叫び声が堅苦しい「ユー・エス・エー！」のコールへと変化する。彼女らは人の話を遮るように指示されているのか？　ビリーはそんなことを考える。それとも、彼女らは自分のやりたいように振る舞っていいと思っているのか？チアリーダーとは、定義から言えば補助的な役割を担うが、性格的には自己顕示欲の強い者たちの集まりだ。ビリーはこの手の少年少女たちの核心にある葛藤について考え始める。チームスピリットを煽る連中だが、全身全霊頑張っているのは自分なのに、いつでも他人を応援しているという内面の苦悩があるはずだ。誰もチアリーダーたちの応援はしない！　それにどれだけ傷つくことだろう。それが、我を忘れた熱狂的な叫びへと彼女らを駆り立てているのではないか。ノームはクスクス笑い、〝この娘たちときたら〟とでも言いたげに首を振っている。その脇ではカウボーイズの重役たちも笑っている。

「ブラボーたちの偉業については」とノームが話を再開する。「すでにみなさん、よくご存知かと思います。物資の護衛隊が襲撃され、彼らは真っ先にその救助に向かいました。そして後方の支援もなく、空からの援護もなく、すぐに戦闘状態に入りました。敵は何日も前からこの攻撃を計画し、数でも勝っていました。しかしブラボーたちは自分たちの勝算の低さなどをぐずぐず考えたりはせず、これが罠ではないかと疑うこともせず、ためらわずに戦ったのです――」

数人のチアリーダーが叫んだが、ノームは手を上げて彼女らを黙らせる。今回は邪魔されたくないのだ。

「私たちにとって幸運だったのは、フォックスニュースの取材班が分隊に帯同し、すぐあとに現場に到着したことです。そのおかげで私たちはこの素晴らしい若者たちがあの日に何をしたかを見ることができます。そしてその映像を見たとき、私は」——声が掠れ、ノームは背中を丸めてマイクに顔を近づける——「私はアメリカ人であることをこんなに誇りに思ったことはありませんでした。もしまだご覧になっていなかったら、ぜひすぐにでもご覧になることをお勧めします……」

ビリーの心はさまよい出す。ようやく落ち着いてきて、初めてチアリーダーたちに冷静な視線を向けることができるのだ。こんなにたくさんいるとは思ってもみなかった。あらゆる肌の色の女たち、熱狂する肉体の実物大のサンプル。引き締まった腹、しなやかな腿、くびれた腰、輝くような尻の丸い曲線、そしてあの胸。おお、神よ、あの有名なシャツから気前よくこぼれ落ちそうな乳房のボリュームときたら。胸のところに結び目があり、臍を丸出しにしたカウボーイズのチアリーダーのハーフシャツ。いまにもその結び目がほどけ、みんなを呑み込んでしまいそうだ。乳房で張り裂けそうになっているほんの数インチの布だけがブラボーたちを破滅から救っているのである。

「これは私が個人的に感じていることですが」とノームは話している。「対テロ戦とは、私たちが人生で遭遇する善と悪との闘いと同じくらい純粋なものではないでしょうか。これは神から与えられた試練であると言う人もいます。国としての気概を試されているのだ、と。我々はこの自由に値する国民なのか？　我々の価値観を、我々の生活様式を守る覚悟はあるのか？」

ビリーは数人のチアリーダーをストリッパーに見立ててみる——プロのような陶酔した表情の女たちもいる。しかし、ほとんどは大学生のように初々しい美しさをもった女たちだ。小生意気そうな鼻と滑らかな首。磨かれた清潔な雰囲気を持つ、健全ななまめかしさ。見つめちゃいけない、とビリーは自分に言い聞かせる。変態みたいなことをするな。アルバートとマック少佐が後ろの列に並んで座っているので、ビリーは二人がしゃべっていることを想像しようとする。これは面白そうだ。ときどきアルバートはブラックベリーから顔を上げ、ブラボーたちの様子を見る。目は鋭いが、愛情がないわけではない。自分の獲得賞品を愛でる金持ちといったところ。競馬場をゆっくりと走るサラブレッドをオーナーが見つめているかのようだ。

「この戦争が間違いだと言う人に、私はこの点を指摘したい。私たちは史上最も冷酷で好戦的な独裁者の一人を権力から引きずり下ろしました。何千人もの自国民を残虐に殺害した男です。自国の教育が衰退し、医療のシステムが崩壊したのに、この男は自分の快楽のために豪華な宮殿を建てました。世界で最も費用のかかる軍隊の一つを維持しながら、自国のインフラは崩れていくに任せました。資源を自分の取り巻きや政治的同盟者たちに流し、こうした人々が国の富の大部分を利用して個人的な利益を得ていました。ですから私は戦争に反対する人々にこう訊ねたいのです。サダム・フセインが今日まだ権力の座についていたら、世界はもっとましな場所だったでしょうか？　こうした独裁制と戦うのでなかったら、アメリカは何のために存在しているのですか？　自由と民主主義を世界に広め、世界じゅうの人々に自分の運命を自分で決するチャンスを与えるのでなかったら、何のために？　これがずっとアメリカのミッションだったのです。そして、世界で最も偉大な国になったのはこのためなのです」

ビリーはノームがいつか選挙に出るのだろうかと考える。ブラボーたちがこの二週間で会ってきたどの政治家と比べても、ノームは演説者として負けないくらい洗練されている。存在感があり、独特の言葉をもち、しかも傷ついたような、少しすねたような口調を身につけている。これが昨今の政治家たちのしゃべり方なのだ。癇にさわるようなわざとらしさが彼の振る舞いにあるとしても——自分を演技者であると意識し、心のなかの鏡でときどき自分をちらっと見るようなところがあるにしても——それは公の場で幅を利かせている人々と変わらない。ビリーは聴衆が気にしていない様子なのにも気づいていた。こうした偽物っぽさはすべて受け流されるのだ。おそらくアメリカの生活とはノンストップの販売業であり、そのため人々が偽物を察知する感覚は特別に鈍くなっているのだろう。ごまかし、誇大広告、情報操作、でたらめ、見え透いた嘘——言い換えれば、あらゆる形の宣伝を察知する感覚である。ビリー自身、戦場での任務に就くまでは、こうしたことすべてが偽物だと気づいていなかった。

「私は最近、大統領を訪問するという光栄な機会をいただきました。そのとき大統領は、私たちがもうすぐ戦争に勝つと確約してくれました。間違えないでください、私たちはもうすぐ勝ちます。世界で最高の軍、最高の装備、最高の科学技術、最高の銃後のサポートがあるのですから、私たちが強い意志を持ち続ければ、勝つのは時間の問題です」

報道陣はあからさまに怒っているのではなくても、明らかに不機嫌で退屈している様子である。ノームは誰もが予期したよりもずっと長くしゃべっており、報道陣から質問されるのに疲れたブラボーたちでさえ、この長広舌に苛々してくる。ビリーの注意はまたチアリーダーたちに戻り、右に並ぶ彼女たちに順繰りに目くばせするという実験を始める。一人のチアリーダーと目を合わせると、相手は花火のようにパッと笑顔になる——一列に並ぶ照明がバンバンバンと点灯していくかのようだ。しかし、列のある地点で彼の視線は停止し、小柄な白い肌の女の子にひとりでに引き返す。彼女は赤みがかった金髪を光輪のように外に広げ、その柔らかい巻き毛が胸の膨らみを覆っている。彼女はまた微笑み、それから声に出さずに笑って、彼に向けて目を細める。これが彼女の仕事だというのはわかっているが、それでも——彼の腹はドロップキックのボールのように跳ねる。この優しい女の子は軍をサポートする役割を果たしているのだ。

報道陣は明らかに白けている。最初のうち彼らは録音機器を出していたのだが、こうしたものはすべて見えなくなった。ビリーは無理してあのチアリーダーを三十秒間見ないようにしているが、テレビカメラも見ないように気をつけている。まっすぐにこちらを見返している自分をテレビで見ることくらい、自分が奇人だと感じられるものはない。そこには奇妙な罪の意識、あるいは混乱している雰囲気があり、まっすぐにカメラを見つめるとそれが露わになるようなのだ。

「みなさん、9・11は私たちの国に目覚めよと呼びかける声だったのです。あの規模の悲劇がなければ、人間の魂を守る戦いが行われていることに私たちは気づきませんでした。この敵は宥めたり説得したりできる相手ではありません。彼らは交渉しません。テロリストたちが自分から武装解除することはないのです。こういう戦争においては、発信するメッセージが混乱していたら、敵を支援することにしかなりません……」

ビリーがついに例のチアリーダーに視線を戻すと、彼女は待っている！　彼に素晴らしい微笑みを返し、また目を細め、それからウィンクする。もちろん、これはすべてプロの儀礼的な振る舞いだが、ビリーはしばしば夢想にふけることにする。彼女は本当に自分のことを気に入っていて、話をしたいと思っている。そこで番号を交換し、デートし、さらに何度もデートして、セックスし／恋に落ち、それから結婚する。生殖行為をして、素晴らしい子供たちを育て、残りの人生も素晴らしいセックスを楽しむ。だって、いいじゃないか！　人間はこれを太古の時代からずっとやっている。ビリーにもその順番が来たっていいだろう？　彼はしばらく目を背けていたが、また視線を戻すと彼女も見返して、二人とも微笑み、さらに声を出さずに笑う。それが何であれ、このささやかなことが可笑しかったのだ。

「……こちらにいる素晴らしい若者たちは、真のアメリカのヒーローです」とノームは言い、ようやくマスコミがブラボーたちに直接質問できるようにする。〝ダラスにようこそ〟と最初の質問者が言い、それに対してチアリーダーたちが歓声を上げ、ポンポンを振る。

〝こちらにいらしてから何をしていたのですか？〟

ブラボーたちは互いに顔を見合わせる。誰もしゃべらない。少ししてからみなが笑う。

「こちらっていうのはダラスですか？　このスタジアムですか？」とダイムが訊ねる。

〝両方です。〟

「そうですね、ダラスには昨日の夕方に入って、ホテルにチェックインし、食事に出かけました。それからちょっとした観光をしましたね」

〝夜に観光ですか？〟

「夜には面白いものをたくさん見られますよ」とダイムが真面目な顔で言い、笑いを取る。

〝どちらに滞在されているのですか？〟

「ダウンタウンのWホテルです。私たちがこれまでに滞在したなかで、おそらく最高の場所でしょう。ロックスターになった気分ですよ」

「Wホテルと言えば」とロディスが甲高い声を出す。「これって何か関係があるんですかね――」

ノオオオオオ、と部屋の半分の人々が彼に向かって怒鳴る。

「はあ。だって、もしかしたら大統領が――（当時の大統領がテキサス出身のジョージ・W・ブッシュであったことへの言及）」

ノーノーノーノー。

〝これまでで気に入った都市はどこでしたか？〟

「ダラス以外にあるかって意味ですか？」とサイクスが言い、チアリーダーたちが歓声を上げる。

〝こちらに戻ってから眠れないとか、こちらの暮らしに適応できないってことはありますか？〟

ブラボーたちは顔を見合わせる。ないね。

〝最も珍しいミッションは何でしたか？〟

養鶏場への襲撃です。

〝辛かったミッションは？〟

戦友を失くしたとき。

〝最もホットだったのは？〟

持ち運び便器で用を足すこと。

〝我々はあちらに変化をもたらしているのでしょうか？〟

「そうだと思いますよ」とダイムは慎重に言う。「変化をもたらしています」

〝いい方向に？〟

「いくつかの場所では、絶対にいい方向に向かっています」

〝ほかの場所では？〟

「我々は努力しています。いい方向に向けようと頑張ってるんです」

〝このところ、ムクタダー・アッ＝サドルによる反乱の話をよく聞くのですが、何かご意見はありますか？〟

「サドルの反乱ですか。そうですね」。ダイムは少し考える。「まあ、リーダーが『アントラージュ』(二〇〇四年から一一年まで放送されていた人気ドラマで、タートルは主人公の若手俳優ヴィンスの友人で運転手)のタートルみたいな顔をした集団が勝つほうに賭ける気にはなりませんね」

大きな笑い声。

〝向こうでは何かスポーツをしますか？　基地のなかでの話ですが？〟

「スポーツするには暑すぎます」

〝休憩時間の息抜きには何をするのですか？〟

オナニー!!　みなはそう叫びそうになるが、そうしたらダイムが一人ひとりをゆっくりと殺していくだろう。「軍は目いっぱい仕事させるのが得意なんですよ」と彼は言う。「だからあまり休憩時間は取れません。ほとんどの日は十二時間、十四時間、働きます。もっと多い日もある。その分休ませてもらえるときもありますけど、何だろう。みんな、休憩のときには何をする？」

ビデオゲーム。

筋トレ。

売店で買い物。

「俺は敵を殺し、彼らの女たちが泣く声を聞くのが好きだ」とクラックが重々しいドイツ語的な訛りで言う。部屋は一瞬凍りつくが、彼の次の言葉で爆笑に転じる。「これ、『コナン・ザ・グレート』からです。一度言ってみたかったんですよ」

ビリーと例のチアリーダーは目くばせを続けている——ちらりと見たり、微笑んだり、眉間に皺を寄せたり、それから驚くほど心をこめた凝視を数秒続ける。彼は自分が奇妙なほど穴だらけになったような気がする。自分の生命維持に不可欠な器官がフォームラバー製のボールになってしまったかのようだ。

〝大統領との面会はどのような感じでしたか？〟

「ああ、大統領ね」。ダイムの口調は熱を帯びる。「すごく魅力的な人でしたよ！」ブラボーのほかの者たちは苦労して無表情な顔を保とうとする。ダイムがあのイェール出のガキ——彼自身の言葉だ——を嫌っていることは、小隊のなかではよく知られているからだ。彼らが派遣されたばかりの頃、ダイムは軍用ジープの助手席側のドアに「ブッシュの奴隷」と石鹸で書き、普段座っている席の窓に矢印を描いて、自分がその奴隷であることを示した。ところが、これが中尉に見つかり、洗い落とせと言われたのだ。「信じられないくらい歓迎されてるって感じがして、とてもリラックスできました。車のローンのためにチェイス銀行の支店に行ったとしたら、そこで会いたいと思う最高の銀行員が彼ですね。親しみやすく、話しやすく、一緒にビールを飲みたいって感じの人ですよ。ただし、まあ、お酒はもう飲まないんだろうけど（ブッシュはかなり酒飲みだったが、妻に強く言われて禁酒したという逸話がある）」

報道陣のなかには忍び笑いをする者もいれば、怒ったような視線を向ける者もいる。しかし、だいたいは無表情で仕事を続けている。

〝あちらの食べ物はいかがでした？〟〝インターネットはありますか？〟〝携帯電話は？〟〝スポーツ・チャンネルは見られましたか？〟同じような質問を何度も何度もされるという点では、戦争捕虜に対する尋問とほぼ同じである。誰かがイラクでの日々の生活で大変だったのは何かと訊ねる。クラックがヒヨケムシの話をする。エイボートは恐ろしいノミのことを話す。それからロディスが適当に話を広げて肌の問題について話し始める。「肌が乾いてしまって、ひび割れて、灰色っぽくなって、仲間のデイが保湿剤をつけろと俺にしつこく言うんで、俺は、うっせえな、じゃあワセリンでもよこせよって感じで」。これがしばらく続く。

〝あなた方のなかで敬虔な信者はいますか？〟

「みんながそれぞれの形で敬虔です」とダイム。

〝向こうで時間を過ごした結果、より敬虔になりましたか？〟

「まあ、我々が向こうで見たようなことを見て、大きな問いを持つなというほうが無理ですね。生と死について、このすべてはどういう意味があるのか、といったことです」

〝あなた方に関する映画が作られるという噂をよく耳にします。それはどうなりましたか？〟

「ええ、そうですね。映画ですか。まあ、こうとだけ言っておきましょう。我々はイラクを異常な正常と呼びます。あそこでは最も気味悪いことが日常茶飯事だからです。でも、ハリウッドについて我々が知っていることに基づいて言うと、異常さでイラクを凌ぐ唯一の場所はあそこでしょうね」

笑い。大笑い。アルバートはブラックベリーから顔を上げずに、彼らに向けてオーケーのサインを送る。〃神様、お願いです〃とビリーは心のなかで祈る。〃スワンクに僕の役をやらせないでください〃。一人のレポーターが訊ねる。あの運命の日、ブラボーたちは何に〃衝き動かされて〃、アル・アンサカール運河であのようなことができたのでしょうか？　みながダイムのほうを向き、ダイムはビリーを見て、みながダイムの視線を追う。

「リン特技兵は、あそこで起きていることに最初に気づいた者であり、最初に反応した者です。ですから、あなたの質問に答えるのに最も相応しいのは彼だと思います」

待ってくれよ、畜生。ビリーはこんな質問に答える準備などできていない。しかも、あの〃衝き動かされて〃に困ってしまう。衝き動かされて？　これは気取った言い方に思えるのだが、それでも彼は考える。適切に答えたい。戦闘の経験を正確に、あるいはほぼ正確に語りたい。これは簡単に言えば、すべてを語りたいということだ。世界はあのときに始まったのだから。そして次第に気づき始めたのだが、彼はそれを理解しようとして残りの人生を生きていくことになるのだから。

みながビリーを見つめて待っている。彼は沈黙が不自然になる前に話し始める。「えっと、その」——咳払いをする——「正直なところを言いますと、それについてはあまり覚えてないんです。シュルーム——いえ、ブリーム軍曹を見たら、彼が敵に捕まっていました。よくわからないのですが、何かしなければならないのは明らかでした。彼らが捕虜に何をするかはみんな知っていました。あっちの路上の市場に行けば、彼らがやってることを録画したビデオが買えるんです。だからそのことが頭にあったと思います、頭の片隅に。意識して考えたわけではないですけど。どっちにしても考える時間なんてありませんでした。ただ、訓練されてきたことが反射的に出たんだと思います」

彼は長く話しすぎたと感じるが、ともかく話を終える。報道陣は頷き、彼らの顔は同情しているように見える。彼はそれほどお馬鹿なことを言ったわけでもなさそうだ。しかし、彼はまた質問を浴びせられる。

〝ブリーム軍曹のところに最初に駆けつけたのはあなたですか？〟

「あっ、はい、そうです」。ビリーは自分の脈拍が途切れがちになったように感じる。

〝彼のところに行って、最初に何をしましたか？〟

「撃ち返し、応急手当てをしました」

〝駆けつけたとき、彼はまだ生きていましたか？〟

「生きてました」

〝彼を引きずっていこうとしていた敵兵たちですが、どこにいたのですか？〟

「ええと」。彼は少し横を向いて咳をする。「地面にいました」

〝彼らは死んでいましたか？〟

「そういう印象を受けました」

報道陣は笑う。ビリーは笑いを取るつもりはなかったのだが、この台詞にユーモアが含まれているのはわかる。

〝あなたが彼らを撃った？〟

「まあ、彼のところに向かう途中で、こうした標的を狙って撃ちましたからね。いくらかの撃ち合いがあったんです。基本的には、彼らは銃を撃てるようにブリーム軍曹を下ろしました。それから撃ち合いが始まったんです」

〝では、あなたが彼らを撃ったんですね？〟

むかむかする吐き気が腋の下のあたりから湧き上がってくる。「確かなことは言えません。いろんな方向からたくさん弾が飛んできました。本当にひどい状態だったんです」。ビリーは間をあけ、気を引き締める。言葉を発するにはかなりの努力を要するのだ。「つまり、まあ、僕が彼らを撃ったのだとしたら、それはそれでいいです――」


もっと話すつもりでいたが、部屋には雷鳴のような拍手喝采が起こる。ビリーはびっくりし、誤解されたのではないかと心配になる。そして誤解されたと確信するが、自分のコミュニケーション能力に自信がないので、説明して納得させようと試みる気になれない。彼らは満足している。だからこのままにしておこう。カメラのフラッシュが次々に焚かれ、これまで十九年間の経験の多くと同じように、これもとにかく切り抜けるべきものとなる。それから拍手喝采がやみ、新たな質問を受ける。今日の国歌斉唱のとき、友人であるブリーム軍曹のことを考えますか？ 彼はただ調子を合わせるためだけに〝はい〟と答える。〝はい、考えます〟。これは彼の耳にすごく下品に響き、どのようなプロセスでこうなるのだろうかと考える。どうして戦争に関するいかなる議論も、生と死といった究極の問題を冒瀆するように思えてしまうのか。まるでこうしたことを適切に語るためには、祈りと同じような語り方が必要であるかのように。そうでなければ、ただ黙るしかない。口を閉ざし、じっとしている。その経験に忠実なのは沈黙なのだ。ヒステリックに星条旗を振るよりも、ほろ苦いすすり泣きをするよりも、抱き合って慰め合うよりも、あるいはどんな形であれ〝心の整理〟をするよりも。誰もがいつも話題にする〝心の整理〟。人々はそれが容易であることを望むが、そんなことはないのである。

「みんなが彼のことを考えると思います」と彼は付け加える。湯気を立てる糞のような感傷の山に最後の糞を加えたのだ。しかも癪にさわるのは、彼がシュルームのことを実際に考えるだろうということ。そしてほかの人たちと同様に国歌を愛しているということだ。

〝今日の試合はどちらが勝ちますか？〟

「カウボーイズ！」とサイクスが叫び、チアリーダーたちが〝そうよ！〟とばかりに歓声を上げる。ここでノームが機の熟し具合を見事に見極めて立ち上がり、記者会見を終わりにする。

神に捧げる擬似性交

翌日の『ダラス・モーニング・ニュース』の第一面にはエイボートの大きな写真が載ることになる。記者会見後のごった返しているとき、三角帽子をかぶるかのように三人のチアリーダーに囲まれ、たくさんのマイクを矢のように突きつけられている写真だ。「カウボーイズがアメリカのヒーローたちを招待」というのが見出しで、次のような説明が続く。「昨日、テキサススタジアムでインタビューを受けるブラボー分隊のブランドン・エベール特技兵。エベールとブラボーたちは〝勝利の凱旋〟の最終行程でダラスを訪れた。カウボーイズは31対7で敗れる」

ビリーはこのニュースのいくつかの点について気づくことになる。何よりもまず、エイボートの名前が間違っていることだ。その結果、彼はその後ずっと仲間のブラボーたちに「ブランドン」として知られることになる。あるいは、補助教員のようなつまらない厳格さで「ブラン・ダン」と発音される。たとえば〝今回、50口径を装着するのはブラン・ダン〟とか〝クラックがドアを破ったあとでブラン・ダンが入る〟とか〝ブラン・ダンが新しいシャワー室で配線系統に触れてしまい、ものすごいショックを受けた〟とか。次にビリーが気づくのは、エイボートがカメラに対して四十五度の横顔を向け、マイクを持つ見えない人々に向かい合っているのに対し、三人のチアリーダーはカメラにまっすぐ向かって微笑んでおり、その結果エイボートは小道具にすぎなくなっているということだ。そして第三に、エイボートの表情の何とも幸せそうなこと。彼は二十二歳で、ビリーの目からは老人なのだが、恍惚とした表情で笑みを浮かべるエイボートの写真を見て、ビリーは一つのことに初めて気づく。彼の戦友はこの瞬間をがむしゃらに、子供のように楽しんでいる。そう、彼は基本的に子供にすぎないのだ。この男はハリー・ポッターのシリーズを何度も読んでいる。家にいる自分の犬に対して手紙を書いたこともある――手紙といっても、自分の腋の下に数日間しまい込んで、自分の匂いをつけたボロ布のことだ。

この写真を見てビリーは心配になる。エイボートの顔が絶大なる信頼を表わしているためだ。この時点でアメリカ人に生まれたことに対する恩恵を無思慮に信じすぎていること。しかし、この写真が撮られたとき、ビリーは自分のことで手一杯である。すべてのチアリーダーが特別な任務を与えられていたらしく、ブラボーたちがステージから降りるや否や、三人のチアリーダーがそれぞれの兵士を出迎える。神の仲裁の力が――中身はともかくとして――みなぎっているように感じられる瞬間だ。ビリーは恥ずかしさを感じ、チアリーダーたちに本当に触れる勇気は出ないのだが、彼女らは姉のような気軽さでいちゃついてくる。パンケーキのような粉を塗りたくっていることには少し興醒めするが、それは気にしないことにする。彼女らがただもう美しくて、純粋に親切で、体は引き締まっているからだ。いや、もう、彼女らの体はラジアルタイヤのスチールベルトのように堅い。〝お目にかかれて光栄です！〟〝テキサススタジアムにようこそ！〟〝あなた方をお迎えできてものすごく光栄です し、興奮しています！〟ああ、あらゆるセックスの神よ、ずきずきと頭が痛む男でさえ、こうした女の子たちに囲まれれば元気を取り戻す。女の子じゃない、こうした女性たち、こうした生き物。香り立つ豊かな髪、手のひらにおさまりそうなお尻、そしてアルプスのクレバスを思わせる目くるめくばかりの胸の谷間。その谷間に落ちていった男は二度と再び姿を現わさず、消息もわからない。

そして、これでいいのだろう。あそこに消えていくこと。女の肉体の割れ目へと落ちていき、包まれるという逆方向の昇天。こうした優しい感情を彼女らの肉体は彼に呼び起こす。それはほとんど抗しがたい本能だ。鼻で探りたい、鼻をすり寄せたいという本能。そして〝愛してる、必要だ、結婚して〟と言いたくなる本能。ちなみにキャンディスの乳房は偽物だが、それが重要なわけではない。彼女の胸から突き出ているのは本当の核弾頭だ。それに対し、アリシアとレクシスはもっと柔らかな勾配をひけらかしている。どのような尺度から見ても三人は素晴らしい女性だ。とがった小さな鼻、眩しいほど白い歯、そしてビスケットのような茶色をした細い、細いウエスト。このウエストを手で摑み、妖精のような曲線のサイズを測ってみたいという誘惑に抗することが、ビリーにできる精いっぱいである。

「ここまで楽しんでる？」とキャンディスが訊ねる。

「素晴らしいよ」とビリーが言う。「僕、あそこでしゃべりすぎなかったかな？」

「何ですって？」

「冗談でしょ？」

「そんなことないわよ！」

「かっこよかったわ」とレクシスが請け合う。「あなたの言葉にみんな信じられないくらい感動したの」

「まあ、とにかく妙な感じだったんだ。普段はあんなにしゃべらないんだよね」

「素晴らしかったわ」と彼女は断固とした口調で言う。「信じて。あなたはとても簡潔だったし、的を射ていたわ」

「それに、出しゃばってるって感じじゃなかったわ」とアリシアが言う。「マスコミが質問し続けたんだから、あなたには答えるしかないし」

「私にはちょっと無礼に聞こえたわ、あの人たちがした質問のいくつかはね」とレクシスが言う。「マスコミには用心したほうがいいわよ」とキャンディスが言う。

新聞やテレビのカメラマンたちが群衆のあいだを縫うように歩いている。ほかにもレポーターたち、チームの役員たち、はっきりとした目的のなさそうな人々がいる。ビリーは群衆の周縁を歩くミスター・ジョーンズの姿を認める。銃を携帯した、おそらくは危険な男。少なくとも、気にし始めると気になる男である。チアリーダーたちには専属のカメラマンがいることがわかる。禿げて無骨な顔の小柄な男がそこらじゅうを走り回り、「そのまま！」と言っては写真を撮っているのだ。被写体となっている者たちの魅力に対しては、食肉加工業者の皮剝ぎ係程度の配慮しか示さない。そのまま！――パチパチパチ。そのまま！――パチパチパチ。老人の括約筋が緩んだときのように、立て続けにシャッターが切られる。シャッターチャンスの合い間に、チアリーダーたちはこの春の慰問ツアーについてビリーに話す。バグダッド、モスル、キルクーク、その他いくつかの地点を回り、さらにボランティアのみだがラマディにも寄った。ラマディでは、彼女らの乗ったブラックホーク・ヘリコプターが銃撃されてもおかしくなかった。

「あなた方がどうやって任務を果たしているのか、見当もつかないわ」とアリシアが言う。「暮らしはものすごく大変でしょう？　乾燥してるし、風と砂だらけで。それにあそこの人たち、イラク人とか、彼らの家とか。土の小屋ばかりで、キリストが暮らしたような家ですものね」

「軍の活動は私たちにとって、以前よりずっと意味があるわ」とレクシスが彼に言う。「あなた方のお仕事に対して、私たちはみなとても感謝しているの」

「食事はとてもよかったわ」とキャンディスが言う。「食堂ね。私たちは即席食品を何度か食べただけだけど」

「炭水化物が多すぎ」とレクシスは言う。

「あのね、イラクから帰ったあとのことだけど、私は国歌を聞くたびに泣いちゃうの」とアリシアが認める。

ビリーは赤みがかった金髪のチアリーダーに会いたいと思っていたが、いまここにいる女たちに感謝すべきだということもわかっている。美しくて挑発的なダラス・カウボーイズのチアリーダーが三人もいるのだから。彼女らは可愛らしく、実にゴージャスだ。香りもすごくいい。彼が自分たちと同じテキサス出身だとわかり、彼女らは叫び声を上げ、彼とハイタッチをする。その見事な乳房が彼の腕に軽く当たるたびに、ビデオゲームのボーナスポイントのように、感覚器のベルとホイッスルが鳴り続ける。マスコミが近づいて来れば、彼女らは親指をホットパンツのなかに入れて尻を振り、威勢のいい態度で、マスコミに挑むような顔をする。まるで私たちのビリーをいじめないでと言わんばかりだ。マスコミの男たちはこれにまともに対処することができず、作り笑いを浮かべたり、横目でちらりと見たり、皮肉っぽい声でしゃべったりする。〝はいはい、わかるよ、坊や〟。彼らはビリーにこう言っているのも同然だ。〝ロックスターになったつもりね、偉いと思ってんだよね〟。自分をメディアの目で見て、ビリーは気づく。チアリーダーたちのおかげで自分はほとんどお馬鹿な存在に見えている、と。美しい女を一人か二人のみならず、三人も余分に抱えたポン引き男。これがいかさまだということはよくわかっているし、彼がわかっていることはメディアも知っている。とすれば、ビリーを軽蔑するようなメディアのわざとらしい態度は、彼に男らしく立ち向かうための方策なのか？

彼はこの状況に憤りを感じ始める。レポーターたちは彼にお決まりの質問を投げかける。高校でスポーツはしましたか？　カウボーイズのファンですか？　感謝祭で家に戻るのは、今年はどういう意味がありますか？

「まあ、厳密に言えば」とビリーは指摘する。「僕は家に戻っていません。ここに来てますから」

彼らはビリーの言葉をメモさえしない。つやつやした録音機器――プロテインの塊のように見える――で彼の言葉を吸い上げる。彼らはそこに立っているだけで、信じられないほど煩わしい存在だ。ほとんどはデカい尻をした白人の中年男。実につまらないビジネス向けカジュアルといった服装で、民間人という生命体の悲しいほどクソなサンプルに見える。ビリーはこれを見て、一瞬、戦場にいるほうがましだとさえ思う。こんなつまらないテレビドラマのエキストラのように歩き回っているくらいなら、戦場で銃を撃ったり、爆撃したりしているほうがいい。戦争は不快だが、こうした生ぬるい平和にもあまり魅力は感じられないのだ。

群衆のなかに彼は例のチアリーダーを見つける。彼女はなんと――ギャッ――サイクスに割り当てられているではないか。このようなイベントの進行はなんとも人をいらつかせる。彼女は彼が見ているのに気づき、見たところ温かく、また純粋な微笑みを送り返してくる。それから心配するように、あるいは当惑しているように首を傾げる。彼はボディブローを食らったかのように腹が収縮する。

マスコミがついに去ってから彼はレクシスのほうを向いて訊ねる。「チアリーダーになるためには独身じゃなきゃいけないの？」

彼女はアハッと鼻で笑い、ほかのチアリーダーたちと目くばせし合う。まいったな、彼女らは彼が言い寄ろうとしていると思っているのだ。

「まあ、そんなことないわ」と彼女は言う。とてもきびきびとした、事務的な話し方だ。「仲間には結婚してる子がいつでも何人かいる。私とキャンディスとアルは結婚してないけど、みんなステディな恋人がいるし」

ビリーは愛想のよさを思い切り示そうとして首を振る。うん、うん、もちろんそうだよね！「僕はただ、何て言うか、興味があっただけなんだ」

チアリーダーたちはまた目くばせし合う。〝そりゃそうよね〟。彼は無礼にならずに説明できないかと必死で考える。僕が興味を持っているのはあなた方三人ではないんです……しかし、考えがまとまらないうちに、ジョシュが彼を呼びに来る。ショータイムだ。マスコミが写真撮影をしたがっている。ノームとブラボーが一緒に入る写真。ステージの前にそのための空間が作られる。椅子が脇に片づけられ、人々が集められる。ノームの孫の一人が全速力で駆け抜ける。チアリーダーたちと鬼ごっこをしているのだが、小さいながらも勃起したペニスがズボンの前を膨らませている。みなが位置に着くと、レポーターの一人がノームに新しいスタジアムの計画はないのですかと訊ねる。おっと、といった嘲笑《あざわら》いがマスコミのあいだから上がる。

「まあ、明らかに我々は古くなった施設を使っています」とノームが答える。「でも、ずっとテキサススタジアムはカウボーイズにとって素晴らしいホームグラウンドでした。それがすぐに変わるとは思いません」

「しかし……」とそのレポーターが先を促し、笑いを誘う。ノームは微笑む。このお決まりの質疑で引き立て役を喜んで務めるつもりである。

「しかし、組織がこれからも長く元気でいるためにも、これは検討すべき課題だと思っています」

「アーヴィング市議会のなかには、あなたがすでに検討中だと考えている人たちがいます。あなたがスタジアムの維持費を十七パーセント削ったのはそのためだと考えているのです」

「いいえ、まったく違います。我々は経費について通常の調査をし、削減できる無駄なところをいくつか見つけたのです。我々はあくまでテキサススタジアムを第一級の施設として維持するつもりであります」

「チームをダラスに戻す可能性はありませんか?」

ノームはカメラにただ微笑みを向け、カメラは種を割って食べるインコのようにカシャカシャと音を立てる。報道陣の何人かはまだスタジアムについて訊こうとするが、ノームは無視する。ビリーはここにある力学を感じ取り始める。力関係からすれば、巨大企業のCEOにとってマスコミは小便器の消臭ボールのようなもの。彼はそれに小便を引っかけながら、じっくりと観察している。カウボーイズのブランド価値を最大限に上げるのがノームの仕事であり、彼が垂れ流すPRの一滴一滴をすべて吸収するのがマスコミの仕事なのだ。知覚力を持ち、理性と自由意志を賦与された人間なら、当然こうした扱いに憤りを感じるだろう。彼らの態度が陰気くさいのはおそらくそのためだ。スポーツジムのタオル籠のように、彼らは業《カルマ》の香りを醸し出している。翌日、ビリーは新聞を読み、どうしてこのことも物語の一部にならないのだろうと考える。報道機関はノームによるブラボー分隊の紹介をできるだけ素早く記録するように指示され、嫌々ながらにせよ集まった。誰も啓発せず、何も明らかにしない、露骨に紋切り型の広告イベント。カウボーイズのブランドをさらに広く浸透させる以外には、具体的な目的などまったくない。

このクソみたいな部分も物語の一部ではないのか? しかし、マスコミの報道には、自分たちがいかに完璧に利用されたかについて一言も、囁きも一瞥すらもうかがえない。ノームに対する個人的な感情を仄めかすものもない。それは、ビリーがボディ・ランゲージから推測するところでは、ほぼ同量の怒りと恐怖から成り立っている。もしノームが望むなら、彼は誰であれ報道関係者を解雇させることができるだろう。望めば、殺させることもできるかもしれない。彼がそれを望むとは言わないが——おそらく。ビリーはミスター・ジョーンズが近くにいるのに気づく。彼はほかの背広姿の男たちと賭けについて議論している。四点差でカウボーイズ? 三点差でボーイズ? 彼らは共有しているセックスの相手の才能を比較する男たちのようにクスクスと笑う。ビリーはそちらに歩いていって彼らの顔をパンチでつぶしたくなる。自分がどうしてこんなに怒っているのかはよくわからない。でも、怒っている。おそらくビリーの心を掻き乱しているのは彼の銃だろう。その厚かましさというか、無知というか、あんな人殺しの道具を持ち歩くという自己中ぶりが嫌なのだ。わかってもいないくせに。人殺しの道具に何ができるか見てみたいか？　ブラボーなら見せてやれる。ブラボーはあんたが信じられないような残虐なことをしてきた。あんたの精神をおかしくしてしまい、母親の割れ目から出て来なければよかったと願うようなことをしてきたのだ。

写真撮影が終わったところでビリーはちょっと一息つくべきだと考える。そこで壁を背にしてステージのすぐ左に立つ。弧の形をした背景幕がちょうど内側に曲がるところなので、部屋の大部分から姿を隠せるのだ。彼は「休め」の姿勢で立ち、苦労して息遣いを落ち着かせる。二人の記者が彼に気づき、こちらにやって来る。畜生。なんてこった。ビリーはシャキッとする。

「やあ」

「こんにちは」

「調子はどう？」

彼らは自己紹介する。ビリーは人の名前を覚えようという努力をとっくの昔に放棄している。彼らはせっかく録音機器が作動しているのだからという感じで、しばらくしゃべる。それから記者の一人がイラクでの経験について本を書く気はないかとビリーに訊ねる。ビリーは笑って〝何言ってんだ！〟といった表情を向ける。

「たくさんの兵士たちがやってますよ」と男は彼に言う。「いまはそういうマーケットがあるんです。あなたの物語を発表して、お金を稼ぐことができます。ポールと私がお手伝いしますよ。すでに何冊かでゴーストライターを務めたんです。似たようなことをあなたとしたいと考えているんです」

ビリーは足をもぞもぞ動かす。「本を書くなんて考えたこともありません。読んだこともほとんどなかったから。軍に入ってからなんです。仲間が本をくれるようになって」

どんな本か記者たちは知りたがる。

「そうですね。本当に知りたいんですか？　まず『ホビットの冒険』。ケルアックの『オン・ザ・ロード』。ジョージ・マクドナルド・フレイザーの『フラッシュマン』、これはものすごく可笑しい。どうして学校でこういう本の話をしないんだろう？　そうすれば、もっとみんな本を読むようになると思います。あとは、ハンター・S・トンプソンの『ヘルズ・エンジェルズ』、『ラスベガスをやっつけろ』。『スローターハウス5』、『猫のゆりかご』。それから『ゴーリキー・パーク』と、同じ作家による別の本。ロシアの話ですね」。これらはすべてシュルームが教えてくれた本だ。

「トンプソンの本についてはどう思いました？」

「ハイになりたいと思いました」とビリーは言い、それから冗談だとわかるように笑う。「いえ、真面目な話、あの人は本当に狂ってると言わざるを得ませんが、筋が通っているところもあるんです。自分が置かれた状況に対する正常な反応だってこと。まあ、彼がしているようなクソな――おかしなことをなぜわざわざするのか考えると……イラクに関しても彼なら何か面白いことを言うんじゃないかと思いますね。もし彼がイラクに行って、兵士たちが見るように見れば。彼の生き方を認めてるとかじゃないんです。ただ、あの書き方が好きですね」

「あちらの兵士たちはかなりドラッグを使ってるんですか？」

「僕にはわかりません。だって、十九歳ですよ。ビールだって飲めないんです！」

「あなたは投票できるし、国のために死ねるのに、バーに入ってビールの注文もできないってことですね」

「まあ、そういう言い方もできますね」

「それについてどう思います？」

ビリーは少しだけ考えてから言う。「いいんじゃないですか？」

記者たちは再び本を書く話を持ち出す。ビリーは右のほうから放射熱が発せられているのに気づき、そちらを見ると、彼女がそこでじっと待っている。彼の脈はガゼルのようなスピードで飛び跳ねる――おっと、おっと、おっと、クソ、クソ、クソ、クソ。一方、記者たちはマーケット、契約、エージェント、出版社、その他あれこれについて話し続けている。ビリーは彼らから逃れるためにメールアドレスを与え、解放されたところで彼女のほうを向く。彼女は率直に期待を込めた雰囲気で彼をじっと見つめている。彼のほうはなぜか彼女の全身を落ち着いて見渡している。変態じみた好色な目ではなく、子供時代の友達に出会ったような目で。小学一年生のときに校庭で追い回していた小さな女の子――X脚で、腕は麺のように細く、体に芝生がついているような子――が輝かしいまでの大人の女性になって現われたかのように。

「じゃあ、本を書くことになったんですか？」

「いや」と彼はしわがれ声で答え、二人とも笑う。突如として彼はほとんど緊張を感じなくなっている。「寒くないですか？　その服でチームの応援をするのって？」

「すごく動き回るから、それは問題にならないわ。でも、先週のグリーンベイではものすごく寒くて、何とかがちぎれちゃうってくらい（freeze one's balls off「金玉がちぎれるくらい寒い」という表現を曖昧にして言っている）。本当に寒い日のために上着はあるんだけど、グラウンドではめったに着ないわね。私の名前は」――雉《フェズント》って言ったのか？

彼女はポンポンを左手に移し、右手を差し出す。

「もう一度言ってくれる？」

彼女は笑う。「フェゾンよ。F–a–i–s–o–n。あなたのことは知ってるわ。ストーヴァル出身のビリー・リン。私のおばあちゃんは一九三七年のミス・ストーヴァルだったの。すごいでしょ？」彼女はまた自然に笑い、胸の奥深くからハスキーな震え声を出す。「みんな言ってたのよ、おばあちゃんはその年のミス・テキサスにもなれるって。地元の実業家たちが団結して、おばあちゃんの服やボイスレッスンにお金を出して、旅費も全部まかなったの。町のためにもミス・テキサスを出そうって。あの頃のストーヴァルって大したものだったんでしょ？　石油がいっぱい出て」

「それで、どうだったの？」

フェゾンは首を振る。「次点だったのよ。おばあちゃんのほうがきれいだったってみんな言うんだけど、出来レースだったのね。ああいうコンテストがどういうものか、ご存知でしょう？」

ビリーも美人コンテストにはいろいろと思い出があるので、熱を込めて頷く。しばらく周囲の人々は彼らの邪魔をしないでくれる。

「〝大したもの〟って呼べるのは、最近のストーヴァルにはあまりないけどね」

「そうらしいわね。子供のとき以来、ストーヴァルには行ってないの。でも、ブラボーの一人がストーヴァル出身って聞いたときは、〝すごい、ストーヴァルじゃない！〟って感じだったわ。前からあなたの知り合いだったみたい。だって、ストーヴァルよ。いろんな出身地の人がいるはずなのに、よりによってストーヴァルなんだから。なんかおかしな感じがしたわ」

自分はフラワーマウンドで育った、とフェゾンは彼に言う。法律事務所の受付のバイトをしながら、自分でお金を払って北テキサス大学に通っている。あと六単位で放送ジャーナリズムの学位が取れる。ということは二十二歳か二十三歳だろうとビリーは考える。小柄で引き締まった曲線美の女性。ちょっと生意気そうな、問いかけるような鼻、琥珀色と金色の斑点がちらばった緑の瞳、男たちを泣かせる胸の谷間の持ち主だ。記者会見での彼のコメントが自分にとっていかに意味深かったかを彼女は語っているが、彼はほとんど聞いていない。言葉を形作るときの彼女の口の形があまりに美しく、それに気を取られているためだ。

目撃

証言する

目撃

あなたの

言葉

行動

行為

自由

犠牲的行為

世界で最も自由

私たちの価値観

そして

私たちの生活様式

私たちの
生き方

私たちの

その……

生活

「あなたはあそこで信じられないくらい雄弁だったわ」

「僕にはよくわからないけど」

「そんなあ、本当よ！　あなたはあそこでしっかりしゃべっていたし、言葉に力があったわ。ああいったことをちゃんと話せる人はあまりいない。その、友達が死んだっていう話とか。そのとき友達と一緒にいたんでしょう？　知らない人ばかりの場所でそういう話をするのは容易ではないわ」

ビリーは首を一方に傾ける。「なんか気持ちが悪いんだよ。人生最悪の日のことで称えられるって」

「私には想像もつかないわ！　たいていの人は黙り込んじゃうでしょうね」

「それで、チアリーダーになるってどんな感じなの？」

「ああ、素晴らしいわ！　仕事はたくさんあるけど、私は好きよ。みんなが気づく以上にたくさんの仕事があるの。みんなはテレビで私たちを見て、私たちがやってるのはこれだけだって思う。試合のためのユニフォームを着て、ダンスして楽しんでって。でも、それは私たちの仕事のほんの一部にすぎないのよ」

「そうなんだ」と彼は励ますように言う。胸の内が軽くなり、元気を取り戻して、希望が体にみなぎってくる。この美しい娘と話すことで、彼は自分の冴えない人生がいかに貴重なものかを思い知る。

「そう、地元への奉仕っていうのが、私たちの仕事のかなりの部分を占めるわ。病院にはよく行くし、恵まれない子供たちのための活動にもよく参加する。募金活動に行ったり。今日みたいに、休日でも行くしね。週に四回か五回はこういうイベントに参加するわ。それから練習して、何よりも試合がある。でも、不平は言わないわ。すべての一分一秒に感謝してるの」

「春の慰問ツアーにも参加したの?」

「ううん、行かなかったの。行きたかったけど、私がメンバーになったのは夏からなのよ。でも、私はああいうツアーをしたくてたまらないの。次にその機会があったら、絶対に飛行機に乗る。誰も私を止められないわ。ツアーに行った女の子たちだけど、戻って来たときはすごく豊かになっているの。それが奉仕活動のすごいところね。みんなは〝あれだけ身を捧げて素晴らしい〟って言うけど、実際は逆なのよ。私たちがたくさんのものを得ているの。チアリーダーをして最も心が満たされるのは、私にとってはこの部分ね。他人に奉仕すること。その精神的な面よ。旅と探求のもう一段階うえって感じなのね」。フェゾンは一息つき、何かを探るかのようにビリーの目をじっと見つめる。次に彼女が口を開く直前、ビリーは何を言われるかがわかる。

「ビリー、あなたはキリスト教徒?」

彼は拳を口に当てて咳をし、目を背ける。心の混乱は本物だが、それをわざわざ示すことはめったにしないのだ。

「信仰を求めているところなんだ」と彼はようやく答える。テキサスの小さな町で育ったおかげで、キリスト教の専門用語のレパートリーは広い。そこから言葉を拾い出す。

「お祈りはする？」彼女の態度はより優しくなり、案じるような雰囲気を帯びる。

「ときどきね。もっとすべきなんだろうけど、あまりしてない。イラクであういうものを見てしまうと……小さな子供のこととか……お祈りがすんなり出てこなくなるんだ」

大げさな言い方をしているが、だから何だ？　彼が張りめぐらしたセンサーはまだ偽りの言葉を感知していない。

「いろんな試練を受けてきているのよね、わかるわ。でも、多くの場合、そういうふうに事は進むの。人生がすごく暗くなって、すべての光が消えてしまったと思うんだけど、光はあるのよ。いつでもあるの。ドアを開けるだけで、その隙間から光は入ってくる」。彼女は微笑み、頭を少し下げて、恥ずかしそうな笑い声を出す。「私たち、記者会見のときずっと見つめ合っていたでしょう？　私はこう考えていたの。これだけたくさんの人がいるのに、どうして彼は私のことを見つめ、私は彼のことを見つめているんだろう？　だって、あなたは可愛いし、素敵な目をしているし……」。彼女はクスクス笑い、それからまた真剣な表情になる。「でも、いまは理由がわかるわ。本当にわかる。神様が今日、私たちを引き合わせようとしたのよ」

ビリーは息をつき、瞬きを繰り返す。頭をひょいと上げると壁にぶつかり、控え目なドンという音が鳴る。おそらく彼女が言っていることはすべて本当なのだ。

「私たちはみんな、この世で神様の光になるように求められているの」と彼女は続け、ポンポンを彼の腕にこすりつける。そして彼女がイエス・キリストとどのように個人的な関係を結んだかについて三十秒間しゃべったところで、彼は無言のままゆっくりと、そしてしっかりとポンポンの下に手を伸ばし、彼女の手を握る。だって、いいじゃないか。だって、感動したのだから。だって、二日後にはあのクソに戻るのだし、それ以上にひどいことなどあり得ないのだから。フェゾンはひるむどころか、実際にはしゃべる速度がアップする。彼女の胸骨は持ち上がって膨らみ、温室の花のように鮮やかな紫や赤の斑点が顔や首に現われる。瞳孔はいつもの二倍に膨れ上がり、彼女の言葉にはかすかな浅い喘ぎ声が混じる。渦巻きのような、さざ波のような喘ぎ。まるで階段を五階まで駆け上がったかのように。

神様

神々しい

神に

そして

内面の光

ユダヤ人

ユダヤ人たち

エルサレム

海へ

ヨルダン川から

癒し、鍛える

善と光

私たちのために死んだ
反抗的で異を唱える
彼の民は
死んだ
私たちのために死んだ
死んだ
おお
私の
主よ

ビリーは後ろに下がり、フェゾンを自分に引き寄せる。小さく一歩、二歩、三歩と下がり、二人で小さな薄暗い空間に隠れる。背景幕の縁が広がっているところなので、彼らの様子を覗き見ようとすれば、その人は壁にぴったり背中をつけなければならない。ビリーが体の向きを変え、フェゾンが壁にもたれかかる。もう彼女はしゃべっていない。顔は火照り、ポーッとして、頬と唇には新たな厚みが加わっている。自由奔放だった顎は突如としてガクッと垂れ下がる。眠りに落ちたのだとしてもおかしくない。それくらい彼女はおとなしくなり、ビリーは彼女にもたれかかる。六週間前にはこんな行動を思いつきもしなかったし、ましてやり遂げることなどなかっただろう。それはわかっている。三週間前でも同じ。三日前も同じ。明らかにたったいま何かが彼に起きたのだ。彼はこの間ずっと目を開け続け、フェゾンの両目はだんだんと互いに溶け込んでいき、一つの輝く球体となる。宇宙から撮影した地球の写真のようだ。最初のキスは圧力の解放のようで、唇を触れることで泡が弾けたかのように感じられる。彼は唇を離し、自制することに喜びを見出す。二人は数インチの距離で見つめ合う。彼女は酔ったように朦朧とした表情をしているが、それから顔を上げ、二人はまたキスをする。ビリーは彼女の唇がいかに素晴らしいかを彼女に語りたい。これまで自分が触れてきたどんなものよりも柔らかい、と。〝知ってたかい？〟と言いたいのだが、二人は離れられず、口は別のことで忙しい。互いの柔らかい部分を探求し合い、それに酔っている。それからスタートの合図のピストルが鳴ったかのように、二人は互いを求め合う。体育館の隅にもぐり込んだ高校二年生のカップルといったところ。精力的に相手への愛撫を競い合う体操競技のようだ。そのゴールは相手の体をすべて呑み込むこと、本当に互いの体を喉の奥に詰め込むこと。

「これって狂ってるわ」。二人とも息を吸うために顔を上げると、彼女は囁く。「こんなことしてたらチームから追い出されちゃう」。それとともに二人はまた相手の体へと沈み込み、これが続く限りビリーはそれ以上何も求めない。

「どうしてこんなに惹かれるのかしら？」次に浮かび上がると彼女は囁く。「私に何が起きているの？」再び唇を合わせたとき、彼の腰がガクンと落ち、柔らかいアイスクリームにスプーンを差し込むかのように、彼女の股間にはまってしまう。下部の脳幹による反射運動だ。彼は急いで体を引き離す。

「ごめん」

「いいのよ」。彼女は彼を一瞬見つめる。その目は焦点を失い、続いて彼女の腰の位置が定まり、あるいは微妙に動く。それは彼がまた腰を押しつけてよいという合図となる。ホームだ、と彼は考え、股間を前進させる。彼女の芯の部分は開かれ、彼のまわりを覆うように感じられる。二人は震えている。音をまったく立てないのは難しい。背景幕の向こう側では人々がしゃべり、愚かしい人生を続けている。フェゾンは泣きそうになりながら彼の襟を摑み、カウガールのブーツごと両脚を彼の腰に回す。彼は彼女を下から摑み、彼女の締まった小さな尻がいい感じに手に収まる。彼は心のなかでその姿を思い描いてみる。彼の手いっぱいにあの有名なホットパンツの尻が載っている図。そしてフェロモンの暴発とともに、彼の頭にこんな言葉が浮かぶ。〝すごい、ダラス・カウボーイズのチアリーダーとやってる！〟一方、フェゾンはことを淡々と進めている。尻を左右に振り、彼の顔に向かって栄光の吐息を大量に吐きかける。この日、ビリーは自分が特別であると信じ込むことになる。腰を十回も降らないうちに彼女がいってしまうからだ。ビリーにギュッとしがみつき、体をのけぞらせ、胸の奥にイルカの鳴き声のような音をこもらせて。彼女の尻の最後の動きで彼の背中はほとんど折れそうになる——少なくとも、彼にはそう感じられる。自分の生命力のすべてが搾り取られ、脊椎が発泡ビニールシートのようにパチパチと音を立てながらも、必死にこらえている。それからことは終わる。ただ、その余波が少し残るのみ。難破した船の生存者が海岸に必死にたどり着くように、フェゾンはまず片脚を彼から放し、それからもう片脚を放す。探るようにブーツを床につけ、彼にもたれかかる。

「大丈夫？」

彼女は何かブツブツ言い、誰も見ていないかどうか確かめるために横を見る。「なんてこと」と彼女は囁く。そして完全に心が余所に行っている子供のように、手を伸ばして彼の銀星章をぼんやりと引っ張る。それから少し身を引いて彼を見上げると、その目には涙がたまっている。

「私、誰ともこんなに速く進んじゃったことってないわ」と彼女は囁く。「でも、これは間違いじゃない。私にはわかる」

彼は頷き、頭は勝手に彼女のほうに傾く。「そうだね」と彼は彼女の髪に向かって呟く。「あなただからよ。あなたの何かのためなの。戦争かもしれない」。彼女は彼の短い襟首を摑み、彼の目がまっすぐ見えるようにする。「あなた、いくつ?」

「二十一」

彼は無理して彼女と目を合わせ、一秒か二秒、彼の網膜は痛む。

「あなたの魂は成熟しているのね」

彼はこれが映画の台詞かもしれないと思うが、気にはならない。そこにはある種の真実があるのかもしれない。イラクに行くと人は急速に老け込むのだ。彼が引っ張ると彼女はすぐに彼の胸に倒れ込んでくる。

「ここから出ないと」と彼女は囁く。

「君は素晴らしいよ」

彼女は溜め息を漏らす。どちらも動かない。人々の声は部屋の向こう側へと遠ざかっていく。ビリーは元気に勃起したままで、痛いくらいだが、それについては何も為す術がない。

「あなたには正直に話すわ」と彼女は囁く。「私は処女じゃないの。これまで三人恋人がいたわ。でも、みんな長く付き合ったのよ。私は気安く体を与えたりしないの。それを知っておいてもらいたいわ」

彼は頷き、そのまま顔を彼女の首に近づけて匂いを嗅ぐ。香水と石鹸の花のような香りの下に、スイートポテトのペーストのように濃くて土に根差した匂いがある。彼女の香りだ。ビリーはこれまでの記憶にないほど幸せだと感じる。

「私には本当に深刻なことなのよ」と彼女は囁く。「誰かと親密になるのって」

「僕もだよ」と童貞のビリーは彼女の首に向かって言う。

「でもね、本当に誰かのことが好きで、信頼できて、相手も自分のことを同じように感じているとわかったら、肉体的に親密になるのもいいと思うの。でも、それには時間がかかるわ。そうでしょ？ そういった信頼関係を築くのって。一回や二回のデートで築けるものじゃないし、二、三週間でもダメ。時間がかかるのよ。本気で頑張って、互いを尊重するようにしないと。だって私、人生のいまの時点では、誰かと信頼地点に到達するまでに少なくとも三カ月は付き合わないとダメね」

このすべてが情報に満ちているように思えるが、ビリーは気にしない。仲間のブラボーたちなら何て言うかはわかっている。すぐにセックスしよう、そのあとで三カ月付き合うから。

「大丈夫だよ」と彼は囁く。「でも、戻ったら君に絶対に会いたい」

彼女は顔を上げる。「どこから戻ったら？」

「そりゃ、イラクだよ。軍務を果たさないといけないから」

「何ですって？」まだ囁こうとしているが、声が出てしまうのを抑えられない。「イラクに戻るの？ でも、誰もそんなこと言わなかった……。待って、みんな思い込んでいるんだわ。あなたたちの軍務は終わったって。なんてこと。いつ発つの？」

「土曜日」

「土曜日？」と彼女は叫び、その声は途切れる。片手で自分の髪を摑み、引きちぎるかのように持ち上げる。昔ながらの身振りだが、これを見てビリーの膝の力は抜けてしまう。〝女たちだけ〟と彼は思う。母だけが、姉たちだけが、そしていまフェゾンが——彼女らだけが彼のために本当の悲しみを見せてきた。そしてすべての女たちへの感謝で彼の目は熱くなる。フェゾンは爪先立ちになって激しいキスを求める。ビリーの勃起したままのペニスは中間地点で休んでいたのだが、またすぐに気をつけの姿勢を取る。

「なんてこと」と彼女は囁く。「せめて二人きりで——」

「チアリーダーたち！」という鬼軍曹のような女性の叫び声が聞こえる。「ホールに整列しなさい！」

「ああ、もう、行かなきゃ」。フェゾンは彼に最後のキスをし、それから彼の頬を手で包むようにする。「聞いて……」

「君の番号を教えて」

「電話を変えたところなの！」それってどういう意味——?? 「私のことを見つけて。二十ヤードラインのところにいるから」

彼女は背景幕の縁から顔を出し、それから振り返る。「ビリー」と囁いて微笑もうとするが、笑みにならぬままに彼と目を合わせる。そして彼女はいなくなる。

ジェイミー・リー・カーティスはひどい映画を作った

どうやってここに来たのかビリーにはまったくわからない。その部分が空白だ。脳震盪で三十分の記憶が飛んだかのようである。気づいたらグラウンドに立っていたのだ。ブラボーたち、ノームと仲間たちは、エンドゾーンの近くをうろついている。馬蹄形をしたスタジアムの曲線部分の奥深いところ。このあたりの風とみぞれは突き刺すように激しく、水洗トイレを流したときのように渦巻いている。開いたドームから見える空は、色といい見た感じの肌理《きめ》といい、磨いた白鑞《ピューター》のようである。褪せたセピア色と淀んだ灰色の水とを混ぜたような不吉な色。それはありとあらゆる悲惨な天気を予示している。「雪になるな」と冬の天気に一家言あるマンゴーが言う。「匂いでわかる」。しかし、誰も彼に注意を払わない。この小さな群れは映画の話で沸き返っている。何かが起きたのだろう、とビリーは推測する。彼が別のことにかまけているうちに、新しい展開があったのだ。グレイザー&ハワードが下りたらしい。トム・ハンクスは完全に下りた。オリヴァー・ストーンは最初から関わっていない。ジョージ・クルーニーの会社はアルバートの電話に全力で応えまいとしている。ところが、その突破口として浮かび上がったのがノーマン・オグルズビーである。彼は製作費用に関してたっぷり数百万ドルを約束している――いや、それだけの金額を払う潜在能力と言うか、少なくともあまり非現実的ではない可能性がある。

「彼は興味をそそられてるよ」というのがアルバートの言い方だ。〝興味をそそられてる〟はただしゃべっているだけの興味よりも高いレベルを意味するが、実際に金銭をテーブルに置くまでには至らない。「アイデアは気に入ってるし、君たちのことも好きなんだが、時期尚早だと考えてるんだ」

時期尚早。しかし、ブラボーたちには二日しか残っていない。映画の契約という迷路のような世界では悲しいほど短期間だ。まず〝これ〟が起きなくてはならず、次に〝それ〟が起き、さらに三十ものことが同時に、あるいは順番に——それも一つとして失敗することなく——起きなければならない。このプロセスは、ビリーの知る限り、恐怖と欲望を孕んだ凄まじい言葉の駆使によって駆り立てられる。ことが起きているとみなに納得させることで、ことを起こすのだ。最初の段階では実体のない概念にすぎないものへの信頼を形作る。二枚舌、大げさな賛辞、言い逃れ、決まり文句、見え透いた嘘などで築かれた概念。別の言葉で言えば信用詐欺だ。だからといって、ビリーはアルバートを軽蔑するつもりはない。このプロセスには欺瞞のための余白がたくさん埋め込まれている。誰もが自分以外は嘘をついていると考えているのに、あるとき大量の法螺《ほら》が臨界質量に達して爆発し、もはやそうではなくなる。つまり、法螺ではなくなる。ある種の真実が引き起こされるのだ。このビジネスモデルはハリウッドが作り出している製品の質と何らかの関係があるのか？　それについてビリーはまだ考える余裕がない。

誰かが、あるいは誰かの会社が——ハンクスか、グレイザーか、スワンクか？——ブラボーの物語が真実かどうかなんてどうでもいいと言った。いや、実際には〝そんなこと猿の尻から出てきた五セント貨程度の価値しかない〟と言った。真実かどうかは契約の価格を決める要因にはならない、と。これに兵士たちは怒ったが、アルバートは気にするなと言った。「やつらは阿呆どもさ」と彼は言った。「そんなこと心配するな」

ただし、お金を持っているのはいつでも阿呆たちのようなのだ。このときアルバートは少し離れたところに立ち、イバラの茂みのような髪を風になびかせて、電話で話をしている。ブラボーたちから同じくらい離れた反対側にはノームがいて、やはり携帯で話し合いをしている。

「あいつら、実は二人で話してたりしてな」とエイボートが言う。

ダイムはただ首を振り、冷たい風に背を向けてしゃがみ込んでいる。元気がなくなり、退屈している様子。エネルギーが切れそうだ。マック少佐はサイドラインまで歩いていき、立ち止まってじっとゴールポストを見つめている。そこに予兆か奇跡が現われるかのように。

「おふくろに車を買ってやるって言っちゃったよ」とロディスが言う。「十万ドルだぜ、おふくろ。ディーラーに行って、好きなの選びな！って。おふくろは車を選んで、いま家で待ってるよ。お金はどこって」

「いいか」とクラックがブラボーたちに言う。「ノームには金がある。そうだろ？ すんげえ億万長者だろ？ だから映画をスタートさせるのには、やつが小切手を切るだけでいいんだ」

「俺たちに小切手を切るんだよ」とデイは言う。「俺たちの物語だからさ」

「そのとおり。それもできるだけ早くな」

「忘れんなよ、ウェズリー・スナイプスが俺の役をやるんだ！」

「おまえの役をやるのはおまえの母ちゃんだよ」

「ダメだね。醜さが足りないよ。やつの役をやるのはアーケル（『ファミリー・マターズ』というテレビのコメディに登場する人物）さ」

「リチャード・シモンズ（フィットネスの指導者）がいい。やつを黒くしてな」

「いや、あの黒人の小人レスラーだ。マスター・ブラスター」

「それで、どうしてやつは小切手を切らないんだ？」とクラックが哀れな声でダイムに訴える。「だって、切りゃいいだけだろ。軍をサポートしたくないのか？ どうやってああいうやつに金を出させたらいいんだ？」

　みんなでやつを捕まえてひっくり返し、金がすべて落ちるまで振ればいいんだ。そうビリーは思うが、口には出さない。ダイムはこのあいだじゅうまったく反応しない。彼によくある落ち込んだ状態で、退屈しているときとか血糖値が下がったときにありがちなのだが、よりによってビリーが彼のアドバイスを最も必要としているときにむっつりしている。ビリーが訊きたいこととは、さっき彼の人生を吹っ飛ばした奇跡をどうしたらいいのか？　フェゾンのことを考えると、コカインの効果がそうだと言われているように、彼の頭はクラクラとなる。神経系の快楽ゾーンに思い切り投げ込まれた直球。筋金入りの中毒患者と違って全身全霊がいかれているわけではないが、明らかに制御できないものを感じている。〝おい、彼女はおまえに入れ込んでるぜ〟。ちくしょうめ、〝おまえにメロメロだよ〟。彼はふと、あれが本当にあったことなのか考えてみようと思う。完璧すぎるのだ。まさに自棄になった兵士が陥りそうな妄想ではないか。過激なセックスに関する空想で頭がいっぱいになり、欲求不満を抱えた普通の一兵卒、注意力欠陥障害の兵士が陥りそうな妄想だ。しかし、ビリーには自分への不信感も常にある。自己への不信と、その相棒である叱責の声。こうした忠実な仲間がいつでも待機して、人生の危機において彼を助けてきた。しかし、それでも、それでも……彼の腰はひどく痛む。彼女の匂いは手や胸に残っている。赤みがかった金色の髪が、遠い山脈からのシグナルのように、彼の襟で光っている。だから妄想を抱いているとか、コカインでラリっているとかでないとすれば、自分は何をすべきなのか？　つまり、これを現実のものとするために。長く続くものとするために。彼はできるだけ早く軍曹に相談しなければならない。時間こそが最も大事なのだから。

「おい、いい方向に向かっているようだぜ」とサイクスが言う。数人のチアリーダーたちがこちらに向かってくる。ただし、フェゾンはいない。さらにジョシュが雑嚢袋を肩からさげて現われる。ブラボーたちのところに来ると、袋を下ろし、たくさんのフットボールを彼らの足下に転がす。

「何だ、これ？」

「君たちのボールだよ」とジョシュは言う。

俺たちのボール。

「うん、撮影をするとき、君たちにボールを持ってもらいたいだ」

唸り声を出すブラボーもいるが、あとの者たちは何も言わない。彼らはフットボールを見つめたり、爪先でつついたり、ボールとは何も関係がないかのように遠い方向を見やったりする。ビリーはダイムと二人きりで話すきっかけを待っている。チアリーダーたちは背中を丸めて近くにたむろしている。暖を求めて両足をこすりつけ、ポンポンを巨大なマフのように胸で抱きしめている。ブラボーたちは物欲しげな視線を投げかけるが、そちらに歩いていく勇気のある者は誰もいない。

「おい、ジョシュ、ハーフタイムについて何か知らされたか？」

「いや、まだだね。何かわかったらすぐに知らせるよ」

「気をつけてくれよな、ジョシュ。俺たちに馬鹿なことをやらせないでくれよ」

「難しいことも」

「そうだ、難しいことも。テレビで馬鹿面を晒したくないからな」

「心配しないで」とジョシュは請け合う。「すべてうまく行くよ」

特別に冷たい風が吹き、みなは一瞬黙り込む。「どうしてこんな寒いとこで待たなきゃいけないんだ？」とロディスが泣き言を言う。

「テレビ局の連中がここに来ることになってるんだ」とジョシュ。

「いねえじゃねえか！」

「まあ、落ち着いて。すぐに来るはずだから」

「ノームに尻を叩かせろよ」

みながノームのほうを見る。

「やつは誰と話してんだ？」とデイが訊ね、ジョシュは額に皺を寄せる。まるで神経を集中すれば、あるいは集中した振りをすれば、答えが現われるかのように。

「誰だろう？　わからないな」

「偵察してこいよ」

ジョシュはたじろぐ。「そんなことできないよ！」

デイは憐れむような冷たい視線を向ける。「何言ってんだ。歩けねえのか？」

「もちろん歩けるけど」

「じゃあ、あっちをぶらついてこいって言ってるだけさ。やつが映画作りのことを話してるのかどうか知りたいだけだよ。それくらいできるだろ？」

「倫理的に許されるかどうか自信がないんだ」

デイは鼻を鳴らす。気難しい白人の感情を相手にするとなると、彼は自分のクールさをいじめの道具として使わずにいられないのだ。

「おい、あそこに男が立ってるよな。やつは公共の場にいるだろ？　秘密の話をしたいんだったら、なかに入って、一人きりになれるところに行くよ」

「あ、まあ、そうだね。でも、それで何を摑めるのかがよくわからないんだけど」

「おいおい、情報だろ！　知識の力だ。そんなこと誰でも知ってるぞ！　あそこに用事があるみたいに歩いていくだけなんだから、大したことじゃないだろ。おまえの仕事は俺たちの面倒を見ることだよな？　さりげなく、ぶらぶら歩きゃいいんだ。やつは気づきゃしない」

　ほかのブラボーたちも加わる——単にやることがないからだ。彼らはジョシュをおだてたり、容赦なく脅したりし、ついに彼も同意する。役者のような何気なさを装ってノームを通り過ぎ、取り巻きたちをぐるりと回って、チアリーダーたちに挨拶する。それからノームのほうに戻り、さり気なくひざまずいて靴の紐を結ぶ。ブラボーたちはその一挙手一投足を追う。〝十万ドルだぜ〟。彼が戻ってくるときには、ブラボーたちは飛び上がるほど興奮している。

「選手の怪我の報告を受けてたよ」

　ああああ、畜生。彼らはその場で死にそうになる。ビリーはフットボールを拾い上げ、ダイムに向かってポイと投げる。そして「パス！」と叫び、ダイムが本当にボールを取るかどうか見極めもせずに走り出す。死の苦悶のようなアアアアアアという叫びとともに脚を夢中で動かし、食物とアルコールの大量摂取による濁った血が沸き立つ。三歩、四歩と進むうちに脚の調子は上がり、腕もストライドのリズムに合わせてギヤが入る。サイドラインに三々五々立っている人々をフェイントでかわし、エンドゾーンで左に曲がって振り返る。ボールは——クソッ！——すぐ上だ。ドリルの先端のようにくるくると回りながら迫ってきて、その一瞬で彼はすべてを見て取る。ボールの速度と高度と姿勢から到着予定時間を算出しつつ、目はボールの弾道を逆にたどり、ボールが放たれた場所に至る。ダイムの腕による大遠投《ビッグバン》が起きたところ。突如として生気を取り戻し、歯を剝き出している天才的選手の顔。斧を手にして上陸したヴァイキングのようだ。

　彼は本物の弾丸パスを投げたのである。ボールは縫い目で裂けていく絹織物のような音を立てて飛び、ビリーはそこに情けなどないことを知る。しかし、彼はプロ選手のように行動する。ボールが向かってくるのを目で追い、腹を丸めて衝撃を受け止める。ウウウウウーという押し殺した声。

タッチダウン。彼はダイムにボールを投げ返し、方向を変えてエンドゾーンの奥に入っていく。足踏みし、肺は新鮮な冷たい空気をたっぷり吸いこむ。走るのは気持ちがいい。ただ走るだけで。ダイムは次のパスで彼をずっと遠くまで走らせ、彼は腕を高く上げなければならない。体を目いっぱい伸ばして飛び上がり――キャッチ！　ボールを胸に抱えると、エンドゾーン付近の観客席から歓声が上がる。ビリーは途中までタッチダウンのダンス――アハ、アハ――をやり、観客の声援に応える。次のパスでダイムは彼に長いパスを送ると合図し、爆弾のようなパスを投げる。ボールはビリーの頭上を漂い、腕のなかに落ちてくる。赤ん坊を揺らすようにボールを抱くと、エンドゾーンの観客がまた拍手喝采する。

ビリーは乗ってくる。夢中になっている。全身の至るところにうずうずするような感覚があり、感覚器官がオルガスムに近い高さに波長を合わせているのに、同時に動きをしっかり制御している感覚もある。プロのスポーツ選手はいつもこのように感じているのだろうか？　一瞬一瞬の肉体の動きだけを純粋に楽しむこと。固い芝生から脚の筋肉を使って飛び上がり、革砥《かわと》でナイフを研ぐように冷たい空気を肺に出し入れする。食べ物だって、彼らには一般人よりも濃厚な風味があるに違いない。セックスも、そう、言うまでもなく。当然ながら彼はフェゾンがこれを見ていることを願い、これは彼女のおかげだというぼんやりとした思いがある。彼女との出会いが彼の脳に化学変化を起こし、その結果として彼の運動能力を大幅に向上させたのだ。

彼は振り返り、ダイムにボールを投げ返そうと足の位置を定める。すると、自分に向かってボールが一個、二個、三個飛んで来るのに気づく。フィールドへの全面侵攻に対する空からの援護だ。マンゴーはラインドライブのキックを放ち、ボールが音を立ててビリーの頭上を越えていく。ロディスはサイクスに後ろから当たり、地面に押し倒す。クラックとエイボートはデイからの長いパスを追って走り、肘でつつき合ったり言葉で威嚇し合ったりし、つまずき、転びそうになって大笑いする。「よお、ジェリー・ライス（アメリカンフットボールの名選手で、「捕球できない球はない」とまで言われたワイドレシーバー）」とダイムがビリーに声をかけて脇をゆっくり通り過ぎる。それからギヤを全速力に入れて駆けていき、ビリーにパスをしろと振り返る。エンドゾーンのファンたちはいまや大喜びで歓声を上げている。だって、当然だろう。ファンだったらまさにこのことを夢見てきたはずだ。プロ・フットボールの聖地で駆け回ること。ブラボーたちはトリックプレーをしたり、ボールを持っているプレーヤーにタックルしたり、自由なゲームを始めている。チームは流動的というか、基本的には存在せず、はっきりとしたゴールもない。ただ男たちがエンドゾーンを走り回り、互いにぶつかり合い、大笑いしている。これだけだったらフットボールは素晴らしいスポーツなのに、とビリーは思う。頭を空っぽにしてぶつかり合う荒々しいゲーム。それが文化の汚い手で触れられると増長し、神聖化され、もったいぶった野獣のような存在になる。ルールが生まれる。何百ものルールがあり、さらに毎年新しいルールが作られる。「プレーする」という概念をこっそりと、そして全面的に歪めてしまうもの。それから脳味噌まで筋肉でできているコーチたちがサディスティックなトレーニングやチームで暗誦する言葉、難読症を引き起こしそうな図表を押しつける。仕切り屋のレフェリーたちは小型ヒトラーのように駆け回り、タイムアウトがあり、パス不成功のときの興醒めな中断があり、直後のビデオ再生というもったいぶった儀式がある。さらにはハドル、プレーブック、パッド、オーディブル、そのほか頭を麻痺させそうな仕掛けがいろいろとある。しかし本当のところ、少年たちが求めているのは駆け回り、ぶつかり合うことだけなのだ。ビリーの母には決して理解できなかった謎である。女の子を二人生んだあとだけに、なぜ息子が小さい頃からわざと壁やドアや茂みにぶつかったり、居間の長椅子と格闘したり、わざわざ地面に転がったりするのかが理解できなかった。転がる理由と言えば、「地面がそこにあるから」以外には何もないように思えるのだ。フットボールはこうした衝動に対する建設的なはけ口であるように思われた。ビリーは少年だった頃、いろいろな機会に「組織された」ボール遊びを楽しんだ。「組織された」とは、命令と管理の巧妙なシステムを表わす暗号であり、そのシステムではあらゆる権力がトップに集中しているのだ。どうやらフットボールとは生産的で有用であることを目指して作られたものらしい。人類すべての大きな利益になるように意図されているので、指導者たちはチームワーク、犠牲、規律、そのほかの近代的な美徳を植えつけようと絶え間なく喚き散らす。その基本的な趣旨はつまるところ「黙って言われたとおりにしろ」ということになるのだ。したがって、ゲーム自体には凄まじい激しさがあるのに、奇妙な受動性が心に染みついてしまう。ルールのすべて、行動原理のすべて、そして三時間の練習のすべては――だいたいはコーチ補佐によって次に怒鳴られる順番を待っているだけなのだが――幸せな無感覚状態を作り出す。知覚と反応が全般的に鈍くなるのだ。ある意味で、常に何かしろと言われているのは心地よい。とはいえ、これはものすごく退屈であるし、ある時点で重大なことに気づき始める。ほとんどのコーチは岩のように頭が空っぽだ、と。

それで、クソ食らえ、となる。彼は高校二年生でフットボールと縁を切った。とはいえ、軍もだいたいは同じである。違いは、暴力こそが目的だということだろう。何千倍もそうだ。しかしこの瞬間、互いに宝くじの球のようにぶつかり合って、ブラボーたちはある程度の平和を見出していた。当たるたびに緊張が和らぎ、彼らは狂ったように笑っている。エンドゾーンの群衆は――安い席に座っている労働者階級、ブルーカラーのがさつな連中だが――立ち上がって彼らに声援を送っている。ブラボーたちは神聖なグラウンドで勝手気ままに振る舞い――奇妙だ！――誰も彼らを止めようとしない。それから三人の男たちが細長いゴルフカートに乗って現われる。カウボーイズのパーカーと帽子を身につけた肥満した男たち。そのなかでも最も太った男――スチールフレームの眼鏡をかけ、下顎は尻のように膨れ上がった男――が、ブラボーたちに〝俺のフィールドから出ていけ、いますぐ〟と叫ぶ。「あいつのフィールドから出ていけ！」とクラックが叫び、マンゴーも同じことを叫んで、一瞬のうちにブラボーたちは互いに怒鳴り合っている。〝あいつのフィールドから出ていけ！　あいつのだ、この馬鹿、あいつのフィールドから出ていけ！　あいつがフィールドを返せってさ。いますぐ！　出ていけ！〟彼らはフットボールを老人のようなゆったりとした歩き方で集めていく。足を引きずり、数歩歩くたびに〝クソ！〟とか〝フィールド！〟とか叫ぶ。三人の太った男たちは顔をしかめて座っているだけだ。二人の警官が歩いてくるが、何も言わない。ブラボーたちは相変わらず声を限りに叫び続けている。それはあのクソ野郎どもが敬意に欠けるからだ。この勇敢なアメリカの兵士たちに礼儀正しく〝プリーズ〟とか〝サンキュー〟とかを添えることさえしない。この若者たちのことを（引退した）コリン・パウエル将軍は〝忠実な、称賛すべき若者たち〟と呼んだんだぞ。〝彼らはあなた方の自由のために身を挺して戦った〟と言ったんだぞ、このクソ野郎。おまえは〝神は自分の似姿に人を作られた〟という概念への侮辱だ、他人の芝生を守っているだけのクソ野郎。鯨の尻みたいに太りやがって。〝やつらは俺たちの自由を憎んでいるのではない、たぶん俺たちの肥満を憎んでいるんだ！〟

エンドゾーンの田舎者たちはこれを見てブーイングをする。〝またやられたぜ〟といった感じの荒っぽくてシニカルな吠え声だ。ノームと仲間たちはフィールドから出るブラボーたちに頭を下げる。ノームは笑いながら言う。「すまんな、みんな」。サラダを口いっぱい頬張っているような歯切れの悪さ。「警告しておくべきだった。ブルースは彼のフィールドのこととなると潔癖なんだよ」

でも、ノームがボスじゃないのか？　これってまるで彼が……何でもいいや。

「これは本当にいいフィールドだね」とエイボートが言う。

「ああ、最高のフィールドだよ」とクラック。「マンゴー、あの芝生を刈りたくてたまらないだろう？　ジョン・ディアの機械のスイッチを入れて、ブーンと。だってさ、メキシコ人なんだから」

「あれは人工芝だよ、ノータリン」とマンゴーが指摘する。

「いや、俺が言ってるのは――」

「民族的偏見はみんなの品位を傷つけるんだぞ」

「だからヒスパニックはみんなこういうのが好きだって――」

「俺がおまえの母ちゃんにしたようなことが好きってか？」

ノームは笑っている。ブラボーたちは何て変わっているのだろう。何ていちゃつき合う兄弟たちなのだろう。オーケー、たぶん彼らの世代は誰の基準から見ても立派だとは言えない。しかしあのどこか混乱した怪しい世代を上中下の三つに分けると、下三分の一のなかでは最高の連中だ。エンドゾーン付近ではテレビ局の撮影班が準備をしており、いかにもマスコミ関係者という女性二人が〝撮影〟について話し合っている。六人のチアリーダーも待っている。ジョシュはうろついているし、アルバートは携帯にメッセージを打っている。習慣となった疲労感とともに、ビリーはマック少佐がどこにも見当たらないことに気づく。

「ここです、みなさん」と女性たちのなかで若いほうが呼びかける。彼らの〝撮影〟を担当するテレビ局のプロデューサーだとわかる。「ここに並んでください」

「そうね、もっとこっちを向いていただけないかしら」と中年のほうの同僚が言う。カウボーイズの宣伝担当重役で、ノームのことを「ノーム」と呼ぶだけの力の持ち主。二人とも熱心で負けず嫌い、そして強情なところがある。服はすべて黒で、怒ったベジタリアンのように引き締まった顔をしている。ビリーはフェゾンとのことをダイムに話したくて彼に近づくが、軍曹はノームに捕まり、完全に独占されている。

「ハリウッドとはいろいろと深刻な問題があってね」とカウボーイズのオーナーは言う。みなは指定された場所で所在なげに足をもぞもぞと動かしている。「ハリウッドはアメリカのほかの地域と足並みがそろってないと思うんだ。主流のアメリカ人の関心や価値体系と合ってない。誰かがあそこに行って、アメリカが本当に関わっていることを反映した映画を作らなければいけない」

「私もそれが必要だと思います」とダイムが答える。「そして、今こそその時でしょう」

「ああいうふうに先延ばしの回答をされ続けると、やつらの忠誠心はどこにあるのかと疑いたくなる。やつらは本当にこの戦争でアメリカに勝たせたいと思っているのか」

「やつらは意気地なしじゃないかと思いたくなりますね」とダイム。

「いいかな、ロン・ハワードは素晴らしい映画を作ってきている。『スプラッシュ』は私のお気に入りの映画の一つだ。しかし、彼とグレイジャーが――」

「グレイザーです」とダイムが正す。

「――グレイザーが君たちの物語を第二次世界大戦物にしようってのは、実に怪しからん」

「強引な手段に出たってことですね」

「第二次大戦は正当に評価されている。それに関するいい映画もたくさんある。『史上最大の作戦』とか『最前線物語』とかは本当に素晴らしい映画だ。しかし、ブラボーのはまさに今この場で起きている物語であり、その文脈は尊重されなければならない」

「これについては私たちもみな同意すると思います」

「私は〝イラク戦争疲れ〟のようなものはまったく見当たらないと思う。アメリカ人の大半は戦争を支持しているし、戦っている兵士たちを応援しているんだよ。その点について疑問に思う人がいれば、君たちが今日受けた歓迎を見てみるといい」

女性たちがブラボーたちをクオーターサークル・ラインのなかへと導き、その両側にチアリーダーという花飾りがつく。ノームとダイムは主役として先頭の中央に陣取る。シナリオがあり、みなそれを暗記している。「こんな感じでフットボールを持ってください」と宣伝担当の女性が言い、胸のところで見えないボールを掴む。間抜けで野暮な感じではあるが、ブラボーたちは従う。

「いえ、もっと低くして」とプロデューサーが言う。

「何ですって」と宣伝担当が目を丸くして唸る。

「それだと不自然なのよ。かっこ悪いわ」

「だって、フットボールの試合なんですけど。完璧に自然よ」

やがて最初の撮影の準備はすべて整う。ノーム個人のビデオカメラマンも少し離れて立ち、撮影されているノームを撮影している。「ブラボー分隊より、あなたとご家族が**楽しい感謝祭**を過ごせますように」とダイムが大声で言い、そのあとシナリオから逸れる。「戦場にいる私たちの兄弟姉妹にはこの言葉を。**相手を上回る武器の力で平和を成し遂げよう!**」それを聞いて、ノームとチアリーダーとブラボーたちが一斉に「行け、カウボーイズ!」と叫ぶとき、みんな笑っている。マスコミは苛立っている。すみませんが、それはシナリオにあるんですか？　シナリオにありませんよね。じゃあ、言わないでください。言ってはいけません。言ってはいけないってわからないんですか？　ダイムは謝り、雰囲気に乗せられたといったことをブツブツ呟く。みながテイク・ツーのために身構える。「ブラボー分隊より、あなたとご家族が**楽しい感謝祭**を過ごせますように！」とダイムは始め、それから——何てことだ——また同じことをする。「戦場にいる私たちの兄弟姉妹にはこの言葉を。撃って撃って撃ちまくれ！　**悪いやつらをやっつけろ！**」

「そうだ、行け、カウボーイズ！」

マスコミはいよいよ苛立つ。「みなさん、この撮影には四分しか時間が取れないんです」とプロデューサーが説教する。「真面目にやってください。じゃないとやめます」。ノームはブラボーたちと一緒に大笑いしているが、落ち着いてちゃんとやろうとブラボーたちを諭す。「たくさんの人たちが君たちの声を聞きたがっているんだ」と彼は断言する。テイク・スリーでダイムはおとなしくシナリオをたどるが、みんなが悪戯を待ち構えているので、ロディスとサイクスが吹き出してしまう。テイク・フォーはスムーズにいくが、一人のファンが一列目の手すりから身を乗り出し、叫ぶ。「シカゴ・ベアーズは馬のペニスを吸ってるってよ！」

ここで小休止をいれざるを得なくなる。追加の警官たちが呼ばれ、撮影に使うエリアの警備にあたる。ビリーは相変わらずダイムと話そうとしているが、軍曹はまたノームと話している。ビリーは割り込もうかとも考えるが——それくらい切羽詰まっているのだ——その代わり感情を抑える練習とばかり三歩下がる。すると、チアリーダーたちにまともにぶつかってしまう。

「おっと、ごめんなさい！」

チアリーダーたちは微笑み、大丈夫だというふうに頷く。三人いるうちの二人が白人で一人が黒人だ。

「君たち、きょうだいなの？」

彼女らは歓声を上げる。

「あらあ、どうしてわかったの？」

「絶対にばれないと思ってたのに」

「だって、見え見えだよ。三つ子だっておかしくない」

さらに歓声が上がる。すべてのチアリーダーたちと同様に、彼女らはグラマラスな女性の驚くべき見本だ。柔らかいところは柔らかく、硬いところは硬い。ファッション誌に載るような画像処理された理想像と一致している。ただし、彼女らは本物なのだ。なんてこった。ビリーの口からはくだらない言葉がどんどん出て来て、自分が何を言っているかもわからなくなる。それでも彼女らが笑っているので、どうやら変なことを言っているわけではなさそうだ。チアリーダーたちはバタバタと足踏みし、歯を食いしばりながら冷たい息を吐いて、寒さを大げさに表現する。感謝祭の撮影にどうしてフェゾンが選ばれなかったのかを訊ねたところ、彼女らは「年功序列よ」と言う。

「入ったばかりの子でしょ？　すべては年功序列で決まるのよ。テレビに映るかどうかの優先権は、入ってからの年数に基づいてるの」

「じゃあ、テレビに映るのは大ごとなんだね？」

彼女らは肩をすくめ、どうでもよさそうな表情になる。

「マイナスにはならないわね」

「何のマイナス？」

「ねえ、わかるでしょ、キャリアのマイナスよ」

「へえ、チアリーダーにもキャリアってあるんだ」

「これはなあに？」とチアリーダーの一人がビリーの勲章を指さして訊ねる。そのなかでも一番光っている勲章にほとんど触れそうになっている。

「これは銀星章だよ」

「どうしてもらったの？」

ビリーはまずい話を始める。この勲章についても、ほかのものについても、上品な会話に相応しい法螺話は用意していないのだ。「勇敢な行為のためかな」と彼は言い、それから実際に表彰されたときに贈られた言葉に頼る。「合衆国の敵に対する戦闘での際立った勇敢さと大胆さを称えて」

質問をしたチアリーダーは無表情な顔を彼に向ける。「かっこいいわね」と彼女は言い、三人の女たちは一斉に顔を背ける。どうやらビリーは会話を台無しにしたらしい。自慢屋だと思われたのだろうか？　そのときマスコミからの指示が出る。テイク・ファイブのために位置に戻るように。彼らは所定の場所を見つけて待つ。さらに待つ。さらにしばらく待つ。そして機械に不具合が生じたと聞いて唸り声を上げる。故障が直るまでその場で待っているようにと指示される。

「あそこにいる君たちの相棒だけど」とノームはアルバートの方向に頷きつつ囁く。アルバートは携帯電話を耳に当ててサイドラインを歩いている。「映画の交渉をしているようだな」

「彼は機械のようですよ」とダイムは言う。ビリーは彼らのすぐ横、そして少しだけ後ろにいるので、話がどうしても聞こえてしまう。

「彼とはどれくらい関わっているのかな？」

「まあ、正式には二週間ですね。二週間前に顔を合わせたわけだから。でも、その前からメールや電話でやり取りしてました。まだイラクにいるうちからです」

「契約を結んだんだね」

「いくつかの書類にサインしました」

「それで、これまでのところ見通しは明るいわけだ」

「そうですね、アルバートのことは好きです。我々の物語の力を信じてくれていますし、できるだけいい条件で契約できるように力を尽くしてくれています」

ノームは咳払いをし、しばらく何も言わない。ビリーはどちらかがしゃべったら聞き逃すまいと、数ミリだけ身を乗り出す。

「ヒラリー・スワンクだが」とノームはついに言う。

「何ですか？」とダイムが訊ねる。

「ヒラリー・スワンクだ」とノームが繰り返す。「アルバートが言うには、君たちの物語に興味を示しているスターの一人だそうだね」

「そうです」

「彼女は君の役をやりたがっているとか」

「そうらしいですね」

「そいつは馬鹿げていると思う。君はどう思う？」

「正直に言いますと、私も理解に苦しんでいるんです」

「物語に忠実であるべきなんだ。スターの気まぐれに合わせていじり回すのではなく。率直に言って、ハリウッドの連中のナルシシズムには驚かされどおしだよ」

「私はタブロイド紙で読んだことしか知りません」

「女優としてもあまり高く買ってないんだ」

「そうですか」

「彼女がシュワルツェネッガーと共演したのを見たよ。彼女が妻役で、彼がＣＩＡの工作員で、だけど彼女はそれを知らなくて。馬鹿っぽい映画だった。大した映画だとは思わなかったな」

「それはジェイミー・リー・カーティスだと思います」とダイムは言う。

「何だって？」

「その映画で妻役を演じたのはジェイミー・リー・カーティスで、スワンクではないと思います」

「本当に？　まあ、どっちにしてもひどい映画だった」

ビリーはアルバートが携帯電話をポケットにしまうところをたまたま見てしまう。アルバートの肩は地殻変動のうねりのように上がったり下がったりしている。こうした動作は落胆を意味するように思えるが、ビリーにはアルバートが心配しているというよりも考えに耽っているように見える。実績あるベテランのプロ選手が次の作戦を練っているかのようだ。じゃあ、何かしてくれ、とビリーは心のなかで訴える。そして、ふと自分がこう願っていることに気づく。プロデューサーとして、アルバートにはもっと首を突っ込んでほしい。契約がダメになったとする。アルバートはロサンゼルスに戻り、彼のブレントウッドの家に、ホットな若い妻のもとに、そして棚にオスカー像が三つ飾られているオフィスに戻る。一方ブラボーたちは、契約が成立しようとしまいと、戦争に戻る。イラクとは彼らにとって、これまでも生死を賭けた問題以外の何物でもなかったが、契約の話が宙ぶらりんだと、いっそう深刻な問題に思えてくる。

次のテイクはうまくいき、みなが喝采する。撮影班でさえ、疲れ切ったと言わんばかりの耳障りな音を立てる。ノームは旧弊なハイタッチを一人ひとりとしていく。「フットボールはそのまま持っていてください」と彼はブラボーたちに言う。「みなさんへのプレゼントです。でも、そこにサインがあるほうがいいんじゃないかな？」彼はニヤリと笑う。「じゃあ、こちらへどうぞ」

超特大

彼らはでかい。新しい種かもしれない。あるいは失われた先史時代への先祖返り。その当時、クライズデール種の馬のような大きさの人間たちがうろついていたのではないか。テレビで見る、おもちゃの兵隊のようなサイズの彼らは正しい姿ではない。彼らの体は膨れ上がり、そこにビヤ樽のような頭とセコイアの幹のような首、ソフトボールの大きさの膨らみを持つ腕がついている。さらに彼らの顔にはどこかおかしなところがある。目がくっつきすぎているか離れすぎているかで、頬骨と鼻には親指で押しつぶしたかのような赤黒さがある。すべての部分が揃っているのだが、全体としては不調和。顔の作りと頭骨のサイズが不釣り合いに見える。まるでスーパーヒーローの巨大さにたどり着こうとして、青写真に描かれていた顔の寸法をはるかに超えてしまったかのようだ。

「おまえ、あの男の便座じゃなくてよかったと思うよな？」とエイボートが一人の選手を顎で示しつつビリーに囁く。この肉の塊はニッキー・オストラーナというカウボーイズ最高のオフェンシブガードだ。アメリカ以外のどこでフットボールが盛んになり得るだろう？　何百万エーカーもの肥沃な土地で生み出されるトウモロコシ、大豆、小麦、たくさんの牧場で生産される乳製品、一年を通じて栽培されている果物や野菜、そして並外れた流通網で行き来する牛肉、鶏肉、シーフード、豚など——こうしたものがアメリカに揃っているからこそそのフットボールではないか。飼育場の動物たちは体を膨らまされ、ビタミンを大量に投与され、皮下注射で予防接種される。ここはブーンと音を立てて高速度で稼働する蛋白質生産工場。このすべてが数世代にわたる大規模な栄養摂取の末、工業製品並みのサイズの人種という形で結実したのである。こうした巨人を作り出せるのはアメリカだけだ。ビリーはタイトエンドのトニー・ブレイクリーがシリアルを一箱すべてボウルにあけ、そこに半ガロンの牛乳を注ぎ込み、給仕用のスプーンでゆったりと食べるのを見つめている。ひと・はこ・すべて。ほかの国だったら、こうしたマンモスたちの餌やりで破産するだろう。このマンモスたちは、ノームが部屋の中央からしゃべるのを静かに聞いている。〝本当のアメリカのヒーロー……我々が享受する……自由……〟「それでは、カウボーイズの熱烈な歓迎ぶりをこのヒーローたちにお見せしようじゃないか」とノームは力強く言い、チームは拍手喝采で応える。選手たちは超セレブだが、厳密に言えばノームに雇われている。だから彼の言うとおりにしないといけないのだろうとビリーは考える。

ノームはコーチのタトルのほうを向いて言う。「ジョージ、客人たちがここにいるあいだにサインをしてもらうことは構わないかな？」

コーチは著しく熱意に欠ける声で「いいとも」と答える。そのあとに〝終わったらすぐ俺のロッカールームから出ていきやがれ〟という言葉が続きそうだ。彼は巨体で陰気そうな撫で肩の男である。サイズと体型から見て、雄のセイウチに似ていなくもない。美容院で染めた髪と同様、肌もオートミールの色をしており、もじゃもじゃの巻き毛を後ろに撫でつけた外見は、昔の深南部の刑務所看守を思わせる。ブラボーたちはロッカールームに向かう途中、ジョシュからマーカーを渡されていた――彼はまたアドヴィルを忘れ、さかんに謝っていた。そして兵士たちはサインを集めようと選手たちのほうに歩いていった。

「このなかにパット・ティルマン（9・11をきっかけに軍に志願し、アフガニスタンで戦死した元プロ・フットボール選手）とプレーした選手はいるのかな」とダイムは明るい声でひとりごちる。数人の選手が彼をじろりと見るが、何も言わない。というわけでダイムは自分の得意分野を見せつけているし、サイクスとロディスはできるだけたくさんサインを集めようと忙しく動き回っている。そしてビリーは少し離れたところで尻込みしている。そもそもサインをもらう意味が彼にはわからない。しかも選手たちの大きさに圧倒され、彼らをまともに見たくないし、サインをねだりに近づきたくもない。どうも居心地がよくないのだ。人目に晒され、体が縮んでしまったように感じている。認めづらい真実を明かすなら、五分前よりも男らしさを失ったような気がする。選手たちはどのブラボーよりもずっと軍人らしい。彼らのほうが大きいし、強いし、胸板が厚いし、かっこいい。トラック並みの大きさの顎は小さな建物を壊していきそうだし、腿は重い建物を支える梁のように頑丈だ。男性ホルモンを彼らは大量に分泌し、試合のために集まるときは戦士のオーラが急激に高まる。まるでこの山のような体格の男たちにもっと嵩が必要であるかのように。彼らの体の周囲には、衝撃と畏怖を醸し出す精巧なシステムが形成されている。ずらりと並ぶ腰パッド、腿パッド、膝パッド、それから肉体を変形させてしまう肩パッド。こうした発泡ラバー、布、マジックテープ、互いにかみ合う外皮《シェル》などがハイテクによって組み合わされ、伸びたベルトをしっかり留めると弱い肋骨が守られる。手のためのテープ、手首のためのテープ。首に巻くパッド、肘パッド、上腕のためのパッド。それぞれのロッカーの一番上の棚には新品の靴が少なくとも四足置いてある。

　あらゆる用具、あらゆるモノが、ビリーをさらに落ち込ませる。それに伴う退屈さ。ちやほやされているモデルや女優たちよりもおそらく長い時間を費やして、選手たちは身づくろいしている。しかもそれを露骨に見せている。ぶっきらぼうで、まわりから孤立し、装備を整える儀式に完全に集中している。邪魔されたくない気持ちはビリーにも理解できる。それは精神的なものだ。精神が肉体から滋養を得るということ。相手をできるだけ痛めつけられるように頭の準備をする。というのも、仲間の人間に対する攻撃は気楽にできるものではないのだから。そうとも、俺にも経験がある！　完璧に感じている！　彼は同じプロセスに気づく。ロッカーから漂ってくる〝痛めつけよう〟という空気も同じだ。しかし、こうしたことに関して話そうとすれば、おべっかを使っているように思われるだろう。

ビリーはカーヴァン・マクレランのサインをもらう。というのも、まあ、彼がすぐそこに立っていて、サインをもらわないのも失礼に思えたからだ。それがカーヴァン・マクレランだとわかったのは、名前と番号が彼のロッカーの上部に洒落た文字でプリントされていたからにすぎない。ビリーは次の選手に移る。スペルマン・テイラー、#94、タッカー・ルーベル、#55、デマーカス・キャリー、#61。選手たちはビジネスに徹している。マーカーを手に取り、さらさらと名前を書いて、多くは顔を上げもしない。ほんの数人はビリーに礼を言われ、かろうじて頷く。インドゥリアン・カシュカリ、#81、トミー・バズニック、#78。それからビリーはエド・クリスコ、#99のところに行く。巨大な白人。トレーナーが肩のパッドを強く巻いているあいだ微動だにしない。腕を前に出し、しゃべらず、瞬きもせず、ただ前をまっすぐ見つめている。荷物運搬用の馬が新たな一日にそなえ、馬車につなげられるのをじっと待っているかのように。

ビリーはエド・クリスコに話しかけないことにする。顔色が青白く、髪の毛がまったくない二人の子供たちがサインをもらいながら部屋を歩き回っている。気丈にも微笑む親たちが付き添い、各家族にチームの代表が一人ずつついている。子供たちの肌は透けたような銀色の光を発している。上空はるか彼方に浮かぶすじ雲のような輝き。彼らがどんな病気であるにしても、それは深刻なものだろう。ビリーは彼らが男の子なのか女の子なのかもわからない。それくらい極端な状態なのだ。

彼は先に進む。ダレル・シッソン、#33、ダントーン・ジェフリーズ、#42、オクタヴィアン・スパージョン、#8。オクタヴィアンはボールを受け取るときに話しかけてくる。

「調子はどう？」

「いいですよ。あなたは？」

オクタヴィアンは頷く。自分のロッカーの前に置いた椅子に座り、ヘルメット以外は完璧に試合の準備が整っている。うずくまり、冷静で、肩のあたりは盛り上がり、尻のあたりは細い。鼻は長くて先細りになり、頬骨は高くて優美でさえある。首から這い出て上腕をくねくねと取り囲む、凝った模様の入れ墨。うなじで結んだ黒いスカーフ。彼はビリーのボールにペンを走らせてから返す。

「ありがとうございます」

「大したことないよ。ちょっと待って」

ビリーは振り返る。一瞬、このカウボーイズの選手は言葉に詰まっている様子だ。

「あのさ、イラクに行ってたんだよね？」

「あ、はい」

また彼は言葉が出てこずにもがいている。ビリーは彼が長いこと頭に衝撃を受けてきた結果、パンチドランカーになったのではないかと考えたくなる。しかし、彼の目は機敏で鋭い。

「で、どんなだった？」

「どんなだったか？　まあ、暑くて乾燥してて汚いです。それにだいたいにおいてすごく退屈だったな」

オクタヴィアンは舌足らずな囁き声でしゃべる。「でもさ、あの、前線にいたんだよね？　戦闘にも参加したの？」

「ええ、いくつかの戦闘に参加しました」

ダントーンとダレルもやって来る。彼らはオクタヴィアンと同じタイプの体をしている。しなやかで色は黒く、見事に均整が取れている。選手たちのあいだで視線が交わされるが、ビリーにはその意味が読めない。

「で、ほんとのところだけど。いままで人を殺したってわかったことある？　あんたが銃を撃って、やつらが倒れて、自分がやったんだって？」

それか。ビリーの頭には、答えなくてもよいという選択肢はまったく浮かばない。

はい、と彼は言う。選手たちは互いに目くばせし合う。彼らにとって緊張の瞬間だというのがビリーには見て取れる。

「で、どんな感じなの？　つまり、どんな感じがするのかな？」

ビリーは息を呑む。難しい質問だ。まさにそこで心が苦しんでいるのだ。いつの日か、そこに教会を建てなければならない。戦争から生還したらの話だが。

「どんな感じもしません。戦闘が続いているあいだは」

「ああ、そうだね」。さらに数人の選手たちが集まっている。先発出場しない選手全員が集まっていることにビリーは気づく。「どんな武器を持つの？」

「どんな武器を持つか？　それは場合によります。どんなミッションか、どんな役割を担当するかによるんです。たいてい僕が持つのはM4という、標準的な半自動アソールトライフルです。たまにですが、M240という全自動の重い銃を持つこともあります。一分に九百五十発撃てるんですよ。それから軍用ジープのうえにいるときは、50口径を携えます」

「M4って、どんな弾丸を使うの？」

「5・56ミリです」

「補助の銃も持つの？」

「ベレッタの９ミリですね」

「撃ったことある？」

「もちろん」

「近くから？」

ビリーは頷く。

「ナイフは支給されるの？」とバリー・ジョー・ソールズが訊ねる。ほとんど禿げあがっているくらい年を取った白人だ。

「ケイバーナイフですね」とビリーは言う。「でも、刃物は何を持ち歩いてもいいんです。ネットで自分専用のナイフを買う人も多いですよ」

「ＡＫ銃はどうなの？」と誰かが訊ねる。「ＡＫを持つことはある？」

「ＡＫは反乱兵の持つ武器です。我々は支給されません。ただ、イラクにいるあいだに拾って使う兵士はたくさんいます」

「やばい銃か？」

「すごくやばいです。ＡＫはでかい弾を発射するんで、衝撃が大きいんですよ。ＡＫの弾は食らいたくないですね」

「ああ、そうだな」。オクタヴィアンはチームメートたちをちらりと見て、唇を一瞬噛む。「じゃあ、どんな感じなのかな？　つまり、Ｍ４で人を撃ったときって」

ビリーは笑う。それが可笑しいからではない。実のところ、どんな感じでもない。何も感じないというのは本当の感情なのだろうかと彼は考える。それとも、単に〝無〟なのか。

「まあ、敵をやっつけたって感じですよね」

「それって、一発でか？　ストッピングパワー（弾丸が生物に命中した際、相手を行動不能に陥らせる能力のこと）を知りたいんだけど」

「体に当たってもダメですね。高速度の弾丸なんで、たいていは貫通するんですよ。でも、倒れはします」

「でも、死なない」

「たぶん体に弾を受けても死なないでしょう。だから我々は顔を狙うんです」

選手たちは息を吸い込む。「ああ」と誰かが呟く。まるでジューシーで甘いものを噛んだかのように。

「２４０だけど」とソールズが言う。「あれは全自動だって言ったよね。どれくらいの威力がある？」

「どれくらいの威力？　まいったな、なんて言えばいいんだろう。２４０は本物の悪魔ですよ」

「そうなの？」

「２４０で人を撃ったら、相手はバラバラになりますね」

ほかの質問を受ける前にビリーはありがとう、幸運を祈ります、お話しできてよかったですなどと言って、その場を立ち去る。サインをもらうのはもうたくさんだ。これまで以上に間が抜けていて、意味のない行為に思えてくる。しばらくこっそりと捜し回ってから、ビリーはダイムを部屋の端で見つける。ダイムはチームのメンバー表が書かれた巨大なホワイトボードを吟味している。ビリーが後ろから近づいていくと、「じゃあ、これが民主主義ではないとすれば何だ？」とダイムは囁いている。

「共産主義でもないとすれば、じゃあ何だ？」

「何がですか？」

「何でもない。楽しんでるか、ビリー？」

「そうですね」。ダイムににじり寄り、声を低くして言う。「選手たちの何人かは狂ってますよ、軍曹。頭がまともじゃない」

ダイムは笑う。「で、俺たちはどうだ？」

どうでもいい。ビリーはダイムのフットボールにサインがまったくないことに気づく。

「軍曹、お話しできますか？」

「ああ」。ダイムはメンバー表の吟味に戻っている。

「ちょっと個人的なことなんですけど」

「俺以上の親友には今後も会えないぜ」

「それが、何が起きたかというと、その、女の子に会ったんです。つまり、今日のことで。ちょっと前のことです。チアリーダーの一人なんです、実は」

唾を飛ばしそうな音がダイムの唇からこぼれる。「おめでとう」

「はい、いえ、そうじゃないんです。みんなチアリーダーに会いましたよね。わかってます。でも、僕とその子は、軍曹、つながった感じなんです」

「ビリー、妄想に耽るな」

「違うんです、軍曹。本当なんです。何かが起きたんです」

ダイムは身を乗り出す。「口でしてくれたのか？」

「いえ、違います。でも、愛し合ったんです」

「くだらん」

「神に誓います」

「くだらん！　いつそれが起きたんだ？」

ビリーはフェゾンとの出会いを簡単に説明する。もっとも、話が下品にならないように、彼女がオルガスムに達したことにはまったく触れない。

「この大馬鹿野郎」とダイムは穏やかに言う。「嘘をついてないよな？」

「はい、軍曹、ついてません」

「うん、そうだろうな」。ダイムは笑い出す。「おまえはクソ野郎だ、リン。しかしどうやって彼女を口説き――」

「実を言いますと、しゃべってたのはだいたい彼女のほうなんです」

「素晴らしい、賢いぞ。おまえはこれからもたくさんの女を抱けるだろうな、ビリー」

「ありがとうございます。でも、僕が話したかったのは……その、僕が話したかった理由は……」

ダイムは辛抱強く彼を見つめている。

「その、彼女を失いたくないんです、軍曹。どうしたら彼女をつなぎとめておけるでしょう？」

「何だと？　まいったな、何をつなぎとめる？　ビリー、その子と何分一緒にいたんだ？　十分か？　それでおまえはいちゃついた、と。いいじゃないか、素晴らしい。おまえがうまくやったのは嬉しいよ。でも、おまえには失うものなんか何もない。彼女は優しくしてくれた。そうだろ？　おまえはヒーローで、彼女は兵士たちのためにいいことをしてくれたんだ。そして今夜の22時には、俺たちはまた軍務に戻る。だからおまえがいつ彼女と再会できると思っているかはわからん。でも、これでどうだ。彼女のメルアドをゲットしろ。そうすれば、イラクに戻ってもときどきeセックスできるぞ」

ビリーは吐き気を感じ始める。もちろん、ダイムの言うことは正しい。どんなものであれ、フェゾンとの未来を想像するなんて馬鹿げている。しかし、彼女がいかに優しく彼の頬を手で包んでくれたか――彼はそれを思い出す――いかに彼女の腰が彼の思いを受け止めてくれたか。口を大きく開いたキス。涙が溢れそうになっている目。骨を砕くほど激しいクライマックス。浅はかな妄想に耽りたくはないが、どんどんリアルに感じられていくのだ。

用具係の一人がぽつんと立っている彼らに気づき、用具室を見て回りたいかと訊ねる。ぜひ、とダイムは言う。エニスです、と男は言い、手を差し出す。針金のように痩せた六十歳くらいの男。腹だけはポコンと出始め、言葉にはテキサス出身者特有の鼻にかかった訛りがある。「今日、あなた方をお迎えできて光栄です」と彼は言い、二人を薬のカウンターから横手の通用口へと導く。「これまで失礼はなかったですか？」

「みなさん、とても親切でした」

「それはよかった。あなた方は特別なゲストですから、精一杯おもてなししようと努めています」。なかに入ると、合成樹脂と革の激しい匂いに襲われる。

「うわっ、よくこれでハイになりませんね？」

「実は、一日じゅう閉め切ってから、火曜日にここを開けると、本当にハイになりますよ」

用具室はサイズも形も小さな飛行機の格納庫のようだ。キャビネットや棚の列がずっと向こうまで続いている。箱や籠を取るための足場、蒸気保温台、作業台、車輪つきの梯子なども並び、カーペットからドアノブまですべての備品がチームカラーの青とシルバーグレーでコーディネートされている。色彩の幅はとても狭い。「さて、世界一流のフットボールチームを運営するんですから、用具の管理も世界一流でなければなりません」とエニスは熱弁を揮う。観光客向け口上の最高に磨かれたものを聞かされているのではないかとビリーは思う。「フットボールは用具に重きが置かれるスポーツです。ここで扱われる四トンか五トンの用具については、系統立てて並べ、目録を作ることが必要不可欠ですね。見つからないことには持っている意味がないわけですから。そうでしょう？　見つからないことには使えません。世界最高の用具を持っていても、それが物置で埃にまみれていたら役に立たないんです。そして私たちがここで扱うのは六百種類もの用具です」

「それは大変な数ですね」とビリーが言う。

「そうなんですよ。私たちの遠征のときのリストをご覧になるといいですね。こういった事業を運営するには、かなり細部に詳しい人たちのチームが必要です。失敗を許容する余地はありません。それが私たちの標準です」。彼らはホーム用とアウェー用のジャージがきちんと整理され、棚に入っているところで立ち止まる。体にぴったりするように作られたスパンデックスのパネル、スパンデックスの縁のついた裾の部分、水分を吸収する宇宙時代の布地などをエニスは示す。ビリーは背番号78のジャージを引き出し、ハンガーを摑んで持ち上げてみる。そのあり得ない大きさを見て、全員が笑わずにいられない。平均的四人家族全員の服が作れる布地の量だ。続いてシューズに移る。一区画の壁がすべて、床から天井までシューズ、シューズ、シューズで埋め尽くされている。シューズ以外何もない。

「ワオッ」とダイムが言う。「シューズだらけだぜ」

「すごいですよね。しかも、すべてを使うんです。一シーズンで三千足近いシューズをダメにしますし、その数は毎年増えています。キャンプでのことですけどね、あんまりキャンプ地が暑いんで、シューズがバラバラになってしまったこともあります。最高級品質の製品がですよ、そこらのスーパーの安物とは違うのに」。選手一人ひとりが三種類の人工芝に合わせた靴底のシューズを必要とする、とエニスは続ける。一つは乾いた人工芝用、一つは湿ったもの用、もう一つは雨のとき用。さらに天然芝用の金具を固定したシューズがあり、金具を交換できる天然芝用のシューズもある。金具は天気に合わせて四種類。続いて蒸気保温台に置かれた肩パッドに移る。幾重にも積み上げられた肩パッドが何列も並ぶさまは、旧世界のカタコンベの骨のようだ。肩パッドには十二タイプあり、それは一つのポジションにつき一つという意味である。一つのタイプにサイズは四種類。さらに防護機能が追加されたり、選手の好みに合わせたカスタマイズが無限にある。続いてヘルメット。ここで最も重要な用具である。ヘルメットはそれだけで一つの世界を作っている。最新の整形外科と衝撃を扱う科学の知識から生まれたハイテク工学の驚異。外皮《シェル》は最先端のポリマー、合成樹脂、エポキシなどで作られており、これくらいの衝撃にも耐えられる。バンツ、とエニスがヘルメットを床に思い切り叩きつけたので、二人の兵士は思わず後ろに跳びのく。いいですか、ここを見てください。何ともなっていない。すごいですよね？　あなた方の防弾チョッキとは違いますが、それを言ったら、ここの選手たちは弾を避けるわけではありませんから。内側も同じくらい重要です。顎のパッド、発泡ラバーの差し込み、空気袋などで自分専用の防護システムを構築できる。そうして完璧に頭に合わせるとともに最大限守るのです。ここにはポンプがあって空気袋を膨らませることができますし、外皮《シェル》の縁に沿って突起があります。それでも、選手たちは脳震盪を起こすんですよ、それもたくさん。連中の当たりは強いですからね。ここにあるのは顔面防護用のマスクです。十五種類あって、顎のストラップの形は六種類。マウスガードは形も色も本当にたくさんあります。クオーターバックのヘルメットにはワイヤレスの無線がついていて、すぐにコーチと連絡が取れるようになっています。毎週、私たちはヘルメットのステッカーを剝がし、新しいのをつけます。スチールたわしで外皮《シェル》をきれいにし、フューチャーのワックスで磨きます。

仕事はたくさんあります。チューインガムは全員に五種類の味を提供します。あそこには二千五百個入りの箱が二十あります。用具をぴったりとつけるためのマジックテープはここ。敵に手で摑めるところを与えたくないですからね。腰と腿と膝のパッドは形とサイズと厚さで分類されています。レシーバーには手触りが感じられるグラブ、ラインマンにはパッド入りのグラブ。足に合わせた靴の内底もあらゆるサイズがあります。野球帽、ニット帽、金具を付け替えるときのための電気ドリル。タルカムパウダー、サンスクリーン、気付け薬。二十二種類の医療用テープ。ジェル、クリーム、軟膏、抗菌薬や抗真菌薬。冷却剤、ゲータレードの粉末の箱、おっと、みなさん、まだまだあります。今日のように寒い日にはスカルキャップ、保温性の下着、ミトン、マフ、使い捨てカイロ、防寒クリーム、保温性ソックス、ベンチのための暖房器具。撥水加工した保温性のオーバーコートは、肩パッドのうえから着られるよう、特別にデザインされています。レインコートも同じデザインです。一試合で七百枚のタオルを使いますが、雨の日や特別に暑い日にはそれが倍になります。

「ステロイドはどこに置いてあるんですか？」とダイムが訊ねる。

「おっと、それはちょっとまずいですね。では、試合で使うボールです。ホームチームとして、私たちは試合のために新品のボールを三十六球用意する責任があります。ほかに追加の十二球が製造者から直接レフェリーに届けられ、Kと印字されて、キック用に保管されます」。さらに練習用のジャージとショーツがここ、スウェットシャツとパンツはそこ。工場並みの規模の洗濯室を簡単に見て、コーチの用具へ。ノート、クリップボード、大小あるホワイトボード、マジックマーカー、ホワイトボード用のペン、ヘッドフォン、拡声器。靴箱並みの大きさの箱にピカピカ輝く銀色のホイッスルがぎっしり入っており、もう一つ同じサイズの箱にはカシオのストップウォッチがぎっしり入っている。ワイヤレスの無線機とビデオ機器も入っているが、言うまでもなく常に鍵がかかっている。遠征に出るときには、用具を運ぶのにセミトレーラーが二台必要。何しろ用具すべてで四、五トンの重さになるのだ。

最後にはダイムも頭がくらくらしている様子である。あまりに過剰なのだ。頭が麻痺するほど大量の特定市場分野の用具。すべてにラベルが貼られ、分類され、大小順で並び、照合され、しまい込まれ、積み上げられている。これはロジスティクスと目録管理に関する人間の才能を実証するものだ。ビリーの頭痛はさらにひどくなる。この匂いを嗅いだからか。用具室を引き返すあいだ、胸が苦しくなってくる。肺が半分になったかのように呼吸が途切れ途切れになる。たぶんアレルギーだろう。それとも心臓発作？　こうした考えがふっと現われるが、彼は心のなかで肩をすくめる。用具室の神秘にあまりに気を取られているので、自分の健康についてくよくよする時間などないのだ。どうやったらこんなことができるのか。それを彼は知りたい。いや、どうやったらだけでなく、なぜこんなにたくさん必要なのか。アメリカだけだろう。こんなにたくさんの用具を必要とするスポーツを始め、それを今日のような市民の必需品にまで成長させるのは。

ビリーは自分がここで何を見たのかはっきりと摑めないのだが、そのために吐き気を催しているように感じる。

「ところで」とエニスは恥ずかしそうに打ち明ける。「私も二年ほど軍隊にいたんですよ、昔ね。でも、当時はほとんどの人が兵役についたんです。徴兵制度があったから」

「ベトナムですか？」とダイムが訊ねる。

「もう少しで行くところでした。六三年に除隊したんです。嬉しかったですよ。ベトナムから帰らなかった人たちを何人も知ってます」

「たくさんいましたよね」とダイム。

「そのとおり。ぜひ知っていただきたいんですが、あなた方があちらでしている仕事について、私たちは本当に感謝しています。あなた方がいなければ、ここがどういう状況になっていたかわかりません。私たちみんながアッラーの神に祈り、頭にはタオルを巻いていたかもしれませんね」

「頭痛の薬、ありませんか？」とビリーが訊ねる。「アドヴィルとかアリーヴとか？」

「たくさんありますよ」とエニスが答える。「頭が痛いんですか？　ただね、私としてはお助けしたいんだが、できないんですよ。法的責任とかのために。あの窓口から出ていくものは」――彼は薬のカウンターを指さす――「どんなものであれ表に記録されます。まさかと思うかもしれませんが、たかだか小さな薬を二錠だけでも、私は失業しかねないのです」

「大丈夫です」とビリーは言う。「あなたに失業してもらいたくありません」

エニスはまた謝る。ロッカールームのドアのところで、ダイムはボールにサインしてくれと頼む。

エニスは体をのけぞらせる。笑ってはいるが、目は警戒している様子だ。

「どうしてそんなのが欲しいんです？　私はただの年取った用具係ですよ。誰も私のサインなんて欲しがりません」

「私に言わせれば、あなたがチームを動かしているんです」とダイムは答え、エニスは笑いながらマーカーを受け取り、ダイムのボールに名前をサインする。ダイムがこの日にもらう唯一のサインがこれだ。ロッカールームに戻ると、選手たちはほとんど支度を終えている。合成樹脂、体臭、屁、メロンと木の香りのコロン、鼻につんとくる石油製の塗布剤の甘い香りなどが混ざり、強烈な悪臭になっている。ノームは部屋の中央で椅子のうえに立ち上がり、ブラボーたちを呼び寄せ、チームに集まるように指示する。ブラボーたちは今日の分の演説はもう聞いたのにまたこれか、という顔をしているが、どうしようもない。選手たちは従順に近づいてくる。彼らが部屋の中央に集まるのを見て、ビリーはこうしたアスリートたちを支える巨大なシステムを想像しようとする。彼らは地球の歴史上、最も手厚く世話をされている動物の範疇に属するであろう。最高の栄養、最新のテクノロジー、最高の医療の恩恵に浴し、アメリカの技術革新と富の頂点で暮らしている。そう思うと、一つのとんでもない考えが浮かんでくる。彼らを戦争に送れ！　いまの状態の彼らを戦争に送れ——たっぷり休息を取り、支度を整え、激しい戦闘に備えて気合充分の彼らを！　NFLをすべて戦争に送れ！　我々の熊《ベアーズ》たち、襲撃者《レイダース》たち、獰猛なインディアン《レッドスキンズ》たち、ジェット機《ジェッツ》、鷲《イーグルス》たち、鷹《ファルコンズ》たち、酋長《チーフス》たち、愛国者《ペイトリオッツ》たち、カウボーイたちを使って攻撃しろ！　痩せた回教徒《ハジ》たち、スカートみたいな服を着てサンダルを履いた連中が、このオールアメリカのチームに勝つチャンスなどあるか？　抵抗は無駄だ、アラブの敵兵ども。たったいま降参し、ダメージをこれ以上広げるな。我々の強大なフットボール選手たちは止められない。あまりに大きく、強く、恐ろしいほど筋肉隆々で、ただの爆弾や弾丸など鋼の骨で跳ね返してしまう。降伏しろ。さもないと恐怖のNFL軍団がおまえらを燃え盛る地獄の門へとまっすぐに連れていくぞ！

「では、ここで一つ言っておきたいことがある」とノームは始める。しかし、後ろのほうではおしゃべりが続き、さらに誰かがラジカセでリュダクリスのヒップホップ音楽を轟かせる。「しずかにしろ!!!」タトル・コーチの声が鳴り響き、一瞬、彼らは中学二年生の体育の時間に戻ったようになる。

「さて」とノームがまた話し始める。「みんな、今日の特別ゲストと話すチャンスがあったかな？　ブラボー分隊の兵士たち。彼らの戦場での話は、みんなすでに知っているはずだ。攻撃され、一歩も動けず、多くの仲間たちが死んだり傷ついたりしていた。しかしこの若者たち、ブラボーの若い兵士たちは屈しなかった。アル・アンサカール運河の岸辺で、彼らは人生最大の試練に直面した。そして神の助けのおかげでその試練に立ち向かい、アメリカじゅうの人々に誇りを与えたのだ。私はつい先ごろ、ブッシュ大統領と話をするという光栄に浴したが……」

　選手たちのスイッチがオフになる。ビリーは彼らの目にそれを見て取ることができる——目から生気が消え、脳味噌のダイアルが睡眠モードに下げられた様子だ。ビリーも数えきれないほどの時間、こうした整列をさせられてきているので、見ただけでそれがわかる。

「……だから、おそらく我々の試練は性質が異なるのだろう。我々が直面している試練は彼らのものほどドラマチックではないだろうが、それでもこれは神が我々に投げかけた試練だ。我々を立派な人間へと成長させるための試練、神が望むような人間に成長するための試練。我々はシーズンの辛い時期に差しかかっている。我々は苦しんでいる。計画通りに事は進んでいない。しかし、我々が何者かを決めるのはまさに今だ。調子が悪いとき、打撃を受けたときに何をするか。もうダメだ、やめようって言ってしまうのか……」

選手たちのあいだから怒りの臭気が立ち昇っているように思われる。ノームの説教はいつでも鬱陶しいのだが、今日はブラボーを見習えってことか？　ブラボーと対比され、比べられるのか？　これが兄弟のライバル心のような血なまぐさい思いを掻き立てる。〝どうしてお兄さんのようになれないの？〟ブラボーたちだってこんなことに関わりたくはない。しかし、ノームの日曜学校的なお説教から逃れるにはもはや遅いのだ。

「……そこで私は君たちに、君たちすべてに言いたい。このチームの一人ひとり、ヴィニーからドルー、そしてボビーまで」。選手たちの背後のどこかから、喉を鳴らすような叫び声が上がる。ボビー自身だ。軽い知的障害のある、カウボーイズの有名なボールボーイ。ブラボーたちは彼とすでに会っていた。「この試練に立ち向かえ、そして勝て、と言いたい。ここにいる若い兵士たちが試練に立ち向かったのと同じくらい勇敢に、そして断固として、この試練に立ち向かおう。それは今日始まる。いまのような時は二度とない。だからフィールドに出て、ベアーズの尻を蹴っ飛ばそう！」

「イェーイ！」と誰かが叫び、選手たちも鬨の声を上げる。ビリーが思っていた以上に熱がこもった声だ。こういうところはやはりプロである。試合前の祈りを捧げるため、ノームはダン牧師を呼び寄せる。コーチたちと同じピカピカのトラックスーツを着た好々爺。〝神様〟と牧師は南部訛りの声に節をつけて祈り始める。柔らかくて長めの母音、ごつごつした子音。〝我らが能力の限りベストを尽くせるようにお助けください。み言葉を果たし、我らの信仰を全うできるよう、フィールドで行動できますように。我らを助け、導き、お守りください……〟。目を閉じて聞いているうちにビリーはシュルームの言葉を思い出す。キリスト教の聖書はシュメール人の伝説を集めたものだというのだ。当時の彼が特に知っておくべきことでもなかったが、この二週間、公共の場でお祈りばかりさせられていただけに、ある程度の慰めとなった。まったく、アメリカ人はお祈りが好きだ。しょっちゅう祈っている。アメリカはタガが外れた祈りの国であり、儀式的な祈りはビリーの心に重くのしかかる。祈ろうとするのだが、何も出てこない。目を閉じ、頭を下げるのだが、最初の〝汝〟でシグナルが途切れ、空電のザーッという音さえ入らなくなる。ほかの人たちにも同じ悩みがあると考えたところで、あまり助けにはならない。しかし、聖書以前に何かがあったとわかると、どういうわけか気が楽になった。シュメール人、ヒッタイト人、トルクメン人、古代文明の国際連合とも言うべきものがあったのなら、聖書の〝汝〟という言葉は決定版と言えないのではないか？

では、シュメール人とは何か？

「いつか話すよ」とシュルームは防弾チョッキを装着しつつ答えた。「でも、いまはやめておこう」

いまはやめておこう。そして、結局永遠にやめることになってしまった。シュルームはビデオゲームを絶対にやらないと誓いを立て、テレビもめったに見なかった。その代わり読書をした。いつでも読書していた。「俺は自分の個性をこうやって作り上げているんだ」と彼は読書について語った。オナニーをするのにも、彼は権威のある書物を使った。たとえばこのときは古代エジプト人についての本だ。古代エジプト人は原初の名のない神がマスターベーションをして――〝本当だ、嘘じゃない！〟——世界を作ったと信じていた。すべての根源となる神は、精子を放出するエネルギーで世界を誕生させたのである。

〝アーメン〟とダン牧師は言う。あと二ふ————ん！　とコーチ補佐が怒鳴り、みなは準備の仕上げに取りかかる。そんなときにビリーは自分が招かれているのに気づく——いや、頷きと手振りで呼びつけられたのだ、とあとになって思う。オクタヴィアン・スパージョンのロッカーに来いという合図だ。そこにはオクタヴィアンとバリー・ジョーと、ほかに数人が真面目くさった顔で立っていて、何か重大な事態を示唆している。ビリーはくだらないお土産のボールなんか持っていなければよかったと思う。

「いいかな、ちょっと知りたいんだけど……」とオクタヴィアンはかすかな囁き声で言う。「俺たち、あんたらがしてるようなことをしてみたいんだよ。極端なことって言うかな。ムスリムのクソ野郎を殺すみたいなこと。やらせてもらえないかな？　たとえば、あんたらを助けるために一週間か二週間、一緒に戦場に出るんだ。あんたらがターバン頭どもをやっつける助けをする。俺たち、やる気になってるんだ」

ビリーにもそれが見て取れる。彼らが〝やる気〟だということ。彼らの頭のなかがどうなっているのか想像しようとするが、到底無理だ。

「そういうのは無理だと思いますよ」

「何だって？　どういう意味だよ？　俺たちは無料《ただ》で助けるって言ってんだぜ。誰も俺たちに金を払う必要はない。それは求めてないから」

笑わないほうがいいことはビリーにもわかっている。「僕はただ、軍がそれに興味を持つとは思えないんです」

「はあ？　馬鹿な。誰にも知らせずにやるんでもいいんだぜ。あんたらと二週間だけ戦場に出て、誰も俺たちがそこにいたことは知らない。助けるって言ってんのに、手助けなんかいらないって言うのか？」

「ビリー！」とマンゴーが声をかける。「行くぞ」

ビリーは頷き、またオクタヴィアンのほうを振り向く。「もちろん、手助けはありがたいですよ。でも——じゃあ、これでどうでしょう。極端なことがしたいんだったら、軍に入ればいいんです。軍は喜んであなた方をイラクに送ると思いますよ」

選手たちは鼻を鳴らし、ブツブツ言いながら、憐れむような視線をビリーに投げかける。〝なんだこりゃ、クソッ、ざけんじゃねえよ〟。「俺たち、仕事があるから」とオクタヴィアンは彼に改めて強調する。「この仕事をしてんのに、それを辞めて、軍で滅私奉公しろってのか？　それも、どれくらい？　三年か？　契約を破棄して？」愉快だ、と言わんばかりに彼らは笑う。口からは小さな金切り声、鼻を鳴らしてキャンと叫ぶような声が漏れる。「行きな」。オクタヴィアンはビリーを追い払うように手を振る。「行きなよ。仲間が呼んでるぜ」

そこでビリーはチャンスがあり次第ボールを手放してしまおうと決心する。キックオフまであと数分にすぎず、チームはフィールドに出てストレッチや準備運動中。ノームは自ら進んでブラボーたちを案内し、メインコンコースを歩いていく。直接人々に接触し、有名人のオーラをまき散らすと、大衆は簡単に魅了されてしまうのだ。あらゆる恨みや不平、ありふれた批判は、彼の名声という赤外線灯の下で獣脂のように溶ける。よお、ノーム！　ノーム！　ノーム！　今日は勝つよな、ノーム？　三点差でボーイズだよな。俺のために勝ってくれよ、ノーム！　ファンたちが携帯電話のフラッシュを焚きながら退いていくさまは、海が真っ二つに割れたかのようだ。そのあいだをノームは大股で歩いていく。顔を高く上げ、みんなに同じ陽気な微笑みを振りまきつつ。テキサススタジアムは彼の芝生であり、彼の城だ。いや、彼の本当の王国だ。近年、本物の王様はあまりいなくなったが、このノームは絶対的な権威を持っている。そしてノームのちょっとした仕草で従者たちがいかに簡単に幸せになるかをビリーは見て取る。彼がちらりと見たり、手を振ったり、ほんの数秒その場にいるだけで、彼らは名声という強い麻薬に酔い、ハイになるのである。

その間、ビリーはフットボールを与えられる子供を捜している。金持ちの子供はダメだ。テレビに出られるような子、日焼けし、すべすべの肌をし、目もくらむばかりに見事な歯科矯正をされている子、長くて清潔な四肢に可愛い顔をして、遺伝子がホームランを打ったことを表わしているような子はダメ。そうではなく、彼が捜しているのは労働者階級の子、発育不全の子だ。髪は汚らしく、爪は嚙んでばかりいるために血のついたこぶになっているような子。十歳にして間抜けな犬くらいの知性しかなく、悲惨な生活をしているのに、そのことがまだわかっていないような子。ビリーは自分自身を捜しているのだ。ワッタバーガーのブースの外で、彼はそういう子を見つける。小柄で、びくついていて、首が細いわりに頭が大きすぎる子供。服装もみすぼらしく、寒いのに薄いコットンのフードつきスウェットシャツを着て、ボロボロの偽物リーボックを履いている。子供がまともな冬のコートも持っていないのに、いったいどうしてこの子の親はカウボーイズのチケットに何百ドルも費やすのだろう？　こいつは実に腹立たしい、アメリカの消費者の心理は。

「ごめんね」と彼が子供に近づいて声をかけると、子供は声を出さずに怯えた表情をする――〝僕が何をしたんだろう？〟この子の親たちが振り向くが、何ともひどいカップルだ。太っていて、元気がなく、頭が鈍そうで、人間としても親としても明らかに役立たずである。ビリーは彼らを無視する。

「君、名前は何ていうの？」

少年は口をあんぐりと開ける。彼の舌は血色が悪くて白っぽい。

「ねえ、名前を教えて」

「クーガー」と少年は何とか答える。

「クーガー。動物のクーガーと同じかな？」

少年は頷く。ビリーの目をまっすぐに見ることができない。

「クーガー！　かっこいい名前だね！」嘘だ。クーガーとは馬鹿みたいな名前である。「いいかな、クーガー。僕はここにサイン入りのボールを持ってるんだ。カウボーイズの選手たちがロッカールームで僕のためにサインしてくれたんだよ。でも、僕はイラクに戻らなきゃいけないし、そうしたらあっちでなくしちゃうかもしれない。だから君にこれをもらってほしいんだ。いいかな？」

クーガーは思い切ってボールをちらりと見てから頷く。明らかに彼はこれが悪戯だと思っている。自分に恥をかかせるために仕掛けられた罠。パンツを引っ張り上げて股間を痛めつけるとか、背中で爆竹を鳴らすとか。

「よし、じゃあ、君のボールだ」

ビリーは彼にボールを手渡し、そのまま立ち去る。その場でぐずぐずせず、振り返ることもなく。この日のべたべたした感傷がたまらなく嫌なので、この瞬間をそういうものにしたくないのだ。マンゴーは立ち止まって彼のことを待っている。

「どうしてやっちまったんだ？」

「わかんねえ。そうしたかっただけさ」。そしてさらに考えてみると、それによって気分がよくなっている——奇妙な物悲しさがこの新しい気分につきまとってはいるが。しばらく二人のブラボーは何も言わずに歩き続ける。するとマンゴーが通りがかりの子供にボールを手渡す。

「サインなんかクソ食らえって感じだな」とビリーが言い、マンゴーは笑う。

「やつらがスーパーボウルで勝ったら、俺たちは千ドルを捨てたことになるぜ」

「ああ。でも、やつらがスーパーボウルで勝たないほうに千ドルだな」

ハーフタイムについてはいまだに指示がない。「ブラボーを目いっぱい観客に見せる」というノームの約束だけだ。名前が呼ばれているあいだ、その場に立っているというだけなら無害だが、もしかしたらぞっとするような厄介なことになるかも……考えるのも恐ろしい。噂によれば、オーナーのスイートルームにはいくつもバーがあるという。ブラボーの兵卒たちは思い切り酔っ払おうと約束し合っていたが、ビリーはフェゾンのことを考え、ほどほど酔っ払う程度にしようと約束をこっそり変更する。これは思いつきの招待だった――私のボックスからキックオフを見てください！　ノームは明らかに悪性のブラボー病にかかったのだ。銃後の国民を襲う熱病のスピロヘータ。それにかかったストリッパーたちは無料でラップダンスをしてくれ、上流階級のご婦人たちは血に飢えたかのように群がる。ブラボーたちが整列してスイートルームに入ると、拍手喝采が湧き起こる。礼儀正しく、形式的で穏やかな拍手だったのが次第に熱を帯び、本当にヒューヒューバチバチと盛り上がる。いいぞ、ブラボー！　フレーフレー、アメリカ軍！　ノーム夫人がドアのところで彼らを出迎える。すでに混雑している彼女のスイートルームにぞろぞろと入ってくる兵士たち。大柄で、息を切らし、酒臭い。その光景にうろたえたとしても、彼女はそれを表に出さないくらいのわきまえはある。

〝いらしてくださって嬉しいですわ〟、〝こんなにたくさんのお友達がみなさんに会いたがっているんです〟。ビリーは一目で部屋全体の様子を摑む。青いカーペット、銀色のアクセントが加えられた青い家具、すべての壁に埋め込まれた巨大なフラットスクリーンのテレビ、二つのバー、温かい食べ物が並ぶカウンターと冷たい食べ物のカウンター、白い上着を着たウェイターたち。そして階段を少し降りると、第一層とまったく同じ作りの第二層がある。革張りの椅子が何列も並び、だんだんと下がって一面ガラス張りの壁に至ると、そこには絵葉書のようなフィールドの光景が広がっている。それだけで金《かね》の雰囲気が伝わってくる。かすかな震動音。唇を刺激するメンソールのようなもの。ビリーは富が細菌のように感染するのではないかと考える。近づくだけで富がうつるのではないか、と。

〝くつろいでくださいね〟とノーム夫人は囁いている。〝お好きなものを召し上がってください〟。承知しました。ブラボーたちが無料の飲み物を一斉に取りに行こうとすると、ダイムが怖い顔をして「一杯だけだぞ」と口パクで示す。しかし、兵士たちがバーにたどり着く前に、ノームが椅子に立ち上がり――彼は椅子フェチなのか？――ささやかなスピーチを始める。

兵士たち
ヒーロー
ゲスト
そしていかに
嬉しく、
誇りに思い、
幸せか、
オグルズビー家にとって、感謝祭のこの日にこのような機会が与えられ、
ブラボーたちの国への奉仕に
感謝し、
称えます。

ビリーはノームの客たちがいかに彼の話を熱心に聞いているか、彼らの顔に現われている信頼と決意の表情がいかに鋭いかに気づく。男たちは賢そうで、肩の力が抜け、体は中年のわりに均整が取れている。長期間成功を続けてきたことから来る、自信と優美さに満ちた物腰。髪はまだふさふさし、皺の入り方も上品だ。女たちはスリムで引き締まった体をし、海外で肌を焼いた様子である。化粧をした顔はテフロンでクールさをコーティングしたかのよう。ビリーはこうした人たちの人生の公式を

想像しようとする。どのような出自、財力、学歴、そして社会的な分別があると、人はこうした稀に見るステータスにまで昇れるのか。それが何であれ、彼らがそこに立っている様子は、実に楽《らく》そうに見える——この特別な場所を占める人間であり、温かくて安全で清潔であり、ノームの客であるということ。彼らのほとんどは飲み物か料理の皿を手に持っている。〝悪〟とノームは言っている。〝テロ、生命への脅威、国は交戦中〟。彼のスピーチは最も悲惨な状況を描き出しているが、この瞬間、この場所にいると、戦争は実に遠いものに思える。

「兵士たちはじきにここを離れます」とノームは言っている。「ハーフタイムショーに参加するからです。しかし、彼らがここにいるあいだは、ぜひテキサス流のおもてなしで歓迎しましょう」。みなが拍手し、ヒューッと声を上げ、喝采する。さあ、パーティを始めよう、選手たちにもブラボーの心意気が乗り移った。ビリーはいかつい顔をしたお爺ちゃんに呼び止められる。

「兵隊さん、お目にかかれて嬉しいよ！」

「ありがとうございます。私もお目にかかれて嬉しいです」

「マーチ・ホーウェイだ」と男は言って手を差し出す。ビリーは、その名前と顔にどことなく見覚えがあるように感じる。彼の細い顔は皺が寄って垂れ下がり、目と耳には妖精のようなひねりが入っている。おそらくマーチ・ホーウェイは金持ちで有名なことで有名という、テキサスのセレブの一人なのだろう。ビリーはそう考えることにする。

「いいかな、あの夜のニュースが入ったとき——放送局があんたらの戦闘のビデオを流し始めたときだが——あれはわしの人生で最も興奮した体験の一つだったよ。嘘じゃない。わしが感じたことを言葉にするのは難しいが、それは——何と言うか——美しい瞬間だった。マーガレット、わしがどんなだったかを彼に話してくれるかな」

彼は妻のほうを向く。彼よりも二十歳は若く、百八十センチを超える彫刻のような体の持ち主。ブロンドの髪は硬そうで、肌はスフレのように張り詰めている。

「夫の頭がおかしくなったかと思いまあしたわ」と彼女は言う。〝まあしたわ〟という話し方は、『ダイナスティ』（一九八〇年代に大ヒットしたテレビドラマで、デンヴァーの大富豪をめぐる愛憎劇）の再放送でジョーン・コリンズがライバルをからかうときのようなイギリス訛りである。「彼がメディア室で叫んでいるのが聞こえ、私は階段を駆け下りまあした。そうしたら彼は私のジョージ四世風書斎机のうえに立あって、しかも、ひどいのよ、カウボーイのブーツを履いて、こういう『ロッキー』みたいなことをしてたんです」――彼女は痙攣のようなガッツポーズをして見せる――「〝マーチ〟って私叫んだわ。〝マーチ、いったい何に〟」――いったいなあにに――「〝取り憑かれちゃったの？〟」

数組の夫婦がここに加わり、みんな微笑みながら頷いている。良き友人であるマーチのこうした奇矯な振る舞いには、みんな慣れっこのようだ。

「あれはカタルシスだったね」とホーウェイは言い、ビリーは〝カタルシス〟という言葉を記憶にとどめようと心のなかで繰り返す。「あんたらがジョン・ウェインみたいに戦うのを見たら、ついに我々にも喝采できるものが現われたって感じだったよ。この戦争はずっとわしの心をふさぎ込ませてたんだろうな、自分でも気づいていなかったけど。そんなときに君たちのニュースがあって、みんなの士気がぐんと上がったってわけさ」

ほかのカップルたちも熱心に頷く。「ここにいるのは味方ばかりよ」と女の一人がビリーを励ますように言う。「ここには徴兵逃れをしたような人はいないわ」

ほかの者たちも同じテーマの別バージョンで会話に割り込んでくる。マーガレット・ホーウェイはまったく瞬きしない大きな青い目でビリーをじっと見つめる。どんな判決を彼女が彼に下したとしても、それは厳しく迅速で、上訴は認められないものだろうと彼は感じる。

「一つ訊きたいことがあるんだが」とホーウェイはビリーの前に身を乗り出して言う。「状況はよくなっているのかな？」

「そうだと思います。いくつかの地域では絶対によくなっています。状況がよくなるように私たちは努力しています」

「わかっとる！　わかっとる！　どんな問題があるにせよ、それはあんたらの落ち度によるものではない。我々の兵士たちは世界最高だ！　いいかな、わしはこの戦争を最初から支持していたんだ。それに、大統領のことは好きだよ。個人的には、とても立派な人だと思っている。彼が子供の頃から知っているからね――成長を見守ってきたんだ！　いい子だし、正しいことをしたいと思っている。この戦争だって、みんなのためになると思って始めたんだ。でも、彼の取り巻きの連中だけどな――あいつらの何人かは私の良き友人だが、これは認めないといけない。彼らが戦争をめちゃくちゃにしてしまったんだ」

これに対して首を振る者、悲し気に同意の言葉を呟く者などがいる。「まあ、そうですね」とビリーは言うが、どうやって飲み物を取りに行こうかと考えている。

「あんたのほうがわしよりよくわかっているのだろうな」。ホーウェイはさらに身を乗り出してビリーに接近するが、ビリーはいまいる場所から動くまいとする。「もう一つ訊きたいんだがな」

「イエッサー」

「あの戦闘についてだ。個人的なことに立ち入りたくはないが」

「大丈夫です」

「でも、どうしてもこう考えてしまうんだ。あんたらのような素晴らしくて勇敢なことをやった人がいるとね、つまり、みんなビデオを見たわけだから。あれがどんなに激しい戦闘だったかはわかる。その戦闘の真っ只中を切り抜けたとなると」――ホーウェイはくすっと笑い、首を振る――「こう考えずにいられないんだ。怖くなかったんだろうかって」

集まっている人々は期待にぞくぞくして震える。マーガレットだけが動じない。あの大きな青い目でビリーを見つめているが、その目は彼にまったく理解を示していない。

「もちろん、怖かったです」と彼は答える。「自分でもわかっています。でも、いろんなことがどんどん起きるので、考えている時間なんてありません。ただ、トレーニングでしろと言われていたことをしただけです。分隊のほかの人たちも同じようにしたでしょう。僕がその位置についていたっていうだけなんです」。これで終わりのつもりだったが、人々は黙りこくり、締めくくりを期待している様子である。そこで彼はほかのことを考えざるをえない。「たぶん我々の軍曹が言うように、弾薬がたくさんある限りは大丈夫なんだと思います」

これが締めくくりとなり、彼らは頭をのけぞらせて大声を上げる。ある意味、とても簡単だ。やらなければならないのは、彼らが聞きたいことを言うだけ。そうすれば彼らは幸せになり、彼のことを愛してくれ、みんなうまくいく。これは恥ずかしいことではないのだと、彼はときどき自分に言い聞かせなければならない。嘘をついたわけではないし、誇張したわけでもない。それでも、こういう人たちと話したあと、彼はしばしば嘘をついたような後味の悪さを感じるのだ。

彼の近くに新たに集まってくる者たちもいれば、ここを立ち去り、ほかの者たちとの交流を熱心に求める者たちもいる。ビリーはずっと握手をし続け、人々の名前を聞いては忘れ続ける。マック少佐とミスター・ジョーンズは冷たい料理のカウンターのあたりで話をしている。ミスター・ジョーンズは少佐が戦車の通り過ぎる音も聞こえないということに気づいていない様子である。彼らの向こうにはアルバート、ダイム、ノーム夫妻といった大物の一団がいる。ほかにも有力者と思える人たちが何人か集まっている。アルバートは笑い、くつろいでいる様子。それは当然だろう、とビリーは考える。アルバートはハリウッドの鮫たちのあいだを泳いでいるのだから、ダラスの人々などたやすくあしらえるのだ。それよりもビリーはいまダイムに関心を向けている。彼が人の話をしばらくじっと聞いて、それからときどき言葉を差しはさむさまを。「やつを見ろよ」とシュルームはかつてビリーに言った。「よく見て学ぶんだ。デイヴィーは不気味だぜ。闇のなかでも目が見える」。シュルームによれば、これがダイムの特別な才能である。この直観の光線を戦場に持ち込んだのだ。しかし、これを進歩させるには自分に試練を与え、常に外でそれを試さなければならない。アメリカ軍が基地にとどまっている限り、イラクの反乱兵たちはアメリカ兵を大量に殺すことはできないが、一方で、アメリカ軍が反乱兵を突き止めて殺すには基地を出るしかない。だからパトロールや検問所でのチェック、個々の家の捜査などが必要で、神経をすり減らすことになる。しかし、この戦争の形をダイムは彼らに受け入れさせたのだ。ブラボーは小隊のどの分隊よりも多く、おそらく大隊全体でも最も多く外に出た。彼らはどこにでも行ったし、ダイムはよく彼らに軍用ジープから降りて歩くように言った。二、三キロであれば歩き、ジープはあとからゆっくりついてくる。「あんな箱のなかに座ってたんじゃ何にもわからねえ」とダイムは言った。こうしたパトロールはギャンブルのようなものだ。人が簡単に死にかねないのだから。しかし、ダイムはこういうやり方で知識を、本能を、経験を積み上げ、すべての人と物が危険に晒される日に備えるのである。

　ブラボーたちがそれを気に入っていたわけではない。かなりの日々、ブラボーたちは路上に出されたことでダイムを嫌っていた。あまりに無意味に思えたのだ。期待できる効果に対して不釣り合いなほど危険が大きい。しかし、ブラボーの誰かが不平を言うと、シュルームが〝黙れ、自分の仕事をしろ〟と言うのだった。そこで彼らは外に出て、市場をドシドシと歩き、横道を突っ走った。行き当たりばったりに家に入り、見つけられるものを見つけた。そんなある日、町に出ると、少年の一団が近づいてくる。十四歳か十五歳くらいで、口髭は産毛にすぎないし、ボロ布程度の服しか着ていないが、町のチンピラを目指している様子だ。「ミスター」と叫びながら、彼らは肩をいからせて歩いてくる。

「ポケットをくれ！　ポケットをくれ！」

「何だこりゃ」とダイムは彼らを見つめて言う。

「金が欲しいんだと思うな」とシュルームが言い、スコッティに確認を求める。スコッティは当時ブラボーの通訳で、かつてシカゴ・ブルズのスター選手だったスコッティ・ピッペンに似ているのでそう名づけられたのだ。スコッティは少年たちに話しかける。

「はい、お金が欲しいんです。お腹が空いているので、お金をくれないかと言ってます」

「〝ポケットをくれ〟？」とダイムは笑う。

「イエス！　イエス！　ミスター！　ポケットをくれ！」

「違う、違う。それはめちゃくちゃだ。そういう言い方はしない。正しい言い方を教えると言ってくれ。でも、お金はあげないぞって」

スコッティが少年たちに説明する。イエス！　少年たちは叫ぶ。イエス！　オーケー、イエス！　というわけでダイムは路上で英語の授業を始める。「お金をください」。繰り返して。〝お金をください〟。「五ドルください」。〝五ドルください〟。「五ドルよこせ、この野郎！」〝五ドルよこせ、この野郎！〟「ありがとう!!」〝ありがとう!!〟「いい一日を!!!」〝いいいひにひを!!!〟少年たちは笑い、ダイムも笑っている。ブラボーたちも笑っている。武器を構え、屋根の連なりやドアロを見渡しながら笑っている。

「ありがとう！」授業が終わって、少年たちが叫ぶ。そして一人ひとりが仰々しくダイムと握手をする。「ありがとう、ミスター！　ありがとう！　お金をください！」と少年たちは叫びながら道を歩いていく。お金をください！　五ドルください！　五ドルよこせ、この野郎！

「ワオ」とシュルームが抑え気味の震える声で言う。ニューエイジの感覚がこもった声の調子。「デイヴ、こいつは美しかったよ。君がやったことは美しい」

ダイムは鼻を鳴らし、それから胡麻をするような甘ったるい声で言う。「まあ、こういう諺があるよな。人に魚を与えれば、彼はその日のうちに食べてしまう。しかし、人に釣りの仕方を教えれば――」

「彼は一生食べられる」とシュルームが締めくくる。

時が経つにつれて、ビリーはこの種のユーモアを彼の教育の一つとして捉えるようになった。万国共通のナンセンスをさんざん学んだなかでの一つ。シュルームを失ったことが唐突に痛みとして感じられる――はらわたに錐を突き刺されたように。その一方、並行する心の軌道では、いかに悲しみが来ては去るか、大きくなっては小さくなるかに気づいている。外国の空を漂う月のように。

「気に入らん」とマーチ・ホーウェイが周囲の人々に話している。「これは心理的によくないし、戦略的にもよくない。アメリカの大衆に意識させておくのはいいがね、テロについて四六時中くどくど繰り返していたら、そのうち負のフィードバックになって戻ってくる」

「でも、マーチ」と一人の女が反論する。「彼らは私たちを殺したいのよ！」

「もちろんそうさ！」マーチは愉快そうな顔をしてビリーをちらりと見る。「世界は危険な場所だ。何も目新しいことではない。しかし、テロ、テロ、テロって大衆の顔にいつでも突きつけるのは士気を挫くことになるし、市場にもよくない。誰にとってもよくないんだ」

「チェイニーを除いてね」と誰かが当てこすりを言い、まわりの人々はくすくす笑う。

「そのとおり」。マーチはゆっくりと微笑みを浮かべてそれを認める。「ディックの野郎には自分なりの心づもりがあるからな。彼とわしはずいぶんと前から友人なんだが、ここしばらくは話していない」

ジャックダニエルのコーラ割りがビリーのために届く。どうしてわかったのだろう？ どういうわけか知られていたようだ。彼は頷き、飲み物をすする。戦争に関する考えや感情を述べている人たちに対し、愛想よく相槌を打つ。アメリカでは、すべての人が戦争について揺るぎない意見を持っているようだ。彼らは確信を持ち、命令文や絶対的な口調で、文脈上はとてももっともに思える意見を吐く。こちらの戦争と向こうの戦争とのあいだには深い裂け目が存在しており、その裂け目にはまらないようにしなければならない。そうビリーは感じる。大事なのは、転ばないように一方から他方に飛び移ることなのだ。

「9・11についてこれは言えるな」と一人の男が彼に打ち明ける。「あれがフェミニストを黙らせたってことはね」

「はあ」。ビリーは答えを求めて飲み物を見つめる。フェミニスト？

「そうだよ」と男は言う。「彼女らは〝解放される〟ことにもうあまり関心を抱いていない。アメリカが攻撃されているわけだからね。男にできて女にはできないことがいくつかあるんだが、その一つが戦闘だ。人生のかなりの部分は、つまるところ肉体的な強さで決まるんだよ」

「たぶん我々は優先事項を整理するために、ときどき戦争が必要なんだな」と別の男が言う。

主要な会話のまわりを二次的な会話の群れがめぐっている。主要な会話は常に戦争についてだ。ビリーは会社を所有している男と話す——クールクリートだったか、ペイヴストーンだったか。庭の遊び場を作る会社だ。男はビリーに、最近テロ攻撃が増えているのは戦況がこちらの優位に傾いているからだと言う。「敵が自暴自棄になってるってことだよ」と彼は言う。「やつらの痛いところを突いているからね」。「そうかもしれません」とビリーは調子を合わせる。すると、丸太のような腕が彼の肩に降りてきて、ホストであるノーム自身がすり寄ってくる。周囲の人々は話をやめ、みなの微笑む顔が期待に輝く。

「リン特技兵」

「はい」

「すべてに満足してくれているかな？」

「イエッサー。すべて素晴らしいです」

人々は彼が特別に気の利いたことを言ったかのように笑う。ノームはビリーの首の後ろをギュッと押し、頭を二、三回揺らす。「何と素晴らしいことでしょう」と彼はそこに集まっている人々に言う。「こうした若いヒーローたちを迎えられるなんて、何という名誉でしょう」。ビリーはノームの息に酵母菌のようなバーボンの匂いを感じる。「彼らは我々の国の誇りであり、喜びです。そしてこの人は」――ノームはまたビリーの脳がカラカラ音を立てるほど頭を揺する――「この若者は――そうですね、こう申し上げましょう。テキサス人がアル・アンサカール運河の戦闘を率いたと聞いて、驚く人はいますか？」

周囲の人々は鋭い歓声を上げて答える。近くにいる人々も振り返り、加わる。ビリーはやりきれない気持ちになる。ノームは彼を見本のようにボードに貼りつけ、彼はそこに立っていることしかできない。そして摘み食いしているのを見つかった者のように笑っているしかないのだ。「見て、赤くなってる！」と一人の女が叫ぶ。それは本当だろう。ビリーは熱が顔から放射されているのを感じる。

惨めな思いはこのように健全な慎み深さとして受け取られるのだ。

「オーディ・マーフィの再来がここにいるようだな」とマーチはビリーに笑いかけながら言う。「あれは偉大なアメリカのヒーローだった。そしてテキサス人だ」

「彼もヒーローですよ」とノームは同意し、ビリーをギュッと抱きしめる。「だから銀星章をつけているんです。そして確かな筋から聞いたのですが、名誉勲章にも推薦されたんですよ。それなのにペンタゴンの事務屋が撥ねつけたんです」

不満を示すツィターのような声が人々のなかから上がる。ビリーはブラボーの人間に見られていないことをひたすら願うが、ダイムがすぐそこで落ち着き払ってこのすべてを見ているし、アルバートも微笑んでいる。いや、ビリーと目が合うとアルバートはにやにや笑う。このようにして漏洩がどこで起きたかをビリーは知ることになる。チャンスを掴むや否やビリーは〝すみません〟と言って近くのバーへと急ぐ。コーラください、と彼は言う。何も入っていない、ただのコーラ。一分ほどして、ダイムが彼の横に体を押し込んでくる。

「ビリー、俺を無視するな」

ビリーは顎を上げる。「あれはナンセンスです」

「何がナンセンスだ？」二人はかろうじて聞き取れる程度の囁き声でしゃべっている。

「あれです。名誉勲章っていうクソです」

「ああ、あれか。ビリー、落ち着け。おまえは証明書つきのスターなんだ」

「アルバートが――」

「アルバートは心づもりがあってやってるんだ」

「そもそもどうしてやつが知ったんです？」

「俺がしゃべったからだよ、馬鹿野郎。飲み物に酒が入ってるのか？」

「いいえ」

「よし。ハーフタイムのために酔っ払いすぎてほしくないんだ。それから、まだ何をするのかは言われていない」

ビリーは飲み物を抱くようにうずくまる。「みんなナンセンスです」

「ずいぶんと感じやすいんだな、ビリーちゃん」

「どうして彼に話したんですか？」

ダイムはこれに答えようともしない。二人はバーで背中を丸めたままでいる。振り返ったら、その瞬間に人々が話しかけてくるだろう。

「おまえが話していた年寄り、知ってるか？」

「え、ええ」

「マーチ・ホーウェイだ」

「知ってますよ」

「ミスター高速艇その人だぞ。有名人だ」

ビリーはまっすぐ前を見つめる。ビリーが知らなかったと知る満足感をダイムに与えるつもりはない。

「神様よりも金持ちだな。そしてコネもすごい。だからやつの近くにいるときは気をつけろ」

「どうして自分が気をつけないといけないんです？」

「ビリー、おまえは気づいてないかもしれないけど、俺たちは党派対立の激しい国に住んでるんだ。あいつらは賢いし、誰が敵かもわかってる。戦争の勲章の一つや二つで騙されたりはしない」

ビリーは胸に目をやり、この不吉な見地から自分の勲章をじっと見つめる。

「自分は敵ではありません」

「おーーーっと、おまえはそうは思わない？　やつらが決めるんだ、おまえじゃない。誰が本物のアメリカ人かという話になったら、決めるのはやつらなんだよ」

ビリーはコーラを一口すする。「自分は大統領に立候補するつもりはありませんから、軍曹」

ダイムは頷き、カウンターの背後に酒のボトルが林立する風景をじっと眺める。「俺の爺ちゃんが俺に言ったことを知りたいか、ビリー？」

「何ですか」

「こう言ったんだ。いい人生を送りたかったら、次の三つのことをしろ。一つ、金をたっぷり儲けろ。二つ、税金を払え。三つ、政治に関わるな」

そう言ってダイムはグラスを手に立ち去る。ビリーは一人きりの静かな時間を楽しもうとするが、頭痛が激しくなって頭が空っぽになる。これは偏頭痛ではないかと思うが、彼にはわかりようがない。偏頭痛かもっと悪いもの、悲劇的で致命的なもの、脳腫瘍か癌か広範囲に及ぶ血栓症か。〃可哀想なやつ。あの若さで。童貞のまま死んだ〃。悲劇だ。どちらにしても、頭痛は実質的に家族から受け継いだもので、激しい苦痛と重荷になっているのだが、そういうもののない自分など何者だろう？　突然、拍手喝采がスイートルームじゅうに湧き起こり、バーから振り向くのはまずいと思い出したときにはもう遅い。

「大型スクリーンにあなたが映ったんですよ」と一人の女が叫ぶ。一瞬、ビリーは絶望的な気持ちになるーーバーでうずくまっている姿が映されたのか？ーーそれから、〃アメリカのヒーロー〃の映像がまた再生されたのだと気づく。

「今日、みなさんの栄誉がここで称えられたのは素晴らしいと思いますわ」と女は熱を込めて言う。

「ありがとうございます」とビリーは言う。

「国じゅうを旅するのってワクワクするでしょうね！」

「それも納税者のお金でね」と男が——夫か？——付け加える。彼はクスッと笑い、冗談だということを示す。ハッハッ。

「素晴らしいです」とビリーは言う。「いい経験をしました。たくさんの素晴らしい人たちに会いました」

「何がいちばん印象に残ってますか？」と女が訊ねる。目がキラキラと輝き、年齢ははっきりとしない金髪の女。いかにもキャリアウーマンという元気の良さがある。かっこいい頬骨に恵まれ、銀色の織物《ラメ》のように派手に微笑む。ビリーは彼女が営業の達人ではないかと想像する。エネルギッシュな不動産業者かメアリー・ケイ（ダラスを本拠とする化粧品会社）の営業主任。

「そうですね、まずすべての空港です」と彼は言う。これは集まった人々から笑いを取る——七、八人が集まっている。それからすべてのショッピングモールです、と付け加えてもいい。市民会館、ホテルの部屋、講堂、宴会場——それらは国のどこに行っても同じだ。人間の感性の多様さを反映させるより、経済性とメンテナンスの手軽さでデザインされた建物。その一様さには脳味噌がウニになってしまいそうだ。

「デンヴァーは本当に気に入りました」と彼は続ける。「山がたくさんあって、すごくきれいなところでしたね。ぜひまた行きたいですし、少し長い時間をそこで過ごしてみたいです」

「ワシントンにはいらっしゃいましたか？」と不動産業者の女が突っ込む。

「ええ、行きました。ワシントンはすごかったですよ、もちろん」

「ホワイトハウスって立派でしょう？」

「そうですね。歴史とか、いろんなものを感じさせます。たぶん、私はあそこで人が暮らしてるなんて考えてなかったんでしょうね。まあ、わかってますよ、どうしてホワイトハウスって呼ばれるかとか。でも、とにかくすごくて、ハウスというより優雅な大邸宅《マンション》って感じでしたね」

不動産業の女は同意する。「スタン」はブッシュ家の客として何度か呼ばれたが、あそこは本当に荘厳な場所だ。ディナーはあったの？　なかった？　それはひどい。だって、正式な国のディナーはまさに芸術なの。壮麗で、きちんとした儀礼に則っていて、国のトップの人々と交わるのよ。たぶん次の機会に、とビリーは言う。続いて我々は勝っているのかと訊く者がいて、戦争に関する議論が始まり、ビリーはみなのお気に入りの水ギセルのように回される。どうして彼らは同じ民族の人々を殺すのか。どうして我々を憎むのか。どうしていつも〝七十二人の処女〟なのか。彼の脳は自動運転モードに切り替わり、目はあちこちをさまよう。ロディスが向こうでべらべらしゃべっている。何についてしゃべっているのかわからないが、聞いている人々は失礼にならないようにしながらも、恐怖におののいている様子だ。あちらにはクラックがいて、誰かの十代の娘に言い寄っているが、見たところはうまくいっているようである。サイクスは歯を食いしばって虚空を見つめ、アルバートはノーム夫妻と一緒に大笑いしている。ビリーはふとこう思う。彼の頭痛は純粋に心理的なものなのではないか。剝き出しになった精神の類人猿的な部分が、サムソナイトのCMに出てくるゴリラのように自己主張しているのではないか。

「……これはアングロサクソンの伝統にまでさかのぼる決闘作法なんだ。先に攻撃されない限り攻撃しない。我々は野蛮人ではないからね。9・11のときも我々は攻撃しなかった。それを言ったら、真珠湾のときもだ」

「そうですね」とビリーは会話の世界に戻る。

「しかし、攻撃されたとなれば、ツケは払わせる。そうだよな？」

「そう言ってよいかと思います」

「つまり、誰かがあんたらを撃ったとする。たとえばパトロール中にスナイパーがあんたらを狙ってきたとする。あんたらはどうする？」

「手持ちの武器をすべて使って反撃します」

男は微笑む。「そうだよな」

ヘイ！　ヘイ！　ヘイ！　何人かの人々が静寂を求めて叫んでいる。みんな黙るように、そして国歌「星条旗」の斉唱に注目するように求められているのだ。全員がフィールドに目を向ける。空は暗くなり、下塗り塗料のような灰色になっているが、その下のスタジアムはライトがともって明るい。どんよりした天の疱疹が提灯の光にかぶさっているかのようだ。フィールドの照明はライムの色を帯びたゼリーのように輝き、濃さを増している。歌手と軍旗衛兵はホーム側のサイドラインから進み出る。サイドラインには選手、コーチ、レフェリー、マスコミ関係者、VIPなどの大群がいて、さらにサーカス列車に匹敵するほどの用具が並んでいる。どこかを包囲攻撃する古代の軍隊のようだ。軍旗衛兵は旗を掲げる。スイートルームに散らばったブラボーたちは一斉に気をつけの姿勢を取る。

オ――　　　　オウ

オ――オウ、オ――オウ、オ――オウ。傷ついた脳味噌のうろのような部分に音が木霊《こだま》してぶつかってくる。オ――オウ。まるで洞穴の入り口に立ち、ためらいがちに、しかし望みを抱いて、闇に向かって叫んでいるかのようだ。〝オ――オウ、誰かいるか？〟オ――オウ、オ――オウ、オ――オウ。息を詰まらせるようなレゲエのビートの抜けた部分。オ――オウ。これが条件反射の合図となってドーパミンの爆弾が破裂し、木琴のトリルが脊柱を駆けめぐる。それから足下の落とし戸が跳ね上がって落ちていく。

セ
エ
エ
エ
イ

続いて救援がある。底の安全ネットで弾み、ヒューッと高いところへ飛んでいく。

キャ――ン

ユ――

シ――?

そこからこの難しい歌につきものの拷問のような部分に移る。歌手は若い白人女性で、黒髪に痩せた体の持ち主。カントリー&ウェスタンの歌手だが、古典的な高原地帯の悲し気な鼻声で歌う。ビリーはどこかで彼女が最近の『アメリカン・アイドル』(アイドル・オーディション番組)優勝者だと聞いた。そして、すべての優勝者と同様、小柄であろうとなかろうと、彼女はとても大きな口の持ち主である。

ホワアアアアアアアアアット

ソウ

プラアアアアアアウウウドリイイイイ

ビリーは敬礼の姿勢を続ける。シュルームとレイクのこと、あのひどい日のぼんやりとした赤熱の光景のことを考えようと努めるが、彼はまだ若く、将来に希望も持っているので、フェゾンを捜して下のサイドラインを見渡さずにいられない。視線を一人のチアリーダーから次のへと順番にカチカチと移していき、違う、違う、違う、と十数回〝違う〟が続いたところで〝これだ〟となる。氷上で車がスピンするように――ハンドルを切りながらアクセルを踏んでシューッと音を立て、吐き気とパニック、尻の穴がキューッとすぼまる感覚を抱きつつ――頭をぐるりと回す。忘却に向かって落ちていくジェットコースター。それから飛び出しそうになっていた目は眼窩に戻り、まっすぐにフェゾンを見据える。女性らしさがクッシュボールのような小さくて逞しい体にたっぷりとみなぎっている。流れていく溶岩のように琥珀色の筋が入った髪。胸に抱いた右手のポンポン。彼女は歌っている。ここからでも、彼女の口が動いているのがわかる。そして強い絆で結ばれているために、彼の体は彼女の方向に数インチ傾く。〝おい、彼女はおまえに入れ込んでるぜ〟。歌は彼の芯の部分に小さな爆発を起こし、彼の溶けた部分があちこちに飛んでいく。そして彼にしか聞こえない激しい倍音が耳に鳴り続ける。そう、「星条旗」が愛の歌でないとしたら何だろう？

アット
ザ
トワア
ア
ア
ア
アイ
ライツ
ラスト
グリーミ
ング

彼は息をするのを忘れないように気をつける。心が落ち着いていると同時に高揚し、自意識が叫び声を上げそうになるほど焦らされて、頭がいまにも割れてしまいそうだ。彼は唸り声を上げる。これを抑えておくことはできない。不動産業の女が彼のほうを見て、同情の唸り声で答える。そして彼に近づき、腕を彼の腰に回す。こうして二人は寄り添う——彼は敬礼し、汗をかき、銃口を掃除する矢のように直立し、不動産業の女は右手を胸に置き、左手はビリーの腰を摑んで歌っている。

オーヴァー

ザ・ラアアムム

パーツ

ウィー

ワッチド

この人は本当に大声で歌える。車輪取り付け用ナット並みのサイズの涙が彼女の頰を転げ落ちていくが、戦争とは人にこういう作用を及ぼすものではないか。感覚が高揚し、時間が凝縮され、情熱が掻き立てられる。一度の擬似性交だけで一生涯の関係を築けるものではないかもしれないが、ビリーはこれこそが論理的な帰結であると考えたい。自分はフェゾンを震わせ、そして〝いかせ〟たのだ。これには意味があるはずではないか。人間存在が常にうつろうものだということを考えれば、一つの特定のことを計画したり望んだりするのはクレージーだが、それでも世界は日に日にめぐってくる。だから、彼の求めているものがこれでないとすれば何だ？　どうしてこれではいけない？

ゲエエイヴ・プルウウウウフ

スルー　　ザ

ナアアアアイト

不動産業の女は彼をさらに抱き寄せる。これが性的なものだとはまったく感じない。もっとずっともろいもの——互いに依存してしがみついているような、あるいは母に摑まれているような感じなのだ。これなら彼にも対処できる。兵士であるとは、体が自分のものではないと認めることでもあるのだから。

バアアアナアアアア——

イェエット

ウェエエエエー

エエエエイヴ

オーヴァー・ラアアアアンド・オブ・ザ・フリイイイイイイ——

そして沈黙。崖の縁をかろうじて摑んでいる感じから、声のダイビングとなる——

アンド・ザ・ホオオウム

オブ

ザ

アアアアア

国歌を歌い終わって大喜びするときほど、アメリカ人が酔っ払いの集団のような声を発するときはない。恍惚として拍手喝采している真っ最中、十数人の中年女がビリーのところに集まってくる。一瞬、彼女らに四肢を引き裂かれるのではないかとさえ思う。彼女らの目は狂気の光を発し、アメリカのためなら何でもしかねないように見える――拷問も、原爆投下も、世界規模で民間人死傷者を出すことも。神と国のためならすべてを受け入れるのだ。「素晴らしいじゃない?」と不動産業の女は叫び、彼をギュッと抱きしめる。「グッとくるわよね? 誇り高い気持ちにならない?」

実を言えば、彼はこの瞬間泣きたくなっている。どうしようもないくらい誇り高い気持ちだ。しかし、これは彼らの〝誇り高い〟と同じなのか? 我々はここで同じ言語をしゃべっているのか? 誇り高い――もちろんだ。彼はシュルームとレイクのこと、あの日の血にまみれた真実を考える。そして〝誇り高い〟を原子のレベルにまでさかのぼって分析し、その証拠を捜し始める。はい、奥様、誇り高いです。山を動かせるほどの、衝撃で月の相を変えられるほどの〝誇り高い〟をブラボーたちは成し遂げた。しかし、教えてほしい、どうして試合前に国歌を演奏するのだろう? ダラス・カウボーイズとシカゴ・ベアーズはともに営利目的の民間企業であり、契約した従業員たちが試合をする。だったら、すべてのコマーシャルの最初に国歌を演奏したっていいではないか。すべての重役会の前に、あるいは銀行で金の出し入れをする前に、必ず国歌を演奏したらどうだ!

それでもビリーは話を合わせようとする。「胸がいっぱいです」と言うと、女たちが叫び声を上げ、ふわふわした体ともみ合いになる。抱きしめられたり、撫で回されたり、携帯電話で写真をたくさん撮られたりしているのと同時に、三つか四つの会話が進行している。数人の女たちは実際に涙を流している。ずしりと重い集団行動の時間。彼に対処できる精一杯だ。それがようやく下火になったところで、彼はうつむいて観覧席のほうへと向かう。先住民との戦いで敗れたカスター将軍の退却路と同じで、そこしか行くべきところがない。群衆を掻き分けて進んでいくと、人々は彼に笑いかけ、挨拶する。誰かが飲み物を差し出したようだったので受け取るが、みんなは手を振っていただけだとあとになって気づく。彼は観覧席の勾配にたどり着き、階段を下り始める。仲間のブラボーが三人、最前列にうずくまっている。ここは避難所であり、小さな砦だ。危険なほど興奮している周囲の市民たちから守ってくれるところ。

「まいったぜ」とビリーは言い、座席にドスンと座り込む。

ほかのブラボーたちも唸り声を上げる。ヒーローでいるのは疲れるのだ。

「ベアーズがトスで勝ったよ」とエイボートが言う。「すでにプラス50だ、みんな」

ホリデイが鼻を鳴らす。「さすがだな、エイボート。こんなすごい勘の持ち主はおまえだけだ」。彼はビリーのほうを向く。「ロディスはどこだ?」

「まだあっちにいるよ」

「馬鹿なことやってんのか?」

「いや、大丈夫だ。ハーフタイムについては?」

ブラボーたちは怖い顔をして首を振る。みな同じことを感じているのだ。単なる本番前の気後れだけでなく、大規模な報復を恐れる兵士の本能のようなもの。彼らは二週間、驚くほどへまをせずに日程をこなしてきた。したがって、この〝勝利の凱旋〟の自然な、いや必然的でさえあるクライマックスは、全国ネットのテレビでとんでもない大失敗をしでかすことではないのか。最後にどんでん返しをとっておいたかのように!

カウボーイズがベアーズに対してキックオフする。タッチバック。ベアーズ、自陣20ヤードからオフタックルへのランで3ヤード獲得。なかへのランプレーで2ヤード獲得。ウィークサイドへのスイープで4ヤード獲得するものの、ここでイエローフラッグ。プレーとプレーのあいだには、大型スクリーンでひどいコマーシャルを見るか、ハーフタイムの心配をする以外に大してすることがない。

「俺ら無礼だと思うか？」とマンゴーが訊ねる。

みんなが彼のほうを見る。

「ここで俺らだけで座ってて、ほかの人たちと交流とかしてないだろ」

「すげえ無礼だな」とデイが言う。

「看板を立てようぜ」とエイボートが提案する。「〝機能障害の帰還兵です、放っておいてください〟」

彼らはまたしばらく試合を見る。マンゴーはずっと溜め息をついたり、もぞもぞしたりしている。

「フットボールって退屈だな」と彼はついにはっきり言う。「いままでそう思わなかったか？　これって、スタート、ストップ、スタート、ストップって感じで。五秒プレーして、あと一分ずっと立ってるだけじゃないか。クソみたいにだるい」

「帰ってもいいんだぞ」とホリデイが彼に言う。「ここにいろとは、誰もおまえに言ってない」

「いや、デイ、俺はここにいなきゃいけない。軍が行けってところ、どこにでも行かないといけないんだ。いまはここなんだよ」

ベアーズが蹴る。カウボーイズは26ヤードに戻る。チェーンが移され、フットボールが置き直されているあいだ、長い待ち時間がある。オフェンスとディフェンスがフィールドに走って出る。オフェンスはハドルを組み、ディフェンスは腰に手を当て、息を切らして動き回っている。クソ、とビリーは思う。マンゴーの言うとおりだ。プレーとプレーのあいだは教会に座っているようなもので、大型スクリーンが大音響で映像を流さなかったら、みんなひっくり返って眠ってしまうだろう。フィリピン人のウェイターがやって来て、何かいかがですかと訊ねる。ブラボーたちはダイムが隠れていないことを確かめてから、ジャックダニエルのコーラ割りを頼む。ビリーはたまたまゲットしたクランベリー・ウォッカをごくりと飲み、フェゾンに熱い視線を向ける。飲み物が届き、それによって少し雰囲気が教会のようではなくなる。カウボーイズがベアーズ陣42ヤードまで進むが、ヘンソンがタックルを食らい、16ヤード下がる。ビリーは自分で管理できないグラウンドを奪おうとすることの不毛さを感じ始める。

「おまえらの飲み物に酒は入ってないよな」というダイムのしゃがれ声に、ブラボーたちは飛び上がる。ダイムはビリーの隣りの席に腰を下ろす。ストラップにつけた双眼鏡を首からぶら下げている。

「全然入ってません」とエイボートが言う。「文句を言おうかと思ってたところで」

「おいおい、おまえら、言っただろ――」

「よお、ダイム」とデイが割り込む。「マンゴーがフットボールは退屈だって」

「何だと?」ダイムは振り返ってマンゴーを睨みつける。「このクソ野郎、フットボールが退屈とはどういうことだ。フットボールは偉大だ。ほかのスポーツは足下にも及ばねえ。スポーツ界の頂点だ。何が言いたいんだ、おまえ。サッカーが好きですってか? 半ズボンとハイソックスはいたおカマどもが走り回るスポーツが? 九十分もプレーして一点も入らねえスポーツだぞ。ああ、面白いだろうよ、植物人間にとっちゃ最高のゲームだ。だがな、サッカーを見たいんだったらメヒーコに帰りやがれ」

「自分はツーソン出身です」とマンゴーは穏やかに答える。「そこで生まれました。軍曹もご存知のはずです」

「おまえがアイダホ州リスノペニス出身だとしても、俺にはどうでもいい。フットボールは戦略的なスポーツだ。駆け引きがある。考える男のゲームだし、しかも動きに詩があるんだ。なのにおまえは頭が悪すぎてそれを味わえないようだな」

「そうかもしれません」とマンゴーは言う。「天才的に頭がよくないと——」

「黙れ！　おまえは絶望的だぞ、モントーヤ。アメリカの大義に対する侮辱だ。おまえみたいな情けないやつがいたから、アラモで負けたんだ」

マンゴーはクスクス笑う。「軍曹、ちょっとお間違えかと思います。アラモで負けたのは——」

「うるさい！　おまえみたいなおカマ野郎の歴史修正主義的戯言は聞きたくねえ。黙りやがれ」

マンゴーは二拍待ってから続ける。「実のところ、アラモに裏口があったら、テキサスは決して——」

「黙れ！」

ブラボーたちはボーイスカウトの年少隊員のように忍び笑いをしている。カウボーイズがボールを蹴るが、反則があったのでやり直す。それからテレビのCMのために中断する。ダイムは双眼鏡を目に当てる。

「どれが彼女だ？」と彼は囁く。これが個人的な、いや、神聖なことであると理解してくれている。

「左のほうです」とビリーは低い声で言う。「20ヤードのあたり。金髪っぽい赤毛の子です」

ダイムは左方向に体を回していく。チアリーダーたちは尻を振るルーティンをしている。時間をつぶすための魅力的なダンスだ。ダイムはしばらく見てから、双眼鏡を目に当てたままビリーに向かって手を差し出す。

「おめでとう」

二人は握手する。

「可愛い子じゃないか」

「ありがとうございます、軍曹」

ダイムはまだ見ている。

「本当にあの子といちゃついたのか？」

「はい、誓います、軍曹」

「誓わなくていい。名前はなんだ？」

「フェゾンです」

「ラストネームかファーストネームか？」

「ああ、ファーストです」。ビリーは彼女のラストネームを知らないことに気づく。

「ウム、この野郎」。ダイムは一人で笑う。「若きビリーの奥が深いこと。誰に想像がつこうか」

ダイムが立ち去るときにビリーは双眼鏡を貸してくれないかと訊ねる。ダイムは厳粛な顔つきになり、口をきっと閉じて双眼鏡のストラップをビリーの首にかける。オリンピックチャンピオンにメダルをかけるかのようだ。ビリーは双眼鏡のおかげで楽しい時間を過ごす。だいたいはフェゾンに焦点を合わせ、彼女のダンスのルーティンを追う。激しいポンポンの動き、観衆に訴えかけるような腕の振り。双眼鏡は物質的世界から奇妙で繊細な明晰さを生み出している。肌理と細部が人形の家のように緻密だ。そのように枠づけされて、フェゾンのすることはすべて奇跡のように見える。仲間のチアリーダーたちと連携を保ちつつ、ここで彼女は若駒のように髪を振り、あそこでは物憂げに膝を曲げ、爪先で芝生を蹴る。ビリーは我を忘れるほどの優しい気持ちを彼女に抱き、同時に甘酸っぱいノスタルジアと喪失の思いに駆り立てられる。距離的に遠いというだけでなく、長い時間の経過を隔てて彼女を見ているようなのだ。それは何を意味するのか――こんなに物悲しく、魂が哀れなほど露わになっているのは、恋をしているということか？　困るのは、それを見極める時間がないということだ。自分はフェゾンと話をしなきゃいけない——彼女の電話番号が必要だ！　メルアドも一緒に知りたい。それに彼女のラストネームも。

「ヘイ」とマンゴーが彼を肘でつついている。「俺たち、食べ物を取りに行くけど、来るか？」

ビリーは首を振る。ただここに座り、双眼鏡ですべてを見ていたい。ゲームには興味がないが人間には興味がある。たとえば、漫画で体からの匂いを表わすときのように、選手たちの体から蒸気が上がるさま。サイドライン付近を歩き回るタトル・コーチは、どこに自分の車を駐車したか忘れた人のように困った顔をしている。ファンを観察しているうちに、ビリーは自分が何でも知っているという心地よい感覚を覚える。彼らの一挙手一投足に病的なほどのめり込んでしまうのだ——ゴリラにのめり込んだ『愛は霧のかなたに』の動物学者のように。彼らがどのように食べ、飲み、欠伸をし、鼻をほじり、着飾り、子供たちを甘やかしたり撥ねつけたりしているか。彼は当然ながらホットな女性たちに視線をとどめ、七面鳥のコスチュームを着た人たちを少なくとも六人は見つける。顔はどんよりし、無防備で、苛立っているようにも見える。人生の全般的混乱という霧にすっぽり包まれているかのようだ。おお、アメリカ人よ。私の民よ。それから彼はぐるりと見回してフェゾンに戻ると、生命維持器官がどろどろに溶けてしまう。彼女はただホットなだけではない。『マキシム』誌やヴィクトリアズ・シークレットのモデル並みにホットだ。世界に通用する女性であり、彼は二人の人生の計画を立てなければならない。彼女のような女性は資力がないと——。

「テキサスの後輩！」

顔を上げると、マーチ・ホーウェイが彼に向かって通路を横向きに歩いてくる。ビリーは立ち上がるが、ホーウェイは手のひらを彼の肩に置いて座らせる。それからビリーの隣りに座り、両足を手すりに載せる。ビリーは彼のカウボーイ・ブーツが欲しくてたまらなくなる。つややかな海緑色のダチョウの羽根と、銀線細工の爪先飾りがついたブーツ。

「気分はどうだね？」

「とてもいいです。あなたは？」

「いいよ、ただカウボーイズにもっと頑張ってほしいけどな」

ビリーは笑う。少し緊張しているが、歴史を変えた男の隣りに座っているわりには緊張していないようにも思う。ミスター高速艇。それについて話すのは不躾なのだろうかと考える。といっても、高速艇について何かを知っているわけではない。そもそもどうして彼はここでビリーと一緒に座っているのだろうという疑問もある。

「あんたはストーヴァル出身だと聞いたが」

「はい、そうです」

「あそこでは素晴らしい鳩の狩りができるんだ。何とかいう草があってな——ガスウィードだったかガルウィードだったか。黄色くて背の高い草で、長い豆の莢がある。鳥はみんな食べるんだが、特に鳩は大好きなんだ。わしが何の話をしているかわかるかな？」

「いえ、あまり」

「狩りはしない？」

「しません」

「ともかく、わしらは楽しく狩りをしたよ。たくさん鳩を殺した」

ホーウェイは双眼鏡を〝ちと拝借〟できるかと訊ねる。そしてすぐさま年寄りの可愛らしい癖を何から何まで見せる。鼻をクンクンいわせ、ワイシャツのカフスを上着の袖口からのぞかせ、声帯をゴホンと鳴らす。体からはタルカムパウダーの匂いと、きれいに洗って糊を利かせたコットンの匂い。右手にはダイアモンドの馬蹄形の指輪をしている。髪は白いが、小さな房が額に垂れてはためいているさまは、ハックルベリー・フィンのように少年らしくもある。

「この試合に金を賭けたかな?」彼は双眼鏡のフォーカスを行ったり来たり動かしている。

「いえ、でも賭けた人はいます」

「君は賭けはしない?」

「はい」

ホーウェイは彼をちらりと見る。「賢い男だ。わしらは金を儲けるために必死に働いて、その金を賭けで捨ててる」。ビリーが何の仕事をしているのかと訊くと、彼は微笑む。「ああ、いろんなことをしてるよ」と彼は双眼鏡を返しながら言う。「エネルギーが我々のビジネスの中心だな。製造とパイプライン。それを四十年近くやってる。不動産業もやってるし、ヘッジファンドも少し。あと裁定取引とか、いろいろだ」。彼はクスクスと笑う。「それに、ときどき気に入ったのがあれば乗っ取りに行く。ビジネスに興味があるかな?」

「わかりません。たぶん除隊してからですね。でも、ビジネスが死ぬほど退屈なものだったらやめておきますけど」

ホーウェイは鋭い叫び声を上げて起き上がり、ビリーの膝を叩く。「よく言った。楽しくないことをどうしてやるんだ? わしの経験によれば、成功した人々はみんな自分のやっていることが大好きなんだよ。これは、わしのアドバイスを求めに来た若者たちに言うことだ。お金を儲けたいんだったら、楽しめるものを捜せ。そして汗だくになって働け」

「それはいい哲学のように思えますね」とビリーは思い切って言う。

「まあ、わしの個性に合ってるな。幸いにも、わしは自分の好きな仕事を見つけた。そして、それで成功できるくらい運にも恵まれていた。つまり、ある意味でゲームのようなものなんだ」。彼はここで間《ま》を空ける。「カウボーイズが敵陣深く攻め入ったのだ。レシーバーが手を伸ばし、指の先端でかろうじてボールを摑むが、ファンブルしてボールはフィールドから転がり出る。「結局詰まるところは、未来を予測することだ。ビジネスはほとんどそれに尽きるな。何がこれから起きるかを見極め、ほかの連中を出し抜く。ちょうどうまいタイミングで動くんだ。パズルみたいなものなんだが、動くパーツが千もあるんだよ」

ビリーは頷く。これは本当に面白く感じられる。「では、どうやってやるんですか？」と彼は単刀直入に訊ねつつ、どうでもいいやと思っている。「どうやってほかの連中を出し抜くんですか？　みんな同じことをしようとしているのに？」

ホーウェイはまたクスクス笑っている。「うん、もっともな質問だな」。彼は背もたれにもたれ、少し考える。「たぶん、独自の考え方をすることだな。それと、心の平和」

ビリーは微笑む。ホーウェイが自分をからかっているのではないかと思う。

「心の平和のためには、あんたは自分が何者かを知らなければならない。自分が人生に何を求めているか。自分独自の考え方をするためにも、自分が何者かを知っていたほうがいいし、ただ知るだけではなく、それに安心し、自分に満足しなければならない。さらに、自分に対する厳しさもなければならない。スタミナだ。それに運ももちろん助けにはなる。ちょっとした運はすごく大事だし、そこにはこの経済システムの世界に生まれたという大きな幸運も含まれる。これまでのなかで最高の経済システムだ。決して完璧ではないが、全体的に見て、この凄まじい人間の進歩はこのシステムのおかげだからね。ここ半世紀だけを取って見ても、我々の生活水準は七倍くらい改善されている。我々に問題がないとは言わない。問題は山ほどあるが、そこに自由市場という天才が介入する。すべての闘志と才能とエネルギーはその問題を解決することに向かうんだ。では、このスタジアムを見てみよう。このすべて、群衆もゲームもだ」。ホーウェイは腕を左右に大きく振り、それから空とグッドイヤーの飛行船を指さす。飛行船は初冬の陰気な空にぶら下がっている。「これがすべてだよ。わしの言ってることがわかるか？　わしは欲望がいいことだと言って歩く男とは違う。しかし、確かに欲望はいい方向への力になる。利己心は人間社会の営みにおいて強力な動機となるんだよ。わしにとって、そこが資本主義のシステムの美しいところだ。生まれついての欠点を美徳にするんだな。だからあんたは親よりもいい暮らしをするわけだし、あんたの子供たちもあんたよりいい暮らしをする。孫も子供たちよりいい暮らしをする。我々のシステムのおかげで、いろんな方法を発見するからだ。生活の問題を解決するもっと簡単な方法、もっといい方法。そして、我々が夢にも思わなかったたくさんのことを成し遂げることができる」

ビリーは頷く。この瞬間ほど、アメリカが彼にとって筋が通って見えたことはない。アメリカは間違いなく例外的な国なのだ。NASAの宇宙探査機の発射に対してと同様に、彼はアメリカが成し遂げてきたことに喜びを感じられる——それに参加したかのような誇りさえ感じられる。その一方で、こうしたミッションがまったく自分と関係ないということもちゃんとわかっている。

「さて」とホーウェイは続ける。「たったいま、我々はものすごく辛い時期を過ごしている。二つの戦争があり、経済は基本的にへろへろだ。国の士気が落ち込んでいる。しかし、これは乗り切れるはずだ。我々は勝つ。この二百年以上、我々のシステムはその回復力を証明してきた。あんたら若者にはこれから期待できることがたくさんある。あんたらにとって素晴らしい時代になると思うよ。わしがあんたの歳だったら――いくつなのかな？」

「十九歳です」

ホーウェイはしゃべろうとして口を開くが、途中でやめる。ビリーのことを困ったかのように見るが、心の奥底からの困惑というより、一瞬だけ戸惑ったかのようだ。

「十九歳か。物腰はもっと年を取って見える」

「ありがとうございます」

「まったく、二十六歳の弁護士と話しているみたいだったよ。あんたの身のこなしからするとね」

「ありがとうございます。感謝します」

ホーウェイは試合に目を向ける。自分の考えの流れを見失ったかのようだが、少ししてからまたビリーに注意を戻す。

「名誉勲章に推薦されたっていうのは本当かな？」

「部隊長が推薦してくださいました」

「それで何が起きた？」

「わかりません。うえの審査で落ちた、と。それしか聞いてません」。ビリーは肩をすくめる。それについて恨みがましい気持ちがあったにしても、自分が感じたというより、人からの受け売りである。

「実はな、わしにはそういう試練がなかったんだ。第二次世界大戦には若すぎたし――まあ、よく覚えてはいるが。次に朝鮮戦争があったが……」。ホーウェイは咳ばらいをし、そのまま思考が自然に途切れるに任せる。「あんたはわしらのほとんどが一生知らないようなことを知っている。あんたが経験したこと、あんたと戦友たちが……」。また彼は思考を最後まで追わない。ビリーにはその意味がわかる。まずいことを口にしてしまい、心理的につっかえて、〝勝利の凱旋〟でのある種の会話は途中で終わってしまうのだ。老人たちは何とかしようとするが、彼には手助けができない。何も言えることがない。彼が学んだのは、何でもないような振りをするのが一番だということである。「まあ」とホーウェイは悪い知らせを受け流す男のように空元気を出して言う。「この時間をあんたと過ごせて誇りに思うよ。十九歳だなんて。わしがその歳のときは、肘と尻の区別もつかんかった」。孫を連れてきたかった、などとホーウェイは話し続ける。孫はビリーを素晴らしいお手本だと思っただろう……などなど。こうした長々とした賛辞は、それはそれで構わないが、ビリーはむしろ役に立つ新しいことを学びたい。あるいは、仕事のオファーはどうだろう。それならいい。〝わしのところで働いてくれ！　金持ちになろう！　どうしたらいいか教えてやる！〟ホーウェイがまだ孫についてどうでもいい話をしているとき、フェゾンの姿が大型スクリーンに映る。ラシュモア山にある大統領の頭像と同じくらいのサイズのフェゾンがカメラに向かって微笑みかけ、頭をぐいともたげて、華やかなポンポンをビリーの顔に向かって振る。ビリーにはもうどうしようもない。席に座ったまま沈み込み、唸り声を上げる。ホーウェイもすぐに事情を悟る。

「ふむふむ、実に健康的な女の子だ」。彼はクスクス笑い、ビリーの膝を叩く。若者が生き続けるために何が必要か、改めて気づいた様子だ。「いやはや、まあ、気をつけろよ。ノームは観賞用の犬をいろいろ飼っとるようだからな」

ビリーとマンゴーは散歩に出る

第一クオーターの最後で、ブラボーたちはスイートルームから出てくれと頼まれる。メキシコの大使がたくさんの随行員を伴って訪問することになっており、この部屋はすでに定員ぎりぎりまで入っているので、誰かが出なければならないのだ。ノームは頭を下げる。本当にすまなそうだ。「この大使が連れてくる警備員の数を見てほしいですよ」と彼は首を振りながらブラボーたちに言う。「まあ、麻薬戦争とかの関係でしょうけど、それにしても。我々だって警備が手薄ってわけじゃないのに」

「それに、俺たちがいるのにね」とサイクスが言う。「でしょう、ノームさん?」

「そう! その通りだ! ここには世界最高の戦士たちがいる! ああ、君たちがこのままここにいられたらいいんだけど……」

ブラボーたちはこれについて目くじらを立てるつもりはない。基本的にどうでもいいのだ。大げさに〝さようなら〟を言い合い、最後に大きな拍手を受けてから、ジョシュが彼らを観客席に連れていく。席で彼らが取り出すのは携帯電話やアイポッド、嚙み煙草や唾を吐くカップ。外は雨のようなものが降っている。萎えたペニスのような小ぬか雨が空中に満ちている感じで、観客は傘を差したり閉じたりを繰り返している。傘が上がり、下がり、上がり、下がり。まるでモグラ叩きのようだ。

「おっと、点が入ってるぜ」とマンゴーが大型スクリーンに向かって頷きながら言う。カウボーイズ7点、ベアーズ0点。「いつ点が入ったんだ?」

ビリーは肩をすくめる。寒くはないのだが、暖かいところにいたくないわけではない。携帯電話には二つメッセージが入っている。一つはキャスリン——〝どこに座ってるの？〟もう一つはリック牧師——〝今日、この特別な感謝の日のお祈りで君のことを祈った。海外に戻る前に話そう〟。日に焼けてでっぷりしたリック牧師。アメリカでも最大の教会の一つを創設した者である。ブラボーたちがアナハイムのコンベンションセンターの集会に行ったとき、そこでお祈りをしたのだ。あのときのカウンセリングをしてもらおうとした。祈りの言葉の何かがビリーの心に真実として響いたのだ。そして、ほかのブラボーたちがサインしたり写真のためにポーズを取ったりしているあいだ、リック牧師とビリーは舞台裏で腰を下ろし、シュルームの死に様について話した。負傷して横たわるシュルーム。起き上がったシュルーム。ビリーの膝のうえにくずおれたシュルーム。彼の目はビリーを一心不乱に見つめている。緊急に知らせなければいけないことがあるかのような、切羽詰まった目。それから光が消えていき、魂が体を去る——スーッと。まるで生命力とは揮発性の物体であり、中身は高圧をかけられて貯蔵されているかのように。

「彼が死んだとき、僕も一緒に死にたいって感じだったんです」。しかし、これは正しくない。「彼が死んだとき、自分も死んだように感じました」。これも正しくない。「ある意味、全世界が死んだようだったのです」。もっと大変なのは、シュルームの死が彼をどうしようもないほど破壊したという感覚を伝えることだった。というのも、彼が死んだとき？——あるいは彼の魂が自分のなかを通っていったように感じたとき？——僕は彼のことをものすごく愛したんです。ほかの人に二度と同じような愛を感じられるとは思えません。だから、結婚することにどういう意味があるのでしょう？　自分の最高の愛をもはや与えられないとわかっているのに、結婚して子供を持ち、家族を守っていくことに何の意味があるのでしょうか?

ビリーは泣いた。リック牧師とともに祈った。ビリーはさらに泣いた。数時間のあいだ少し気分がよかったが、昼から夜になり、痛みが心に沁み込んでくるうちに、自分の心がしがみつけるものは何もないと気づいた。正確には牧師は何と言ったのか? ビリーはその音しか覚えていない。イージーリスニングのジャズのような、薄っぺらいパンパン、チンチンという音。その後も何度か電話をくれたが、同じような無意味さしか感じられなかった。しかし、リック牧師は彼を放っておいてくれない。電話をしてくるし、テキストメッセージを、eメールを、リンクを送り続けている。それがリック牧師にとってどういう意味があるのか、ビリーにはわかる。牧師にとっては、戦場の兵士と「牧師としての関係」を持つのはかっこいいのだ。説教に信憑性が生まれる。最新の問題にかっこよく関わっていることが示せる。ビリーには牧師が滔々《とうとう》と話す声が聞こえてきそうな気がする。日曜の朝の説教をビリーの魂の問題から始めるのだ。「先日、素晴らしい若い兵士と話す機会がありました。彼はイラク戦争に従軍しています。私たちはいろいろなことを話し合いました。たとえば……」

ビリーはキャスリンに返事を書き、リック牧師のメッセージは削除する。彼の右側にはマンゴーが座っているが、落ち着かない様子だ。背中を丸めたかと思うと、後ろにもたれ、左右を見る。そして背後からの攻撃に怯えるかのように振り返る。

「おい、おまえ」とビリーは言う。「じっと座ってろよ。俺までイラついてくるじゃねえか」

「じゃあ、イラつくのはやめろ」

「何か捜してんのか?」

「ああ、おまえの母ちゃんならすぐやれるって聞いたんでね」

「馬鹿言うな。それはおまえの母ちゃんだろ。俺の母ちゃんは尼さんだよ」

マンゴーは笑い、背筋を伸ばす。試合時間を確かめ、唸り声を出す。称賛されるのは骨の折れる仕事で、通路側の席に座っているとなおさら大変だ。ここはブラボーと一般市民とのインターフェース・ゾーンなのである。イエッサー、ありがとうございます。イエス、マム、とても楽しんでいます。ビリーはブラボーたちがサインするようにプログラムを回し、それが返ってくるまで会話をしないといけない。〝戦況はよくなっているよね？　そう思うでしょう？　戦争するだけの価値はあるよね？　我々がやらなければならなかったって思うよね？〟彼は一度だけでいいから、誰かが自分のことを〝赤ん坊殺し〟と呼ばないものかと思う。だが、赤ん坊も殺されているとは誰も思いつかないようだ。その代わり彼らは〝民主主義《デモクラシー》、進歩《デベロップメント》、大量破壊兵器《ダブリューエムディー》〟といったことを話す。彼らは信じたがっているので、彼もそこまでは望みどおりにしてやる。サンタクロースが本当にいると言い張る子供のように熱心だ。一度信じるのをやめてしまったら、サンタが来てくれなくなると思っている子供と同じなのである。

では、おまえは何を信じている？　ビリーはこの質問に悩むというより、質問が突きつけられているように感じる。ハッハッ、オーケー。キリストは？　まあ、そうかな。仏陀は？　ウーン。国旗は？　そうね。では……〝現実〟はどうだろう。ビリーは戦争によって自分が〝ありのままを受け止める教会〟の堅固な信者に改宗したと考える。だから祈ろう、アメリカ国民のみなさん、私と一緒に祈ろうじゃないか。何千人もの死者のために祈ろう。これから死ぬ者たちのためにも。レイクと彼の脚のためにも祈ろう。エイボートのＳＡＷ機関銃が戦闘中に作動不能にならないように祈ろう。チェイニーとブッシュとラムズフェルド、そして父と子と聖霊のために祈ろう。アメリカ中央軍と統合参謀本部のすべての天使たちのために祈ろう。これは本当に石油のための戦争なのですと祈ろう。軍用ジープを守る鋼鉄板のために祈ろう。シュルームのために祈ろう。天国で永遠の生を得たかもしれないし、得ていないかもしれないが、とにかくこの地球上ではクソみたく絶対的に死んでいるシュルームのために。

ビリーは背筋を伸ばす。しばらく上の空だったようだ。彼はフェゾンがいるはずのサイドラインのほうに顔を向けるが、フィールドに近すぎて見渡せるだけの角度がない。数分間、試合に集中しようとするが、進み方があまりに遅くて、各階止まりのエレベーターに乗っているように感じる。しかも本当の試合を見るというより、大型スクリーンを見ることになっているようだ。スクリーンはリアルタイムでも録画でも試合を映し出すと同時に、その合い間にノンストップでコマーシャルを流し続けている。感覚を過剰に刺激し続けるコマーシャルは、試合自体よりもずっと中身の容量が大きい。とすれば、コマーシャルのほうが中心ということはないだろうか？　おそらく試合はコマーシャルのためのコマーシャルにすぎないのだ。どちらにしても、あの連中が試合に求めるものは多すぎる。試合が抱えている巨大な重荷——巨額な広告費、高額な給料、施設のメンテナンスとインフラのための巨大な経費——それを考えると、フットボールというスポーツが大きな荷を背負わされて呻いているように思え、ビリーは不安になってくる。はなはだしいアンバランスによって、はらわたから空気が抜かれたように感じるのだ。最初にちょっと糸の端を引っ張るだけですべてがほどけていくかのように。彼は用具室でのあの〝瞬間〟を思い出す。何トンも蓄積された用具のために息が詰まりそうになったこと。そしてエニスが自分の縄張りについて詳しく説明していたこと。あの十分間の口上に詰め込まれていた、サイズ・スタイル・色・モデル・量などの一つひとつ。エニスはそれを一息でしゃべったかのように思えた。ビリーはいまでも自分の胸が締めつけられるような気がする。

エニスの言ったことはでたらめだと思うが、あれだけの目録を頭に詰め込んでいたら、誰だっておかしくなるだろう。ビリーはこうした幻をときどき見る。過剰なモノに溢れる悪夢の国としてのアメリカを垣間見てしまうのだ。しかし軍隊生活全般、そして特に戦争によって、彼は〝量〟に対して実に鋭敏になった。難しいことがわかる頭は必要ない。高等数学は関係ない。というのも、戦争はあからさまに〝量〟を扱う純粋かつ究極の領域なのだ。誰が最もたくさんの死を生み出せるか？　これは微積分ではない。ここで扱われているのは古くからの単純素朴な算術だ。一分間にどれだけの数の弾丸を発射し、味方の損害に対してどれだけの損害を相手に与えられるか。破壊した資産価値、死者数と負傷者数を入力したエクセルのスプレッドシート。こうした尺度によれば、アメリカ合衆国軍は世界史上最も素晴らしい軍隊である。初めてこのことを間近に、そして個人的に提示されたとき、彼は激しいショックに見舞われた——いや、畏怖の念と言われるものかもしれない。小火器による攻撃を受けたときのことだった。どこか上のほうから彼らに向かって撃ってくる者たちがいる。ぞんざいで散発的な攻撃だったが、生命の危機であることに間違いない。やがてその弾丸がどこから放たれているかがわかった。通りの先にある四階建てのアパート。窓には植木鉢の花が飾られ、窓の下枠に洗濯物が掛かっている。「援軍を呼べ」とトリップ大尉が中尉に無線で命令し、中尉が攻撃を要請する。155ミリの高性能爆薬二発で建物すべてが——いや、周辺の建物も含めて——吹っ飛ぶ。バンッ。炎と煙によって問題は解決される。だからメディア受けするハイテク機器、精密誘導兵器などどうでもいい。一国を本当に確実に侵略する唯一の方法はすべてを吹っ飛ばすことなのだ。

「ちょっと出ようぜ」とビリーはマンゴーに囁く。二人は立ち上がり、一段飛ばしで階段を昇っていく。

「どこ行くんだよ？」

「俺のガールフレンドに会いに」

マンゴーは鼻を鳴らす。コンコースでパパ・ジョンズに寄ってビールを買い、また歩き始める。

「で、どこにガールフレンドがいるんだよ？」

「じきにわかるさ。黙ってビールを飲んでろ」

「ガールフレンドのことなんか一度も話したことないじゃないか」

「だからいま話してんだよ」

「名前は何だ？」

「じきにわかるさ」

「ホットな女か？」

「じきにわかるさ」

「ここにいるのか？」

「いや、アリゾナだ。馬鹿、ここにいないわけないだろ。じゃなきゃどうやって会いに行くんだよ？」


コンコースはファンで溢れている。地元の人たちは落ち着かない。ここまでは面白くない試合で、彼らは金を使うことでうさ晴らしをしているのだ。幸いなことに店は至るところにあり、群衆が購買の機会に事欠くことはない。それは、ブラボーがこれまでに訪れたどこでも同じだ——空港、ホテル、アリーナやコンベンションセンター。町の中心部でも郊外でも同じように、小売店が土地を支配している。どこかの時点でアメリカは巨大なショッピングモールになり、国家はその付属品になったのだ。

二人はメインコンコースからセクション30のトンネルに入り、観客席の通路を降りていく。席に座る人間の尻が海のように広がるなか、その隙間を突っ走る。


「ビリー、どこに行くんだ？」

「彼女は下にいるんだ」。ビリーは息を大きく吸い込み、血に酸素を注入してアルコールに対抗しようとする。新しいガールフレンドに酔っ払いと思われたくない。

「ビリー、何だよそれ」

「下にいるんだって言っただろ」

「ビリー、勘弁してくれ。おまえ、気がふれたのか」

「彼女は下にいるんだ。チアリーダーなんだよ」

マンゴーは本当にギャーッと叫ぶ。ちょうどそのときフェゾンが小さくジャンプし、ビリーの名前を叫んだので、いっそう素晴らしい瞬間となる。最前列の通路はフィールドから三メートルほど上で、ビリーは手すりにもたれかかってフェゾンに呼びかける。

「いまは寒くないの？」

彼女はにっこり笑って首を振る。髪があちこちに飛び跳ねる。「ううん、いい気持ちよ！　雪が降るって話だわ！」

「こちらは仲間のマーク・モントーヤ」

「ハーイ、マーク」

「挨拶しろ、でくの坊」

「ハロー！」

「会いに来てくれて嬉しいわ！」と彼女は二人に向かって大きな声で言う。「楽しんでる？」

「すごく楽しい！　ねえ、君の姿が大型スクリーンに映ったよ！」

これに彼女が喜んでいるのを見て、彼の気持ちは少しだけ落ち込む。彼女のエネルギーの主要部分はこれに注ぎ込まれるのだ。自分の姿が晒され、注目を集めること。そのことに対してやや神秘的な情熱、すべてを呑み込むような情熱を抱き、積極的に取り組んでいる。ゴールデンアワーのテレビに奇跡的に映ることで、大ブレイクにつながるかもしれない。彼女はテレビに出たいのだ。りたいのだ。スターになりたいのだ。彼のような普通の一兵卒がその思いにどう対抗できるというのだ――。

「素敵だったよ」と彼が言うと、彼女の表情は輝く。「あのいかすステップ」と彼は言い、彼女のポンポンのルーティーンを男なりのやり方で真似てみる。これは可笑しい。軍服を着たアメリカ兵がシミーっぽい腰の振り方を真似ているのだから。彼女は笑う。マンゴーも笑う。手すりに半分寄りかかり、どうしようもないほど笑っている。ビリーはこんな幸せな気持ちになったことなどこれまでになかった。後ろにいる何千人ものファンが彼を見ているとしても、どうでもいい。全世界が彼の愛の証人となればいい。ところが、ちょうど二人の警備員が歩み寄ってきて、ブラボーたちにここから立ち去るように言う。

「なんで？　僕のダンスが気に入らないのかな？」とビリーは言うが、二人はただじっと見つめているだけである。怒りっぽさそうで高圧的で、白くて締まりのない顔をした中年の白人たち。〝コーヴィントン警備〟という文字の入ったナイロンのボマージャケットを着て、支給品の38口径で腰が膨らんでいる。ビリーは笑うが、これで事態はもっと悪くなる。郊外の田舎町の警官がアルバイトに来ているのではないかとビリーは考える。というのも、両方の世界の最悪な雰囲気を発しているのだ。田舎の無精さと都会の悪意。

「俺たち、テロリストじゃないですよ」とビリーは大真面目な顔で挑発する。

「どけ」と警官の一人が言う。「いますぐだ」

「あそこの友達と話をしていただけです」

「おまえが大統領と話していたって関係ない。ここに立ってちゃいけないんだ」

「観客の邪魔になってるんだよ」ともう一人の警官が言い、最前列の観客を指し示す。「働いて稼いだお金でこの席を買ったんだから」

「悪いことをして稼いだ金だったらどうなんです？」とマンゴーも話の流れに乗って言う。警官たちが慎重に彼のほうを振り向いた仕草には、あらゆる可能性がひしめいている。たとえ無意味であってもビリーは喜んで彼らの頭を殴るだろう――それくらい事は素早く起きている。アドレナリンがフルに分泌され、彼の脳味噌はあらゆる方向に点火している。それでいいんじゃないか、と彼は思う。こいつらの顔を拳でつぶし、自分の真の姿を全世界に晒してしまえばいいんじゃないか？　やつらのほうから手を出せば――しかし、彼らは動かず、ビリーの殺人衝動は一瞬にして消える。彼は手すり越しにフェゾンに呼びかける。

「ここから立ち去れって言われてるんだ」

彼女はこちらに歩いて来て、いまはすぐ下にいる。「そのほうがいいと思うわ」。彼女は心配しているのだ、とビリーは気づく。喧嘩になるのを恐れている。

「じゃあ、あとで会おう！」と彼は言う。

「ハーフタイムでね！」彼女は必殺の微笑を送ってくる。「フィールドであなたを捜すわ！」

意味がわからないが、ビリーはともかく頷く。もちろん、フィールドで、スタンドで、ブラジルで、どこでもいい。彼は彼女のことを生まれたときから知っているように感じ、さらにそれ以前から愛していたようにも感じる。ブラボーたちは最後に警官を狂犬のように睨みつけ、トンネルに戻る。メインコンコースにたどり着くと、マンゴーは催涙ガスをかけられたかのようによろける。「ビリー」と彼は呻く。「ビリー、ビリー、チアリーダーとか？　すんげえきれいじゃないか、ビリー。どうやって知り合ったんだ？」

マンゴーが涎を垂らさんばかりなのを見て、ビリーは彼女がさらに愛おしくなる。「わからないんだ。記者会見のときに会って、なんか話し始めたんだよ」

マンゴーは物欲しげな顔になる。「彼女、ほんとにおまえのことが好きって感じだったな。おまえを見る目つきでわかるよ。温かくて、意味ありげでさあ」

ビリーはすぐに引き返してまた彼女に会いたくなる。彼らが腰をこすり合わせたのは自然の異常現象だったのかもしれないが、この二度目の出会いはいくつかのことを証明した。たぶん彼の愛の生活にはまだ望みがあるのだろう。それはシュルームの死とともに終わったわけではないのだろう。

「おい、イラクに戻る前にあの子をモノにしないとな」

「どうやったらいいのかわからないよ。俺たちは22時に集合しないといけないし、彼女はキリスト教徒だし」

「何言ってんだ。キリスト教徒の女の子もウサギと同じようにセックスするんだよ、兄ちゃん《バト》。罪を悔い改めるってのは、先に罪を犯さなきゃできないだろ? いまやらないでいつやる? 俺たちが帰った頃には、おまえは忘れられてるぞ。ラインバッカーか何かとセックスしてて、〝ビリーって誰?〟って感じさ」

「ありがとうよ、クソ野郎」

「おまえのために言ってんだよ。彼女がおまえに夢中なうちにやらなきゃダメだ。友人としての忠告だよ」

ビリーの携帯電話が鳴る。画面を見ると、エイボートだ。

「よお」

「おまえら、どこにいるんだ? ダイムが怒ってるぞ」

「散歩に出たんだよ。戻るところだ」

「散歩に出たそうです」とエイボートが電話の向こうで人に話しかけている。「戻るところだって」。ビリーにはダイムの喚き散らす声が聞こえてくる。

「急いで戻れって言ってるぞ」とエイボートがまた電話に向かって言う。それから「ちょっと待て、ハーフタイムについての説明がある」と言い、また受話器から離れる。しばらくの間《ま》。「何だと。こんなことって――おい」。間。「まいったな」。さらに長い間が続き、エイボートが囁き声で話し出す。「おい、こいつは聞きたくもないだろうよ。俺たちが何をやらされるか……」

天使にレイプされて

ロディスが横目でニヤリと笑いかけ、寄りかかってくると、ビリーは本当に厄介なことになったと気づく。ロディスはある恐ろしい英知を授けるかのように話しかけてくる。「ビリー」。ほとんど〝ビー・イー〟と聞こえる。

「何だよ」

「ビー・イー」。ロディスはかなり酔っ払っていて、黒人のダチ同士の話し方になっている。「おい、ここはどこだ？」

なんてこった。「ロディス」とビリーは囁く。「フィールドだろ。ここで行進するんだ」

ロディスは笑い、首を傾げる。ほとんど涎を垂らしそうだ。

「おまえ、どれだけ飲んだんだ？」

「大したことねえよ！」

デイがクラックのほうを見る。「あいつ、どうしたんだ？」

「酔っ払ってんだよ」とビリーが言う。

クラックは忍び笑いをする。「そいつはいいや。やつは素面《しらふ》だってまともに行進できないからな」

「俺がヘボるのを期待すんじゃねえ！」

「心配すんな、ロード。おまえがヘボるのに俺の助けはいらねえよ」

まいったな。ビリーは俺の動きをよく見ろとロディスに言う。俺のすぐ後ろにいるようにして、俺がやるとおりにやれ、と。これを中止にしようとダイムに言いたいが、ダイムは陣形の反対側にいる。そう、やつらはいろいろと迷惑なことを企ててくれたうえに、ブラボーを半分に分けたのだ。釣り合いを過度に重んじるファシスト軍楽隊長を喜ばせるためだった。その結果、ホリデイ、クラック、ビリー、ロディスが四人並んでホーム側のサイドラインに立っている。その後ろと両側では、プレーリービュー農工大高校のマーチングバンドが所定位置につこうとしている。これは夜間攻撃の配置に近い。用具や服が同じような鋭い衣擦れの音を出し、ブーツが忍び足で芝生を踏んでいる。どこかにいる太鼓手が一人、スティックで足踏みのリズムを打っている。左、右、左、右、トン、トン、トン。

「ロード、深呼吸しろ。頭をすっきりさせるんだ」

スー、ハー、スー、ハー。

「あいつ、死にそうなのか？」とクラックが訊ねる。

「さむっ！」

「ああ、寒いよな。気合を入れろ」。気温は一度、と彼らはフィールドに出る前、トンネルで見えない人の声に告げられた。フィールドに足を踏み入れたときは刺すような透明の霧に出迎えられた。北極のやぶ蚊のような凍った飛沫。国旗を持った少女たちが何列にもなって、寒さのなか勇敢にも立っていた。やつれた青白い顔、風に晒されてあかぎれした剝き出しの脚、凝縮した霧で輝いている頭。

〝ほふり場に引かれていく子羊のよう〟（旧約聖書イザヤ書五十三章七節より）とビリーは考えた。まるで本当の戦いのために陣形を整えたかのようだった。さらに向こうでは高校のバンドが静かに待っていた。頬の赤いベビーフェイスが何列も並んでいる。羽根のついたキャップをかぶり、自分たちのやるべきことに真剣に集中している。ビリーはこうした子供たちを羨ましく思った。彼らの若さゆえの誠実さ、整然とした学生生活――授業、激励会、土曜日の寝坊。彼らは実に鋭い顔つきをしている！　ビリーは彼らに対してことのほか優しい気持ちになった。彼らに懐かしいものを感じ、自分がすごく年取ったように感じられた。

いまプレーリービューの鼓笛隊は隊長に率いられて、フィールド中央に陣取っている。この隊長は背の高い魔術師のような黒人男で、高教会派の軍楽隊長の衣装を身につけている――ケープ、スパッツ、金のリボンと肩章、頭に紐で固定した竜巻雲のような軍帽。ほかの四人のブラボーたちはどこか左のほうにいて、二つに分かれたブラボーたちのあいだに、ヴァージニア州フォートマイヤーから来たアメリカ軍の模範演技チームが立っている。染み一つない青の軍服を着た閲兵行進部隊の兵士たち二十人。彼らは銃剣をつけたスプリングフィールド銃を投げ、くるくると回し、腰のまわりで横に回転させたり、肩のまわりで縦に回転させたりする。大胆にも四人同時に銃を空中に向かって投げ、ダイアモンドの形を作ることもある。おそらくやれと言われればムーンウォークだってするだろう。予備役将校訓練部の一隊はブラボーと閲兵行進部隊の列の後ろにいて、水牛のように足を踏み鳴らしたり、荒々しく呼吸したりしている。

「フワアアン、フウウウ、フリイイイ、フオオオ」と隊長が叫び、太鼓が激しく鳴り始める。〝ドン、タタ、ドン、タタ、ドン、ドン、ドン〟。湧き起こってくる音は、打ちひしがれた心の悲鳴のような響きを帯びる。続いてトランペット。ブラスの音は脱獄のような外への疾走だ。ホルンが元気のいい行進曲をスイングし始めたところで、三人のスリムな女性たちがフィールドに入ってきて、閲兵行進部隊の中央正面に立つ。彼女らだ。ビリーは自分自身が体から浮遊していくような気がする。女性たちは兵士に背を向けているが、それでも、いや、たぶん後ろから見ているからこそ、これがデスティニーズ・チャイルドであることは間違いない。現在のポップミュージック黒人女性部門で文句なしの世界チャンピオンが到着したのだ。ビヨンセが中央のメーンボーカルの位置を占め、ミシェルとケリーが――どっちがどっちだ？――両側に立つ。彼女らは股上が浅くぴったりしたパンツ、スティレットヒールの靴に、長いレースの袖のセクシーなミドリフ・トップを着ている。その物腰は見事な身体の鍛錬を感じさせる。傾けた腰が胴体と両脚の軸となり、弓のように曲げた背中はしなやかでたくましい。このようなポーズを取って三人は静止し、音楽も唐突に止まる。カメラマンたちは歌手のまわりを蟹歩きし、すべてテレビで実況中継されている。とそのとき、彼女らはマイクを唇まで上げ、夜寝るときに折り返されていくベッドカバーのように柔らかく、囁き声で歌い出す。瑞々しいアカペラだ。

オォオオォオ
オォオオォオ
オォオオォオ

国歌の冒頭の雰囲気にかなり似てきて、少しついただけでも国歌斉唱になりそうだが、ここから彼女らの声は花開く。もっと柔らかく、もっと甘いものへと変わり、砂糖をまぶした薔薇の花弁の雨のように耳を刺激する。

キャン
ユー
テイク

ミー
ゼア
トゥウウウウウ
ナアアアアアアイト

向こう側のサイドラインには仮設ステージが作られている。ピカピカ輝く三階層のステージになっており、多色刷りのパネルを組み合わせて背景にしている。モダニズム的なステンドグラスを目指したかのような背景だ。ダンサーたちがそれぞれの階層のステージで完全に静止したポーズを取っている。男たちはちらちら光る白いスウェットスーツに大きなアクセサリー、女たちはタイトなスラックスかショートパンツにカウボーイズのジャージを芸術的に切り刻んだ上衣という恰好だ。ジャージは引き裂かれていたり、縁を短く切られていたり、袖なしだったりするが、二つとして同じものはない。ビリーの右ではロディスが自分の鼻水で息を詰まらせている様子。デスティニーズ・チャイルドは"テイク・ミー・ゼア"のリフレーンを繰り返し、それからドラムスの音が入って、これを合図に陣形が動き出す。カメラマンたちは後ろに下がり始め、進む方向を確認せずに進んでいる。前方では鼓手の列が左右に分かれ、ステージへの道を開ける。このショーをあとからユーチューブで見て、ビリーは全体をつなぎ合わせ、そのスケールの大きさを知ることになる。少なくとも五つのマーチングバンドが行進し、フィールドから出たり入ったりしている。ステージでは狂乱のセックスショー的な振り付けでダンスが行われている。国旗を持つ少女たちと教練チームが片方のエンドゾーンからもう片方へと向かい、さらに予備役将校訓練部、ブラボーたち、閲兵行進部隊、そしてデスティニーズ・チャイルドがいる。何千人もの壮大なショーだ。あとになってこのショーをブロードウェイのミュージカルに匹敵すると評した者がいるが、ビリーはニューヨークに足を踏み入れたことはないし、ましてどんなミュージカルも見たことはないけれども、それは当たらずとも遠からずだと感じる。しかし、それが起きているあいだは、ついていくのが精一杯だ。一人のバトントワラーが跳ねるように通り過ぎる――回しているクロームの棒と肌がぼんやりと混じって見える。ワンピースのレオタードを着た高校の教練チームはしなやかに尻を振るダンスをしているが、ストリッパーになるための訓練を受けてきたかのようだ。鼓笛隊は兵士たちの列のまわりを行進し、国旗を持つ少女たちの飛行隊はそのルートでジグザグにジャンプし、デスティニーズ・チャイルドはこうしたなか上体を後ろに反らして進んでいく。尻が重いかのようにのけぞって、気取って歩いていくさまは、ビリーがいるところからは人間としてあり得ないものに見える。ジムで鍛えた腿と魔術との神秘的な取り合わせによって、普通の人ならば尻もちをつくところで彼女らは踏みとどまっているのだ。前方のステージの両側ではダンサーたちが踊っている。男たちはだらりと垂れたシャツとパンツに後ろ前にしたキャップ、女たちは銀色のスポーツブラとロイヤルブルーのタイツをはいている。頭が吸収すべきものがすでに多すぎるのに、さらにディスコのライトが灯る。ステージの階層のあいだで何列もの青と白の閃光灯が光り、スチールパイプの枠を飾る閃光灯も点いて、すべてが同時に輝く。痙攣的に脈打つ電灯が過剰な光で網膜を襲い、前頭葉は吹っ飛ばされて毛虫の毛のようになる――。

覚醒剤やったみたいだ！ ロディスは身を縮め、頭がどうしても片方に傾いてしまう。と、そこで爆発が始まり、彼らはみな身を縮める。ブーン、ブーン、ブーン、ブーン。照明弾がどこか舞台裏から撃たれ、発煙弾が乾いたパチパチという音とともに爆発する。小麦畑のうえにクラスター爆弾がばらまかれたような音。ロディスの喉の奥深くから吠えるような声が漏れる。「いかしてる」とビリーは囁く。「いかしてる、かっこいい。ただの花火だからな」。ロディスは笑い出し、息を詰まらせる。

ビリーのもう片側に立っているクラックはぞっとするような険しい顔をしている。ゴールデンアワーに兵士のPTSDを発症させようとするなら、これ以上のものはないだろう。しかしノームにとって、観客にとって、アメリカにとって、四千万人超のテレビ視聴者にとって幸運なことに、ブラボーたちはこれに対処できる。そうとも！　瞳孔は膨らみ、脈拍と血圧は天井知らずに高まり、ストレスへの反応でコーチゾンが大量分泌されて四肢が震えているが、それでもこいつはいかしてる、かっこいい、彼らは取り乱したりしない。ブラボー分隊にはベトナム帰還兵のような神経衰弱は無縁だ！　ブラボーたちを音と光の地獄へとまっすぐに送り込んだとしても、彼らは対処できる。しかし——クソッ！——彼らにこれを経験させるのはあまりに無礼ではないか。

行進は太鼓に合わせ、五ヤードにつき八歩のペースで進んでいく。ブーディ・ブン、ブーディ・ブン、ブーディ・ブード・ブード・ブン。小太鼓の音は兵士であることへの誇りを感じさせる。これはジョークではない、とビリーは気づく。ものすごい金を費やし、凄まじい努力を注ぎ込んで、わざとお馬鹿なハーフタイムショーをしようとしたのではない。といっても、金のかかる大規模なことがお馬鹿なものにならないというわけではない。『タイタニック』はお馬鹿だった。エンロン（粉飾決算が明るみに出て破綻に追い込まれたテキサスの巨大なエネルギー会社）はお馬鹿だった。ヒトラーがソ連を侵略したのもお馬鹿だった。ブーン・ディディ、ブーン・ディディ、ブーン・ブダ・ディト・ブーン、とプレーリービューの鼓笛隊が進む。雷鳴と突風の轟音。ロディスはこっくりしてビリーに頭をぶつけ、姿勢を正す。「すまん、ビー・イー」。北側のハッシュマークで兵士たちはみな回れ右をし、南に向かって行進することになっている。そのあいだにデスティニーズ・チャイルドがステージに上がるのだ。ビリーは目を凝らして自分のマークを捜し、呼吸しすぎないように注意する。ブーン・ディディ、ブーン・ディディ、ディディ・ディディ・ブーン。ディスコのライト、腰を振るダンス、照明弾、堂々と足を高く上げて足踏みするマーチングバンド。この壮大なペテンをビリーは兵士としてくぐり抜けている。自分を守り、対処しようと決意している。

「レイディーズ・アンド・ジェントルメン」とスタジアムのアナウンサーがバッソ・プロフンドの声でがなり立てる。自分の愚かさがわかっていないセールスマンのような、媚びへつらう軽い調子。

プリ――――ズ・ウェルカム
ケリー
ミシェル
アンド
ビー――ヨンセー
世界最高の歌姫たち
デスティニーズ・チャイルド

あまりに下品な騒音がどっと湧き起こり、ビリーは足下から流されるのではないかと思う。ダムの決壊、ラッシュアワーでの橋の倒壊のようだ。恐ろしい泡を吹いて迫ってくる津波、巨大な瓦礫が既知の世界の形を変えている。〝おまえらは死ぬんだと思え〟。彼らはイラク派遣の前の週にそう言われた。はい！　わかりました！　サー、イエッサー！　大虐殺が我々を待っている。我らこそ救われない者たちだ。前線で名誉の戦死を遂げる可哀想な運命のやつら。あちらで敵と戦うことで、こちらで敵と戦わなくてもいいようにする！　若者に聞かせるのは辛い言葉だが、世界の若者がみな学ばなければいけないことでもある。本当に世の中に出るまで危機は完全には姿を現わさないのだ。デスティニーズ・チャイルドの気取ったステップはいよいよ最高潮。高潮に腰まで浸かって歩いているようにも見える。クソッとビリーは思う。あの女たちが闊歩する姿ときたら。クソッ。こんな光景を頭に詰め込んでどうやってイラクに戻れっていうんだ？　数日のうちに、いや、数時間のうちに、ブラボーはあのクソに戻り、またあの言葉が発せられるのを待つ。ビリーはそれを恐れるが、辛い言葉は発せられなければいけない。〝おまえらは死ぬんだ〟。だからその部分を早く済ませてくれ。でも、ダメだ。誰もそれを言わない。代わりに手配されたのがビヨンセと、その涎が出るほど素敵なお尻なのだ。

おそらくそれは意味を成すように想定されていないのだ。あるいは、おまえには意味を成さないのだ。ビリーはそう考える。おまえは大うつけ者なのだから。そのとき全体の行進が曲がり、彼はハッシュマークに気づくのが半拍遅れる。模範演技チームはカミソリのように鋭く曲がるが、ブラボーたちは緩い靴紐のようにふんわりと曲がる。「歩調を合わせろ、進め」とデイが低い唸り声で言う。彼はチームリーダーとしての責任がある。彼らが威厳らしきものを損なうことなく、このハーフタイムを切り抜けられるようにしなければならない。いまは模範演技チームに合わせて拍子を取り、ブラボーたちが前後の間隔を詰めて歩くようにしている。「左、左」。これが呪文のようにビリーの心を落ち着かせ、足が滑らかに動くようになる。もっとも、武器を手に持っていたらもっとうまくいくだろう。すぐ前には予備役将校訓練部の一隊がいる。ぎこちなく歩く、尻のデカい連中。多くは明らかにビリーよりも年を取っているが、後ろから見ると実に若く見える。彼らの肉づきがよくて柔らかそうな首、赤ん坊のようなぷよぷよした首は、彼らをいけにえにする斧が下りてくるのを待っているかのようだ。「左向け左」とデイが低い唸り声で言う。サイドラインに到着。ブラボーたちはラインから七歩離れ、また左を向いて〝止まれ〟となる。その一瞬、彼らがやるべきは模範演技チームの隣りに立ち、いい顔をすることだ。房飾りのあるレオタードを着た女子高校生たちが、百八十センチのポールにつけたストリーマーをくるくる回しながら、スキップで通り過ぎる。プレーリービューの鼓笛隊はまたフィールド中央に集まり、ザクザクという小太鼓の連打に合わせてグライドステップしている。フィールド内はブラボー以外の誰もが動いているようだ。シンクロしたマーチングバンドが一カ所にピタッと固まる一方で、ヒップホップの振り付けで踊る者たちもいて、壮大なごたまぜ状態を呈している。ステージの装置が炎と花火を吐き、そのなかをデスティニーズ・チャイルドが上がっていく。跳ねながら進んでいく歌姫の歩き方。ステージのダンサーたちは腰を振るダンスを続けている。MTVのミュージックビデオでも、ここまで猥褻なのはなかなかない。そして、ビヨンセと仲間たちがマイクを唇へと持っていく。

あそこへ私を連れていくって言うのね

彼女らはちょっとすねたような可愛らしい震え声で歌う。

私に必要なものがわかってるって言って
互いに大事にしていることに心を注いで

模範演技チームは彼らの演技を続けている。密集隊形教練のロックスター版よろしく、スプリングフィールド銃をくるくる回す。チャック、チャック、チャック。ライフルの銃床が手のひらに当たり、高織維質の音を立てる。慣れた聴き手なら、リズムだけでこの演技の動きを追えるだろう。端にいるビリーには断片しか見えない。カードがシャッフルされて積み上げられるように、ライフルが目の隅をさっと掠めるだけだ。

すべては俺の動きのままになる、
あなたはそう思っているのね
ロボットの恋人みたいに？
でも、大人の女はそれじゃ燃えない

ビヨンセは片手を素早く動かして腿の内側に触れ、それから手は股の部分に移る。手を性器にかぶせるというわけではなく、〝保護者同伴なら見てもいい〟程度の触れ方。これは家族で見るのに相応しいショーなのだ。ストリーマーの少女たちはスキップを続け、彼女らの細い脚はホッピングスティックのように見える。閃光灯にビリーの頭はくらくらし、目を思い切り細める。すべてがぼんやりとし、熱にうなされて見る夢のようになる。兵士たち、マーチングバンド、ぶつかり合い擦れ合う肉体の嵐、花火のシューッという音、チームの応援に精を出す多数の鼓笛隊。そしてデスティニーズ・チャイルド！　閲兵行進部隊！　おもちゃの兵隊とセクシーなダンスが混ざり、一つの大きな文化的ごった煮となる。ブラボーたちは何度くらいクラックの『コナン・ザ・グレート』のDVDを見たことだろう。何十回もだ。台詞をすべて覚えてしまったくらいである。そしてハイになった脳から湧き上がる雑多なイメージのなかから、ビリーの目の前に『コナン』の宮廷の宴会シーンが浮かぶ。蛇の王であるジェイムズ・アール・ジョーンズが玉座に座り、酔っ払った従者たちはどんよりとした目をして床に寝転がっている。そして幸福感に溢れた顔でズルズルと音を立てて飲み食いしたり、舐めたり、セックスしたりしている。ビリーはゾッとする。あの粘っこいセックスシーンが、いま目の前に見ているものと重なるのだ。ハーフタイムショーの徹底的な気味の悪さ、そして誰もがこれでいいと思っているようだという事実。観客席は満員で、ファンたちは立ち上がり、誰もが喝采している。今日、彼らはすべてのものに幸せを感じているのだ。いいとも、幸せになれよ、というのがビリーの態度。好きなだけ喝采し、歓声を上げ、叫べばいい。でも、これは何も意味がない。このショーはくだらない時間つなぎであり、ビリー個人とも、戦争に戻ることとも、何の関係もないのだ。

怖くない、うまくいくわ
怖くない、怖くない

あんた、私の思いに応えられないの？

ステージの背後の観客席に巨大なアメリカ国旗が現われる。二万人のファンの一人ひとりが画素になるという、古典的な人文字という特殊効果。ファンたちが持っているカードをひっくり返すと、国旗は風に波立っているようになる。とはいえ、よく見るとこれはアイロンに失敗した旗のようにも見える。模様のなかに皺やよじれの裂け目が入っているように見えるのだ。しばらくのあいだビリーはこの旗をいろいろな見方で見てみる。遠近を切り替えているうちに内耳が大きく揺れ、地面が傾いた感じがし、その傾きによって別次元に立つ。そして、ふと自分が間違っているのかもしれないと思う。おそらくハーフタイムショーは何よりもリアルなのだ。このなかに力が、あるいは力を行使するものがあるとすればどうなる？　ショーではなく、何かを引き起こすための手段。神から授けられるもの、あるいは祈願して引き起こすもの。それは儀式であり、宗教的なものだ。このようなものにまで――

このような大混乱、偶然、制御できなくなった自然といった冷酷な概念にまで――「宗教」を拡大して当てはめるのなら。彼はすべてに取って代わる現実に強く引っ張られる感じがする。その現実は、地に立つ歩兵の経験的な真実さえも踏みにじる――手についた血、肺の焼けるような痛み、洗っていない足の悪臭といった真実さえも。それを考えただけで彼は頭を殴られたように感じる。いつもの頭痛ではなく、脳幹の奥深いところで重い音のような疼きがあるのだ。そしてとても明晰に一つの考えが浮かんでくる。〝それが住んでいるのはここだ〟。頭のなかに神がいる――すべての神々が――ここで起きているのはそれなのか？　彼はあまりに自意識過剰だし、教会を嫌っているので、神という概念をストレートに受け入れることはできない。だから、これでどうだろう？　化学物質やホルモン、欲求や衝動など、我々のなかにある崇高で恐ろしいものは何であれ、我々は〝神聖〟と呼ばざるを得ないのだ。

もう一度説明させて
子供の振る舞いはやめて男らしくしてよね
あなたは愛についてさんざんしゃべり、愛を得るけど、
私は愛を知らない少女のまま

ビリーは自分のなかで最も熱いはずの場所が寒いと感じる。まるで彼の持っている最もデリケートな器官が意味を最初に認知するかのように。つまり、睾丸だ。彼は恐ろしくなる。これはおかしな場所ではないか。みんな神と国を褒めそやすのが好きだが、彼らが提示しているのは悪魔だ。セックスと死と戦争といった、忙しい生化学的な悪魔が頭蓋骨の基部でぐつぐつ煮え、熱を数度引き上げ、や

がて沸騰してこぼれ落ちる。彼らはわかっているのだろうか？　そうビリーは考える。たぶん自分がわかっていることを知らないのだ。目の前の光景から判断すると、そう考えざるを得ない。あまりに無秩序で完璧で、ソフトコアポルノ的で、この軍事的な麻薬に酔って正気を失っているもの。フィールドで生贄を殺したり、実際にセックスをしたりする以外で、これ以上に熱を高められる光景は作り出せないだろう。

〝左向け左〞とデイが低い唸り声で言い、彼らは行進を開始する。〝右向け右〞で彼らはフィールドに入り、獣の腹へと向かっていく。ロディスがビリーについていき、ビリーがクラックについていき、クラックがデイについていく。デイはプレーリービューの鼓笛隊について歩き、しゃれた制服と剝き出しの肌が雑多に混じるなかを通過していく。個々の音が騒音のなかから突出して聞こえる——ギターの唸る音、鯨のチューだかキーだかいう鳴き声のような音。時間はギアを下げて低速になる。脈打つ閃光灯は派手な色の光を投げかける。どこまで歩くべきかはビリーにもわかっているが、そこにどうたどり着くかはあやふやだ。ブラボーの一人ひとりはサイドラインを越えると左を向き、ストレスで疲れた様子の世話人たちが二列に並ぶあいだを進んで、ステージの背後の混沌とした囲いのなかに入る。そこでは膝までの長さのパーカーを着た、背の高い痩せた女が待っていて、ブラボーたちを列から呼び寄せる。ロシアの将校がかぶるような帽子をかぶっているが、そのフラップから見える顔は美しい。「いいですか」と彼女はブラボーたちを一カ所にまとめて言う。その叫び方は嵐に立ち向かう水夫のようだ。「あなたたちにはステージ裏で並んでもらいます。そして私たちが合図したら、ステージに出て、真ん中の階層まで階段を下りてください。行進するんですよ、いい？　こんなふうにね？」彼女は軍人の歩き方を真似る。「真ん中の階層で左を向き、そのまま行進してください。紫の×印を捜してね。一人ひとりのマークがあるから、そこで止まってください。そうしたら振り返り、フィールドを向いて、気をつけの姿勢で立ってくださいね」

ブラボーたちは頷く。誰もしゃべらない。みな声は出さないが興奮している。

「ステージではいろんなことがあるけど、動かないでね。それがあなた方の仕事。ただ立っているの。簡単でしょ？」彼女は微笑み、デイの肩を軽く叩く。「みんな、大丈夫？」

ブラボーたちは頷く。デイでさえそわそわし、呼吸をしすぎたかのように首が膨らんでいる。クラックは地面を見つめ、一人で何かブツブツ言っている。

「みんな、リラックスして。簡単な役どころなんだから」。女は笑うが、彼らの硬い表情に苛立っている。「自分のマークのところに着いたら、ショーが終わるまでそこにいてね。私が行って〝お終い〟って言うから」

「バッカみてえ」とロディスがぼやくが、世話役の女は聞こえない振りをする。ブラボーたちはやれる。間違いない。ただし、この瞬間、誰一人として特に調子が良さそうには見えない。まわりを走っている人々が多すぎるし、みんな目玉が飛び出すほど大慌てだ。待ち伏せ攻撃の前の異常な興奮状態に似るが、それを埋め合わせる暴力の発散がない。左右にいる花火の係はつまらない打ち上げ花火を上げ続け、そのシューッという音はＲＰＧ対戦車擲弾を思い出させる。移動可能な金属製の階段がステージの最上階層まで設置され、その最上部の一段にブラボーが一人ずつ立つ。彼らとステージの背景幕を隔てているのは狭い通路だけ。ビリーがその通路のすぐ下の段に立っていると、背景幕からゴージャスな女性が飛び出してくる。暖簾のような出入り口を彼女が通り抜けると、世話人たちも数人入ってくる。一人が彼女のマイクを取り、一人がエビアンを渡し、三人目が小さな毛皮っぽい服を渡すと、彼女がそれを頭からかぶる。ビヨンセだ。やろうと思えば、ビリーは手を伸ばして彼女の腿に触れられる。髪はプルオーバーから太陽面爆発のように飛び出し、通路から三十センチほど下というビリーの視点からだと、彼女はロッキー山脈のような荘厳さでそそり立つ。近くから見ると彼女の肌はリンゴジャムのようなハニーブラウンで、汗にうっすらと覆われ、ライトの光で輝いている。通路のもっと奥にいるミシェルとケリーにもそれぞれの世話人がいる。誰もしゃべらない。ビジネスに徹しているのだ、こういう芸能界の人たちは。スナイパーのチームのように静かに、冷酷に仕事をこなす。ビヨンセは両腕をジャケットの袖から出す。襟に毛皮の縁取りがあり、肩を露出する短いサテンのジャケット。そして彼女がジャケットの内側の服を整えているときにビリーと目が合う。ごめんなさい、とビリーは言いたくなる。どうぞ、続けてください。その瞬間彼女は実に集中し、険しい表情をしているので、彼はこの程度でもプライバシーに立ち入ったことに申し訳なく思う。四千万人の前でショーを行うのだから、彼女は地球上で最高位の人間の一人ということだ。そのためにはどれくらい神経が太くなければならないのか。　心とエネルギーをどれだけ異常なほど集中させなければならないのか。彼女は息を切らしてさえいない！　ヨガの達人のように心と体のバランスが取れている。はるか彼方の幽界に住んでいるに違いない。しかし彼と目を合わせるとき、その目に何かが起きる。一瞬、彼の存在に気づいたようだ。ビリーもその瞬間、彼女の表情に何かを捜す——正確には情けではなく、思いやりといった立派なものでもない。たぶん同じ人間同士だと認めるだけのこと。しかし、彼女はすでに顔を背けている。彼女がマイクを取ると、世話人の一人が〝しっかり〟と言う。彼女は幕の切れ目を通り抜けて消える。

誰かがビリーを通路に押し上げ、それから出入り口の手前まで引っ張る。外の騒音は凄まじい。彼は右を見て、ほかのブラボーたちが同じように配置されているのに気づく。そしてこの瞬間、戦争に戻ったほうがましだと思う。少なくとも戦場では、自分が何をしているのか基本的にわかっていた。訓練で学んだことを指針とできたし、彼がへまをしないかとクソ祖国全体が注視しているなんてこともなかった。しかし、これは……これはすべてが緊急着陸のような状態だ。〝真ん中の階層〟と耳元で叫ぶ声がする。〝左を向いて紫の×印を捜して〟。唐突に音楽が遅くなり、肉を挽くようなテンポになる。〝カ・サンカ、カ・サンカ〟これはゴミ圧縮機が容量以上のゴミを混ぜ合わせているような音だ。ステージの下の階層では、デスティニーズ・チャイルドがプレーリービューの三人の鼓手の前に立ち、彼女らがスティックを持って、太鼓を叩いている。肘を突き出して腕を振り、足を踏ん張っているところは、おしゃれな女性が車をジャッキで持ち上げようとしている風情。タックルを押しのけるように腕を突き出してステージにたどり着く頃には、ビリーは息を切らしている。まるで太陽を燦々と浴びている積雲に足を踏み入れるかのようだ。体は綿のような目くるめく光にくるまれ、足下には空気以外に何もない。彼は右斜め方向に歩き、三人のブラボーたちに続いて中央の階段にたどり着く。ささやかな奇跡だ。みながだいたい同じ歩調で行進している。頭のなかで何かが疾走するような音がし、それ以外はあまり聞こえない。ステージの真正面では模範演技チームがライフルを頭上に投げ上げている。しかも、なんてことだ、銃剣をつけたままじゃないか。やつらは銃剣に刺さって死にかねない。しかも、クソみたいだ、テレビの生中継中に自分の銃剣で目を突き刺してしまうなんて！

兵隊さんが欲しい、男の兵隊さん
兵隊さん、どこにいるの、どこにいるの

ビリーは列の最後なので、中央ステージに一番近い紫の×印が彼の立ち位置になる。右向け右、止まれ。ほかのブラボーたちはいつの間にか下の階層に現われている。一列に並んだダイム、サイクス、マンゴー、エイボート。〝兵隊さんが私のために現われる〟とビヨンセが歌い、ミシェルとケリーは低音部をハミングしている。

本物の兵隊さん、私のために現われる
そう、本物の兵隊さん、兵隊さん
兵隊さんが私とねんごろになる
そう、本物の兵隊さん、兵隊さん

彼女らは下の階層のブラボーたちに向かって歌っている。上品な猫のような足取りで歩き、いちゃつき、〝してちょうだい〟という切ない思いを短調の震える声で歌う。ステージ全体にエアロビクス的な前戯が広がる——ロケットのような勢いの動き、セックスの真似、腰と尻を波立たせ、この中間の階層ではダンサーたちがブラボーたちに股間を擦りつける。ブラボーたちはただまっすぐ立っているほかに何もできない。これは四千万人の前でポールダンスのポールになっているようなものだ。こんなのおかしい。誰もこんなことになるとは言ってくれなかった。実生活ではちょっと恥ずかしいで済むことが、テレビによって猥褻さと敵意を帯びてしまう。ビリーは母と姉たちがこれを見ているとは考えたくない。すると、一人の男のダンサーがビリーに近づきすぎ、くるりと回って、おしゃぶりするかのようにうずくまる。あんたのペニスを見せてって感じじゃないか！　ビリーは彼を睨みつけるが、男はにやにや笑い、くるりと回って離れていく。それからまた戻ってくるので、ビリーはできるだけ感情を込めて歯の隙間から声を出す。
くたばれ。

男は笑ってまた去っていく。音楽のリズムが速くなり、プレーリービューの鼓笛隊が行進して階段を下りてくる。ブーン・ラッカ・ラッカ、ブーン・ラッカ・ラッカ・ラッカ。模範演技チームはアン女王式の敬礼をし、両脇のダンサーたちは微笑みながらカンフーのように派手な動きをしている。下の階層ではサイクスが泣いている。ビリーはそれを見てもなぜか驚かない。ただ、ブラボー全員が正気を失う前にこれが終わってほしいと思うばかりである。デスティニーズ・チャイルドは中央ステージにまた集まり、ライトと花火の光が嵐のようにここに集中して、最高潮に向かっていく合図となる。サイクスの背中はすすり泣いているために膨らんでいるが、気をつけの姿勢は保ち、顎を上げて胸を突き出している。ビリーにとって、サイクスがこのときほど勇敢に見え、また愛おしく感じられたことはない。

怖くない、うまくいくわ
怖くない、怖くない
あんた、私の思いに応えられないの?

フィールドの向こう側ではカウボーイズのチアリーダーたちが列を作り、これだけ離れていても、そしてみぞれと花火の煙を通しても、ビリーの目はすぐにフェゾンを探し当てる。彼が上げた唸り声は音の大海の一滴にすぎない。デスティニーズ・チャイルドは階段を昇っていくところで、数歩ごとに立ち止まり、肩越しに挑発的な視線を投げかける。テレビカメラに対するセックスへの誘い。彼女らがビリーの階層で立ち止まっても、彼はぴくりともしない。体のすぐ横で動物の熱が沸き立っている。彼女らが止まっているあいだ彼は動かないが、彼女らが去った途端、彼は目を空に向け、顔を少しだけ上げて、空模様を存分に味わう。

みぞれが顔にちくちく当たるが、彼は瞬きしない。みぞれが当たるに任せる。氷のスプレーは十億もの針のように彼に向かって落ちてくる。それからふと、みぞれが中空に止まり、彼は自分が飛んでいるような気がする。どこか名づけられていない、それでいて希望を抱かせる場所へと向かっている。それ以外はすべて消え去り、彼は幸せで自由だ。目にちくちくと当たるみぞれだけが速度や上向きの動きを感じさせる。地球の重力から脱していく速度、未来に向かっているような感覚。彼はそこに立ったまま、これから来る世界に向かって突進している。と、そのときデイが彼の肩を叩き、ハーフタイムは終わったと言う。

君がこれを愛だと言うのなら期待に応えよう

誰も彼らの面倒を見に来ない。ブラボーたちはサイクスのまわりに集まり、指示されたとおりロシア将校の帽子をかぶった女を待っているが、主催者の集合的心理の隙間に落ちてしまったようだ。置き去りにされてそこに立っている間、ステージ係がステージのうえを忙しく動き回り、花火の灰が彼らの頭に積もる。世界的な見世物という試練を経てきただけに、神経が回復するには時間がかかるのだ。たとえば、六年くらい必要ではないか？　ブラボーはローストされ、トーストされ、いまにも弾けそう――あるいは、サイクスの場合はすでに弾けているのだろう。彼は階段の一番下に座り込んでむせび泣き、きらきら輝く絶望の涙を艶めかしく流している。「どうして泣いてるのかなんてわからねえよ！」と彼はロディスに訊ねられて喚き散らす。「とにかく泣いてんだよ、馬鹿野郎、泣いてんだ！」

「君たち、そこどいて」とステージ係の主任がブラボーたちに向かって怒鳴る。

「どついたるぞ、この野郎」とマンゴーが――主任が歩き去ってから――小さな声で言い、ブラボーたちはその場から動こうとしない。デイとエイボートはサイクスの両隣りに座り、ほかの者たちはあたりをうろついている。みな神経を擦り減らし、打ちひしがれて、震える手をポケットに深く突っ込んでいる。

「おい、俺たちついにビヨンセを見たぜ」とクラックが指摘する。

「ワオ、俺たち特別だよな」

「ああ、こんな間近に見たもんな」

「ウーン、ホットですごい女だった。でも、俺はもっといい女と寝たぜ」

数人が仕方なさそうに笑う。ビリーはいつの間にかダイムの隣りに立っていて、打ち明け話を始める。

「軍曹、気持ちが悪いです」

ダイムは彼の全身をざっと見て言う。「俺には元気そうに見えるぞ」

「病気って感じの気持ち悪さじゃないんです。それよりも酔ってるっていうか、変な感じです」。彼は頭を叩く。「ハーフタイムで頭がくらくらしたみたいで」

ダイムは笑い、アッアッアッアッというマシンガンのような甲高い音が喉の奥で鳴る。「兄弟、物事をこういうふうに見てみろ。今日はアメリカの普通の一日にすぎないって」

ビリーの心はこの〝兄弟〟にとろけそうになる。ステージが周囲から消えていくが、その消え方は決定的なダメージを受けた船が波の下に沈んでいくかのようだ。

「自分は何が普通なのかさえ、もうわからないようです」

「おまえは大丈夫だ、ビリー、大丈夫だ。俺も大丈夫だし、おまえは大丈夫で、みんな大丈夫。やつも大丈夫だ」。ダイムはサイクスに向かって頷く。「すべて大丈夫」

ビリーはサイクスを見て、彼をどうするんですかと訊ねようとする。しかし、そこにステージ係の主任が戻ってきて、ブラボーたちにステージから立ち退けと厳しい声で言う。

「じゃあ、俺たちはどこに行けばいいんだ?」とクラックは言い返す。「どこに行けって指示がまったくないんだぜ」

主任は動きを止め、面倒だが一瞬だけ相手をしてやろうかという態度を取る。彼は身長百八十センチを優に越し、顎鬚を生やし、肩幅が広い。破裂したエアバッグのようにだらけて締まりのない顔をしているが、薬でボルテージを上げたかのようなギラギラしたものが目にはある。ベテランのステージ係らしい、逆上した木材切り出し人夫のような表情。彼の視線は涙と鼻水でぐしょぐしょになっているもの——サイクス——に一瞬とどまる。

「いいかな、君たちがどこに行ったらいいのか、俺は本当に知らないんだ。でも、ここにいてもらっちゃ困るんだよ」

「わかったよ、ルーファス、こうしよう」とクラックが答える。「あんたが俺のチンポを舐めたらすぐにどくよ。これでどうだ?」

　あとになって考えてみて、ビリーは一つの事実に愕然とすることになる。自分は本物のパンチが放たれたのをまったく見ていない。大して長くは続かない——十秒、長くても十五秒といったところか?　だが、こうしたことの常として、何時間も続いたように思える。最初、主任はクラックを持ち上げようとする。クラックをステージから投げ飛ばそうと思ったようで、それくらい彼はクラックより大きいのだが、投げ飛ばせるほどではない。若い鹿が角を突き合わせたかのように身動きが取れなくなったのだから、彼にしてみれば大失敗だろう。一瞬、二人の男はほとんど動かなくなる。目と首が膨らんでいることから、彼らが何トンもの力をかけていることがわかるだけだ。それから二人は体をよじって回り出し、勝手な回転の軸となってステージからフィールドに落ちる。みんながフィールドで押し合いへし合いし、相手構わず押す者がいる。誰が誰をけなした、誰が誰の我慢の限界を超えさせたといった曖昧な話が次々に出てきて、もちろん誰もが自分の仲間の味方をする。乱闘と言えるかもしれない。騒動、と。テキサススタジアムの神聖な芝生で取っ組み合いの喧嘩があったわけではないが、腕と手と顔がぶつかり合うなかをビリーはアドレナリン全開状態で進んでいく。するとダイムが急流を泳ぐかのように腕を全力で振り回し、人々を押しのけてクラックを引き離そうとする。ステージ係がダイムの背中に殴りかかり、ビリーがその男の襟を摑むと、彼は体をひねって睨みつける。おっと、いま手を離しちゃいけない、とビリーは思う。ビリーが彼の背中に飛びかかると、彼はくるりと回り、ビリーは背負われて回っている感じになる。こいつとセックスしているみたいに見られたくないな、とビリーは思うが、それでもしがみつく。やがて警官たちが現われ、ダイムが一言叫んだだけで、ブラボーたちは戦いをやめる——「優秀な猟犬のように」。これは、ダイムが自分の分隊についてよく言う台詞だ。

負傷者は少数。クラックは目に肘鉄を食らい、ロディスの唇は裂けて出血、マンゴーの耳はステージ係のヘッドロックで腫れ上がっている。警官たちはブラボーたちをサイドラインに集め、事情を聴取する。それからホーム側のサイドラインに行けと、フィールドに向かって追い立てる。「あっちにいる誰かがどこに行くべきか教えてくれるよ」と警官たちは言う。そこでブラボーたちは、ずっと昔に行方不明になったジャングルパトロール隊の生き残りよろしく、よろよろとフィールドを歩いていく。最初のハッシュマークを過ぎたところでビリーが顔を上げると、ありがたいことに、フェゾンが彼らを出迎えに来ている。問いかけるように首を傾げ、心配でならないという顔をしている。気負っている様子がビリーにも見て取れる。ドラマのヒロインを演じたい子なのだ。

「何があったの？」彼女は彼を見上げ、近づいて腕に触れる。ブラボーのほかの者たちは敬意を表して黙り込む。

「馬鹿みたいだったよ。馬鹿ないざこざさ。あっちにいるステージ係たちともめたんだ」

「喧嘩したの？　こちらからだと戦ってるんだか、ふざけてるんだか、よくわからなかったわ」

「まあ、戦ってたんだろうな。でも、喧嘩って呼ぶほどのものでもなかったけど」

「俺たちは手を貸しましょうかって言っただけだよ！」とエイボートが言い、みなが笑う。サイクスだけはまた泣き崩れる。

「怪我はなかった？」とフェゾンがビリーに訊ねる。それからブラボー全員に向かって言う。「お怪我はありませんか？　あら、その唇ひどいわ！」彼女はロディスに向かって叫ぶ。「誰があなたたちのお世話をすることになってるの？」

　ブラボーたちが置き去りにされたと知り、彼女はぷりぷりと怒り出す。「いいわ」と言って振り返り、ブラボーたちについて来るようにと手招きする。「私と一緒に来て。どうにかするから。あなた方があそこでほっぽらかされるなんて信じられない。お客様に対する扱いじゃないわ」

　ブラボーたちは彼女のまわりにばらばらと集まり、それぞれ感謝の言葉を述べる。「聞いて」と彼女は言う。「ステージ係よね？　あの人たちとは私たちもトラブったことがあるの。ここが自分たちのものだと思ってるのよ。二週間ほど前だけど、彼らはライル・ラヴェット（テキサス出身のカントリーシンガー）をぶちのめしそうになったわ。〝ステージから降りろ！　ステージから降りろ！　いますぐ！〟って感じで。ライルとメンバーたちの器具があそこに置いてあったんだから、すぐに出ていくわけにもいかないのに。運よく警備の人たちがいたけど、そうじゃなかったら大変なことになっていたかもね」

「やつら、酔っ払ってるのかと思ったよ」とマンゴーが言う。

「そんなふうに振る舞うでしょ？　なんかクスリでもやってるんじゃないかって。誰かがあいつらのことで管理会社と話すべきなのよ」

　ほかのチアリーダーたちも彼らに会いに出て来て、ブラボーたちはこれでよかったような気になってくる。ホーム側のサイドラインで親睦会のようなものが始まり、ブラボーとチアリーダーがおしゃべりをしているあいだ、彼らをどうするか問い合わせの電話が上階にかけられる。騒動があったおかげでしゃべる話題があり、チアリーダーたちは最初ショックを受けるが、話を詳しく聞くうちに腹を立てる。副産物はブラボーたちが特別な同情を得たことだ。クラックの目とロディスの唇を冷やすために氷が手配され、二人のチアリーダーがマンゴーの擦り切れた耳の手当てをする。彼女とビリーはほかの者たちから少し離れて立っている。

「彼、どうしたの？」とフェゾンがサイクスに向かって頷きながら訊ねる。

「ああ、あれはサイクスだよ」

「怪我をしたの？」

ビリーはサイクスを見つめる。彼は可動性の用具入れの陰に座り込み、静かに泣いている。

「奥さんが恋しいんだ」

「ワオ」。フェゾンは感心した様子である。「本当に？」

「ちょっとおセンチなやつでね」

フェゾンはサイクスのほうをちらちらと見続ける。感動して――あるいは、彼に何もしてやれないのを悲しんで。

「子供はいるの？」

「一人は到着済みで、もう一人は到着間近」

「そうなんだ、想像できないわ。彼のところに行って話をすべきかしら？」

「いや、いまは一人になりたいんだと思うよ」

「たぶんそうね。本当に、あなた方が払っている犠牲ときたら！　どれくらい向こうに行くことになるんだった？」

「次の十月まで。その前にまた呼び戻されなければね」

「なんてこと」。ガラガラとかすれた呻き声。〝なんてこと〟――砂利道をローラースケートで走っているような音だ。「それで、これまで何カ月いたんだったかしら？」

「配置されたのは八月十二日」

「そんな。ひどいわ。帰るのが怖いでしょう」

「そうだね。ある意味で」。いつしか二人の顔は数インチしか離れていない。それが世界で最も自然なことに思える。風や潮の流れ、磁北のように基本的なこと。「そういうものなんだと思うよ。でも、僕たちはみんな一緒だから。それに意味があるんだ。実際、それはかなり大事なことなんだよ」

「あなたの言ってること、わかるように思うわ。グループで何かに取り組むときの、絆みたいなもの」。彼女がしゃべっているとき、ビリーは彼女の顔を記憶しようと努める。たとえば、彼女の鼻梁がおしゃれな腕時計の留め金のようにまっすぐ伸びていること。あるいは、額の高いところに少しだけ雀斑《そばかす》が散らばっていること。そのショウガのようなカロチンの色が髪の色とぴったり合っている。自分の口を大きく広げたいという欲求が彼に芽生える。ライオンの口くらい大きく広げ、彼女の完璧な顔をしばらく口のなかに優しく入れておきたい。

「ときどき、こんなふうに思うのよ。すべてが間違いだったんじゃないかって。つまりね。テロとは戦うべきだと思うんだけど、もうサダムは追い出したんだから、アメリカの兵士たちは国に戻せばいいんじゃないかって思うの。イラクのことはイラク人に任せればいいのよ」

「ときどき僕たちもそんなふうに思うよ」とビリーは言い、シュルームがかつて言ったことを思い出す。〝おそらくトンネルの反対側には光がある〟。

「ハッハッ、そのとおりよね」。彼女は彼の肩越しに先を見つめる。「もうすぐ後半が始まるわ」。そう言って彼女は少し下がり、ビリーの目をじっと見つめる。「ねえ、個人的なことを訊いてもいい？」

「もちろん」

「あなた、デートの相手はいるの？」

「いないよ」と彼は思い切って認める。残念だけど、気にしていないという調子。彼女にもてない男だと思われたって構わない。

「私もよ。じゃあ、これからも連絡を取り合わない？」

「あ、ああ」と彼は言い、息を詰まらせそうになるが、ようやく〝うん〟と言える。「うん、ぜひ。それがいいと思うよ」

「よかった」。彼女は突如としててきぱきと仕事を片づける調子になる。「電話ある？　携帯電話を出してくれたら、私の連絡先を教えるわ。そうしたらあなたが私に電話して、メッセージを残して。それで私もあなたの連絡先がわかるから。だって、正直に言って、あなたを失いたくないのよ」

彼女はこれをあっさりと言う――世界を揺るがすような驚くべき事実の表明を簡単にやってのける。彼が――ビリーが――失いたくない人物だなんて！　自分の人生が奇跡ように感じられる。たぶんここで一気にプロポーズすべきなのだ。

「君のラストネームは何？」と携帯電話を取り出しながら訊ねる。

「ゾーンよ」

ビリーは咳払いをする。

「わかってるわ、みんなが変な名前だって思うの」

何も言わないでおく。

「これはドイツ語で〝怒り《アンガー》〟の意味なのよ」

「了解《ラジャー》だ」と彼は真剣な表情で言う。

「やめてよ！　笑っちゃうわ」

ビリーが彼女の情報を携帯に打ち込み、彼女がそれを彼のすぐ横で見つめ、二人の頭はほとんど触れ合っている。このように寄り添っていても、二人で電話を操作していると、社会的に許容される隠れ蓑となる。何千人もの人々の前だからこそ、それがありがたい。ビリーは深呼吸し、彼女の澄み切った屋外の空気のような匂いを吸い込む。雪と冬の風がもたらす、バニラのような鋭い香り。まるで季節が与えてくれる最も甘いエキスを彼女が吸収したかのようだ。

「キャスリンって誰？」

ビリーは連絡先の一覧をスクロールしている。「姉さんだよ」

「不在着信があったわよ」

「わかってる」。彼は次の名前を選ぶ。「こっちもきょうだい」

「お姉さん、妹？」

「僕は末っ子なんだ。これは母さん」

「デニース？　〝ママ〟で登録しないの？」

「デニースって名前だから」

フェゾンは笑う。「お父さんはどこ？」

「父さんは障害者でさ、自分の電話を持ってないんだ」

「あら！」

「二年くらい前、発作を二度起こしたんだ。ちゃんとしゃべれなくなった」

「お気の毒に」

「大丈夫だよ、これが人生さ」

彼女は彼の肘のすぐ上のところを摑んでいるが、その手はポンポンのもじゃもじゃで隠れている。

「イラクに戻る前に家族と会うの？」

ビリーは突如として喉に引っかかりを感じる。「いや」。言葉を呑み込む。これでいい。「昨日、別れの挨拶をしたからいいんだよ」

「ひどいわね」。彼女は彼に数ミリ近づく。

「君がいた」。彼は連絡先リストを最後までスクロールする。

「Ｚｏｒｎだもんね。誰のリストでも一番最後よ」

「じゃあ、僕はＡｎｇｅｒに変えるよ。そうすれば最初になる」

彼女は笑い、肩越しに振り返る。チアリーダーたちが選手たちをフィールドに迎えるため、トンネルのほうに向かっている。「ごめん、行かなきゃ」と彼女は言い、彼の腕をギュッと握る。その途端、電気ショックを受けたかのように手を放す。それからもう一度握り、彼の上腕全体を触れていく。

「すごいわ、引き締まった体をしているのね。脂肪なんて一オンスもないんじゃない？」

「それほどじゃないよ」

「〝それほどじゃないよ〟」と彼女はしわがれた声でおうむ返しにし、笑う。まだ彼の腕を触っている。

「あなた、自分がどんなに素敵かわかってないんでしょう？　だからいっそう素敵だわ！」彼女は舌を鳴らすほどの熱意を込めて言い、彼のことを素早くギュッと抱きしめる。嵐で流されそうになり、必死にブイにしがみつくかのように。ビリーは幸せに酔って気絶しそうになる。なんて素晴らしい！　自分そのものを愛でてもらえるって、なんて神聖なことなのだろう！　ちゃんと扱われ、可愛がられ、触れられ、まさぐられ、全般的に求めてもらえるって。「オーケー、急がなきゃ」と彼女は言い、手を放す。「20時に会いに来て。同じ場所で」

ビリーはそうすると言い、彼女はほかのチアリーダーたちを追ってサイドラインを走っていく。彼女が通り過ぎると、ブラボーたちは振り返り、目はどうしようもなく彼女の弾む尻に引きつけられる。ショーツという名で通っている小さなカップにぴったり収まった尻。ビリーは彼女の番号を打ち込み、呼び出し音が六回鳴るのを待ちながら、彼女がトンネルの出口に陣取るのをじっと見つめている。選手たちが犀のような重い足取りでフィールドに入って来る。大型スクリーンはガンズ&ローゼズの演奏を大音響で流し、チアリーダーたちは爪先立ちになってポンポンを高く振る。スタンドから沸き起こってくる拍手喝采は、山腹に轟き渡る雷鳴のようだ。

「ハーイ、フェゾンです！　ただいま電話に出ることができません……」

これには奇妙な感じがする。少し遠くにリアルタイムの彼女を見ていながら、肉体のない彼女の声を耳元で聞いているのだから。この声がフレームとなっていまの状況を囲み、焦点と視点を与えている。そして自己を意識している自己を意識させる。これは考えるに値する謎ではないか。このように意識が積み重なることになぜ意味があるのか。この瞬間、彼にわかっているのはそこに体系があるということだけ――何らかの釣り合い、あるいは精神的秩序があるという、喜ばしい感覚だ。一種の知識、あるいはそこへの橋渡し。人間は必ずしも無知なままよろよろ進んでいくのではなく、ある種の一貫性を人生に求めてもよいのではないか。そういう状態が大人になるということではないか。そのときピーという音がして、彼は話さなければならなくなる。彼女にちょっとした可笑しなメッセージを残し、電話を切った二秒後、もう何を言ったか思い出せない。

一時的に正気に戻る

　最後の選手数人がトンネルから出て来ると、ジョシュも一緒に走って来る。まるでポロのCMから飛び出してきたかのような恰好だ。どうしてこんなことができるのだろう？　髪も、服の糸の一本一本も、皺も襞もすべてあるべき場所にある——まるで完璧な軟弱男のニスを塗られているかのように。「僕のせいだ、僕のせいだ」と彼は怒ったような単調な声で繰り返す。「申し訳ない、みなさん。我々がへまをした。君たちがレーダーから消えるなんて、あっちゃいけないんだ」。そして彼はハーフタイム後のロジスティクスに関して詳しい説明を始める。要点は、この二十分間、決められていたマーク地点でずっと待っていたということだ。

「つまり、クリップボードを持った姉ちゃんが俺たちを案内しなきゃいけなかったってことだよな」

とダイムがまとめる。

「つまるところ、そうなるね」

「じゃあ、どうしておまえのせいなんだ？」

　ジョシュは口を開け、何か言おうとする。しかし、ブラボーたちは全員でジャアアアアシュ——————！とからかいの声をかけ、その手間を省いてやる。ダー、ジョシュスター。ジャッシュ。お馬鹿なくらいお人好しのジョシュは、ブラボーたちのお気に入りだ。

「よお、ジョシュ、俺たちの喧嘩の話を聞いたか？」

「待って。何だって？　どの喧嘩？」

「俺たちの喧嘩だよ」。クラックはニヤリと笑い、氷嚢を上げて見せる。

「ああ、ジョシュ。これもおまえのせいだ」とデイが言う。

「待って、ちょっと待って。冗談だよね。なんてことを、君たち――」

「ジャッシュ、落ち着け。大したことない」

「ああ、ジョシュ。俺たちは喧嘩が好きなんだ。それが仕事みたいなもんだからさ」

「覚えといてもらわないと。俺たちは基本的にゴリラの集団なんだよ」

デイは打ち上げパーティについて訊ねる。彼の定義では、それはビヨンセと仲間の女たちがいるところで、自分が行きたいところである。ブラボーたちは満場一致でそれを支持するが、ジョシュはデスティニーズ・チャイルドはすでにスタジアムを去ったはずだと言う。ビリーはアドヴィルのことを訊ねるのに疲れ、訊こうともしない。彼らは貨物用のエレベーターで一階のコンコースに上がる。クラック、マンゴー、ロディスは傷を取り繕うためにトイレに行く。ほかのブラボーたちはコンコースをうろついて、家に電話する。〝俺のこと見たか？〟〝どんなだった？〟ビリーは、兵卒の打ち上げパーティは家族への電話だと考える。携帯電話を取り出してキャスリンに電話するが、応えたのはパティだ。

「もしもし〜、弟ちゃん」と彼女は酔っ払いの甲高い声で言う。声はくぐもり、気持ちが悪くなるほど甘ったるい。「テレビですんごいハンサムだったわよ！　みんなの自慢の弟ちゃんだわ」

「ありがとう」

「それでぇ」――間《ま》を置いて酒を一口すする――「彼女、どんな感じ？」

「誰のこと？」

「ビヨンセよ、馬鹿ね！」母が電話の向こうで喚く声が聞こえる。〝弟を馬鹿とは何ですか〟。

「ああ、ビヨンセね」。ビリーは欠伸をする振りをする。「うん、いいんじゃない。腰のあたりがちょっと太めだけど」

パティは派手な〝ハッ！〟という声でビリーの言葉を撥ねつける。「会ったわけ？」

「チャンスがなかったよ」

「でも、ステージにいたじゃない！」

「ああ、でもあれ以上近づけなかった。あそこで自己紹介するってわけにも……」

パティはほかのセレブに会ったのか知りたがる。ビリーは別に構わないのだが、それでもほかの人について話すのは少し気が滅入る。『炎のテキサス・レンジャー』の女優がいた。怒りっぽい地方検事の役を演じていた金髪の女。コーニッシュ上院議員――ビリーは彼以上に大きな頭を持つ人は見たことがない。ジミー・リー・フラットリー――ミディアム・ヘビー級のカントリーミュージック・スター。そしてフォートワースのマッチョマン、レックス――リアリティ・ゲーム番組の『サバイバー』でファイナルまで進んだ男。ビリーはほかにも数人の名前を一ドル紙幣へのお釣りを渡すかのように足しておく。

「ねえ、最後であなたがやってたことだけど、あれは何？　みんなで何だろうって言ってたの」

何のこと？

「ほら、一番最後のところよ。空を見上げてたわ。お祈りか何かしてるみたいに」

「それが映ったの？」

「うん、そうよ」。パティは彼の声がうわずったのを聞いて笑う。

「どアップって感じで？」

「アップってほどじゃなかったけど、でもはっきりとわかったわ。一秒間、あなたしか画面に映ってなかった」

これには苛立ちを覚える――なぜかはわからないが。「まあ、祈ってたわけじゃないよ」。少し黙り込んで考える。「妙な感じだった？」

「ううん」と言って彼女は笑う。「素敵だったわよ。可愛かった。みんな誇らしく思ったわ」

「全然覚えてないんだよ」とビリーは言うが、実は鮮明に覚えている。「あそこはライトやら何やらですごく暑かったんだ。たぶん息を吸おうとしてたんだよ」

パティはまた彼がハンサムで勇敢に見えたと話し始めるが、キャスリンが電話を取り上げる。

「ヘイ」

「ヘイ」

「それで、ビヨンセはモノにできなかったの」

「残念ながらね」

「いいわよ。たぶんアバズレだわ。ちょっと待って……」。ドアが開いて閉まる音がして、家の騒音が消える。代わりに爽やかな底なしの静寂。キャスリンは外に出たのだ。

「うわっ！」

「どうしたの？」

「外はすごく寒い。今日はキャンプとかしたくないわね。そっちは温かいの？」

「うん、大丈夫」

キャスリンは今日の午後の話をする。ブライアンと数時間、雪遊びをした。雪を何とか掻き集め、発育不全の雪だるまを作った。「ブライアンはいまあなたの部屋で寝てるわ。私が疲れさせちゃったみたい。ハーフタイムショーは録画したから、ブライアンはあとで見ればいいわ。でも、聞いてほしいの」。彼女は声を低くする。「パティが話してくれたんだけど、あなたがブライアンに言ったこと。軍には絶対に入るなってこと」

ビリーは目を閉じ、声を出さずに自分を罵る。

「それで私、あなたは軍に戻るべきじゃないって思うの」

「キャスリン」

「とにかく聞いて。お願いだから最後まで聞いて。いい？　私、あるグループと連絡を取ったの。あなたにも話したことがある人たち。オースティンのグループよ」

「本当に興味ないんだよ」

「とにかく聞いてよ、ビリー。一分だけ聞いて。その人たちと二度ほど話したんだけど、とてもいい人たちなの。ちゃんとしたやり方でやってるのよ。弁護士がいて、資金があって、変な人たちの集まりじゃないの。それに、あなたのことを本当に助けたいのよ。あなたみたいな人が接触してくるのを待ってるの」

「僕みたいな人」

「戦争のヒーローよ。彼らが本当に支援しないといけないような人」

「やめてくれよ」

「聞いて！　こうした人たちの一人、グループの一人が一万エーカーの牧場を持っていて、あなたはそこにしばらくとどまれるの。いい、彼らは真剣に取り組んでいるのよ。今日、これからスタジアムに人を送り、あなたを空港まで送って、それからプライベート機で牧場に連れて行けるの。あなたは二週間ほど姿をくらまして、そのあいだに弁護士がすべてを準備するのよ」

「それは無断離隊だよ、キャスリン。銃殺されるさ」

「あなたのことは銃殺できないわ。あれだけのことをしてきたんだから。弁護士たちもとても有能よ、ビリー。それこそありとあらゆる手段で、あなたのようなケースに対処できるの。それに、これから広報活動を展開できるのよ。あの人たちはプロだわ。政府があなたを訴追したら、政府のほうが下司野郎に見えるわけ。想像できる？　だってテレビでアメリカじゅうがあなたのやったことを見たわけだから」

「僕は精神を病んでないよ。弁護士たちがそう思っているならだけど。だからこのことは忘れてくれ」

「もちろん、あなたは病気じゃないわ。だって、戦争に戻りたがるのは頭のおかしな人だけよ。弁護士にはね、あなたが一時的に正気に戻ったって主張してもらうの。これでどう？　まともすぎて戦争に戻れないのよ。ビリー・リンは正気に戻りました。あなたを戦場に戻したがる国のほうが狂ってるんだわ」

「でも、キャスリン」

「でも、ビリー」

「僕は、何ていうか、戻りたいんだよ」

キャスリンは叫び声を上げる。その声が裏庭の木々に反響する音まで聞こえたようにビリーは思う。

「嘘よ、そんなはずない。信じないわ。あんな場所に戻りたいと思うはずがない」

「でも、戻りたいんだよ。仲間が戻るのに、僕だけここにとどまることはできない。彼らが向こうで撃たれたりするなら、僕も彼らと一緒にいたいよ」

「じゃあ、ブラボー全部が残るべきなのよ。それならどう？　みんなブッシュから勲章をもらったんだから、戦争に戻らなかったとしても、誰もあなたたちを臆病だと思わないわ」

「それが問題じゃないんだよ」

「わかったわ、教えてちょうだい。何が問題なの？」

「うん、僕が自分で入隊したってことだね」

「強制されてね！　私のせいで！　私のトラブルのせい！」

「違うよ、僕が自分で選んだんだ。やりたいことだったんだよ。それに、イラクに送られるだろうってこともわかってた。誰かが僕に嘘をついたわけじゃない」

彼女は唸り声を出す。「ビリー、あの下司野郎どもがするのは嘘をつくことだけよ。やつらが少しでも本当のことを言ってたら、私たちはこんなクソな戦争してないでしょ？　わかるわよね、私が考えてること。あなた方が私たちのために死ぬなんておかしい。私たちにあなた方を死なせる資格はない。リーダーたちがあんな嘘をつく国なのよ。一人の兵士だって、そんな国のために死ぬのはおかしいわ」

キャスリンは泣き崩れる。岩盤にシャベルが当たってこすれるようなひどい音だ。「キャスリン」とビリーは言い、しばらく待つ。「キャスリン」と彼はもう一度始める。「キャット、大丈夫だよ。僕は無事に戻る」

「ごめんなさい」と彼女は言う。その声はじめじめしてくぐもっている。「やになっちゃう。あなたと話しているときは泣かないって誓ったのに。ただ、すべてが……何だろう。このすべてにむかつくのよ」

「うん、そうだね」

「聞いて。怒らないでね。私、あなたの番号を彼らに渡したの」

ビリーは歯を食いしばり、何も言わない。重要なのは、姉がまた泣き出さないようにすることだ。

「とにかく彼らと話してみて、ビリー。いい？　彼らが言うことを聞いて。いい人たちなの。あなたのためにうまくやってくれるわ」

彼はイエスとも言わなければノーとも言わない。キャスリンはデニースに電話を渡すためになかに入る。そして待っているあいだ、ビリーは自分が帰らなかったら家族がどうなるかを想像する。キャスリンは生き残るだろう。彼女のなかでは怒りが罪の意識に勝つ。パティも大丈夫だ。彼女にはブライアンがいる。しかし、母は？　息子としての自惚れは抜きにしても、母にとってこれは辛いはずだ。致命的かもしれない――すぐに死ぬわけではなくても。彼は自分の心が麻痺していく過程を想像する。天候の影響のように、ゆっくりと長い時間をかけて、精神のなかで起こる麻痺。風が吹きすさび、凍るような雨が降り、一日じゅうずっと薄暗いのにさらにどんどん暗くなっていき……そんな身を切るように寒い日々が心を蝕んでいく。実のところ、ちょうど今日のような日々だ。

しかし、いまのところ母は大丈夫だ。ハーフタイムを見て母は興奮している。「あれは下品よね」と彼女はビリーに言う。「みだらに腰を振って。お祭りのときにやるクーチダンスみたいだわ。あんなのをテレビで流す神経が理解できない」

「何も言うことはないよ。僕のアイデアじゃないんだから」

「スーパーボウルで肌を晒した女、覚えてるかい？　こんなのが続いたら、誰も見なくなるよ。うんざりしている人はたくさんいる。あれを見たかい？　あんなのダンスとは呼べないよ……」

「母さん、僕はあそこにいたんだから」。母はどうやらワインを二、三杯飲んでいるようだ。もう一杯飲んで、もっと力をつけるといいよ、母さん。もっとパーティに行って、楽しんだほうがいい。

「……トム・ランドリーがコーチだった頃は、あんなの絶対になかったよ。基準ってものがあった。

ランドリーはチームをしっかり統制してたんだ。ノーマン・オグルズビーがチームを買ったからか、彼が雇ったコーチとかスタッフとかがいけないのかは知らないけど……」

　話が長引けば長引くほど、母はめそめそと愚痴をこぼすようになり、自分自身のことには関心を示さなくなる。ビリーは軽く唸る声で同意を示しながら、モノローグならぬママローグが終わるのを待つ。

「母さん、すごいご馳走を作ってるって聞いたよ」

「まあ、いつもと変わらないわよ」

「じゃあ、素晴らしいディナーだね。疲れすぎないように」

「大丈夫だよ。姉さんたちが手伝ってくれてるから。感謝祭の食事はしたの？」

「したよ。すごくいい食事だった。このスタジアムのクラブに連れてってくれたよ」

「それはよかったね」

　彼はまたふと思う。自分が死んだら、母の人生はなんと哀れなものになるだろう。自惚れは抜きにしても。障害者の夫を抱え、息子は死に、医療費の請求書は山積みで……自分の軍人保険料を上げるべきだろうかと彼は考える。それはすべて病院に取られてしまうのだろうか。

「父さんはどう？」

「元気よ。私室でピートと試合を見てる」

「へえ、面白い組み合わせだ」

「まあ、仲いいみたいね」

　可哀想な母さん。人生というドラマの真面目役を演じざるを得ないのだ。

「あなたはいまどこにいるの？」

「コンコースだよ。また観客席に戻るんだと思う」

「あったかくしてる？」

「快適だよ、母さん」

「だって、コートみたいなものを何も着てなかったから」

「大丈夫だって。スタジアムのなかは温かいんだ」

「まあ、忙しいんだろうから、そろそろ切るよ」

「そんなことないよ」と彼は怒って言う。これが最後の会話になるかもしれない——ドラマチックな言い方はやめろ！——それなのに母は彼を突然放り出そうとする。自分の息子を。そこに何か意図があるわけではない。それは彼にもわかっている。節度を働かせるのは、彼女の昔からの習慣なのだ。すべてをルーティンに封じ込め、中庸で生ぬるい日常に変えてしまうこと。境界線を設ける必要は彼にも理解できるが、規準に合わせることに固執すると、ある地点でそれは毒となる。

おそらくそのためなのだろう。彼は新しいことを言おうとする。「わかったよ、母さん。みんなに愛してるって言って。母さんのことも愛してるよ」

「わかった、さようなら、ありがとう、楽しんでね」と母は一気に言い、彼はこらえられずに小さな笑い声を漏らす。母はあのままでいい。彼は自分にそう言い聞かす。あのままでいい。この時点で母に現実を突きつけるのは残酷ではないか。電話を切ると悲しみが込み上げてきて、膝がガクンと折れそうになる。手を伸ばして壁で体を支え、自分に言い聞かせる。イラクで確実に死ぬわけではない。確率を見てみれば、無事に戻ってくる可能性のほうがずっと高い。デッドガール・ロードでやられたときのような裂傷や榴散弾による怪我を別にすれば、大した怪我もせずに帰って来られるかもしれない。無事に生還できれば万事オーケーということは自分でもわかっている。母さんにとってもいいことだし、家族にとってもいいことだ。そしてフェゾンにとっても抜群にいいことだ。ビリーはある感覚が込み上げてくるのを感じる。完璧ではないかもしれないが、力強い感覚。それは、いかに強くまともに生きていくかという感覚だ。実際に生きてみる以外に、年月を積み上げていく以外に、それがわかるわけではないのに、戦場の兵士ならその年月が免除されるみたいではないか——日々の事物への情熱を身につけることで免除されるみたいではないか？　少なくとも、そうではないかと彼は思っている。そう感じている。ともかく、それを見つけ出す機会がほしいのだ。

食べ物のためなら吸血鬼だって殺します

ブラボーたちはまた移動中である。コンコースは荒天から逃れてきたファンで込み合い、少なからぬ者たちがすでに出口に向かっている。人々はブラボーたちに声をかけ、わざわざ迂回して握手をしに来る者もいるが、以前ほど多くはない。マック少佐は第七列の席から一歩も動かなかったようで、氷のへばりつく椅子が並ぶなか、そのブロックの孤高の番人という風情で座っている。ビリーは前のとおり通路側の席に座り、マンゴーがその左に座る。喧嘩後にチアリーダーたちと交流した興奮が醒めてくると、ブラボーたちは状況がいかにクソみたいかに気づき始める。二日後に戦争に戻るというのに、みぞれと氷雨に晒されてここに座り、7対7で第3クオーターという単調な試合を見ているのだ。むかつく！　マンゴーが唸り声を出し、背中を丸める。

「まったくよう」と彼はビリーに言う。「すんごい眠いぜ」

「そうか。耳はどうだ？」

「クソみてえに痛い」。一瞬の間のあと、二人ともこれがものすごく可笑しいように感じる。

「やつは何をしたんだ？　耳をちぎろうとしたのか？」

「百キロ以上の体重をかけてくる以外に何もしてないさ。放り投げてやりたかったんだが、やつの脚がやたら太くてさ、腕が回らなかったよ。おまえ、糖尿病って聞いたことないのかって感じ。少し体重落とせ、しばらく特大サイズは食べるなって」

二人は試合を見ようとするが、実に進行が遅く、見ててもしょうがないって感じだ。まわりのファンたちは毛布にくるまったり傘を差したりし、ところどころでビニール袋をかぶっている者もいる。ブラボーたちだけが牧場の家畜のように、雨風に晒されて座っている。ビリーは携帯電話を取り出し、フェゾンの番号を見つめる。電話したい。彼女の応答メッセージを聞くだけでいいから。その声は実際の声よりも南部人ぽく聞こえた。母音はよく響き渡り、硬口蓋が広く開いて、ヒルカントリー・ガレリア（テキサス州で田舎風の製品を中心に売るショッピングモール）で売っている羽根布団みたいな声である。

「おい、俺、恋をしたみたいだよ」

マンゴーは笑う。「しないほうがおかしいよ。おまえらがフィールドでいちゃついてるところ見たぞ。ああいうことするっていうのは、深い意味があるんだ。だろ？ 好きじゃなかったら、あんな触れ方はしないさ」

ビリーは電話をじっと見つめる。

「番号、もらったのか？」

ビリーは厳かに頷く。

「すげえ。本当におまえが好きなんだ。ツアーの最後にこれが来たっていうのがむかつくけどな」

ビリーは喜びと苦痛の両方で呻き声を出す。この対立する激しい力によって、彼は肉体的に新しい人間へと変わりつつあるのだ。大型スクリーンはまた〝アメリカのヒーロー〟の映像を映し出し、それからやかましいコマーシャルのサイクルへと移る。同じCMが同じ順番でずっと続き、頭がおかしくなりそうだ。**フォードのトラック、タフな作り！ トヨタ！** ニッサン！ **トヨタ！** ニッサン！ **あなたの銀行取引に必要なのはダム・ディーディー・ダムムムム！** それからサイクスが気味の悪い裏声で〝私にウーと言わせられないなら〟（デスティニーズ・チャイルドの「ルーズ・マイ・ブレス」より）と歌い出し、それから間を置いて、前後のファンたちに語り始める。自分がいかに彼らを愛しているか、全国のすべてのアメリカ人を愛しているか。それからまた歌い始める――。

愛がそれとどおおおう関わるの、関わるの、
愛なんて使い古しの感情よ（ティナ・ターナーの「ホワッツ・ラヴ・ガット・トゥ・ドゥー・ウィズ・イット」より）

ダイムが二十分ほど前にヴァリアム（精神安定剤）をこっそりと呑み、いまはアメリカじゅうで一番幸せだという話がめぐってくる。

呼び出し音が鳴ってビリーはビクッとし、電話を落としそうになる。画面の番号をチェックする。

「彼女か？」とマンゴーが訊ねる。

ビリーは首を振る。番号に見覚えはない。呼び出し音が終わり、留守番電話サービスの応答メッセージの甲高い声が聞こえてくる。ビリーは電話を見つめる。自分が求めているような電話だったらと願う。留守番電話サービスの番号を打ち、耳を澄ませる。それから背中をのけぞらせ、目をつぶる。シュルームならどうするだろう？　シュルームは絶対に戦争に戻るだろう。それがこの現世における彼の運命だからだ。今回の輪廻転生において、彼は戦士として生まれ変わり、それを全うしなければ次の段階に進めないのである。「じゃあ、僕はどの段階なんだろう？」とビリーが冗談っぽく訊ねたとき、シュルームは笑わなかった。修行しなければわからないんだ、と彼は言った。学び、瞑想し、熟考し、集中しろ。時間をだらだらと過ごしているだけでは見つけられない。そこで目を閉じたままビリーは牧場にいる自分を想像する。〝人里離れたところで、とても安全です〟と留守電メッセージの声は言う。〝いいところですよ。あなたが何も不自由しないようにします〟。想像のなかで彼は道を

歩いている。ジーンズにティンバーランドの靴を履き、フランネルのシャツとコーデュロイのジャケットを着ている。道はいくつかの森を通過し、近くには川がある。急流のシューッという音が聞こえ、きらめく水面がときどき木々の隙間から見える。そのイメージが揺らぎ、ぼんやりとしてきたところで、フェゾンが彼のすぐ横に現われ、すべてがゴージャスな高解像度の映像になる。彼とフェゾンは安全な場所で静かに暮らしている。愛し合い、一日に八回か九回セックスし、料理し、映画を見、犬の散歩をする。そう、犬を飼う。それから本がたくさん、至るところに積まれている。ビリーはシュルームの言に従って勉強に励む。なので、ついにクソ裁判になったとき、彼にはいまよりもずっと知識がある。そうなったら——彼が自分の立場を主張するときが来たら？　彼はフェゾンと弁護士、そして銀星章を傍らに置いて戦う。できるとも。きちんと陳述する。もう戦争とは関わらない。

〝ロオオオクサアアアヌ〟とサイクスが肺から出せるだけの息を出して声を引き延ばす。〝そんな必要ない〟（ポリスの「ロクサーヌ」より）。それから彼は振り返り、第八列のファンに向かってまくし立てる。自分がどれだけブラボーを愛しているか。そう、仲間を兄弟のように愛している。自分はフロリダ州クーン・コーヴ出身の貧乏白人だけど、少なくとも自分には軍がある。フーッ！　この列の端の席ではロディスがぐったりと手足を伸ばして眠っている。肩と腕に雪の粒がたまっている姿は、ふけ取りシャンプーの可笑しなコマーシャルのようだ。唇の傷口からは皮下の組織が飛び出している。彼らの前に座っている金持ちで親切そうな女性がたまたま眠っている兵士に気づき、あまりに気になる光景だったのか、もっとよく見ようと完全に振り返る。

「可愛いでしょう？」とマンゴーが言う。

「この天気でよく眠れますわね？」と彼女は叫ぶ。

「厳密に言うと、眠っているのではないのです」とクラックがもったいぶって言う。「意識を失ったんですよ」

女性は笑う。素敵な上流階級のレディだ。夫と友人たちもクスクス笑っている。

「でも、ここで寝るのは可哀想すぎるわ」と彼女は抗弁する。「少なくとも毛布か何かをかけたほうがいいんじゃない？　軍はコートを支給しないの？」

「ああ、奥さん、こいつのことは心配しないでください」とクラックが請け合う。「俺たちは歩兵ですから、犬かラバみたいなもんです。頭が空っぽで、寒さなんて感じないんですよ。こいつは大丈夫です。ほんと、何も感じてませんから」

「でも、凍え死んじゃうわ！」

「いえ、大丈夫です」とマンゴーが割って入る。「俺たち、ときどきこいつを殴って、血がめぐるようにしてますから。こんな感じです」。マンゴーはロディスの上腕をピシャリと鋭く叩く。ロディスは歯を剝き出して唸り、腕を振るが、目は開けない。

「わかりました？」とマンゴーは満面の笑みで言う。「大丈夫なんですよ。幸せなんです。ゴキブリみたいなもんでね、殺しようがないんです」

女性は荷物のなかをまさぐり、彼女の席で反対向きに膝をついて、ロディスに毛布を掛けてやる。深夜のお馬鹿なテレビ番組でよく宣伝されている、襟がついて頭や腕が通せるようになっているものだ。すぐにブラボーたちは手書きの看板を作り、ロディスの顎の下に押し込む。〝ホームレスの帰還兵です。食べ物のためなら吸血鬼だって殺します〟。その下に〝幸せな一日をお過ごしください〟。そしてスマイルマークがある。カウボーイズのラインマンが敵のファンブルしたボールを取り、観客はどっと沸く。ラインマンはよろめき、滑りながらもベアーズの3ヤードまで走る。しかし、ここでレフェリーたちが割って入る。彼らはサイドラインに集まってビデオを見、話し合い、目を凝らし、指さし、また話し合う。ノーベル賞級の科学者のチームが癌の画期的な治療法を生み出そうとしているかのようだ。ついに結論が出る。〝審議しました結果……〟ファンブルはインコンプリートのパスに変えられる。上流階級の人たちはこれで帰ろうということになり、荷物をまとめ始める。マンゴーは親切なレディに毛布を忘れないようにと言う。「そんな、できませんわ」と彼女は言い、笑顔でロディスを見下ろす。ロディスは酔いでぐっすり眠り込んでいる。眉毛には雪がたまり、つぶされた虫のような皮下組織が唇からぶら下がっている。「こんなに気持ちよさそうに寝てるんですもの。使ってもらいたいわ。私からのプレゼントだって伝えてください」

ブラボーたちは一斉に叫ぶ。ノオオオオ！

「甘やかしちゃダメです！」

「あいつはどぶで育ったんですよ。寒いかどうかなんてわかんないんです」

「豚にロレックスをあげるようなもんですよ。高級品なんて持ったことないんだから」

女性は笑い、手を振って反対を退ける。「ありがとうございます！」とブラボーたちは列から立ち去ろうとする彼女とそのグループに声をかける。「軍を支援してくださり、ありがとうございます！」

「親切な人だな」とマンゴーが席にまた座って言う。ビリーもそれに頷く。二人はロディスを見て笑い、それからマンゴーが震える。背中を丸め、両手を組んで股にはさむ。

「小便したいって感じだな」

「うん、したいみたいだ」。マンゴーはブルッと身震いするが、そのまま座っている。「おまえ、出発前にフェゾンと会うのか？」

「会いたいと思うよ」

「そりゃ、あの子と最後までいかなきゃな」

「どうかな。わからない。無理強いはしたくないから」

マンゴーは笑う。

「いや、真面目にだよ。これが普通の状況だったら、彼女をどこにデートに連れ出そうかってことばかり考えていると思う。でも、セックスするっていうのは……。だってさ、彼女のこと四時間しか知らないんだぜ」

「ビリー、俺たちの状況は普通じゃないんだ。気づいていないのなら言うけど。おまえ、彼女がこれから一年、おまえをずっと好きでいてくれるって思ってるのか？　それで、おまえは百万マイル離れたところからメールを送り続けるって？　〝愛するフェゾン元気ですか僕は元気です今日僕たちは家を襲撃してたくさん悪いやつらを殺しました〟。こんなクソみたいな話はすぐに古くなる。あっという間に古びちゃうんだよ。俺たちの母ちゃんだって、そんなことはじきに聞きたがらなくなる」

「おまえって人の気を滅入らすやつだな。知ってるか？」

「本当のことを言ってるだけさ！　ここまで最高にうまく行って、これ以上ないってほど彼女に近づいたんだから、もう奪うしかない。彼女が親切な子で、軍を支援したいんだったら……」

「おまえ馬鹿だ」

マンゴーは笑う。ビリーの携帯がまた鳴っている。

「彼女か？」

「いや」とビリーは言い、画面を確認する。「姉貴だ」

「取らないのか？」

ビリーは肩をすくめる。呼び出し音が止まり、一分後、テキストメッセージが届く。

行かないで、お願い。
二倍のヒーローになって。
彼に電話して。
お願い。
あなたが大事だから。

ビリーは留守電サービスの番号をまた打ち込み、今回は男が言うことよりも、その声の音に耳を傾ける。その音質と高さにどのような情報が隠されているか。その声は白人のもので、教養がある中年男のようだ。テキサス人だが、言葉には都会育ちのきびきびしたところがある。押しが強く、断定的。しかし、同情にも溢れている。〝君が新たな生き方をしたいと考えているなら、私たちはその手助けができます〟。いい声だ。ビリーはもう一度聞きたい誘惑に駆られるが、そこにダイムが猛スピードで走って来る。ブラボーたちの膝や足という障害物を蹴散らし、通路側まで来ると、携帯電話を取り出してビリーの席の脇にしゃがみ込む。「サイクスの野郎には参るぜ。頭がおかしくなりそうだ」と彼はメッセージを確認しながら言う。

「〝化学でよりよい暮らしを〟（総合化学会社デュポンのスローガン。ここでの「化学」は薬を仄めかしている）ってことですかね、軍曹」とマンゴーが言う。

「ああ。まあ、薬を盛るか、猿ぐつわを噛ませるかだな。やつは大丈夫だ」とダイムは訊ねられてないのに言う。「また任務につかせれば大丈夫だ。この別の件のほうが……」。ダイムは黙り込み、ビリーは咳払いをする。

「軍曹、もし選択肢があるとしたら、軍曹は戻りますか？　イラクにってことですけど」

ダイムは顔を上げる。喜んではいない表情だ。「だが、俺には選択肢がない。だからおまえの質問は妥当性を欠いている」

「しかし、もし選択肢があればです」

「でも、ないんだ」

「しかし、もしあれば」

「でも、ないんだ！」

「しかし、もしあれば！」

「黙れ！」

「自分はただ――」

「黙れ！」

ビリーは黙る。マンゴーが〝何やってんだ？〟という視線を彼に向ける。ダイムは鼻息を荒くして首を振る。

「おまえ、選択肢があったらいいと思ってるのか？　おまえが言ってるのはそういうことか？」

「そうですね……」。ビリーは自分がやりすぎたことに気づく。「でも、ないんです」

「そのとおりだ、ビリー。選択肢はない。だから俺たちは戻る。そして、どういうところに戻るかもわかってる。だから俺たちは気を引き締め、互いに警戒し合わなきゃいけない。一日二十四時間、週に七日間な。しかし、これは言えるな」。ダイムの携帯が鳴り始める。「死ぬまで二度と銃撃戦に巻き込まれずに済むなら、それはそれでいいってこと。もしもし」。彼は携帯を耳に当てる。「ああ、ああ。面白い。これはどうだ。スワンクがやつとセックスするってのは？　そしたら、やつはやるのか？」

ビリーとマンゴーは目くばせし合う。クソ映画の話だ。

「となると、どちらかってことか……」。ダイムはスコアボードを見上げる。「アルバート、俺たちにはもう時間がない」

マンゴーはそっぽを向き、低い声で何やら毒づく。スペイン語だ。列の向こう端ではサイクスが古い新兵訓練所の掛け声をかけ始めている。〝負傷者を担げ、死者を担げ……〟。

「やつはここにいるよ」とダイムはビリーを見つめながら言う。しばらく黙って聞いてから、ビリーに訊ねる。「おまえ、ミーティングに出る時間あるか?」

ビリーは笑う。「何ですって? ええ、もちろん。いつですか?」

「いまだ。ノームと。ジョシュも俺たちのために来る」

ビリーの喉は張り詰める。「わかりました」

「ああ、やつは参加する」とダイムは携帯電話に向かって言う。「ほかに誰が来る?」ダイムは黙って聞き、唸ってから電話を切る。それからしばらくはしゃがみ込んだまま、ただフィールドを見つめている。

「軍曹、大丈夫ですか?」

ダイムは我に返る。「ちょっと考えてたんだ。金持ちってクレージーだよな」。そう言ってビリーのほうを向き、感情を込めて付け加える。「そのことを絶対に忘れるんじゃないぞ」

「ラジャー、軍曹」

我らは金の力でリアルになる

　彼らは廊下でアルバートにばったりと出くわす。ノームのスイートルームのすぐ外。アルバートは下を向き、背中を壁にもたせかけて、ブラックベリーを銀のスティックで叩いている。彼らが角を曲がって行くと、アルバートは目を輝かせる。

「やあ！　どうだい、調子は？」

「浮いたり沈んだり、いろいろだよ」とダイムは答える。

「ちょっとここで話をしよう。予備知識を与えるよ」。彼はにこやかだが棘のある笑顔をジョシュに向ける。

「二人が来ましたとミスター・オグルズビーに伝えます」とジョシュは言う。

「いい考えだね」。アルバートはダイムとビリーを促し、スイートルームから少し離れたところに連れていく。「ハーフタイムショーは素晴らしかったよ。君たちは誇りに思えることをした。ビヨンセと仲間の女性たちには会うのかな？」

「いや、全然」とダイムが不満そうに言う。

「何？　会わない？　そいつはひどいな。それで、あのあとだけど、フィールドで何があったんだい？　野次馬の集団みたいな感じだったたよ。北ニュージャージーのウォルマートでバーゲンの大売り出しをしてるみたいだった。何が起きてるのか、こっちにはわからなかったんだよね」

「何でもないよ」とダイムは言う。「男はいつまでたってもやんちゃなんだ」

「誰かが君たちに嫌がらせをしたのか？」

ダイムはビリーを見る。「誰かが俺たちに嫌がらせをしたっけ？」

「いいえ、どちらかと言えば違います」とビリーは答える。

「彼は出世するね」とアルバートはダイムに言う。「いいだろう、君たち。こういう話になってる」。彼は言葉を止め、通り過ぎるカップルに微笑みかける。そして、彼らの毛皮とカシミアの衣擦れの音が廊下の遠くに消えていくのを待つ。「ノームが乗った。投資家のグループを組織して我々の映画を作ろうってわけだが、それだけじゃない。彼はインスピレーションを摑んだんだ。いや、君たちが彼にインスピレーションを与えたというべきかな。彼はでかいことを考えるようになった。自分の製作会社を作って、映画製作を始めるって言うんだ」

「そいつはいいね。フットボールチームなんてつまんないよ」とダイムが言う。

アルバートはクスクス笑いながら廊下を見回す。「見たところ、彼はそれをけっこう前から考えていたようだ。そこに我々が現われたんで、これは行動しろという神のお告げだと考えた。で、率直に言って、どうぞどうぞって感じ。スタジオは何とかしてリスクを取り除こうとしている。そこに自分の金で作った作品を持ち込む男がいたら、いまのハリウッドにとっては願ったり叶ったりの商品なんだ」

また数組のカップルが現われたので、彼はしゃべるのをやめる。男の一人がダイムに向かって指をパチンと鳴らす。

「やあ、ハーフタイムショー、よかったよ！」

ダイムもそれに応えて指を鳴らす。「やあ、君もね！」

アルバートは彼らがいなくなるまで待つ。「彼が全面的に乗るっていうのはすごく助かるんだ。我々の映画を売り込むときにずっと信用性が上がるからね。一回限りの契約だと、我々は使い捨ての商品みたいなものだけど、ずっと残るってわかっていれば違うだろう？　彼にとっては、この映画で真面目なメッセージを発信しようという大きな理由になる。とにかく、我々の契約に関して言えば、彼が会社を立ち上げたらすぐ、私のオプションをそれに預けるよ。そして一括契約がまとまったら、会社がオプションを行使する。君たちは金をもらい、我々は製作に入る」

「いいね」とダイムが言う。

「で、オプションを移すに当たって君たちの同意がいるんだ」

ダイムはためらう。「でも、あんたがまだプロデューサーなんだよね」

「そう信じてもらっていい」

「スワンクの件はどうなってる？」

「ヒラリーについて彼はまだ煮え切らないところがあるんだけど、これは我々で何とかなる。対処する方法はいくらでもある。信じてくれ、この企画に彼女が加わるのは、我々にとってプラス以外の何物でもない。でも、実を言うと」。アルバートは拳を口に当てて咳をする。「これは知っておく必要がある。この話に乗るに当たって、ノームはオプションの値段にちょっとした問題を抱えてるんだ」

「どんな問題」

「規模の問題だね。ブラボー一人に十万ドル、そしてブラボーが十人というのは、最初にクリアすべき問題としては厄介なんだよ。我々はすでに脚本に五十万ドル払うつもりでいて、それからヒラリーやクルーニー並みの役者を主役にすると、数百万ドルって話になる」

ダイムはビリーのほうを向く。「ここでぽしゃるってわけか」

「違う！」とアルバートは叫ぶ。「違う、違う、デイヴ、信じてくれ！　ここまで一緒にやって来て、いまさら君たちを放り出すと思うかい？　デイヴ、デイヴ、君たちは私の仲間なんだ。一緒に成功するか、一緒に沈むかだよ。彼らにもそう言ってる。でも、君たちにいい加減なことを言うつもりはない。ノームはサンタクロースじゃないんだ。必要じゃない金は一セントだって払わない。彼も、彼らも、彼の仲間たちも――いいかな、彼らはビジネスマンなんだよ。彼らの思考は当然すごく露骨になる。それをわかってほしい。で、いま彼らが考えているのは、君たち二人だけと契約したいってことなんだ。君たちの物語が主要な部分であって、ほかの人たちは、何て言うか、補助的なものだから。彼らには私から君たちに話すとは言ったんだが――」

「ダメだ」

「――ああ、話にならないよね。私もそう言ったんだ。ブラボーたちは戦士のルールに従って生きているって。だから仲間の一人だって置き去りにすることはない」

「もしやつらが――」

「わかってる！　でも、我々はそういうメンタリティーに対処しなきゃいけないんだ。それはわかってくれ。合理化とか資本利益率とかっていうクソだな。でも、やつらにも伝わると思うよ。ブラボーすべてが入るか、まったく入らないか。その中間はない」

「絶対にな」とダイムは吠える。あまりに大きな声なので、廊下の向こうにいるウェイターたちから笑い声が上がるほどだ。

「デイヴィッド、落ち着いて」

「完璧に落ち着いてるよ。ビリーも落ち着いてる。だよな、ビリー？」

「完璧に落ち着いてます、軍曹」

「もうちょっと説明させてくれ。必ずうまくやるから。いま彼らが提案しているのは、まあ、君たちには手付金を我慢してもらって、映画の純益からの歩合制にしてもらうってことだ。オプションが行使されたときに前払い金は出る。それから、製作に移ったときにもう一度出る――」

「いくら？」

「――デイヴィッド、最後まで聞いてくれ。いいかな、概算してみると、私が考えているくらいの規模でこの映画がそこそこ成功すれば、君たちは十万ドルよりもかなり高い額を受け取ることになる。ただ、しばらくじっと我慢してほしいんだ。二週間前に手付金の提案をしたとき、私はスタジオの金で映画を撮ると思っていた。でも、インディペンデントでやるとなると、完全に違う話だ。数字は一律にずっと低くなる。現金ではなく、純益の歩合って話になるんだよ。スターたちだって、本当にやりたい仕事をするときには、歩合制に応じるんだ」

「そうか、わかったよ。で、いくら？」

「あー、最初はすごく少ないんだ。オプションが行使されたときに五千五百ドル――」

ダイムの喉からゴロゴロという音が漏れてくる。

「――でも、製作が始まったら二度目の前払い金が――」

「五千五百ドルだと？」

「わかってる、君たちの希望とはだいぶ違うよね――」

「ざけんな！」

「――でも、それから二度目の前払い金があって――」

「いくら？」

「まあ、これについては交渉中なんだけど、通常は製作費次第なんだよね。予算が大きければ、前払い金も高くなる――」

「俺たちの契約は違う、アルバート。あんたは十万ドルって言ったんだ」

「言ったよ。君たちの物語をすごく信じているからね。これでホームランをかっ飛ばせるっていまでも思ってるよ。いいかな、二週間前、私はスタジオの入札が取れると本当に思っていた。君たちは熱狂的に迎えられていたしね。でも、いくつかから断られ、ラッセル・クロウが辞退して、これは本当に痛かったよ。それに、熱狂はじきに冷めるものなのに、私は先走りすぎたんだ。みんなの期待を掻き立てちゃったから、いまになって我々は現実に合わせなきゃいけない。それに、戦争モノの大ヒット映画はたまにしかないからね。それも問題かもしれないって言わなかったっけ？　そういう問題にも取り組んでいるんだよ。我々が大きな額を提示しちゃったから、五千五百ドルが貧弱に聞こえるのはわかるけど、君たちのような若者にとって――軍の給料で暮らしている若い兵士にとって――はした金ってわけじゃないだろ？」

「アルバート、そういうことを俺に言うな」

「デイヴ、私は長い目で見て考えてくれって言ってるだけだよ。これはエクイティのようなものさ。株だと考えてみてくれ。ストックオプションだって。ちょっとした手付金を我慢して、本当の儲けが出るのを待つんだよ。それに、君たちは何かを築く手伝いをする。それがエクイティってものさ。会社が儲かれば、君たちも儲かる。この契約では、君たちはレジェンズにフルに参加したパートナーになる――」

「待って。誰だって？」

「レジェンズ。ノームが会社につけようとしている名前だよ」

「まいったな。やつはもう名前をつけたのか？」

「やつが名前をつけたってのはすごいことだよ。私は田舎の成金とパートナーになるつもりはないし、それは君たちも同じだろう。でも、ノームは本気でやる。引き金を引くつもりだ――それにどれだけ価値があるかわかるかい？　私の世界でそれがどれだけ珍しいか？　このビジネスでは、婉曲な断りの言葉に殺されていくんだよ。〝検討のうえで返事するよ〟、〝検討のうえで返事するよ〟、〝検討のうえで返事するよ〟。みんな失敗を恐れているから、本当にビジネスに関する決断を下すより腎臓を失ったほうがいいと思ってる。ところが我々はダラスでこの男に出会った。彼は状況を精査したうえで〝よし、やろうじゃないか〟となる。この男を愛さなきゃいけないとは言わない。でも、その力は尊重してくれないと」

〝これを尊重する〟。ビリーにはブラボーたちの吠え声が本当に聞こえる気がする。ダイムはまるで痛みを感じているかのように首を左右に振っている。

「でもな、アルバート」

「何だい？」

「あんた、言ったろ。俺たちは愛されてるって」

「言ったとも、デイヴィッド。でも、それは二週間前だ。人の関心は移るんだよ。別のことに注目し始める」

「だから、俺たちに得られるオファーとしてはこれが最高だって言うんだな？」

「これが唯一のオファーだって言ってるんだ」

「ノームはそれを知ってるのか？」

アルバートは肩をすくめる。「我々がいろんな人と話してきたってことは知ってるよ」

「じゃあ、やつがオファーしているのは、基本的に一人五千五百ドルってことだな。やつが出すって言ってるのはこれだけだ。俺たちがほかに何かを得られる保証はない」

「デイヴ、保証が欲しいんだったら、電子レンジを買えばついてくるよ。映画の世界では、君がトム・クルーズでない限り、保証なんてないんだ」

ダイムは溜め息をつき、振り返ってビリーに訊ねる。「おまえ、どう思う？」これに心底驚いたビリーが答えを思いつく前に、近くの部屋のドアがバンと開く。スイートルームと彼らのあいだにある、名札も何も出ていない部屋。そのドア口からミスター・ジョーンズが身を乗り出す。

「ミスター・ラトナー、第三クオーターが終わりますよ」

「ありがとう。すぐに戻るよ」

ミスター・ジョーンズは退くが、ドアは開けたままにする。アルバートはダイムとビリーのほうを向き、声を低くして言う。「君たち、どうしたいか言ってくれ。あの部屋に入って話をしたいかい？それとも、私がここからドアに向かって〝お断りだ〟って叫ぼうか？」

「嫌だ」とダイムが言う。

「嫌だって、何が？」

「むかつく」とダイムはビリーに言う。

アルバートはニヤリと笑って二人を見る。「いつだってそうだよ、君たち、いつだって。ただ、程度の問題なんだ。おカマを掘られるよりましだと思わなきゃ」

「俺たちがノーって言ったら、それ以外のところはどうなるんだい？　やつのデカい製作会社とか、やつが作りたい映画とか」

アルバートはにやついた顔を元に戻す。「彼はそれでも続けるつもりだと思うよ。本気になっているようだ」

「あんたも関わるのかい？」

アルバートは口を少しだけすぼめる。「まあ、あらゆるチャンスを考慮しないのは愚かしいね」

「アルバート、あんたはクソ野郎だよ」

プロデューサーは瞬きせずに見つめている。「デイヴ、私は君へのオファーを取ってあげたんだ。もっといい条件でいけるって思うんなら、なかに入って彼と話をしよう」

「オーケー、それでいいさ。話をするとしよう」

ビリーは廊下で待っているので構わないと言うが、ダイムに睨みつけられ、恥ずかしそうに一緒に入ることになる。入り口のすぐ内側で待っていたミスター・ジョーンズがドアを閉め、鍵をかける。彼らは二、三段の階段を下りて、薄暗い空間に入る。狭苦しい、天井の低い部屋だ。ガソリンスタンドの待合室を思わせる、場当たり的な家具が並んでいる。ここはオーナーのスイートルームに隣接する超プライベートな空間。男専用の場所で、汗と煮詰まったコーヒー、昔吸った煙草などが混じった匂いがする。さらに、腸内にたまったガスが染み出している様子だが、これは昼食の古い肉の匂いだろう。ブラボーたちが入ると、みなが振り向き、微笑みかける。「やあ、お二人！　作戦本部室にようこそ！」と誰かが叫ぶ。二人は奥へと招かれ、椅子と軽食を勧められる。壁に埋め込まれている数台のテレビはみなこの試合の中継を映していて、アナウンサーが籠のなかのオウムのようにぺちゃくちゃしゃべっている。部屋の一角には水道設備つきのバーがあり、正面のガラス張りの壁はすべてカウンターで、そこにノームと息子たちが座っている。カウンターのうえにはラップトップ、スプレッドシート、ルーズリーフのノート、水やスポーツドリンクのボトルなどが散らばっている。暗い照明に目が慣れてくると、ビリーはそこにまったくアルコールがないことに気づく。カウボーイズの重役二人が歩き回っている。いかにも商品積み下ろしの仕事から叩き上げたという感じの、でっぷりした大柄な男たち。ズボンを引っ張り上げつつ、管理職だと言わんばかりに偉そうに歩く。ミスター・ジョーンズはまだ背広のボタンをはめたまま、バーのスツールにぽつんと腰を下ろしている。ほかの人たちはみなネクタイを緩め、袖をまくり上げているが、ジョシュだけは部屋の奥でマネキンのようにしゃちこばっている。

ダイムがコーヒーを所望し、ビリーも同じものをくださいと言う。ノームはアーロンチェアを百八十度回し、彼らと向き合う。そして目をこすり、椅子を少し後ろに傾けて、スコアボードをちらりと見る。クオーターは終わりに近づいている。

「照明については申し訳ない」と彼は天井を見つめつつ言う。「試合のあいだは消しておくんだよ。そうじゃないと、ここは金魚鉢みたいに見えてしまうから。テレビを見たら、テレビを見ている自分を見る、なんてことになりかねない。それは苛立たしいからね」

「じゃなきゃ、ファックしているところとか」と重役の一人が言う。「本当にあったわけじゃないけど」

ほかの者たちは笑うが、ノームは首を振る。「少なくとも未成年に見せられないことはしないようにしているんだ」

「この部屋のなかに入った人はあまりいないんだよ」と、ジムと自己紹介した二番目の重役が言う。「ここは奥の聖域といったところでね。君たちが座っているところに座るためなら、左腕だって差し出すって人たちがたくさんいるよ」

「じゃあ、入場料を取るべきでしょうね」とダイムが言い、彼以外の全員が笑う。

「今日の試合じゃ入場料は取れんね」とノームが言う。「残念ながら、今日は頑張りが足りないようだ。君たちにいい試合を見せたかったんだけどね。でも、第四クオーターで逆転できるかもしれない」

「ステンハウザーのパスブロックってのがいいね」と〝ファック〟の重役が言い、数人が気難しそうに笑う。ノームは息子の一人に目を向ける。

「スキップ、リディックは何度くらいボールを持って走ったかな?」

スキップはラップトップで調べる。「十九回。三十六ヤードだね」

部屋のあちこちから唸り声が上がる。「やつはもうダメだよ、コーチ」とジムが言う。「バックナーにチャンスを与えよう。少なくとも、やつの脚は元気だ」

「突っ込もうにも穴がないんで、そこが問題なんだ」と〝ファック〟が言う。「フォワードがもっと穴を作らないといけない」

ノームは顔をしかめ、フィジーウォーターを一口すする。スキップはプリントしたばかりの紙をノームに渡し、そこからノームは第三クオーターの統計を読み上げる。ウェイターが横のドアから現れ、スイートルームの様子を一瞬だけ見せる。あちらは派手なパーティが続き、こちらは会社での長い一日という感じだ。ビリーはコーヒーを受け取り、何口かすする。ここは心地よい。狭苦しい場所だけに、基本的に安全だという感覚が得られる。キャンプファイアのまわりに座り込んでいるかのような親密さ。それはとりわけ男性的なものに思われる。長いこと求めていた、究極的に安全な場所。洞穴のような雰囲気、他者を排除した親密さがあるからこそいっそういい。ほんの一瞬でも、喜んで戦争を頭から消し去りたい。そして自分が死ぬまでここにいるつもりでいたい——そんな贅沢が許されるなら。

「ここ一年、こんなに厳しいディフェンスを相手にしたことはなかった」とノームが言う。試合後の記者会見の練習だろう。彼はプリントアウトをどかし、ブラボーたちを通り越してアルバートに話しかける。アルバートは兵士たちに顔を見られない場所を選んで座っている。

「アルバート、若い友人たちに我々の計画を話したのかな？　彼らの映画についてだけど」

「もちろん！」とアルバートは無駄な元気を出して言う。

「映画会社の設立、おめでとうございます」とダイムは言う。「壮大なアイデアですね」

「ありがとう、軍曹。本当にありがとう。しばらく前から検討していたことなんだよ。だから、いよいよ始めるんだってワクワクしている。ものすごくワクワクしている。大変なことにはなるだろうけど、アルバートがチームにいるから、うまくいく可能性は高い。特に私が興奮しているのは、君たちの物語を映画にするってことだ。そして、ここで君たちに誓っておきたいし、いくら強調しても足りないくらいだが、我々は総力をあげてそれに取り組むよ。ここにいる人たちがみんな証言してくれるはずだが、私は何かをすると決めたら、絶対に中途半端でやめない人間なんだ」

「ノームは仕事が大好きですから」と〝ファック〟が言う。

　みなが笑い、ノームも子供っぽいクスクス笑いで加わる。ここには彼が仕事中毒だという評判への当てつけが含まれているのだが、ノームは気にしていない。ビリーはノームの潤んだ青い目の深さに気づいて感動する。誠実さと、協力や絆を求める強い思い。近くで見ると、彼が意地悪だという評判が信じられなくなる。

「君たちの物語を信じているんだ」とノームはフィールドをちらっと見てからブラボーたちに話しかける。「そして、君たちの物語が我が国にもたらしてくれるよき影響も信じている。あれは勇気の物語であり、希望、楽観主義、自由への愛、そして君たち若者にあのような行動を促した信念の物語だ。この映画は我々の戦争への支持を再び強めるきっかけになると思う。現実を見てみよう。いま多くの人々が意気阻喪している。反乱軍は勢いをつけ、死傷者は増え、戦費はかさんでいる。尻込みする人たちが出てもおかしくない。彼らはそもそもなぜ我々がイラクに行ったのかを忘れている──なぜ我々が戦っているのか？ ある種のものについては本当に戦う価値があるってことを忘れてるんだ。そこで君たちの物語が重要になる。ブラボーの物語がね。そしてハリウッドの連中が打席に立たないって言うんなら、私が喜んでピンチヒッターに出よう。心から喜んで。この義務を私は自ら進んで果たしたいんだ」

息子のスキップはコンピュータの画面に熱中している。ノームのもう一人の息子は──トッドだったかトレイだったか──椅子をぐるりと回して父の話を聞いていたが、このときは携帯電話にメッセージを打ち込んでいる。ジムはバーで自分のソフトドリンクを注いでいる。〝ファック〟重役は壁に寄りかかり、サンドイッチをもぐもぐと嚙みながら、ボスの言葉のリズムに合わせて頷いている。

「ハリウッドについては、私はもともと疑念を抱いていた」とノームは話している。「彼らの政治的な、あるいは文化的な態度についてだな。しかも、彼らがばらまいている思想のなかにはひどいものがある。ヒラリー・スワンクをめぐる騒ぎだって──いいかな、彼女が素晴らしい女優だってことは私だってわかってる。彼女なら素晴らしい仕事をするだろう。しかし、主役に女性を起用するのは、私から見れば間違ったメッセージを送ることになる。これは男の物語なんだ。男たちが祖国を守る物語。申し訳ないが、それ以外の何物でもない」

「でも、ヒラリーはまだ有力候補ですよ」とアルバートが口をはさみ、みなが笑う。

「そうだな、そうだな」とノームはにやにやしながら認める。「そうじゃないとは言わない。そして彼女に役を与えるのが我々の映画にとって最善だとわかれば、もちろんそうするよ。私はいい映画を作ることには興味がない。偉大な映画を作りたいんだ。百年後でも人々が見るような映画。アメリカ史上最高の傑作映画の数々と肩を並べる映画を作りたい」

これですべて解決したように思われたのだが、ダイムが発言し、すべてをぶち壊す。

「何を根拠にそれができると思うんですか？」と彼は嘲り冷やかすように言う。軽蔑する相手を撥ねつけるかのように言う。誰かが息を呑む——あるいはビリーがあとで思い返すと、そうだったように感じられる。スキップはコンピュータから顔を上げ、ゆっくりと画面を閉じる。トッドは電話のキーパッドの数センチうえに指をとどめたまま見つめている。〝ファック〟は噛んでいる途中で口を止めている。

「何だって？」ノームのぼんやりとした笑顔はプディングのように膨らんで見える。

「できるんですか？　約束を果たせるのかな？　あなたは俺たちの物語を五千五百ドルで買いたいと言う。これは俺にとっちゃものすごい変化だ。それなら、ほとんど誰にだって売ることができる。俺の婆ちゃんだって、ＡＴＭに行って金を引き出せばいいんだからな。失礼ですけど、ミスター・オグルズビー、あなたが本気だって証拠を見せてくれませんか。プロだっていう証拠をね」

それでもあのぼんやりとした微笑を浮かべたままノームは背もたれにもたれ、慎重に腕を組む。それから息子たちのほうを向き、二人の重役のほうを向くと、ある謎の合図が発せられたかのように、みなは一斉に笑い出す。

「まわりを見回してくれ」とノームは言う。ダイムを見つめる目には、温かく憐れむような色合いがある。「まわりを見回して、見えるものについてちょっと考えてみてくれ。それから答えてくれ。私はプロかな？」

ビリーにはわかる。これがもし自分に委ねられたら、いますぐ妥協してしまうだろう。こうした金と権力の持ち主たち、自分の家の芝生で心地よく過ごしている者たちには、何か暗い魔力があり、その力が強すぎる。そのなかでも際立っているのがノームだ。あの親切そうな青い目、父親のような辛抱強さ、人を彼のナルシシズムによって催眠にかけ、麻痺させるような力の場《フィールド》。ビリーはアルバートがいま口を出してくれたらと思う。そして、我々をこの崖っぷちから引き戻してくれたら、と。しかしダイムが畳みかける。

「失礼ですが、率直に話してよろしいですか？」

ノームは微笑み、両方の手のひらを広げて見せる。「もちろん、じっくり話そう」

ノームの応援団からはまた笑い声が上がる。ビリーの首筋は汗で泥炭沼のようにどろどろになる。ダイムはこうしたことを計画してやっているのか、それとも思いつきなのか？〝思いつきだ〟と彼は激しいプライドとともに決めつける。自分は軍曹にどこまでもついて行こう。たとえ四十もの地獄を突き抜けることになっても。

「我々の映画を作るには八千万ドルくらいの予算がいるって言われたんだけど——正しいかな、アルバート？」

「理想的にはね」とアルバートがどこかブラボーたちの南のほうから答える。「一級の戦争映画を作るには六千から八千万ドルかかります」

「そいつは大変な額ですね」とダイムがノームのほうに向き直って言う。

「そうだね」とノームが同意する。

「それで、その金はどこから来るんですか？」

「ああ」とノームは笑いながら言い、息子のほうを見る。「スキップ、私にもう一度教えてくれ。お金はどこから来るのかな？」

「資本市場からです」とスキップは簡潔に言う。ダイムのほうを向くときの彼の態度には少しだけ見下す感じがある。「銀行、保険会社、ヘッジファンド、年金制度。こういうところにすごくたくさんのお金があって、ビジネスに使われるのを待っています。経済が協力し合うものだと考えれば、レジェンズは三億から三億五千万ドルの範囲で資金が充分に得られるでしょう。それに個人からの資金提供を加え、たとえば十八カ月のあいだ回すわけです。それから、おそらくプロジェクトごとに、必要に応じた付加的な資金を調達します」

「GEキャピタルは我々に資金提供したいと言ってきてますね」とトッドが言う。

「そのとおり。それは、個人の投資家を数えないでの話です。隣りにいる我々の友人たちですけど」——スキップはスイートルームに向かって頷く——「父があっちで話せば、試合が終わるまでに二、三千万は約束してもらえるはずです」

「我々にはアクセスがあるからね」とノームはダイムに辛抱強く語りかける。「資本金を調達することに関しては豊富な経験がある。私たちのことを」——彼は間を置いて微笑む——「プロと呼んでいいだろう」

「そうですね、それはよくわかりました。あなたが話している金額はものすごいです。でも、失礼ですが、ブラボーの一人ひとりに五千五百ドルというのはちょっと……少ないように思います」

「アルバート、我々がこの契約をどのような形で成立させなければならないか、彼らは理解しているのか？」

「説明しましたよ」とアルバートは慎重に感情を表わさないようにして答える。

「じゃあ、わかっているわけだ」——ノームはブラボーたちのほうに向き直る——「君たちの五千五百ドルは単なる前金だってこと。いいかな？　君たちをもっとデカい金で一気に買い取ってしまうこともできるけど、そうなるとこの映画を作るのがずっと難しくなる。この一括契約をまとめるには最大限のフレキシビリティが必要なんだよ。我々が君たちにしてほしいこと、君たちにしてもらわなくてはいけないことは、現金の代わりに株を受け取るってことなんだ。君たちは物語への権利と交換に、このプロジェクトに対する既得権を得る。つまり、うまくいった場合、君たちは我々と利益をシェアすることになり――」

「うまくいかなかった場合は」とダイムは言う。

「もちろん、もちろん、うまくいかない場合もある。どんな投資でも同じだけど、リスクはあるだろう。でも、私を含め、ほかの投資家よりも大きなリスクではない」

「ミスター・オグルズビー、失礼ながら申し上げます。我々は兵士です。リスクはこれまでにくぐり抜けてきたものでもう充分です」

「もちろん、そのことは私もよく理解している。しかし、我々はここで完全に別の領域の話をしているんだ。このプロジェクトを潜在的な投資家に売るのなら、我々はしっかりした一括契約を見せなければならない。一方だけに有利な契約を結ぶわけにはいかないんだよ」

ノームはフィールドを見ようと椅子に座ったままくるりと回る。ここでビリーは気づく。彼らを招待したこの男は、第四クオーターが始まるまでに契約を片づけたかったのだ。もう遅すぎる。選手たちがフィールドに出てしまった。「理解してくれると信じているのだが」とノームは言いながらブラボーたちのほうに向き直る。「これは単なる金以上の問題に関わるんだよ。我々の祖国はこの映画が必要なんだ。ものすごく必要なんだ。その映画が作られるのを阻止する人間に、君たちはなりたくないだろう？　これだけのことがかかっているのだから。私だったら絶対にそうはなりたくない」

「理解してますよ。そして、このことは保証します。何かひどいことが起きたら、ブラボーは全面的に責任を取るつもりです」

ノームは重役たちをちらりと見る。笑みのようなものを浮かべているのがビリーにはわかる。ノームはこれを楽しんでいるのだ。この場の力学には大きな不均衡があるが、それが何かをビリーは指摘できない。ただ、象が部屋じゅうに糞をしているようなものだ。

「軍曹」とノームが言う。「これが我々の申し出だ。私が聞いているところによれば、君たちへの唯一の申し出ということだな。そして君たちはイラクに戻る。その前に何らかのものを得たいと思わないかな？　君たちの辛い仕事や犠牲の証として示すことができるもの。国のためにこれだけ素晴らしい奉仕をしてきたのだから。君たちが望んでいたものには及ばないかもしれない。しかし、ほとんどの人が同意してくれると思うが、何もないよりは何かあったほうがいいんだよ」

「何かあるのはいいですね」とダイムは言う。「何かっていうのは素晴らしい。でもこれは」――ダイムは息を詰まらせ、言葉が途切れる――「これはただ、何だろう、ただ悲しいんです。あなた方は我々のことが好きなんだと思ってましたから」

「もちろん好きだよ！」とノームは叫び、椅子に座ったままピクッと背筋を伸ばす。「君たちのことは大好きさ！　君たちのような素晴らしい若者のことをものすごく高く評価している！」

ダイムは胸のところで両手を組み合わせる。「わかったか？」と彼はビリーに向かってまくし立てる。「やつは俺たちのことが大好きなんだ！　あんまり好きなんで、俺たちのあそこを舐めたいってさ！」

たちまちアルバートが立ち上がり、ブラボーたちを椅子から追い立てる。明るい笑顔を浮かべているが、目は怒っている。そして彼の「子供たち」と話せる場所はないかとノームに訊ねる。オグルズビーの一団は何事もなかったかのような顔をしているが、ダイムが彼らを怒らせたことは間違いない。礼儀に反したのだ。ミスター・ジョーンズがぶっきらぼうに彼らを案内し、廊下の先の小さな部屋まで導く。窓はなく、簡単なバスルームがついているだけの部屋。マッサージやリラクゼーションのための部屋だろうとビリーは見当をつける。大きな枕のついたデイベッドが置かれている――ビリーはこういうのを「フレンチベッド」と呼んでいる。さらに革とスチールパイプの椅子が二脚、マッサージテーブル、分厚いペルシャ絨毯などがある。すべての部屋にあるテレビがここでも角に埋め込まれているが、スイッチが入っていないのを見るのは今日初めてだ。ミスター・ジョーンズはバスルームに顔を突っ込んで見回し、それからマッサージテーブルのまわりを歩く。安全確認の見回りをしているようだ。

「ヘイ、ミスター・ジョーンズ、この部屋って盗聴されてるかな?」とダイムが訊ねる。「されてても構わないけどな。訊いただけさ。盗聴されてると思う?」と彼は続け、ビリーとアルバートのほうを見る。ミスター・ジョーンズは何も言わずに立ち去る。「されてると思うぜ。隠しカメラもあるんじゃないかな。ノームが日替わりの娼婦を連れ込むのもここ――」

「デイヴィッド、やめろ」

「――うん、ふむ、このベッドの寝心地はどうかな?」。彼はデイベッドの表面を手で撫で、それから尻で弾力を試す。「高級娼婦のケツがここにはまりそうだな。何を賭けてもいいけど、やつは絶対にこのベッドをビデオ撮影のために――」

「落ち着いてくれ、デイヴ、お願いだ――」

「――とびきりの変態野郎は決まって億万長者だから――」

「――黙ってくれないか、デイヴ、お願いだ。黙ってくれないか? いいかい? できるか? イエス? ありがとう!」

ダイムはデイベッドの縁に座り、取り澄まして足を組む。そしてビリーのほうを見て笑う。アルバートもビリーのほうを向いて目を丸くする。ビリーは舌戦の弾道からできるだけ離れたところにいようと、バスルームのドアのそばに置いてある革の椅子に座る。

「あんたはやつのチームの一員なのか？」とダイムがなじるように言う。

アルバートは立ち上がったハイイログマのように胸を張る。「ああ、そうさ。君たちの映画を撮るためなら、何でもすべきことはするよ」

「やつはクソ野郎だ」

「それで、そこに何か意味があるのかい？　これはビジネスだ。電話をかけてくる相手はクソ野郎ばかりだよ。幼稚な考え方はやめて、ゲームに本気で取り組むんだな」

「おお、そうか、アルバート、申し訳なかった。君が築いたばかりのパートナーシップを俺たちがぶち壊したんだとしたら、本当に申し訳ない」

「教えてくれ、デイヴィッド。君は自分がプロだと思っているか？　プロになりたければ、丁寧な口の利き方を頭に叩き込んだほうがいい。あそこで君が言ったことは――いいかな、感情をエスカレートさせて、大げさなものにしちゃいけないんだよ。契約を望むのならね。泣いても喚いても議論しても、何してもいいけど、ただ気に食わないからってぶち壊しちゃいけないんだ」

「まるであんたの口からは下品な言葉が出なかったかのようだね」

「あれは違うんだ！　私はどこまでならやってもいいか、ちゃんとわかってる。それにスタジオの連中はああいう毒舌が好きなんだよ。でも、君はずっと重い階級の相手に対してもがむしゃらにパンチを繰り出すじゃないか。ノームが君からあんなパンチを食らう理由はないよ」

「ノームは俺の可愛いお尻のニキビを舐めてりゃいいんだ」

「ああ、素敵だね。素晴らしいよ。君がどれだけ聞き分けがいいかわかった。じゃあ、これでどうだ。ビリーが分隊の代表としてあっちの部屋に行き、君はここに残る。どうだい、デイヴィッド？　ここに残って、少し脳味噌を成熟させるんだ。ビリーと私とで分隊の代表としての話をするから」

「僕はあっちには戻りません」とビリーは誰に向かってというわけでもなく言う。ダイムは片手を上げる。

「オーライ、オーライ、休戦だ。わかったよ」。ダイムは息を吸い込む。「アルバート、これだけは教えてくれ――ノームは俺たちをわざと挑発してるのか？　本当にあんなふうに俺たちを押さえつける必要があるのか？　それとも、やつは自分の力を見せたくて、ああいう意地の悪いことをしてるのか？」

アルバートはマッサージテーブルに寄りかかり、唇を内側に吸い込んで考える。「たぶん両方だな。君たちをもっと手厚く遇することもできるはずだ、間違いなく。五千五百ドルはかなり少ない。でも、君たちには純利益からの取り分があるからね」

「やつはそれも俺たちから巻き上げるつもりだよ。そんな雰囲気を感じるな。俺たちを正面から犯そうとするなら、後ろからだって犯す。それがあの男のやり方だ」

「まあ、手強い相手ではあるな。それは確かだ。ノームと喧嘩をするなら、股間を守るサポーターをしたほうがいい。でも、聞いてくれ、大事なのはここだ。彼はこの契約を我々と同じくらい欲しがっている。だから我々としてはできるだけ長く彼を交渉のテーブルにつかせておこう。くたびれたら、彼は折れるよ」

「我々に対して時間稼ぎをしてるんならダメだな。やつの言ったことを聞いたろ？　やつは俺たちが直面している問題をちゃんとわかってる。俺たちは無限に時間があるわけじゃないってことだ」

「けど、私は君たちの出発を仮のデッドラインのように考えてきたよ。だって、署名はファックスで送ったっていいんだから。メールで交渉もできる」

「俺たちが死んだらできないさ」

アルバートは腕を組み、陰気な顔で自分の靴を見下ろす。一瞬、驚くべきイメージがビリーの頭に浮かぶ。雨の降る野原に一人ぽつんと立つアルバート。頭を垂れ、背中を丸め、手をポケットに突っ込んで泣いている。このプロデューサーが本当に泣くかもしれないとは、ビリーはこれまで考えてもみなかった。

「これでどうだろう」とダイムが提案する。「俺たちが銃をやつの頭に突きつけるってのは？」

「おい、デイヴィッド、そんなこと言わないでくれ」

「だって、そうだろ。崖っぷちの帰還兵だぜ、ベイビー！　誰にだって限界点っていうのがあるんだ」

「冗談ですから」とビリーはアルバートに言い、ダイムのほうを見てその点を確かめる。

「みんな言うんだよ、軍を支援してるって」とダイムが吠える。「〝軍を支援しよう〟、〝軍を支援しよう〟。そうさ、みんな〝我らが軍隊をむちゃくちゃ誇りにしてる〟って。でも、金の話になるとどうだ？　誰かが軍のために金を出さなきゃいけないっていうようなとき？　そうなると突然、みんな財布の紐が堅くなる。言うはやすしだって。それはわかるけど、でもちょっと待ってくれよ。言うはやすしだけど、金は本当に物を言う。それが俺たちの祖国だ。俺はそれが怖い。みんながそれを恐れるべきだと思うな」

アルバートは目をパチクリさせる。最後の部分をどれだけ真剣に受け止めたらよいのかわからないのだ。「デイヴ、私が君に言えるのは、この契約をものにするためには彼と話し続けるしかないってことだよ。彼が一つのオファーをして、君がそれを気に入らないなら、我々はちゃんと返事をして、それでどうなるか様子を見る。ビジネスってのはそういうふうに進めるんだ。だから君は感情的にならないようにして、契約に集中しなきゃいけない。いいかな？　仲間のために金をゲットするにはそれしかないんだよ」

「やつらに電話しないと」とダイムは言い、携帯電話を取り出す。

「じゃあ、したまえ。私はトイレに行く」

アルバートがトイレに入るや否や、ビリーは別の椅子に移る。映画プロデューサーの排尿の音を聞きたくないからだ。ダイムはデイに電話し、会話のある時点でデイの側の声もビリーにはっきりと聞こえてくる。〝なんだと？〟という声がはっきりと響き、さらに〝クソ〟、〝ざけんな、〟〝あのクソ野郎〟などが続く。ダイムは分隊のほかの者たちの意見も訊くようにデイに頼み、彼らの答えが響き渡る。殺される間際の畜牛を集めた家畜小屋のようだ。ビリーは自分の携帯電話を取り出して開く。キャスリンからの電話と知らない番号の電話を取りそこなった。キャスリンからはテキストメッセージも届いている。

あなたのために車をＴＸスタジアムに手配
彼に電話して打ち合わせて
車に乗ってね

ダイムが携帯を閉じる。「ノーだってさ」

「聞こえました」

ダイムは携帯をポケットに入れる。「おまえの考えはどうだ、ビリー。俺たちはどうすべきだと思う？」

ビリーは目を閉じ、今日起きたことすべてを整理しようと努める。黙って神経を集中させていると、静けさはトイレを流すけたたましい音に破られる。

「彼は間違っています」

「誰が間違ってる？」

ビリーは目を開ける。「ノームです。彼があっちで言ったことを覚えてますか？　こんな感じでした。おまえたち、この条件を呑んだほうがいい、これしかないんだからって。で、何もないよりは何かあったほうがいいだろって。でも、自分はそう思いません。何かあるよりも何もないほうがましってこともあるんです。つまり、あの男に飼い犬みたいに扱われるくらいなら、自分は何もないほうがいい。それに」――ビリーはあたりを見回し、まるで部屋が本当に盗聴されているかのように声を潜める――「あの男、嫌いなんですよね」

どういうわけか、突如として二人とも愉快な気持ちになる。アルバートがトイレから出て来て見たものは、二人のブラボーが腹を抱えて笑っている姿だ。

「すまん、アルバート」とダイムは言う。「でも、五千五百ドルでは応じられない。ブラボーはその点について一致したよ」

アルバートは無表情を通す。「オーケー、では何なら応じられる？」

「前金で十万ドル。そうしたらもうノームに面倒はかけない。利益はすべて独り占めしてくれていいさ」

「君たち、少しは妥協しないといけないと思うよ。もし我々が――ちょっと待って」。彼の携帯電話が鳴っている。「噂をすれば、だ……やあ、ノーム」

ビリーは椅子に、ダイムはデイベッドに座ったまま、二人とも耳を傾ける。

「冗談ですよね」

「まさか本気じゃないでしょう」

「そんなことまでするんですか？　どういう根拠で……」。アルバートは笑うが、声は不満そうだ。

「ナショナル……何だって？　本気ですか？　聞いたことがない……まいったな、ノーム。少なくとも我々にチャンスをください。もうちょっとだけ待って、我々の返事を聞いてくれるだけでいいんです」

「五分ですか？」アルバートはブラボーたちのほうを振り向く。「君たち、ルースヴェン将軍って知ってるかい？」しかし兵士たちが答える前に彼は電話に戻る。

「ノーム、そんなことをする必要はないと私は本当に思う。あなたがただ……」

「もちろん、金だけの問題じゃないのはわかってる。それについて話してください。彼らに話してください。彼らはいつも命を危険に晒している……」

「いいでしょう。そうだと思います。わかるでしょうね」

アルバートは携帯電話を切り、それをブレザーのわきポケットに入れる。それからブラボーたちのほうを向くが、彼らを見下ろすさまはまるで棺桶を見下ろしているかのようだ。蓋を閉められる直前の棺桶にブラボーたちが入っていて、アルバートが最後の別れをしているという図。

「何だい？」とダイムが言う。

アルバートは目を細くしてダイムを見る。ダイムがしゃべるのを聞いて驚いた様子だ。「こいつは信じられない」と彼は言う。「やつらは君たちの指揮系統を巻き込んだんだ。どうやらノームは国防副長官だかその補佐だかと知り合いで、その男を通してフォートフッドの君たちの上司に圧力をかけている。彼はルースヴェン将軍とやらと話したらしく、将軍がもうすぐここに電話をかけることになっているようだ。君たちと話すためにね」。アルバートは首を振り、声は震える。「君たちにあの契約を結ばせるんだと思うよ」。アルバートは彼らを見つめる。「そんなことが命令できるのか？」

軍がやりたい放題やるものだということは、ブラボーたちもよくわかっている。彼らが権利を主張しても、それはすべて「付随事項」として知られる包括的なカテゴリーのなかに押しやられるだけだ——つまり、決着がついてから処理される事柄にすぎない。ブラボーたちはミスター・ジョーンズに案内され、また作戦本部室へと向かう。そこでは丁寧に、ほとんど温かいくらいに出迎えられ、軽食を勧められ、同じ椅子に座るように促される。「試合が崩れちゃいましたよ」とトッドが言い、スコアボードを指さす。17対7でベアーズがリード。「インターセプトとファンブルでね。二分間で10点取られました」

〝ファック〟の重役が鼻を鳴らす。「試合のあと捜索隊を出して、ヴィニーが自分の金玉を捜すのを手伝わないとな」

苦々し気な笑い声が上がる。

「ジョージはなんでブランドを控えのままにしておくんだ？　やつがブロックできないと思ってるのか？」

「やつがブロックするのは春のトレーニング以来見たことがないぞ」

「二〇〇一年のね」

さらに大笑い。ノームはヘッドセットを脇に置き、椅子をくるりと回してブラボーたちのほうを向く。「カウボーイズの日ではないようだ」と疲れた笑みを浮かべつつ言う。

「そのようですね」とダイムが堅苦しく言う。

「負けるのが嫌いなんだよ。どんなことよりも嫌いだ。妻は私が勝つことに取り憑かれていると言う。

まあ、それは事実だろうな。三十八年間、妻はずっと私を落ち着かせようとしてきた。でも、できないんだ。あの興奮が必要なんだろう。負けるくらいなら指を切り落とすよ」

「六月の段階で、我々は辛いシーズンになるなって考えていたんです」とジムが言う。「エミットが去り、ムースとジェイもいなくて、大きな穴が空いてたんですよ。ああいうふうに中心選手を失いますとね……」。誰も聞いていないことに気づき、彼の言葉は尻切れトンボに終わる。

「君たちは私に怒ってるんじゃないかと思うんだが」とノームは言い、それに対する反応としてダイムとビリーは押し黙っている。ノームは彼らをしばらくじっと見つめてから頷く。彼らの沈黙の壁に感心した様子だ。

「君たちのことを責めるつもりはないよ」と彼は続ける。「自分が強引なやり方をしているのはわかっている。でも、私の本能が言うんだ。これをやり遂げろ。これは作られなければならない映画だ。それもいま、私が話してきたような理由で。そして私が思っているように進めば、君たちも利益を得る。それほど先でない将来、君たちは私に感謝することになる――」

　部屋のどこかで電話が鳴り始める。ミスター・ジョーンズが電話を取り、少しだけしゃべってから、ノームに電話を持っていく。将軍だ。ダイムは正面をじっと見つめている――はるか彼方を見ているように見える。ビリーにはダイムが息を吸い込む音が聞こえる。落ち着いて深く息を吸い込み、しばらく息を止め、鼻から均等に吐き出す。一方、ノームは将軍と〝大物同士〟といった調子の軽口を叩いている。時間を割いてくれてありがとう、楽しい感謝祭になりますように、いつかぜひ試合を見に来てください。そうですね、ハッハッ、あなたに勝利をプレゼントできるように最善を尽くしますよ。ダイムが立ち上がる――まるで将軍が本当に部屋に入って来たかのように。ノームは顔を上げ、その奇妙な動きを気にしている様子を示す。実際、ビリーは軍曹がとんでもないことを考えているのではないかと心配になる。しかし、ダイムは兵士としての規律を醸し出しつつ、ただ立っている。やがてノームが彼に電話を差し出す。

「ダイム軍曹」。ノームの笑顔は単なる礼儀のレベルから数段階上がっている。勝ち誇っていると言ってもいい。尊大で、度量の大きさを示す笑顔。「ルースヴェン将軍が君と話したいそうだ」

ダイムは電話を受け取り、部屋の奥の薄暗いところに退く。ダイムにスペースを与えようとジョシュが少し離れる。少ししてビリーも席を立ち、部屋の奥へと移動する。単に軍曹の近くにいようとしただけで、ほかの理由はない。彼はジョシュの近くに立ち、ジョシュは彼に熱い同情を込めた視線を送る。部屋全体が耳を澄ませずにいられない。

「イエッサー」とダイムが歯切れよく言う。

「イエッサー」

「ノー、サー」

「わかりました」

一分ほどダイムは何も言わない。その間、ベアーズはまた点を上げる。スキップとトッドはペンを放り投げるが、将軍に敬意を表して誰も声は出さない。

「イエッサー」とダイムがしばらくしてから言う。「それは知りませんでした」

「イエッサー」

「そうだと思います。イエッサー」

「ありがとうございます。そういたします。交信終わります」

ダイムは振り向いて電話を高く上げ、大きな弧を描くようにしてミスター・ジョーンズに手渡す。

「来い、ビリー」と彼は言い、ほかには何も言わずに部屋から出て、廊下をタッタッと速足で歩いていく。彼に追いつくためにビリーは小走りしなければならない。

「軍曹、どこに行くのですか？」

「俺たちの席に戻る」

「何があったのですか？　つまり、我々は……」

「大丈夫だ、ビリー、うまくいった」

「そうなんですか？」

ダイムは頷く。

「将軍は我々が……？」

「そんなにしゃべったわけじゃないけどな」。数歩のあいだダイムは何も言わない。「ビリー、ルースヴェン将軍がオハイオ州ヤングズタウン出身だって知ってたか？」

「あー、いえ、知りません」

「俺も知らなかったんだ、ついさっきまで」。一瞬、ダイムは物思いに耽っているように見える。「ちょうどペンシルベニアの州境を越えたところなんだな」

ビリーは軍曹の頭がおかしくなったのではないかと思い始める。「ピッツバーグの近くなんだよ」とダイムは続ける。「だからすごいスティーラーズ・ファンなんだ。スティーラーズだよ、ビリー、いいか？　つまり、将軍はカウボーイズが大嫌いなんだ」

「ねえ、君たち！」と呼ぶ声がし、彼らは振り向く。ジョシュが二人のあとを速足で追ってくる。

「どこに行くんだい？」

「席に戻るんだよ」とビリーが答える。

ジョシュは少し速度を緩め、肩越しに後ろを見て、それからまた速足になる。「待って、僕も一緒に行くよ」。ジョシュは片腕にマニラ紙の包みをいくつも抱え、もう片方の手を上着のポケットに突っ込んでいる。その手を出すと、白いものが手のひらで光る。

「ビリー」と彼は呼びかけ、小さなプラスチックの瓶を差し出す。「アドヴィル、持ってきたよ」

誇り高き旅立ち

そもそもどうして映画を作る？　手間暇かけて映画を作る意味などないように思える。というのも、オリジナルがネット上に出回っていて、誰にでも見られるのだ。「アル・アンサカール運河」、「ブラボーの残虐映画」、「アメリカの正義の男根が疼く」といった言葉で検索すれば容易に捜し出せる。あるいは、ほかの似たようなフレーズ、何でもいい。フォックスニュースが公開している映像は、三分四十三秒ほどの激しい戦闘を映し出している。カメラがよろめきつまずく臨場感たっぷりの映像。戦場の音が鳴り響く背後に、激しい息遣いの音、勇敢なカメラマンたちの（ピーという音でときどき消されている）罵り声が入っている。あまりにリアルなので偽物に見える映像――あまりに大げさでわざとらしく、だから映画的である。大衆文化の表現の限界を大胆にも、あるいは手堅く、もてあそんでいるB級映画のようだ。もっと洗練させたらよいのだろうか？　そう問いかけたくなる。盛り上がりのある物語を加え、登場人物の成長をたっぷりと盛り込み、巧妙な照明やマルチアングルのカメラを使う。さらに、感情の動きをきわだたせるサウンドトラック。偽物ほどリアルに見えるものはない。とはいえ、ビリーは初めて映像を見て以来、自分が参加したどの戦闘にも似ていないという事実に戸惑っていた。つまり、あのリアルな映像は二重の意味で偽物に見えるということだ。あまりにリアルに見えるリアルな映像なので偽物に見えるというのと、全然リアルに見えないリアルな映像だから偽物に見えるというのと。だから、それをリアルに戻すには、おそらくハリウッドのありとあらゆる技術や悪知恵が必要なのだ。

その一方、誰もが常に言うのは、フォックスの映像がいかに映画のように見えるかということだ。『ランボー』のようだ、と彼らは言う。『インディペンデンス・デイ』のようだ。あるいは、第六列の新しい隣人たちの一人が言うように、「9・11がまた起きたみたい」。こう言うのは元気でおしゃべりな二十代の金髪女性。夫ともう一組のカップルとともにスタジアムを訪れている。「座ってニュースを見始めたんだけど、ものすごく変な感じがしたわ。ケーブルテレビで映画を見てるみたいだった」「君たち、すごいよ」とその夫が言う。ハンサムでがっしりした男。パタゴニアのパーカーを着て、先祖代々受け継いできたかのようなカウボーイ・ブーツを履いている。「ようやく仕返しができて、見ていて気分がよかったな」

もう一組の若い夫婦も同じような気持ちだったと繰り返す。彼らはビリーよりもそれほど年上ではない。勝敗が決まった終盤戦になり、客が減ったので、このカップルたちは特等席を探索しようと上から降りてきたのだ。彼らを見ていてビリーは同じ高校に通ったある種の子供たちのことを思い出す。小さな町でカントリークラブに所属しているようなエリート家族の息子や娘。大学進学のルートに乗って成長してきた子供たちが、いまでは二十代半ばとなっている。しかるべき資格を持ち、結婚もして、スケジュール通りに大人の生活を始めているのだ。若いカップルたちはテキサス・ブラボーと話したいと言うが、いざ本物のビリーと会ってみると、彼をどのように扱ったらよいのかわからない。ようやく妻の一人が「あなた、まだ子供じゃない!」と言い、それがきっかけとなって話が始まる。彼らは次々に自己紹介し、彼の奉仕に感謝する。妻たちは息を切らし、愛情をたっぷりと示す。夫たちは〝俺たちのクラブにようこそ〟的な握手でビリーの腕をギュッと引っ張る。「素晴らしい」と彼らは言う。「抜群」、「会えて光栄だ」などなど。彼らの言葉は溶け始めた角氷のようにビリーの脳味噌のまわりを漂う。

ゆうき

名誉

犠牲

勇敢さ

誇り

そして

やっつけろ！

ビリーはまた通路側の席に座る。みぞれが周囲にどんどん落ちてきて、まるできめの細かい肥料の粒が降り積もっているかのようだ。「契約はなしか？」とマンゴーが訊ね、ビリーは頷く。

「で、どういうことなんだ？」

ロディスとエイボートが身を乗り出してくる。みな話を聞きたいのだ。

「ノームはケチなクソ野郎だってことだろう。それ以外には言いようがない」

「デイの野郎にからかわれてるのかと思ったぜ、やつが契約の話を伝えたときは。五千五百ドルとは――」

「――胸糞悪いぜ」とエイボートが割って入る。「あれだけ金を持ってるくせによ、俺たちにできることはこれか？　何百万ドルも持ってんだぜ」

「たぶん、だからやつは何百万ドルも持ってるんだよ」とマンゴーが指摘する。「自分の金には用心深いんだ」

「俺も自分の金には用心するよ、金があったらな」とロディスは言う。彼の唇の傷は湿っぽい鼻くそのように震えている。あるいは、腹の切り傷からぶら下がっている内臓の先っぽのようだ。ジョシュが彼らの名前を呼びながら第七列を歩いて来て、マニラ紙の包みを兵士たちに手渡していく。なかを見ると、ダラス・カウボーイズのグッズの詰め合わせ。ヘッドバンド、リストバンド、キーホルダーと栓抜きのセット、転写式ステッカーのセット、翌年のチアリーダー・カレンダー、さらにノームと握手しているブラボー一人ひとりの写真もある。光沢のある8×10インチの写真で、偉大なオーナーによるサイン入り。ほかにも8×10インチの写真が数枚ずつ入っているが、これは記者会見の混乱のとき、ブラボーにあてがわれた三人のチアリーダーたちと撮ったもので、写真にチアリーダー一人ひとりがサインしている。包みの中身を確認して、ブラボーたちは肩をすくめるような動作をする。その底にあるのは紛れもない嘲りの気持ちだ。ビリーの携帯電話が鳴り、見るとフェゾンからのテキストメッセージである。

試合のあと会う？

〝ぜひ〟と彼は答え、厚切りのチェダーチーズが溶けていくかのように、愛しい思いが心を包んでいく。〝どこで？〟と書き加え、電話を手に握ったまま待つ。その間、牧場の妄想が頭をめぐる。いろいろな可能性を考え、あり得なくはないと思う。彼女は彼に入れ込んでいる。彼に夢中だ。牧場でフェゾンと一緒に暮らすというのは、その日に起きたほかのことと比べても、それほど突飛だとは思えない。彼は着信リストをスクロールしていき、発信者不明の番号を捜す。それを見てどういう気持ちになるかを確かめたかったのだが、その前に電話がかかってきたのでそれを受ける。

「ビリー」

「やあ、アルバート」

「君たち、どこにいるんだ？」

「席に戻りました」

「ええ、いますよ」

「ダイムもそこ？」

「電話を取らないんだ。電話に出てくれって伝えてくれないか」

ビリーは列の向こうに向かって、アルバートが話したがってますよと叫ぶ。ダイムは首を振る。

「いまはダメだそうです」。一瞬、どちらも口を閉ざす。「それで、将軍は……」

「大丈夫だよ、ビリー。将軍は君たちに何も強制するつもりはないそうだ」

「ノームは何て？」

アルバートはためらう。「まあ、彼にはこたえたかな。自分でも言うように、彼は勝つことに取り憑かれているから」。アルバートは無愛想な笑いをそっと漏らす。「大丈夫だよ。少し屈辱を味わったほうがいい人間っているもんだけど、たぶん彼もその一人なんだ」

「怒ってるでしょうね」とビリーは言う。

「少しね」

「あなたも？」

「怒ってるかって？　いや、ビリー、正直に言って怒ってないよ。それ以上に君たちが大好きなんだな」

「はあ、まあ、どうもありがとう」

アルバートはクスクス笑う。「はあ、まあ、どういたしまして」

「で、これからどうなるんでしょうね？」

「まあ、私はいまスイートルームにいるんだけど、ノームは私室に戻ってるんだ。そのうち別のプランを考えて出て来るかもな。待つしかないさ」

「オーケー。ああ、アルバート、一つ訊いてもいいですか？」

「もちろんだよ、ビリー」

「あなたがベトナムを逃れたときのことですけど。つまり、徴兵猶予を取ったとき、どんな気持ちがしました？」

アルバートはヒャッというような小さな声を出す。コヨーテが跳ね上がった罠を逃れたときに出しそうな声だ。「どんな気持ちがしたか？」

「つまり、その、辛かったか。自分は正しいことをしているって気持ちだったか。いまどういう気持ちでいるか。そういったことだと思います」

「そうね、それについてはもうあまり考えないな、ビリー。ものすごく誇りに思っているとは言わないけど、恥ずかしいとも思っていない。ひどい時代だったんだよ。多くの若者が何をすべきか本気で苦しんだんだ」

「いまよりももっとひどかったと思いますか？」

「うん、まあ、いい質問だね」。アルバートは考え込む。「こう言っても間違ってないんじゃないかな。ここ四十年間、ずっとひどい状況だったって。どうしてこういう質問をするの？」

「わかりません。ただ、考えていたんです。人がいろんなことをする理由は何だろうって」

「ビリー、君は哲学者だね」

「とんでもない、ただの歩兵ですよ」

アルバートは笑う。「両方ってことでどうだい？　じゃあ、くつろいでくれ。それからダイムに電話するように言ってくれ」

ビリーはそうすると答え、電話を切る。そしてアドヴィルをもう二錠、水なしで呑み込む。すでに三錠呑んだのだが、頭痛が身につけている鎧にわずかな凹みさえ与えられなかった。マンゴーが少しくれというので瓶を渡すと、結局それはみなに回されることになり、戻ってこない。出口に向かってファンたちがぞろぞろと階段を昇っていく一方、降りてくる小さなグループもときどきいる。試合が終わるまで、特等席で座って見ようというわけだ。第六列にどっと入ってきた五、六人のグループは若い夫婦とその友人たちのようである。彼らはからかい合い、大笑いしながら座り込み、さっそくワイルドターキーの一パイント瓶を取り出す。「よお！」とそのうちの一人がロディスに声をかける。「その唇、縫ったほうがいいぜ！」彼らはみな輪郭のはっきりした、主流のアングロサクソン的な容貌で、きっと上司や顧客には受けがいいのだろうとビリーは考える。銀行やビジネス、法律など、大金が動く仕事なら、どんなものでもぴったりだ。クラックの前の男は完全に後ろ向きになってクラックに話しかける。

「あんた、その目どうしたんだ？」

「いつでもこうだよ」とクラックは言う。「ところで、あんた、その顔はどうしたんだ？」

ウオオオオオオ、その男の友人たちのほうが雄叫びを上げる。「おい、こいつらブラボーだぜ」と若い夫の一人が言う。「こいつらと揉めないほうがいい」

「誰だって？」とクラックの前の男が叫ぶ。「何ボーだと？　ああ、そうかそうか、あんたらのことは聞いたよ。ああ、まいったな。あんたら有名人だよね。ちょっと教えてくれないかな。あの〝訊ねず公表せず〟（アメリカ軍が兵士の性的志向について質問せず、公表もしないという方針を打ち出したこと）の件についてどう思う？」

「やめて、トラヴィス！」と若い妻たちの一人が叱る。「みんなに迷惑よ」

「迷惑をかけようとしているわけじゃない。本当に知りたいんだ！　この人は兵士だ。軍隊にいるゲイについて彼がどう思うか興味があるんだよ」

「軍に入らないゲイよりは高く評価するよ」とクラックは言う。「少なくとも、軍に入ろうっていう度胸《ボールズ》はあるわけだから」

　がさつ者たちはまた雄叫びを上げる。「そうだよな、あんた、そうだよ」とトラヴィスは笑いながら言う。「国のために奉仕するって、すごいかっこいいよ。でも、わからないけど、ちょっと変な感じがするんだよな。たとえば夜、塹壕にいてさ、ゲイのやつがあんたのところに来たら、何をするんだ？　男たちが塹壕のなかでフェラし合うって、俺には正しいことに思えない。それってもしかしたら、我々が向こうで苦戦してる理由？　だからやられてんじゃないか、なんてね」

「こうしたらどうだ」とクラックが言う。「軍隊に入ってみるんだよ。それで俺と一緒に塹壕にこもれば、何が起きるかわかる」

トラヴィスは微笑む。「そういうのが好きってわけね」

ビリーはクラックがこの阿呆を殴りつけ、カタをつけてくれたらと思う。しかし、クラックは男を睨みつけているだけだ。たぶんこの感謝祭の日に喧嘩は一度で充分なのだろう。ビリーは携帯電話を確認する。フェゾンからは何も来ていない。まだ。彼は牧場の妄想の第二回目に耽る。しかし今回は、彼とフェゾンが一日に十回セックスをしている一方で、ヴァイパー前線基地に戻ったブラボーたちのことも考えている。基地の外に出るたびに彼らは攻撃を受けるのだろう。だからビリーは妄想のなかに「ブラボーの仲間たちを心配する自分」を加えることにする。彼らが死なずに息をし続けても、自分は彼らのことを悼むだろう。彼らは自分の仲間なのだ、兄弟なのだ。ブラボーたちは互いのために命を捨てるのだ。こんな真実の友は二度と持てない。そして彼らと一緒でないことに対する悲しみと罪の意識で自分は死んでしまう……。

というわけで、戦争はめちゃくちゃのようだが、彼の妄想もそれに劣らずめちゃくちゃだ。彼はまたテキストメッセージをフェゾンに送る。〝試合のあと会って、さようならを言いたい〟。すぐに返事がくる。〝そうね！〟しかし彼が〝どこでいつ？〟と訊いても返事がない。ダイムは列をこちらに向かって歩いて来て、ビリーの脇の通路にひざまずく。

「アルバートは何だって？」

「えっと、我々に怒ってはいません」

「じゃなくて、ビリー、ルースヴェンのことは何て言ってた？」

「それですか。うまくいったそうです。軍曹が予想した通りのことを将軍はしてくれました」

ダイムは微笑む。「将軍に花を送らないとな！」

「アルバートは、ノームがもっといいプランを持って——」

「くだらねえ。俺たちはあのクソ野郎とは絶対に契約しないぞ。どれだけ金をもらってもな。一人百万ドルずつでもダメだ」

ビリーとマンゴーは顔を見合わせる。「百万ドルだったら——」とマンゴーが言いかけるが、ダイムがそれを遮る。

「いいか、こういうふうに考えてみろ。俺たちがノームと契約し、やつがクソみたいなブラボーの映画を作って、みんなをまた戦争に向かって奮い立たせたとする。そうしたらどうなる？　俺たちは死傷者を少しずつ出しながらも戦場に置いておかれ、末はみんな死ぬか、雑嚢も背負えないくらいに年を取っちまうんだ。クソ食らえだよ。そんな契約はごめんだ」

ダイムはグラウンドに背を向け、通路を昇っていく。ベアーズがまた得点し、31対7になる。試合は誰が見ても大敗だ。第六列にいるがさつ者たちの一人が酒瓶を落とし、ガラスの割れる音で仲間たちがヒステリックに笑い出す。「馬鹿野郎」とマンゴーが呟き、ビリーも頷く。彼らは酔っ払いすぎているし、うるさすぎるし、自分たちに満足しすぎている——彼らもまた〝少し屈辱を味わったほうがいい〟人間なのではないか？

ビリーの携帯電話が鳴り、テキストメッセージの着信を告げる。彼は画面を見る。

「フェゾンか？」とマンゴーが期待を込めて訊ねる。

「姉さんだ」。ビリーはマンゴーが顔を背けてから携帯を開ける。

彼に電話して
彼らは準備ＯＫ
あなたを待ってる

なんてことだ。おお、シュルーム。シュルームならどうするだろう？　彼がビリーだったらどうするだろう？　そのほうがいい質問だ。人間の魂に関して最も奥が深く、そして緊急の問題。自己定義、人生における究極の目的などに関わる質問だ。残り時間二分を知らせる銃の音がする。ということは、いいじゃないか、百二十秒考える時間がある。この地球という惑星で自分が何をしているのか考える時間。ああ、シュルーム、シュルーム、宿命《ドゥーム》の人、偉大なシュルーム。戦場での自分の死を予言していた人。彼は〝勝利の凱旋〟の最後に差しかかったビリーにどのようなアドバイスをするだろう？　シュルームにこの状況を読み解いてもらいたい、ビリーの脳味噌の神経的混乱を和らげてもらいたい。しかし、いま大型スクリーンは〝アメリカのヒーロー〟の映像を映し出し、第六列のがさつ者たちが大きな雄叫びを上げ、拍手し、足を踏み鳴らしている。妻たちが静かにするように言うが、一度盛り上がってしまったものは止めようがない。

「ブラアーヴオオオ！」

「ヘエイル・ヤー！」

「ウーーーフーーーー！」

「最高の軍隊！」

「わかる？」トラヴィスが振り返り、クラックに向かってニヤリと笑う。「俺たちみんなすごい愛国者なんだ。軍を全面的にサポートしてるよ」

「ヘル・ヤー」と仲間の一人が叫ぶ。

「ヘル・ヤー」とトラヴィスも吠える。「いいかい、例の〝訊ねず公表せず〟の件、俺は本当によく理解してるんだよ。あんたらがゲイでもバイでもトランスでも、レズビアンの姉ちゃんとやってても、俺はそんなこと気にならない。俺の目から見ればあんたらは最高の男たちだよ。真のアメリカのヒーローだ」

彼はハイタッチしようと手を上げるが、クラックがじっと見つめているだけなので、その手は行き場を失う。「しない？」トラヴィスはちらっと微笑む。「そうか？　じゃあ、いいや。それでも俺は軍をサポートするよ」。彼は笑って顔を背け、席の下のボトルに手を伸ばす。再び背筋を伸ばしたとき、クラックが身を乗り出して手際よく——ほとんど優しいと言えるくらいの手つきで——トラヴィスの首に腕を回して締め上げる。すべての兵士が基礎訓練のときに学ぶ技だ。いかに上腕を頸動脈に当て、脳への血流を断つか。これによって数秒間で相手の意識を失わせる。トラヴィスは少しもがくが、抵抗のしようがない。クラックの腕を摑み、自分の前の席を蹴ると、クラックがさらに力を入れ、トラヴィスはおとなしくなる。がさつ者たち数人が立ち上がるが、クラックは唸り声で彼らを制する。

「この人、何をしてるの？」と若い妻の一人が鋭い声で言う。「やめるように言って。誰か、この人にやめるように言ってよ」

しかし、クラックは笑っているだけだ。「このクソ野郎の首を折ることもできる」と言い、腕の位置をずらして、試すように少しひねりを加える。トラヴィスの脚は痙攣するが、仲間たちは見ていることしかできない。自分たちには助けようがないとわかっている様子だ。

「クラック」とデイが言う。「もういいよ。このクソ野郎を放してやれ」

クラックはクスクス笑う。「ちょっと楽しんでるだけさ」。彼がトラヴィスをあっちにひねり、こっちにひねりする仕草には、マスターベーションのような面がある。力を入れ、緩め、力を入れ、緩め、生理学的に引き返せない地点を探っている。トラヴィスの顔は赤黒く、紫色に近づいている。完全に頸動脈を締め上げると数分で死に至るのだ。

「やめろ、クラック」とマンゴーが囁く。「こんな馬鹿、殺す価値ない」

「お願いだからやめさせて」と妻の一人が訴える。「彼に何か言って」

ビリーは腹がむかついてくるように感じるが、彼の一部分はクラックがこのまま続けることを願っている。やってしまえ、そして状況がいかにめちゃくちゃかを全世界に示してくれ。しかし、ついにクラックは腕を緩める——まるで興味を失ったかのように。トラヴィスの頭を軽く叩いて手を放し、トラヴィスは交通事故の実験に使う人形のようにへなへなと席に沈んでいく。がさつ者たちはすぐさま立ち去るべきだと判断する。ぐったりした友人を励まし、列からぞろぞろと出ていく。ブラボーたちとは目を合わせようとしない。「あんたら、頭がおかしいよ」と一人が通り過ぎるときに呟く。サイクスが〝おう、そうともさ、俺たちはクソ頭がいかれちまってんだ!〟と叫び、ヴァリアムでハイになったかのような甲高い笑い声を上げる。実際、かなりいかれた笑い声だ。

がさつ者たちが急いで階段を昇っていくとき、ちょうどダイムが席に戻ってくる。彼は顎を撫でながら分隊の兵士たちを見つめる。黙って座っているところがかえって怪しいのだ。

「何か俺が知っておくべきことはないか?」

ブラボーたちは弱々しくヤーッと声を出す。「クソ野郎が生意気な口をきいたもので」とデイが言う。「クラックがちょっとした、えっと、指導をしたんです」

クラックは肩をすくめ、無理に笑おうとする。神妙にしているが、同時にとても満足している様子だ。「怪我はさせませんでした、軍曹」と彼は控え目な口調で言う。「ちょっと首をひねっただけです」

フィールドでは最後の二分間のプレーが再開される。ダイムは時計を見、スコアボードを見、一瞬だけ荒れ模様の空と心を通わせる。「諸君」と彼はブラボーたちのほうを向いて言う。「我々のここでの仕事は終わったようだ。ずらかるとしよう」

分隊は気だるげな、もしかしたら皮肉な気持ちが込められた歓声を上げる。ジョシュは西側のリムジン乗り場に迎えが来ることになっているので、自分がそこまで案内しますと言う。ブラボーたちがこの階段を昇るのもこれで最後だ。彼らは重たい足取りで昇っていき、ビリーはスタジアムという空間の恐ろしい引力に抗って進む。コンコースに着いた途端、彼は携帯電話を取り出し、フェゾンにテキストメッセージを打つ——。

西側のリムジン乗り場で会えない？　白いハマー・リムジンを捜して。

ブラボーたちは一列になり、ジョシュのあとについてコンコースを進む。サイクスとロディスはサイン入りのボールをずっと抱えているが、ほかの者たちはグッズ入りの包みしか持っていない。これが彼らにとって貴重なのは、チアリーダーのカレンダーが入っており、胸の谷間を見せた写真があるからだ。これからイラクでの長くて寂しい十一カ月が始まる。長くて寂しいというのは、一番うまくいった場合の話だ。ブラボーたちがスタジアムを歩くのもこれで最後だが、それを見て立ち止まる客はまったくいない。誰も彼らの奉仕に対して感謝の言葉を言わないし、サインをせがんだり、携帯で写真を撮ろうとする者もいない。カウボーイズの国はいま全軍退却モードである。寒いし、濡れてるし、疲れたし、負けたし。彼らはできるだけ早く家に帰ろうとしている。地政学に基づく戦略だの、自由を守る戦いだのはどうでもいいのだ。

おお、わが民よ。ゲートが見えるところまで来ると、ジョシュは彼らをコンコースの片側に寄せ、人の流れの邪魔にならないようにする。「ここで待つことになってるんだ」と彼はブラボーたちに言う。「あなた方を見送りに来る人たちがいるもので」

誰?

ジョシュは笑う。「わからない!」

ブラボーたちは互いに顔を見合わせる。どうでもいいや。ほどなくして、すでに混雑しているコンコースに人々がどっと押し寄せてくる。このことからブラボーたちは試合が終わったのだろうと推測する。ファンたちは一つの大きな塊となり、出口へと大儀そうに歩いていく。その人数からも、当然ながらもたもたした足取りからも、彼らはある象徴的な重みを背負っているように見える。まるで彼らの陰気さ、濡れて汚れた惨めな雰囲気が、ある幽霊を呼び覚ますかのように。一つの場所から他の場所へと旅立ったすべての種族の幽霊。勇を鼓して故郷をあとにし、いまよりも悪に染まっていない人生を夢見て別の土地に向かった者たち。言い換えれば、彼らは難民のように見えるとビリーは思う。彼の携帯が鳴り、彼は壁のほうを向いてから画面を見る。フェゾンからの二語のメッセージだ。

向かってる。待ってて。

ビリーは目を閉じ、頭を前に傾けて壁にぶつける。肺にためていた空気から、声に出ない〝ありがとう〟が漏れ出る。それから緊張する。何をしたらいいのかわからない。このための訓練は受けてこなかった。マニュアルはないし、頼るものがない。牧場にいる自分とフェゾンを思い浮かべることはできるが、それまでの行程となると、頭には何も浮かばない。本気で壁に頭をぶつけてみたらどうだろう？ そこに突然、アルバートとミスター・ジョーンズが現われる。アニメのキャラクターのように、群衆のなかからピョンと飛び出してきたのだ。

「ハッ」とダイムがウィル・フェレル（映画『オースティン・パワーズ』などに出演している俳優、コメディアン）ような金切り声で言う。「自分のゲロのところに戻って来る犬みてえな野郎だな！」

アルバートはニヤリと笑う。この挨拶にはまったく動じていないようだが、ダイムとは慎重に距離を取る。〝アルバート〟〝アルバート〟〝アルバート〟とブラボーたちが唸り、それが歌のように聞こえてくる。

「俺たちの契約はどうなった？」とサイクスが叫ぶ。

「みんな、私は努力したんだよ。信じてくれ。むちゃくちゃ頑張った。これからも努力を続ける。それは当てにしてもらっていい。映画になるべき話があるとすれば、それは君たちの物語だ。それが実現するように全身全霊頑張るよ」

「でも、どうして――」

「わかってる、わかってる、すごくがっかりだ。君たちがここにいるうちに私は本当に話をまとめたかったんだよ。何て言ったらいいんだろう？ 全力は尽くしたんだ。でも、まだ終わってない。もちろん。私はこれが実現するまで頑張るよ。約束する」

僧侶のお経のような囁き声がブラボーたちから湧き上がる――〝ありがとうありがとうありがとう〟。アルバートは今夜のうちにロサンゼルスに帰ることになっており、彼を空港に送る車が待っている。彼のオプションは丸々二年間続くが、これは何かの終わりのように思われる。結末につきまとうノスタルジアとメランコリーに満ちているのだ。アルバートは彼らと一緒にリムジンまで行って見送ると言う。どうやらミスター・ジョーンズも一緒に来るようだ。カウボーイズのブランドをこれ以上侮辱せずにブラボーたちが旅立つことを確認したいのだろう。彼らは出口へと向かう疲れた群衆に加わる。ある単調な音、腹の底に響くビブラフォンのようなブーンという音がどこか上方から発せられている。出入り口からだ、とビリーはそこに近づくにつれて気づく。ファンがプラザに出たときに発する唸り声がずっと続いているのだ。風が吹きすさぶ凍ったコンクリートの荒野に出た瞬間、人々はこの唸り声を発してしまう。何しろここから北極圏のあいだには風を遮るものがまったくない――あるのは何千マイルものなだらかな平原だけだ。ブラボーたちは罵り、頭を下げ、ポケットに両手を突っ込む。みぞれの小さな粒が顔や首にくっつく。ジョシュがこちらに来るようにと兵士たちに声をかけ、人数を数える。それからプラザを横切って、リムジン乗り場へと先導する。目の届く限り遠くまで、暗闇のなかにリムジンが並んでいる。そして――おお！――十数台のなかに白いリムジンがあるのがはっきりと見える。ビリーは台数を数える。真っ白いハマー・リムジン・スタイルが四台。

「ビリー」。アルバートがいつの間にか彼のすぐ横を歩いている。「軍曹は私に怒っているようだね」

「まあ、気分屋ですから」。ビリーはアルバートが反対側を歩いてくれたらいいのにと思う。そうすれば、風をブロックしてくれるのに。

「いいかな。君は私のメルアドを持ってるよね？　私も君のを持ってる。連絡を取り合おう」

「いいですよ」。ビリーはリムジンの列を見渡している。フェゾンはここにいる自分を見つけられるだろうか……。

「デイヴは素晴らしい男だと思うけど、彼を当てにできるかどうかは微妙なんだ。だからこういうのはどう？　彼と連絡がつかないときは君に連絡するよ。分隊のほかの人たちのために君が窓口になるんだ」

「了解」。ビリーは風が吹いてくる方向に向けて肩を上げ、顎を胸にうずめる。風は、動き回るギロチンの刃のようにプラザのあちこちに吹きつける。

「聞いてくれ」とアルバートは声を低くして言う。「君はこのなかの誰よりも良識があるよ。君とデイヴはね。君は信用できる。本当のリーダーに成長すると思うな。君と連絡を取り合えば、話をプラスの方向に持っていける」

「もちろん」。ビリーはフェゾンのことを考えている。ブラボーが出発する時間までに彼女が現われなかったら逃げよう。その場で無断離隊する。小便をしに行くよとか言って、リムジンから降りる。そうなると、もうやってしまったも同然だ。フェゾンの姿を見つけ、思いのたけを話してしまったら、なおさら後戻りはできなくなる。

「契約について言ったことは本気だよ」とアルバートは話し続けている。「私は努力を続ける。遅かれ早かれ、実現させなきゃいけない。逃すにはあまりにもったいない話だよ」

ビリーは彼を見つめる。ヒラリーは基本的にその気になってるから、あとは時間の問題さ」

「ああ、もちろん。「本当に？」

プラザは刑務所の運動場のような照明に照らされている。ギラギラした白い光とくっきりした影。ビリーはフェゾンがいないかと周辺を見回し、群衆の流れに一つのパターンがあることに気づく。波というか、逆流のようなものがこちらに向かってくるのだ。空白の一瞬があり、それからビリーは口を開き始める。考えが形を取る前に何がこちらに向かっているかわかる。そして、ステージ係たちが群衆のなかから現われたときには本当に叫んでいる。次に気づいたとき彼は地面で胎児のように丸くなり、丸頭ハンマーのようなもので背中を叩かれている。叩かれるたびに聞こえる唸り声は自分自身のものだと気づく。痛いからではない——この圧力からは妙に痛みが抜け落ちている。誰かが自分を蹴っているのだと気づいたときミスター・ジョーンズが現われ、照明の光の下に立つ。このとき時間は遅くなるというより、いろんな時間の塊が重なり合っているように感じられる。直立して背広の上着から銃を取り出そうとしているミスター・ジョーンズ。大柄な男に背後から体当たりされてミスター・ジョーンズは吹っ飛び、銃も——静止画面となった一瞬、ビリーははっきりとそれがベレッタPx4だとわかる——すごい勢いで彼の手から飛んでいく。銃は氷のうえをスケートのように滑り、くるくる回りながら、ビリーの伸ばした手のほんの少し先を過ぎていく。肋骨を足で踏まれているが、ビリーは銃の行き先を見ようと体をひねる。銃が向かっているのは——。

ちょうどマック少佐のところだ。ベテランのゴールキーパーのようにタイミングよく、無駄な動きはまったくせずに、少佐は爪先を数インチだけ上げ、銃を靴で踏みつける。続いてベレッタを拾い上げ、安全装置を確認、銃を下に向けて体から離し、弾丸を装填する。そして何時間もの訓練の賜物である優美な動きで腕を上げ、まっすぐ頭上に向けて発砲する。

バンッ!

翌日のメディアは試合について余すところなく報道する——まともに試合を扱ったニュースから、興味本位のくだらないエピソード、テレビやラジオの低次元なおしゃべりまで。しかし、試合後の発砲については一言も触れない。ブラボーたちはこれが実に奇妙だと言い合うことになる。何千人もの人々が銃声を聞いたのは間違いない。プラザにいた何百人かは銃声に思わず頭を下げ、叫び、うずくまり、子供たちに飛びつき、あるいは走って逃げ、ビリーを蹴っていた者は唐突に動きを止める。ビリーはしばらくそのまま横たわっている。蹴られないことから来る深い内面の平和を味わっている。彼は血が目に流れ込まないように頭を傾け、マック少佐を見る。少佐はベレッタに安全装置をかけ、それを慎重に地面に置く。それから腕を広げてTの形になる。肘を曲げたり、手を頭のうえに置いたりはしない――それらは降参を示唆してしまう動作だからだ。違う、少佐は腕を左右にまっすぐ広げて立っている。向かってくる警官たちに対し、もはや武器を持っていないと示すための動作。

「マック少佐は男だ」とビリーは呟く。おもに自分の声を聞くためにこれを言う。自分が基本的に大丈夫であると確認するために。

警察がこの件を片づけるまでには時間がかかる。さまざまな種類の警官がいるために複雑になっているようだ。最終的にはブラボーたちのリムジンが見つかって呼び寄せられ、兵士たちは車にどんどん乗るように言われる。その間、プラザ付近では協議が続いている。アルバートとダイムがいる。それにジョシュ、ミスター・ジョーンズなど、みんなが高い地位の警官幹部と話し合っている。マック少佐は少し離れたところに立っていて、拘束されているわけではないが、意味ありげに二人の警官にはさまれている。逮捕され、一カ所に集められたステージ係数人は何とも惨めな一団だ。手錠をはめられ、首をたれ、風に背を向けて立っている。

一人の警官がリムジン後部の開いている窓から中を覗き込む。「誰か、病院に行く必要のある人はいない？」

兵士たちは首を振る。ノオオオオオ。

警官は逡巡する。ブラボーのほとんどが顔や頭から血を流しているからだ。ステージ係たちはレンチ、パイプ、バール、その他さまざまなものを持ってブラボーを襲ったのである。

「一応確認まで」と言って警官は引き下がる。

リムジンの救急箱にアイスパックが二つ入っていたので、ブラボーたちはそれを回すことにする。マンゴーは左目のうえに切り傷があり、クラックは歯を二本折った。デイの額には大きなこぶができている。サイクスは鼻から、ロディスは頭から血を流している。ビリーの頬にも骨に沿って五センチほどの切り傷がある――最初に打ち倒されたときの傷だろうと彼は考えている。胴はひっくり返ったような鈍い痛みで疼いている。大した痛みではないが、それで安心するほど無知ではない。明日になればものすごく痛むだろうとわかっている。

ダイムが車に乗り込んで席に座る。「警察が全員の名前と連絡先を知りたいそうだ」と言い、クリップボードとペンをデイから回す。

「軍曹、自分たちは刑務所に行くのですか?」とマンゴーが訊ねる。

「まさか。俺たちは被害者だよ」

「マック少佐はどうです?」とロディスが知りたがる。

「マック少佐は国の宝だ。少佐を刑務所に入れようなんてやつはいない」

「軍曹」とエイボートが言う。「陰謀じゃないかってみんなで疑っていたんです。我々が契約に応じなかったんで、ノームがステージ係を使って襲わせたんじゃないかって」

「警官に伝えとくよ」とダイムは微笑まずに言う。これは冗談だ。ビリーの携帯電話が鳴り、見るとフェゾンからのテキストメッセージである。〝どの白いハマー・リムジン?〟ビリーは彼女の番号を入力しながら車から飛び出す。警官の一人が「どこに行くつもりなんだ?」と怒声を上げるが、そんなことに構っていられない。存在のすべてが一つの真実に集中していて、その神々しいオーラが警官の注意も撥ねつける。

呼び出し音が鳴るや否や彼女が電話を取る。「ヘイ!」

「警察のライト、見える? 警官がたくさん立ってるところ」

「あ、あれ?」

「それが僕たちの車なんだ。いま外に立ってる」

「そこにいて」と彼女は言う。「そちらに向かっているから」。それから「見えたわ！　動かないで、あなたが見えたから、見えた……」

ビリーにも群衆のなかを走って来る彼女が見える。暗い色のコートの下できらめく白いブーツ。刑務所のようなどぎつい照明の下でぼんやりと光る銀色の髪。髪は肩に、背中に、胸に、あらゆるところにこぼれ落ちる。彼女があまりに可愛らしくて、ビリーは自分が空っぽになったように感じる。吐く息もなく、痛みもなく、思考もなく、過去もない。自分の全人生が蒸留され、このフェゾンの姿だけに純化されてしまったかのようだ。みぞれがきらきら光るなかを彼に向かって走って来る彼女の輝かしい姿。

ビリーも彼女に向かって歩き始めていたに違いない。二人は素敵な音を立てて抱き合う。しばらくは互いにしがみつく以上のことはできない。群衆は彼らを避けて通り過ぎていく。あまりにたくさんの人が行き交うので、その数の多さからかえってプライバシーのようなものが生まれる。

「あなたの顔、どうしたの？」と叫びながら彼女は少し後ろに下がり、彼の頬に触れる。「なんてこと、血が出てるわ」。彼女は彼の背後の警官と非常灯を見つめる。

「あのハーフタイムの連中だよ、ステージ係たち。あいつらに襲われたんだ」と言って彼は笑う。

「まだ怒ってたみたいだな」

「ひどい。ひどいわ。怪我してるじゃない」。彼の頬を撫で、指は切り傷の縁を掠める。「あなたたちにはトラブルがつきまとっているみたいね」

二人は懸命にキスをする。互いを味わい尽くさないわけにはいかない。「これ、邪魔だわ」と彼女は囁き、少しだけ離れてコートのボタンを外す。手が素早く下に動いていき、コートの前が開いてビリーを包む。それからビリーを引き寄せ、互いの胸がくっつくと呻き声を漏らす。彼女はまだチアリーダーのユニフォームを着ている。彼が手をコートのなかに入れて彼女の腰を摑むと、彼女は震え、それから爪先立ちになり、骨盤を彼のズボンの膨らみのうえにのっけようとしてもがく。唇を強く押しつけてくるので彼の唇は麻痺してくる。「やっちゃえ」と通りがかりの者が言う。別の通行人は「部屋を取りなよ」と忠告する。数分後、もしかしたら数時間後、フェゾンは再び踵をつき、彼にもたれかかる。

「なんてこと。どうしてあなたは行かないといけないの?」

「休暇のときに帰るよ。たぶん春に」

彼女は顔を上げる。「本気で?」

「本気で」。僕がまだ足で立ってたらだけど、と彼は思う。

「じゃあ、私のために時間を作ってね」

「任せといて」

「本気で言ってるのよ。私の家にしばらく泊まったらどうかしら?」

しゃべることができない。呼吸さえ思うようにならない。彼女は彼の左目を見て、右目を見て、行ったり来たり、行ったり来たり、彼女の両目で彼の片目を包囲するような感じである。

「クレージーだってわかってるけど、だって、いまは戦争中なわけでしょ? でも、私にわかるのはあなたとの関係が正しいってことだけ。正しいって感じられるの。あなたと一緒にいられる時間をすべて自分のものにしたいわ」。彼女は身震いし、首を振る。「我を失っちゃうっていうタイプじゃないのよ、こんなふうにはね。ほかの人に対してこんなふうに感じたことはない」

ビリーは彼女を抱き寄せ、彼女は頭を彼の胸にもたせかける。「僕もだよ」と彼は囁く。声の音がどちらの体にも震動として伝わる。「ああ、君と一緒に逃げてもいい」

彼女は顔を上げ、その目を見て彼はこれがあり得ないと悟る。彼女の混乱している表情、目にちらっと現われた不安が決定を下す。〝彼は何を言っているの？〟彼女を失う恐れから、彼は自分のあるべきヒーロー像にしがみつく。

彼女は彼の頬に触れる。「ベイビー、あなたはどこにも逃げる必要ないわ。ただ無事に帰って来て。そうしたら私たち、ここでうまくいくわ」

彼は抵抗しない。あまりに失うものが大きいからだ。大きなリスクを避けて小さなリスクを選ぶ。その小さなリスクが――これって可笑しくないか？――自分を殺すかもしれないものであっても。彼は顔を彼女の髪のなかにうずめ、息を深く吸い込む。イラク駐留中もずっと続くくらい彼女の匂いをため込んでおこうとする。

おーい、ブラアアアボオオオ、という声がプラザに響き渡る。ダイム軍曹の閲兵場用の吠え声だ。

しゅーーーっぱあああつだあああ！　いくぞーーー！

「僕だ」とビリーは囁く。フェゾンは呻き声を出し、二人はまた激しく唇を求め合う。体を引き離そうとするのはほとんど戦いだ――互いに摑み合い、服や体の部位を引っ張ったり、つついたりし、制御できない奇妙な怒りが体じゅうで燃え上がる。フェゾンは突如として顔を皺くちゃにし、その顔を彼にぴったりと押しつける。

ブラアアアボオオオオ！　はやく！

ビリーは彼女の唇にキスし、体を離す。これは自分が死ぬ前にする最後のことのように思える。「気をつけてね！」という彼女の呼びかけにビリーは拳を上げて応える。「あなたのために祈るわ！」より大きな声で呼びかけられ、彼はかえって絶望的な気持ちになる。自分はもうダメだ。このまま死にそうだ。そしてズボンのなかのモノのために歩きづらい。童貞である彼の一物が岩のように固くなり、ズボンを突っ張らしている。半旗の状態でいるのを嫌がる旗のようだ。彼は手首で、手の甲側でそれを叩き、無理やり鎮めようとする。全世界の注目を集めないように。ところが、なんてことだ、ファンたちが迫って来る。七、八人のグループが試合のプログラムに彼のサインをもらおうとしているのだ。〝感謝しています〟と彼らは言う。〝誇りに思います〟〝素晴らしい〟〝驚くべき〟。これはほんの数秒で終わるが、自分の名前を書いているときにふとこんなことを思う。このようにニコニコしている市民たち、何もわかっていない市民たちがこの国の本流なのだ。ここ二週間、彼は自分が戦争で得た知識のおかげで優れており、賢いのだと感じてきた。しかし、そんなことはどうでもいい。物事を動かしているのはこういう人たちだ。何も知らない無垢な人たち。彼らが国内で見ている夢が支配的な力なのである。彼の現実など彼らの現実の従属物にすぎない。彼らの知らないことのほうが、彼が知っているすべてのことよりも強力だ。それでも彼はこの人生を生きてきて、こうした知識を得てきた。それが何を意味するのか？　それは恐ろしくて致命的なことかもしれないと彼は考えている。戦争で学ばなければならないことを学び、しなければならないことをする。そうすると、自分を戦争に送ったすべてのものに対して自分は敵になるのか？

彼らの現実が物事を支配する。それはそうだが、それで自分が救われるわけではない。爆弾や弾丸を食い止められるわけではない。彼は飽和点がないのだろうかと考える。死者数がどれだけになると、国内の夢は粉微塵に吹き飛ばされるのか。非現実はどれだけの現実を受け入れられるのか？　最後のプログラムを手渡すとき彼の頭はぼんやりとしている。いきりたつ一物を見られないようにと、手をポケットのなかで握り締め、縁石に向かって歩き始める。〝ありがとう！〟と善人たちが彼に呼びかける。〝あなたの奉仕に感謝します！〟みぞれが目をつつくが、彼はもはやそれも感じない。彼が近づくと警官たちが道を開け、ジョシュとアルバートの姿が現われる。二人ともリムジンの後部ドアの前に立っており、アルバートがニヤニヤしながら手招きでビリーを呼ぶ。「早く！」と彼はふざけた調子で叫ぶ。「さあさあ！　出発だよ！」まるでこのリムジンが絶対に逃してはいけない乗り物であるかのように――人生を救うものであるかのように？　彼が通り過ぎるときにアルバートは素早く彼を抱きしめる。ジョシュは〝幸運を祈る《グッドラック》〟と言い、彼の腕を握り締める。ビリーは縁石から降り、半ば倒れ込むかのようにリアシートに腰を下ろす。

彼が乗り込んだドアをアルバートが叩き、最後に手を振る。「全員揃った」とダイムが運転手に声をかける。「出発しよう」

「ああ、さっさとここからずらかろうぜ」とサイクスが言う。

「やつらに殺される前にな」とクラックが調子を合わせる。「どこか安全な場所に連れてってくれ。戦争に戻してくれや」

「みんな、シートベルトをしよう」とダイムが言い、ブラボーたちはシートをまさぐって自分のベルトをえり分ける。ダイムはビリーの股間にそびえ立つものに気づく。

「誇らしげだな、ビリー」と彼は二人だけに聞こえる声で囁く。

「自分ではどうしようもないことってあるものです、軍曹」

ダイムはクスクスと笑う。「ガールフレンドにさようならを言えたのか？」

ビリーは頷き、窓のほうを向く。二度とフェゾンに会えないことはわかっている。でも、どうしてわかっているのだろう？　人はどうやっていろいろなことがわかるのか――過去は幽霊を吐き出し続ける霧のようなもの、現在は高速道路を時速百五十キロで突っ走っているようなもので、そうなると未来は予測もつかない究極のブラックホールとなる。それでも彼にはわかっている。少なくともわかっていると思っている。いまの彼にとって最も純粋にして確実なものは悲しみであり、そこに未来が植えつけられたのだ。彼は自分のシートベルトを見つけてパチンと締める。巨大で複雑なシステムを最終的にロックしたかのような音。彼はそのシステムに入った。これから戦争に向かう。さようなら、さようなら、おやすみ、みんな愛してるよ。彼は背もたれにもたれ、目を閉じる。そして仲間とともにリムジンに揺られているあいだ、何も考えずにいようとする。

謝辞

まずお礼を言わなければならず、明るく感謝の言葉を捧げたいのは、この本の執筆を支えてくれたアクロス財団とホワイティング財団です。ゲーリー・ダウニー、エヴァン・マイアー、ベサニー・ニーバウアー、そしてエリック・リードは軍隊生活についていろいろと教えてくれました。どうもありがとうございます。私を信じ続けてくれたヘザー・シュローダーとリー・ブードローには特別感謝しています。そして最後に心からの感謝を妻のシャリーに捧げたいと思います。彼女がいなければ私は自らを見失っていたでしょう。

B・F

訳者あとがき

二〇〇四年十一月二十五日、テキサス州アーヴィングのテキサススタジアムで行われたダラス・カウボーイズ対シカゴ・ベアーズ戦。感謝祭の試合とあって、ハーフタイムには派手なショーが繰り広げられた。ビヨンセを含むデスティニーズ・チャイルドが招かれ、大学や軍のマーチングバンドとともに行進し、歌い踊ったのである。イラク戦争によってサダム・フセイン政権が倒されたものの、まだ反米勢力の攻撃が続いていた時期。このハーフタイムショーの目的は、言うまでもなくアメリカ軍を支援し、戦争への支持を高めることだった。

この試合はテレビで放送されたため、多くの人々の目に触れたわけだが、視聴者の一人にテキサス在住の作家、ベン・ファウンテンがいた。彼はこのハーフタイムショーを見て、「軍国主義、ポップカルチャー、アメリカの勝利主義、ソフトコア・ポルノのシュールな、そして明らかにクレイジーなごたまぜ」として感じたという。そしてマーチングバンドらと行進する兵士たちがイラクから呼び戻されたばかりのように見えたため、次のように考えた。

これは頭にいったいどういう作用をするのだろう？　毎日生きるか死ぬかの状況に浸っていて、それからアメリカに戻り、この実に人工的な状況の真っ只中に放り込まれるなんて。言い換えれば、どうやって気が狂わずにいられるのだろう?
(『ハフィントン・ポスト』のテディ・ウェインによるインタビューより)

こうして構想されたのが本書、『ビリー・リンの永遠の一日』(Ben Fountain, *Billy Lynn's Long Halftime Walk*, 2012)である。このハーフタイムショーをクライマックスとし、そこに放り込まれた純朴な兵士の意識を描いた作品だ。もちろん、ハーフタイムショーが行われたという事実と、登場するデスティニーズ・チャイルド以外は、すべて架空の物語である。

十九歳の青年ビリー・リンはテキサス州の田舎町出身で、労働者階級のごく平凡な家庭で育った。高校を卒業する直前、彼は姉キャスリンを裏切った男の車を叩き壊し、訴追を免れるために軍隊に入って、ブラボー分隊の一員としてイラクに送られる。

軍隊でビリーはシュルームという知的な男と出会う。これまで学校でまともに学んでこなかったビリーだが、シュルームから読むべき本の話などを聞き、知の世界に目が開かれる。と同時に、戦争の厳しい現実も目の当たりにする。多くの兵士たちはビリーと同様に、社会に居場所がないために軍隊に入り、なぜイラクに行くのか、何をするのかもわかっていない。そうした兵士たちを戦争は行き当たりばったりに殺していく。シュルームもアル・アンサカール運河の戦闘で戦死。彼の死の光景はビリーの心に取り憑くことになる。

ところが、アル・アンサカール運河の戦闘にはたまたまフォックスニュースの撮影クルーが居合わせ、その様子を撮影していた。フォックスと言えば名だたる保守派のメディア。この映像がアメリカで放映されることで、ビリーたちブラボー分隊の生き残り八人はアメリカで英雄視されるようになる。政府は彼らを一時的に帰国させ、各地でパレードなどを行って、戦意高揚のため利用する。ビリーは突然英雄視されることに違和感を抱かずにいられない。ハリウッドからは映画プロデューサーが来て、アル・アンサカール運河の戦闘を映画化する話をもちかけるが、この話は二転三転し、それで儲けたい者たちの思惑が次第に透けて見えてくる。

イラクに戻される二日前の感謝祭、ビリーらはテキサス州で行われるダラス・カウボーイズの試合に呼ばれる。そのハーフタイムショーでビヨンセが歌を歌うとき、一緒にステージに上がって行進し、それを全国ネットのテレビが放送することになったのだ。試合前のレセプションでも、ビリーらは上流階級の人々の美辞麗句に居心地の悪いものを感じる。ハーフタイムショーでは花火が上がり、フラッシュライトがきらめくなか、高校や大学のマーチングバンド、バトントワラーらが行進する。軍の閲兵行進部隊が銃をくるくると回す、派手なパフォーマンスもある。続いてビヨンセらデスティニーズ・チャイルドが登場し、「ソルジャー」を歌う。その舞台に一緒に立たされ、ビリーらはただ直立しているしかない……。

本書を傑作にしているのは、この権力者とメディアの壮大などんちゃん騒ぎを分析する作者の鋭利な目であろう。悲惨な戦闘に巻き込まれ、親友の死も目の当たりにしながら、英雄扱いされて連れ戻されたビリーたち。彼らを出迎えるアメリカ側の無神経さ、金儲け主義。それがいかに戦場の兵士たちの現実とかけ離れているか。こうしたことをたっぷりの皮肉とユーモアとともに描き、戦争自体のバカらしさをあばき出している。

その風刺が効くのは、言うまでもなくビリー・リンや仲間の兵士たちの人間像がリアルに描かれてこそだ。おもに貧しさから軍隊に入る兵士たち。アフリカ系もいればメキシコ系もいる雑多な集団の生《なま》の姿が、俗語や卑語だらけの台詞とともに面白可笑しく描かれていく。ビリーは鋭い知性の持ち主ながら、公立学校の授業には興味が持てなかったし、フットボールもコーチの指導が嫌で長続きしなかった。しかし軍に入ることで知の世界を知り、アメリカの現実にも批判的な目を向けるようになる。家族とは新たな絆を感じ、カウボーイズのチアリーダー、フェゾンとは真剣に愛し合うようになる。こうしたビリーの成長も読みどころである。

訳者は9・11テロ事件とその余波を扱った英語の小説を『テロと文学　9・11後のアメリカと世界』（集英社新書）のなかで論じ、イラク戦争を扱った小説の一冊として本書を取り上げた。この新書の取材で数人の作家たちにもインタビューしたが、何人かが本書を「優れた9・11小説」の一冊として取り上げていたのも印象的だった。事実、この小説は戦争の不条理を旺盛なパロディ精神で描いたということで、イラク戦争版『キャッチ=22』と高く評価され、二〇一二年の全米批評家協会賞を受賞、全米図書賞の最終候補にも残った。BBCが選ぶ二十一世紀のベスト小説の第八位にも選ばれている。イラク戦争を描いている小説はまだ少ない。戦争が続いてしまうメカニズムと、実際に戦場に行く者たちの心情に鋭いメスを入れた本書は、いまの日本でも広く読まれてほしい作品である。

作者のファウンテンは一九五八年生まれ。大学を卒業後、しばらくはテキサス州ダラスで弁護士として働き、四十歳を過ぎてから短編集『チェ・ゲバラとの短い遭遇』（*Brief Encounters with Che Guevara*, 2006）でデビューした遅咲きの作家である。ここに収められた大半の短編はコロンビア、ハイチ、ミャンマー、シエラレオネなどの発展途上国を舞台とし、アメリカ人と現地の人々との接触や、こうした国の政治的腐敗、発展途上国を蝕むアメリカの資本などに厳しい目が向けられている。同じような問題意識や分析力が『ビリー・リンの永遠の一日』で存分に発揮されていることは言うまでもない。

なお、『ビリー・リンの永遠の一日』は、『ブロークバック・マウンテン』と『ライフ・オブ・

パイ』で二度のアカデミー賞監督賞に輝くアン・リー監督によって映画化され、アメリカでは二〇一六年十一月に公開された。ビリー役は新進の俳優、ジョー・アルウィンが演じ、クリステン・スチュワート（キャスリン）、スティーヴ・マーティン（ノーム）などが脇を固めている。日本での公開は未定だそうだが、ベン・ファウンテンの独特の世界が名匠アン・リーによってどのように映像化されているのか、楽しみでならない。

翻訳に当たっては、日本映画の英語字幕製作者であるイアン・マクドゥーガル氏に疑問点を質問させていただき、貴重な助言をいただいた。アメリカン・フットボールの用語やルールについては、学習院大学アメリカン・フットボール部の卒業生、小嶋航輝氏から教えを受けた。この場を借りてお礼を申し上げる。また、新潮社編集部の佐々木一彦氏には、企画段階から原稿のチェックまで大変お世話になった。記して感謝の意を表したい。

上岡伸雄

二〇一六年十二月

Ben Fountain

Billy Lynn's Long Halftime Walk
Ben Fountain

ビリー・リンの永遠《えいえん》の一日《いちにち》

著 者
ベン・ファウンテン
訳 者
上岡 伸雄
発 行
2017年1月30日

発行者 佐藤隆信
発行所 株式会社新潮社
〒162-8711 東京都新宿区矢来町71
電話 編集部 03-3266-5411
読者係 03-3266-5111
http://www.shinchosha.co.jp

印刷所
株式会社精興社
製本所
大口製本印刷株式会社

乱丁・落丁本は、ご面倒ですが小社読者係宛お送り下さい。
送料小社負担にてお取替えいたします。
価格はカバーに表示してあります。

ISBN978-4-10-590134-9 C0397

CREST BOOKS
Shinchosha

通訳ダニエル・シュタイン 上・下

Даниэль Штайн, переводчик
Людмила Улицкая

リュドミラ・ウリツカヤ
前田和泉訳

ユダヤ人でありながらゲシュタポでナチスの通訳になり、
ユダヤ人脱走計画を成功させた若者は、戦後、神父となって
イスラエルへ渡った——惜しみない愛と寛容の精神で、
あらゆる人種と宗教の共存のために闘った激動の生涯。

CREST BOOKS

あの素晴らしき七年

The Seven Good Years
Etgar Keret

エトガル・ケレット
秋元孝文訳

愛しい息子の誕生から、ホロコーストを生き延びた父の死まで。
現代イスラエルに生きる一家に訪れた激動の日々を、
深い悲嘆と類い稀なユーモア、静かな祈りを込めて綴る36篇。
世界中で愛される掌篇作家による、胸を打つエッセイ集。

CREST BOOKS

すべての見えない光

All the Light We Cannot See
Anthony Doerr

アンソニー・ドーア
藤井光訳

視力を失った少女と、ナチスドイツの若い兵士。二人の運命が、ほんの束の間、フランスの海辺の町で交差する。時代に翻弄される人々を、世界の荘厳さとともに温かに描くピュリツァー賞受賞の感動巨篇。

CREST BOOKS